W0198473

rororo

Michael Römling, geboren 1973 in Soest, studierte Geschichte in Göttingen, Besançon und Rom, wo er acht Jahre lang lebte. Nach der Promotion gründete er einen Buchverlag, schrieb zahlreiche stadtgeschichtliche Werke und historische Romane. Nach «Weihrauch und Schwert» ist «Hammer und Kreuz» der zweite Band der historischen Abenteuerserie um den Kämpfer und Bibliothekar Tankred aus dem 9. Jahrhundert. Darüber hinaus sind im Rowohlt Taschenbuch Verlag die Romane «Pandolfo» und «Mercuria» erschienen.

MICHAEL
RÖMLING

TANKRED

HAMMER UND KREUZ

Historischer Roman

ROWOHLT TASCHENBUCH VERLAG

Originalausgabe
Veröffentlicht im Rowohlt Taschenbuch Verlag,
Hamburg, März 2023
Copyright © 2023 by Rowohlt Verlag GmbH, Hamburg
Copyright © 2023 by Michael Römling
Redaktion Susann Rehlein
Copyright Karte Peter Palm, Berlin
Covergestaltung HAUPTMANN & KOMPANIE
Werbeagentur, Zürich
Coverabbildung Collaboration JS / Arcangel; iStock;
Hauptmann & Kompanie
Satz aus der SonsbekEco bei CPI books GmbH, Leck
Druck und Bindung GGP Media GmbH, Pößneck
ISBN 978-3-499-00800-9

Die Rowohlt Verlage haben sich zu einer nachhaltigen Buchproduktion verpflichtet. Gemeinsam mit unseren Partnern und Lieferanten setzen wir uns für eine klimaneutrale Buchproduktion ein, die den Erwerb von Klimazertifikaten zur Kompensation des CO_2-Ausstoßes einschließt.
www.klimaneutralerverlag.de

FSC
www.fsc.org
MIX
Papier | Fördert gute Waldnutzung
FSC® C014496

1

Es dämmerte schon, als das Dorf in Sicht kam. Eigentlich war es eher eine Ansammlung armseliger Katen, in denen wahrscheinlich Fischer, Handwerker und Tagelöhner ihr Dasein fristeten. Es gab keine Kirche und keinen Haupthof, und nicht eines der Gebäude hatte ein Steinfundament; noch nicht einmal Schornsteine waren zu sehen. Die Hütten standen kreuz und quer durcheinander. Sie waren aus schiefen Pfosten, Balken und Brettern zusammengezimmert, und die flachen Dächer waren mit Schindeln aus Baumrinde gedeckt. Rauch von feuchtem Brennholz quoll aus Löchern und Ritzen. Überall waren halb vermoderte Boote aufgebockt.

Weiter würden wir an diesem Tag nicht kommen. Eine unbequeme Nacht stand bevor.

«Ist dir nicht gut genug, was?», fragte Bodo, der meinen Blick bemerkt hatte. Er stemmte sich gegen das Ruder, um den Frachtprahm näher ans Ufer zu bringen. Die beiden Ochsen vor uns auf dem Treidelpfad trotteten unbeeindruckt weiter hinter Severin her. Das Seil, das von den Jochen der Tiere zum Bug des Prahms führte, spannte und lockerte sich abwechselnd, hob sich triefend aus dem Wasser und tauchte wieder ein.

«Wird wohl gehen», sagte ich mürrisch. «Ist ja nur für eine Nacht.»

Ich hockte auf einer Ladung Bauholz, die Bodo rheinaufwärts verschiffte. Hinter mir stand mein Pferd, zitternd, die Ohren angelegt, den linken Vorderhuf auf die Spitze gestützt. Kleine Wellen prallten plätschernd gegen den Rumpf.

Bodo hatte ich am Vormittag zufällig kennengelernt. Sleipnir hatte auf der Uferstraße plötzlich zu lahmen begonnen, und ich war abgesessen, um den Huf zu untersuchen. Während ich schwitzend und in verrenkter Haltung versucht hatte, die Stelle zu ertasten, die man aufschneiden musste, ohne dass das Pferd mir vor Schmerzen durchging, hatten plötzlich die beiden Ochsen mit dem Treiber neben mir gestanden, alle drei mit gleich stumpfem Gesichtsausdruck. Dahinter Bodo in seinem Prahm, der mit einem schrammenden Geräusch auf dem Uferkies zum Stehen kam.

Freundlicherweise hatten Bodo und Severin dann das Pferd festgehalten, während ich das Geschwür aufgeschnitten und die Wunde mit Wolle verstopft hatte. Mir war klar gewesen, dass mindestens zwei Tage lang nicht an eine Fortsetzung der Reise zu denken sein würde, jedenfalls nicht im Sattel. Also hatte ich Bodo gefragt, ob an Bord noch Platz sei.

«Wohin soll's denn gehen?», hatte er gefragt.

«Nach Worms», hatte ich geantwortet.

Er hatte mich überrascht angeblickt, ein altes, faltiges, von struppigen Haaren eingerahmtes Gesicht, wässerige Augen, Tränensäcke wie schlaffe Lederbeutel. «Oho, Worms. Zum Kaiser. Gehörst du zum Aufgebot?»

«Ja», hatte ich knapp erwidert. Streng genommen gehörte ich zu keinem Aufgebot, aber ich musste den Kaiser treffen, und ich hatte keine Lust gehabt, Bodo die ganze Geschichte zu erzählen, also hatte ich es dabei belassen. Es hatte eine Weile gedauert, bis wir das lahme Pferd auf den Prahm bugsiert hatten, aber schließlich war es gelungen. Bodo hatte sofort begonnen, mich auszufragen, und auf dem beengten Raum hatte es kein Entkommen gegeben. Nachdem er herausgefunden hatte, dass ich mich in Fragen des Bußsakraments auskannte, hatte er mir zu entlocken versucht, wie man die Fastengebote umgehen konnte. Ob Schweineschmalz unter das Verbot des Fleischverzehrs falle? Ob er in dieser Zeit wenigstens die Magd besteigen dürfe, wenn schon nicht seine Frau? Mit solchen Fragen war er mir den ganzen Tag über auf die Nerven gegangen. Das war der Preis dafür gewesen, dass er mich mitgenommen hatte.

Und jetzt also das Dorf. Bodo kannte dort jemanden, bei dem wir gegen geringe Bezahlung ein Nachtlager finden würden, und weil es weit und breit keine Herberge gab und wir die Reise im Dunkeln nicht fortsetzen konnten, hatten wir keine Wahl. Als der Prahm aufsetzte, rannten ein paar zerlumpte Kinder ans Ufer und begrüßten uns mit aufgeregtem Geschnatter. Während Bodo sein Gefährt vertäute, führte ich das Pferd von Bord und ließ es saufen.

Unser Gastgeber war ein wortkarger junger Fischer namens Sebastian, der im Gegensatz zu Bodo keine Fragen stellte. Er war hager und unrasiert und trat unbehaglich von einem Bein auf das andere. Bodo erklärte ihm, dass heute ein Strohsack mehr gebraucht würde als sonst, und ich zählte dem Fischer unaufgefordert ein paar Münzen in die Hand. Er schien keine Familie zu haben, jedenfalls lebte er allein in seiner Hütte, an deren Wänden sich Netze, Seile und eingeklappte Gestelle zum Trocknen von Fischen stapelten.

Die Feuerstelle hatte keinen Abzug. Immerhin servierte Sebastian uns frische Forellen, die wegen des dichten Qualms mehr geräuchert als gebraten waren. Während wir aßen, schwadronierte Bodo weiter über Fastengebote und gab Sebastian ungefragt Ratschläge, die er sich aus meinen Angaben zusammengesponnen hatte. Da der junge Fischer weder die Wahl zwischen Fleisch und Schmalz noch zwischen Ehefrau und Magd zu haben schien, ließ er den Wortschwall mit abwesendem Gesicht über sich ergehen. Nur Severin warf ab und zu ein paar Fragen ein, die verrieten, dass er genauso wenig von der Materie begriffen hatte wie der Kahnführer.

Nach dem Essen legten wir uns hin. Bodo begann unverzüglich, zufrieden zu schnarchen, Severin warf sich raschelnd hin und her, und Sebastian gab keinen Laut von sich. Ich starrte vor mich hin und versuchte auszurechnen, wie lange ich bei diesem Tempo bis nach Worms brauchen würde. Wir befanden uns irgendwo zwischen Koblenz und Mainz, wo Bodo seine Fracht löschen würde, um anschließend die Rückfahrt flussabwärts anzutreten. Ich würde mir also eine neue Mitfahrgelegenheit suchen oder tatenlos darauf warten müssen, dass das Pferd nicht mehr lahmte. Über diesen Gedanken schlief ich ein.

Als ich aufwachte, wusste ich nicht, ob Minuten oder Stunden vergangen waren.

Etwas hatte mich geweckt.

Ich hob den Kopf und spähte in die Dunkelheit. Die Ritzen in den Fensterläden und im Dach der Hütte hoben sich als dunkelgraue Streifen vor der Schwärze der Wände ab. Vom Feuer war bis auf ein winziges Glutnest unter der Asche nichts geblieben. Ich lauschte. Und obwohl nichts zu hören war, war ich sicher, dass dort draußen etwas im Gange war. Es gibt zwei verschiedene Arten von Stille: eine natürliche Abwesenheit von Geräuschen und eine unnatürliche. Den Unterschied kann man nicht hören, aber man ahnt ihn: Tiere hören auf zu rascheln, weil sie wittern, dass sich etwas nähert. Ein Fensterladen, der die ganze Zeit im Wind geknarrt hat, steht plötzlich still. Menschen halten im Halbschlaf den Atem an und horchen.

Und dann war da doch etwas: ein leises Knirschen in der Ferne. Ich erkannte es sofort: das Geräusch eines Schiffsrumpfes, der über Kies schrammt.

Von einem Augenblick zum anderen war ich hellwach. Dieses Knirschen kannte ich nur zu gut, seit ich zu Anfang des Jahres Bekanntschaft mit den Dänen gemacht hatte. Aber war es möglich, dass sie sich so weit nach Süden vorwagten? Bisher waren sie nicht über Koblenz hinausgekommen, und seit der Schlacht von Remich waren sie geschwächt. Alle Kundschafter hatten berichtet, dass sie sich in die Festung Asselt an der Maas zurückgezogen hatten und nur noch weit im Norden raubten und brandschatzten. Hatte ich mich verhört? Oder war das vielleicht bloß einer der Männer aus dem Dorf, der von einem nächtlichen Fischzug zurückkehrte?

Ich setzte mich auf und lauschte. Es war still. Zu still. Kein Vogel, kein Atmen, kein Fensterladen.

Ich schlug die Decke zurück, erhob mich, griff mir mein Schwert und tastete mich zur Tür. Ohne ein Geräusch ließ sie sich öffnen. Ein kühler Hauch wehte herein. Auf einem der anderen Strohlager grunzte jemand und wälzte sich herum.

Ich trat ins Freie. Der Rhein glänzte glatt und dunkelgrau im schwachen Mondlicht, das von irgendwoher durch die Wolken drang. Davor zeichnete sich die Silhouette meines Pferdes ab, das ich vor der Hütte angepflockt hatte. Sleipnir schlief nicht. Er stand da wie ein Standbild, den linken Vorderhuf angehoben, die Ohren gespitzt. Irgendwo in der Dunkelheit knarrte das Seil, mit dem Severin die Ochsen an einen Baum gebunden hatte.

Sebastians Hütte stand am Rand der winzigen Siedlung, zwanzig Schritte weiter nördlich reichte ein kleines Gehölz fast bis ans Ufer und verdeckte die Sicht. Ich schlich zwischen die Sträucher, kniete mich hin und spähte über den Strand.

Und dann sah ich sie.

Hundert Schritte flussabwärts, halb verdeckt von Bodos Frachtprahm, lag tatsächlich ein Boot auf dem Strand, größer als die Kähne der Fischer und mit hohen Steven. Ein dänisches Boot. Durch das Geäst sah ich ein Dutzend Gestalten, die sich schleichend in einer lang gezogenen Kette voranbewegten. Während die ersten schon zwischen den Bäumen verschwanden, stiegen die letzten gerade über die Bordwand. Sie traten so leise auf, dass der Kies unter ihren Füßen kaum hörbar klickerte. Alle waren bewaffnet, einige trugen Schwerter, die meisten hatten Äxte in den Händen.

Dänen. Ganz offensichtlich wollten sie das Dorf umrunden und von der Landseite her angreifen, um niemanden in den Wald entkommen zu lassen.

Ohne noch einen Augenblick zu zögern, sprang ich auf, riss das Schwert aus der Scheide und rannte zurück zum Dorf, immerfort brüllend: «Die Dänen kommen! Bringt euch in Sicherheit! Die Dänen!»

Sofort erhob sich in den Hütten ein großes Geschrei. Fensterläden und Türen wurden polternd aufgerissen, Gestalten rannten ins Freie. Einer hatte in aller Eile eine Fackel entzündet, deren Licht die Schatten an den Holzwänden tanzen ließ und die entsetzten Gesichter von Männern, Frauen und Kindern beleuchtete, die sich gehetzt umsahen und dabei gellend durcheinanderschrien. Einige riefen die Muttergottes an, andere stießen wütende und ängstliche Flüche aus. Eine zweite Fackel erschien.

«Von wo?»

«Wie viele?»

«Bleibt zusammen!»

Auch die Tür des Hauses von Sebastian wurde aufgerissen. Drei Gestalten stolperten ins Freie: Sebastian, der ein Zimmermannsbeil umklammert hielt, rannte zu den anderen Dorfbewohnern; Bodo und Severin liefen in Richtung Flussufer, wahrscheinlich um sich zwischen den Bauhölzern auf dem Prahm zu verstecken. Wenn die Dänen den Prahm durchsuchten, nachdem sie mit dem Dorf fertig waren, würden die beiden dort in der Falle sitzen.

«Sie sind im Wald!», schrie ich. «Lauft ihnen nicht in die Arme! Rennt am Ufer flussaufwärts!»

Einige liefen tatsächlich los, darunter einer der Fackelträger, doch sie kamen nicht weit, denn im tanzenden Feuerschein erschienen nun die Schemen von zwei mit Äxten bewaffneten Angreifern, die das Dorf schon umrundet hatten und den Fliehenden den Weg abschnitten, also machten sie kehrt und schlossen sich mit den anderen zu einem wogenden Pulk zusammen. Ein paar Augenblicke später standen um die dreißig Menschen in der Mitte des Dorfes zusammengedrängt, die Frauen und Kinder in der Mitte, außen die Männer, bewaffnet mit Knüppeln, Sensen, Beilen, Messern und Holzstangen; drei oder vier von ihnen hielten Schilde mit rostigen Buckeln in den

Händen, die sie vielleicht nach irgendeinem Kriegszug aufbewahrt hatten. Schulter an Schulter standen sie schwankend da wie eine lebende Festungsmauer, zusammengehalten nur von ihrer Todesangst und von der Entschlossenheit, ihr Leben möglichst teuer zu verkaufen. Immer noch wurde geschrien und gebetet.

Ich sprang auf ein Holzgestell, das vor Sebastians Hütte stand, war mit einem Satz auf dem Dach und versuchte, einen Überblick zu gewinnen. Die beiden Dänen näherten sich vom Ufer aus dem Dorf, zögerten aber noch, schienen zu warten, dass die anderen auftauchten. Trotz der erbärmlichen Bewaffnung ihrer Gegner trauten sie sich nicht an die rund fünfzehn Männer heran, die mit dem Mut der Verzweiflung ihre Waffen schwangen.

Und dann kamen die anderen. Zwischen den Häusern erschienen ihre Silhouetten, Klingen blitzten im Fackellicht auf, doch abgesehen von den Waffen waren sie schlecht auf einen Kampf vorbereitet: Keiner trug Kettenhemd oder Helm, noch nicht einmal ein Lederpanzer war zu sehen. Sie schienen überhaupt nicht mit Gegenwehr gerechnet zu haben.

Ich kauerte mich hin, um nicht gesehen zu werden. Meine Hand ertastete ein Netz, das Sebastian wahrscheinlich zum Trocknen auf dem Dach ausgelegt hatte. Die Dänen rückten langsam weiter vor, bis sie einen Kreis um die Gruppe der schreienden Dorfbewohner gebildet hatten, doch sie stürmten immer noch nicht vor. Blicke flogen hin und her, vielleicht fürchteten sie, dass in den Hütten weitere Männer verborgen waren, die sich von hinten auf sie stürzen würden. Ohne die Dorfbewohner aus den Augen zu lassen, rissen sie Türen auf und warfen kurze Blicke in die Dunkelheit.

Und dann hörte ich plötzlich Schritte direkt unter mir. Ich lugte über den Rand des Daches und sah zwei Dänen mit erhobenen Äxten. Einer spähte um die Hausecke, der andere schob die Tür auf und blickte ins Haus, dann schloss er zu dem an der Ecke auf. In diesem Augenblick kam mir eine Idee. Ich legte das Schwert aus der Hand, packte das Fischernetz und warf es von oben über die beiden. Noch ehe sie wussten, wie ihnen geschah, waren sie gefangen. Mit einem halb überraschten und halb wütenden Aufschrei grapschten sie nach den Maschen und begannen, wild daran herumzureißen, um sich zu befreien, doch sie bewirkten damit nur das Gegenteil: Sie verstrickten sich noch weiter, einer stolperte, fiel hin und riss den anderen mit, ich schnappte mir das Schwert, sprang vom Dach und landete direkt neben ihnen. Es war nur ein Netz aus dünnen Flachskordeln, das sie leicht hätten zerreißen können, wenn sie nicht so kopflos herumgefuchtelt hätten, doch mein plötzliches Erscheinen versetzte sie gänzlich in Panik; sie konnten weder ausholen noch zupacken noch zurückweichen. Ich stieß zweimal zu. Meine Klinge fand kaum Widerstand, sie brüllten auf und brachen röchelnd zusammen.

Natürlich hatte das Gebrüll sofort die anderen auf mich aufmerksam gemacht. Köpfe flogen herum, fassungslose Blicke trafen mich; zwei der Angreifer, die mir am nächsten standen, lösten sich aus dem Kreis, der die Dorfbewohner umringt hatte, und stürzten auf mich zu. Einer von ihnen schleuderte seine Axt, ein gut gezielter Wurf, aber ich sah ihn kommen und duckte mich, sodass die Klinge knapp über meinen Kopf hinwegsauste und in der Bretterwand der Fischerhütte stecken blieb. Der andere stürmte weiter voran, holte dabei aber mit seinem Schwert zu weit aus, sodass ich rechtzeitig beiseitespringen konnte. Der Schwung riss ihn mit, er strauchelte; ehe er sein Gleichgewicht wiederfand, stieß ich ihm meine Klinge in den Oberschenkel, und er ging mit einem Aufschrei zu Boden. Der andere wich ein paar Schritte zurück und blickte sich nach einer neuen Waffe um, fand keine, wollte aber auch nicht aufgeben. Ein paar Augenblicke lang stand er mir breitbeinig lauernd und keuchend gegenüber. Zwei weitere Dänen lösten sich aus dem Kreis, sodass nur noch ein gutes halbes Dutzend übrig war, um die Dorfbewohner in Schach zu halten. Wieder gingen sie zu zweit auf mich los, einer von rechts und einer von links, und es wäre wohl eng geworden, wenn nicht Bodo in diesem Moment wie aus dem Nichts wieder aufgetaucht und mir zur Seite gesprungen wäre. Ich konnte kaum glauben, was ich sah: Der alte Kahnführer, der an Bord seines Prahms so unbeweglich und bequem gewirkt hatte, schwang einen riesigen Hammer, und man sah sofort, dass er damit umgehen konnte. Er schlug dem rechten der beiden Dänen die Axt aus der Hand wie ein Spielzeug, der Hammer zog einen Kreis über Bodos Kopf, gewann dabei noch mehr Wucht und schlug einen Wimpernschlag später im Schädel des Angreifers ein, der mit einem Geräusch zerbarst, das an das Brechen von feuchtem Holz erinnerte. Sein Körper flog gegen seinen Nebenmann, der zur Seite taumelte, woraufhin ich ihm einen Tritt in den Bauch verpasste, sodass er auf den Rücken fiel, dann war ich über ihm und stieß ihm mein Schwert mit solcher Wucht durch die Brust, dass es im Boden stecken blieb.

Alles war so schnell gegangen, dass die anderen Dänen keine Zeit gehabt hatten, sich zu verständigen. Und es kam noch schlimmer für sie: Zwei Männer aus dem Dorf, die sich irgendwo versteckt gehalten hatten, waren unbemerkt auf das Dach einer Hütte gestiegen und deckten die Dänen mit einem Hagel aus Steinen ein, die zur Beschwerung der Bedeckung aus Baumrinde dort oben gelegen hatten. Einer wurde am Kopf getroffen und ging zu Boden; die anderen, die im ersten Augenblick überhaupt nicht begriffen, aus welcher Richtung die Steine angeflogen kamen, wichen mit eingezogenen Köpfen zurück. Die plötzliche Wendung des Kampfes machte den anderen Männern aus dem Dorf Mut, sie lösten ihre Formation auf und gingen zu zweit und zu dritt auf die Dänen los. Bodo und ich stürmten ebenfalls los, doch noch ehe wir das Kampfgetümmel erreicht hatten, gaben die Dänen auf. Mit wütendem Geschrei rannte das verbliebene halbe Dutzend in den Wald zurück. Ich überlegte kurz, ob ich ein paar Männer zusammenrufen sollte, um sie zu verfolgen, verzichtete aber darauf. Es lohnte sich nicht, sich in Gefahr zu bringen. Die Dänen würden ihr Boot ins Wasser schieben und mit der Strömung davonfahren.

Bodo stand neben mir, entspannt auf seinen Hammer gestützt, und beobachtete die Dorfbewohner, die sich aufgeregt in kleinen Gruppen zusammengefunden hatten. Einige der Männer waren auf die Dächer der Hütten gestiegen und spähten angestrengt in die Dunkelheit, andere sammelten die Schwerter und Äxte der Dänen auf und prüften die Klingen. Frauen trösteten weinende Kinder. Weitere Fackeln wurden entzündet, und der gelbliche Lichtkreis schob sich weiter zwischen die Hütten.

«Immer gut, wenn man einen Hammer dabeihat», sagte Bodo und streichelte den Stiel seines Werkzeugs.

«Immer gut, wenn man ihn auch zu benutzen weiß», antwortete ich mit einem Blick auf den eingeschlagenen Schädel des Dänen, den er damit erwischt hatte.

«Was denkst du denn?», sagte Bodo mit zufriedenem Lächeln. «Ich war schon bei Fontenoy dabei.»

«Das ist vierzig Jahre her.»

«Die Arbeit hält einen bei Kräften.»

«Bei Fontenoy wurde mein Vater verwundet», sagte ich, und im nächsten Augenblick bereute ich es auch schon. Wahrscheinlich würde er mich jetzt für den Rest der Nacht über meine Familiengeschichte ausfragen.

«Wie hieß denn dein Vater?»

«Thegan.»

Er zog eine Augenbraue hoch. «Graf Thegan? Aus dem Maasgau?»

Ich nickte.

«Dann bist du *der* Tankred?»

Wieder nickte ich.

«Hatten sie dich nicht ins Kloster gesteckt?»

Ich nickte ein drittes Mal.

«Donnerwetter», sagte Bodo mit einem Blick auf mein Schwert. «Hast offenbar nichts verlernt über den Büchern. Du kämpfst genau wie dein Vater.»

Tja, dachte ich. Und das ist auch schon alles, was wir gemeinsam haben.

2

Worms platzte aus allen Nähten. So viele Menschen auf einmal hatte ich zuletzt einen Monat zuvor auf dem Schlachtfeld von Remich gesehen, doch damals hatten sie brüllend aufeinander eingeschlagen, und der Boden war von Toten und Verwundeten übersät gewesen. An diesem Tag aber standen gut zweitausend Leute friedlich beisammen und warteten auf den Kaiser.

Ich stand an einem der Fenster des Bischofspalastes und blickte auf den rechteckigen Platz hinab, der sich zwischen dem Palast, dem Dom und der königlichen Pfalz erstreckte, auf das bunte Meer von Mützen, Kappen, Hauben, Schleiern und unbedeckten Köpfen. Männer und Frauen standen zusammengedrängt wie eine Schafherde vor dem Spalier der Bewaffneten an der Treppe zum Eingang der Pfalz. Einige besonders vorwitzige Zuschauer waren auf die Baugerüste und sogar auf das offene Dachgebälk des Doms geklettert, der nach einem Blitzeinschlag vor zehn Jahren abgebrannt und inzwischen zumindest als Rohbau wiederhergestellt worden war.

Alle wollten sie den Mann sehen, der in diesem Augenblick im großen Saal der Pfalz die Huldigungseide der Herren des Ostfrankenreiches entgegennahm. Karl, Urenkel des großen gleichnamigen Kaisers, dem nach einer Reihe von Todesfällen ein riesiges Erbe zugefallen war: zuerst das bescheidene alemannische Teilreich, dann Italien und die Kaiserkrone und nun auch noch ganz Ostfranken, das zudem Bayern, Thüringen, Sachsen und Lotharingien einschloss. Damit reichte seine Herrschaft vom Apennin bis an die Nordseeküste, von der Elbe bis an die Maas und von der Donau bis an die Schelde. Entsprechend groß waren die Hoffnungen, die auf ihm ruhten.

Es war ein warmer Maitag. Die Luft war klar, und kleine vereinzelte Wolken hingen am Himmel. Die ganze Stadt hatte sich für den großen Tag herausgeputzt: Die Straßen waren von Mist und Abfällen gereinigt und sauber gefegt worden, die Fenster waren mit Mistelzweigen und Blumengirlanden geschmückt, und in den Wänden steckten Fackeln für das abendliche Fest.

Die Kämpfe und Verwüstungen der letzten Zeit hatten hier keine Spuren hinterlassen. Die dänischen Flotten, die seit einigen Jahren an den Küsten und zwischen den Oberläufen der großen Flüsse ganze Landstriche terrorisierten, waren nicht über Koblenz hinausgekommen, sodass die Gegend um Worms keinen Schaden genommen hatte. Nur die vielen in der Stadt und auf den Dörfern einquartierten Flüchtlinge zeugten davon, dass sie weiter im Norden immer noch wüteten. Unzählige Menschen waren heimatlos geworden und zogen durch das Land – auf der Suche nach einer Unterkunft und in der Hoffnung, eines Tages nach Hause zurückkehren und ihre abgebrannten Häuser wieder aufbauen zu können.

Obwohl Worms vorerst verschont worden war, wappnete man sich auch hier. Als ich am Tag zuvor angekommen war, um meinem Leben hier eine neue Wendung zu geben, hatte ich gesehen, wie die römische Stadtmauer instand gesetzt und die verschütteten und zugewucherten Gräben neu ausgehoben und freigeschaufelt wurden. Die Türme waren mit Bewaffneten besetzt, die Tore streng bewacht, als fürchtete man einen Überraschungsangriff. Nach der Schlacht von Remich hatten die Dänen sich zwar nach Asselt zurückgezogen, aber sie würden zurückkehren – es sei denn, es gelänge, sie auch von dort zu vertreiben. Genau das erwartete man jetzt vom neuen Herrscher. Der Krieg würde weitergehen.

Ich konnte ein Lied von diesem Krieg singen: Monatelang hatte ich mich mit den Dänen herumgeschlagen. Im Januar war ich ihnen beim Überfall auf das Kloster Prüm in letzter Minute entkommen, dann hatte Ivar Forstyrret, einer ihrer Anführer, meine Schwester Judith aus Aachen verschleppt. Ich hatte ihn und seine Leute bis zum Rhein verfolgt und die Mauern von Koblenz gegen sie verteidigt. Danach war ich ihrer Spur an der Mosel gefolgt und hatte mitansehen müssen, wie sie Trier in Brand gesteckt hatten. Ich war ihnen im Gefolge des Trierer Erzbischofs Bertolf nachgejagt, hatte Ivar kurz darauf in der Schlacht von Remich getötet und Judith befreit. Kurz und gut: Mein Bedarf an Zerstörung und Gewalt war gedeckt.

Doch ich wusste, dass es weitergehen würde. Die Dänen würden wiederkommen, und ich würde nicht abseitsstehen können. Ich war hier, weil ich vom Kaiser einen Gefallen zu erbitten hatte, und den würde er mir wohl nicht ohne Gegenleistung gewähren.

«Was machen die Dänen, wenn sie ein Loch im Schiffsrumpf haben?», fragte Lupus, der neben mir am Fenster stand. Diese Art von Witzen hatten die Verteidiger von Koblenz erfunden, nachdem sie den Angriff der Dänen zurückgeschlagen hatten. Lupus und ich hatten dort Freundschaft geschlossen. Später hatten wir Seite an Seite bei Remich gekämpft. Er war flink und gewandt und durch nichts aus der Fassung zu bringen.

«Sie bohren noch ein Loch, damit das Wasser ablaufen kann», sagte ich.

Lupus wandte mir sein schmales Katzengesicht zu. «Den kanntest du schon.» Er dachte kurz nach, dann fiel ihm der nächste ein: «Wie viele Dänen braucht man, um einen Schafbock zu kastrieren?»

Ich versuchte, mir eine Horde dänischer Krieger beim Bändigen eines Bocks vorzustellen, aber bevor das Bild Gestalt annehmen konnte, geriet die Menge unten auf dem Platz in Bewegung. Das Gemurmel schwoll zu einem lauten Stimmengewirr an; alle reckten die Hälse, Rufe erklangen, Finger zeigten in Richtung der Pfalz.

Eine Gruppe von Männern war aus dem Portal auf den Treppenabsatz getreten: ein halbes Dutzend Soldaten mit Helmen und Kettenhemden, wahrscheinlich Leibwächter, dazu zwei Männer im Bischofsornat, einer davon mit Pallium, und einige prachtvoll gekleidete Herren in rot und blau leuchtenden Gewändern. Alle bis auf die Bischöfe trugen Schwerter, deren Beschläge in der Sonne aufblitzten.

Einen von ihnen kannte ich: Graf Ratwin, der die Verteidigung von Koblenz geleitet hatte. Ich hatte schon vermutet, dass er nach Worms gekommen war, aber ich hatte ihn noch nicht getroffen. Seine Anwesenheit auf der Treppe zeigte, dass er zum engeren Kreis um den Kaiser gehörte. Für mein Anliegen war das von Vorteil, denn zwischen Ratwin und mir war in den Wochen, in denen wir in Koblenz auf den Angriff der Dänen gewartet hatten, ein freundschaftliches Verhältnis entstanden. Einen Fürsprecher wie ihn konnte ich gut gebrauchen. Ich wusste nicht, wie lange der Kaiser in Worms bleiben würde, aber ich musste es schaffen, zu ihm vorgelassen zu werden, bevor er mit seinem Gefolge weiterzog. Mein ganzes weiteres Leben hing davon ab, wie er mein Anliegen aufnahm.

Zunächst aber war es der Palliumträger, der sich Gehör verschaffte. Er war groß und massig und überragte die anderen Männer auch ohne die glitzernde Mitra, die wie die Spitze eines Kirchturms auf seinem Kopf thronte. Es konnte sich nur um Erzbischof Liutbert von Mainz handeln, Erzkanzler und Erzkaplan von König Ludwig, dem verstorbenen Bruder des Kaisers, der diesem die ostfränkische Krone hinterlassen hatte.

Liutbert hob beide Hände und rief der Menge etwas zu. Das Stimmengewirr verebbte; Mützen, Kappen und Hauben wurden abgenommen, Kinder auf den Boden gestellt, dann fielen die ersten Zuschauer auf die Knie. Das allgemeine Niederknien, Nackenbeugen und Händefalten pflanzte sich durch die Reihen fort, und nach wenigen Augenblicken verharrte der ganze Platz schweigend und demütig in Erwartung des kaiserlichen Auftritts.

Liutbert stimmte das Tedeum an, und die Menge fiel ein.

Das Rundbogenfenster, an dem wir standen, befand sich an einem Gang, der die ganze Breite der Fassade im oberen Stockwerk des Bischofspalastes einnahm. Rechts und links von uns lagen weitere Fenster, hinter denen sich Zuschauer drängelten, zumeist gut genährte Geistliche in blütenweißen Feiertagsgewändern, aber auch ein paar festlich gekleidete Gäste und sogar Bedienstete des Bischofs in Schürzen und Kitteln. Kaum schallte der Gesang vom Platz herauf, sanken auch rechts und links von uns alle auf die Knie. Lupus und ich folgten ihrem Beispiel, um nicht hochmütig oder verstockt zu wirken. Dummerweise waren die Fenster so weit oben in die Wand eingelassen, dass man kniend nicht mehr sehen konnte, was unten passierte.

Als der Jubel aufbrandete, erhoben wir uns wieder. Es war wie in der Messe.

Und da stand er, der Kaiser.

Sein Gesicht war aus der Entfernung nicht zu erkennen, aber seine Gestalt überstrahlte die Bischöfe und Grafen, die um ihn herum standen, auf kaiserliche Weise. Er trug einen Purpurmantel mit Pelzborte, Stiefel mit goldenen Sporen und ein Schwert, dessen Scheide vor Edelsteinen glitzerte. Auf dem Kopf hatte er nicht die übliche Bügelkrone, sondern einen goldenen Lorbeerkranz nach der Art römischer Imperatoren. Wahrscheinlich hatte er diesen Brauch in Italien kennengelernt und übernommen, um seinen Vorrang vor den westfränkischen Königen zu unterstreichen. Ich sollte bald erfahren, wer dem Kaiser derlei Ideen einflüsterte.

Karl badete eine Weile im Jubel der Menge, die immer wieder seinen Namen rief und ihm ein langes Leben und glorreiche Siege wünschte. Womit das Thema genannt war, das allen auf den Nägeln brannte.

Nachdem der Kaiser mit einer Handbewegung Ruhe geboten hatte, hob er zu einer Ansprache an. Er hatte eine schwache Stimme, sodass seine ersten Sätze nur bruchstückhaft bei mir ankamen. Immerhin verstand ich, dass Karl seine kaiserlichen Vorfahren beschwor, an ihre Taten und Verdienste erinnerte und auf den göttlichen Auftrag verwies, die Gläubigen aufzurichten, die Ungläubigen zu bekehren und die Feinde der

Christenheit zu bekämpfen, die derzeit an den Küsten und auf den Flüssen ihr Unwesen trieben.

Im Verlauf seiner Rede gewann er an Sicherheit und auch an Stimmkraft. Er habe, so fuhr er fort, aus allen Ländern seines Reiches die tapfersten Männer zusammengerufen. Just in diesen Tagen sammle sich ein Heer, wie die Welt es noch nicht gesehen habe.

Bei diesen Worten zog er sein Schwert und reckte es in die Luft. «Franken, Alemannen, Lotharingier, Bayern, Sachsen, Thüringer und Langobarden!», rief er über den Platz. «Wir werden die Nordmänner jagen, wo immer sie sich blicken lassen! Wir werden sie aufstöbern und ausräuchern, wo immer sie sich verstecken! Wir werden diese Teufel mit Gottes Hilfe in die Hölle zurückjagen, aus der sie gekommen sind!»

Die Formulierung kam mir bekannt vor. Genauso hatte der Anführer eines Bauernhaufens in Prüm sich ausgedrückt, bevor er mit seinen Leuten von den Dänen abgeschlachtet worden war.

Doch natürlich wollte die Menge genau solche Worte hören, und der Jubel auf dem Platz war unbeschreiblich. Als der Lärm sich endlich gelegt hatte, stimmte Liutbert das *Kyrie Eleison* an, und wieder sanken alle auf die Knie und fielen ein.

Nachdem der Kaiser und seine Getreuen sich zurückgezogen hatten, begann die Menge, sich zu verlaufen. Ein großes Schwatzen und Flanieren setzte ein. Aus einem Nebeneingang der Pfalz wurden Fässer auf den Platz gerollt. Bedienstete stellten Tische und Bänke auf. Feuerschalen wurden herangeschleppt, Holz aufgestapelt, Fackeln in Halterungen gesteckt. Gaukler errichteten ein Podest. Musikanten bliesen probeweise in ihre Flöten. Es sollte ein Fest werden, an das man sich noch lange erinnern würde. Und sicherlich würden die Leute für eine Nacht vergessen, welche Sorgen sie plagten. Doch am Ende würde der Kaiser sich daran messen lassen müssen, ob es ihm gelang, die Dänen aus dem Land zu vertreiben oder nicht.

Ein paar Stunden später saß ich mit Lupus an einem der langen Tische und trank Bier, das überall aus großen Fässern ausgegeben wurde. Die Sonne war untergegangen, und der Platz wurde von einem halben Dutzend Feuern und Fackeln erhellt. Hunderte von Menschen hatten sich eingefunden, um die Huldigung und damit die Hoffnung auf bessere Zeiten zu feiern. Wenn es gelang, die Dänen zu vertreiben, würden vielleicht endlich wieder Frieden und Sicherheit einkehren.

Die Stimmung war so ausgelassen, dass ich die Befürchtungen über meine Zukunft zwischenzeitlich vergaß. Lupus unterhielt unsere Tischnachbarn mit Dänenwitzen und schielte immer wieder nach einem der Mädchen, die die Humpen nachfüllten. Aus den Rufen der Männer war zu erfahren, dass sie Agatha hieß. Sie war keine besonders auffällige Schönheit; mit ihren aschblonden Haaren und dem eher kräftigen Körperbau sah sie aus wie eine robuste Bauerntochter, aber sie strahlte eine reizende Unverfrorenheit aus, hatte ein loses Mundwerk und schäkerte viel herum. Lupus war wohl nicht der Einzige, der sich Hoffnungen machte.

Bier und Wein flossen in Strömen.

Wir saßen direkt neben dem Podest, das in der Mitte des Platzes aufgebaut worden war. Ein Akrobat jonglierte mit Fackeln und ließ Teller an Stangen kreisen, die er auf allen möglichen Körperteilen balancierte. Ein Zauberkünstler zog lebende Hasen aus den Falten seines Umhangs und ließ sie wieder darin verschwinden, dann breitete er den Umhang aus, zeigte ihn von allen Seiten, knüllte ihn zusammen und warf ihn in die Luft, woraufhin eine weiße Taube daraus hervorflatterte. Es folgte eine Sängerin, die ein Lied über die Sehnsucht nach dem in der Ferne weilenden Geliebten vortrug.

Lupus, der inzwischen ziemlich betrunken war, blickte mich mitleidig an. «Sie fehlt dir, mein Freund.»

«Ja», sagte ich, obwohl ich wenig Lust hatte, mich mit dem betrunkenen Lupus über meine Sehnsüchte zu unterhalten, Freund hin, Freund her. Und überhaupt: Welche Sehnsüchte denn? Ich hatte im Lauf der letzten Monate so viele Menschen verloren, wiedergefunden und erneut zurückgelassen, dass man fast den Überblick verlieren konnte. Natürlich meinte er Fidis, meine Vertraute und Geliebte, die früher die dunkelsten Stunden meines Lebens mit mir geteilt hatte, dann verschwunden war und schließlich vor einem Monat in Trier plötzlich wieder vor mir gestanden hatte. Nach Judiths Befreiung hatte ich die beiden nach Aachen gebracht, damit meine Schwester sich von den Strapazen der monatelangen Gefangenschaft erholen konnte. Dort warteten sie nun auf mich, und natürlich fehlten mir beide, jede auf ihre Weise. Mir fehlte auch Wolfhelm, mein Vertrauter aus Prüm, von dem ich noch nicht einmal wusste, ob er noch lebte. Mir fehlte Folchar, mein Lehrer aus Aachen, ohne den ich ein anderer Mensch geworden wäre. Und mir fehlte Gauzbert, mein Reisebegleiter aus Inda, der beim Angriff der Dänen auf Koblenz schwer verwundet worden war und den ich hatte zurücklassen müssen, weil Judiths Rettung keinen Aufschub geduldet hatte. Ja, Fidis war von all diesen Menschen derjenige, der mir am meisten fehlte. Aber wenn mein Anliegen beim Kaiser kein Gehör fand, dann war es fraglich, ob ich sie überhaupt jemals wiedersehen würde. Denn wenn man es genau nahm, war ich ein entflohener Häftling. Und es gab durchaus Leute, die es genau nahmen.

Wenn in diesem Augenblick nicht der Bärenführer auf den Plan getreten wäre, wäre ich, angetrunken, wie ich war, wahrscheinlich für den Rest der Nacht in Schwermut versunken.

Während Lupus also nach tröstenden Worten suchte und ich trübe vor mich hin starrte, ging ein Raunen durch die Menge. Die Leute gerieten in Bewegung, ich sah eine Mischung aus Furcht und Bewunderung in den Gesichtern, und eine Gasse öffnete sich, an deren Ende ein merkwürdiges Paar im Licht des Feuerscheins auftauchte: ein etwas irre dreinblickender, vollständig in Leder gekleideter Kerl mit fettig glänzender Halbglatze, der einen Bären am Nasenring mit sich führte. Das Tier watschelte täppisch neben ihm her und blickte dabei scheu nach rechts und links. Obwohl der Bär nicht angriffslustig wirkte, war seine schiere Größe beeindruckend. Ein paar Zuschauer sprangen von den Bänken auf, und als die beiden das Podest erreicht hatten, bildete sich ein großer Kreis um sie herum. Die Gespräche verstummten.

Der Bärenführer breitete die Arme aus und drehte sich einmal im Kreis. Der Bär brummte ein paarmal verwirrt und ließ sich auf alle viere fallen.

«Männer und Frauen von Worms!», rief der Bärenführer.

«Und von Speyer!», schrie einer dazwischen.

«Und von Mainz!», kam es aus einer anderen Ecke.

«Ist ja gut jetzt», murmelte jemand.

«Männer und Frauen von Worms, Speyer und Mainz», wiederholte der Bärenführer bereitwillig und hob den Zeigefinger.

«Vor euch steht Bruno, das beißwütige Biest aus dem bayerischen Bergland, gefangen und gezähmt von mir, Balduin, dem beharrlichen Bestienbezwinger aus Bamberg!»

«In Bayern gibt's überhaupt keine Bären!», rief jemand von weiter hinten.

«Natürlich gibt's da welche», widersprach jemand anders.

Balduin ließ sich nicht beirren. «Bruno kann singen, rechnen und tanzen!», versicherte er und schüttelte die Kette, dass sie klirrte.

So ging es eine Weile hin und her. Balduin pries die Fähigkeiten seines Bären an, die Zuschauer riefen ihm launige Bemerkungen zu, der Bär tapste brummend auf dem Podest herum. Schließlich schritt der Bestienbezwinger zum Beweis der außergewöhnlichen Fähigkeiten seines Bären. Er pfiff ihm ein paar einfache Melodien vor, die Bruno mehr schlecht als recht brummend wiederholte, und stellte ihm einfache Rechenaufgaben, die durch Kopfnicken und Tatzenschlagen korrekt, aber schleppend gelöst wurden. Als es ans Tanzen ging, holte Balduin eine Flöte hervor und spielte eine einfache Melodie. Der Bär wiegte und drehte sich gemächlich wie ein betrunkener Bauer, ohne groß auf den Rhythmus des Liedes einzugehen.

«Kann er auch kämpfen, dein beißwütiger Bruno?», fragte einer, der ein paar Plätze weiter an unserem Tisch saß, ein breitschultriger Kerl mit Lederweste und Armen, die fast so dick waren wie meine Oberschenkel.

«Natürlich kann er das», sagte Balduin. «Er ist schnell wie Achilles und stark wie Herkules. Will jemand gegen ihn antreten?»

Bruno fletschte die Zähne. Der Kerl winkte ab. «Lass mal.»

«Drückeberger!», kam es aus der Menge.

«Mach's doch selber!», rief der Breitschultrige.

Bevor ich ihn daran hindern konnte, stand Lupus plötzlich auf. «Ich mach's!», rief er.

Ich hätte es ahnen können. Lupus war für jeden Spaß zu haben, kannte keine Angst und zeigte gern, was er konnte. Das Bier hatte ihn noch ein bisschen tatenlustiger, furchtloser und eitler werden lassen. Die Aussicht auf einen Bärenkampf vor großem Publikum kam ihm da gerade recht.

Applaus und Gejohle.

Balduin hatte offenbar nicht damit gerechnet, dass sich tatsächlich ein Freiwilliger finden würde. Er blickte kurz irritiert in die Runde, als erwartete er, dass irgendjemand Lupus zurückhalten würde, was ich gern getan hätte, denn Lupus hatte sich offensichtlich nur aus betrunkenem Übermut gemeldet, um die Zuschauer zu beeindrucken und vor allem Agatha, die hinter ihrem Fass stand und ihn nicht aus den Augen ließ.

«Tu das nicht», zischte ich Lupus zu, aber es war zu spät. Alle Augen waren auf uns gerichtet. Weiter hinten standen sie schon auf den Bänken, um besser sehen zu können, welcher Wahnsinnige sich da gleich vom Bären zerfleischen lassen würde.

«Was kriege ich dafür?», fragte Lupus, mehr an die Umstehenden gerichtet als an Balduin.

Während der noch überlegte und der Bär brummend die Zähne zeigte, schrie der Breitschultrige: «Die Haut des Bären! Was sonst?»

«Genau!», rief ein anderer. «Wer den Bären besiegt, bekommt sein Fell! So gehört sich das!»

Balduin rang um eine Antwort, aber die Menge hatte ihr Stichwort. Die Männer schlugen die Humpen auf die Tische und skandierten: «Die Haut des Bären! Die Haut des Bären!»

«Einverstanden», knurrte Balduin. «Wie heißt du?»

«Lupus.»

«Soso, Lupus. Wolf gegen Bär. Aber ohne Schwert!»

«So ist's recht!», schrie einer aus der Menge. «Mit bloßen Händen!»

Ohne ein weiteres Wort des Protests schnallte Lupus seinen Schwertgurt ab und legte die Waffe auf den Tisch. Seine Augen glitzerten im Fackelschein.

«Das ist doch Wahnsinn», murmelte ich. Doch anstatt weiter zu versuchen, Lupus zurückzuhalten, tastete ich nach meinem eigenen Schwertgriff, um nötigenfalls einzuschreiten.

Lupus ging unter großem Applaus zum Podest und nahm Aufstellung. Der Bär stellte sich auf die Hinterbeine. Ich war nicht sicher, ob er begriff, was hier vor sich ging, doch dann holte er unversehens aus und verpasste Lupus einen Schlag ins Gesicht, sodass dieser zurücktaumelte. Die Krallen hatten vier blutige Striemen auf seiner Wange hinterlassen, aber anstatt zu Boden zu gehen, fing Lupus sich sofort wieder und ging erneut in Stellung, geschmeidig und sprungbereit wie eine Raubkatze. Eine Weile umkreisten sie sich lauernd.

Die Zuschauer teilten sich nun in zwei Lager: Die einen feuerten Lupus an, die anderen den Bären.

Lupus, dessen nietenbeschlagener Lederpanzer im Feuerschein glitzerte, schlug nach dem Kopf des Bären, verfehlte ihn aber. Seine Unterstützer stöhnten auf. Der Bär hob die Tatzen und machte einen Schritt nach vorn, doch Lupus wich mit katzenhafter Schnelligkeit aus. Die Unterstützer des Bären stöhnten auf.

Der Bär setzte Lupus nach. Seine Bewegungen kamen mir gar nicht mehr bärenhaft und behäbig vor, sondern gezielt und geschmeidig. Wieder umkreisten sie sich. Die Anfeuerungsrufe ebbten ab. Die Spannung stieg.

Plötzlich machte der Bär einen Satz nach vorn, stürzte sich auf Lupus und riss ihn zu Boden. Ich schoss hoch und zog mein Schwert, doch Lupus wand sich unter dem Bären hervor und sprang sofort wieder auf die Füße. Auch der Bär richtete sich auf, doch ehe er zu einem weiteren Angriff ansetzen konnte, tat Lupus etwas vollständig Unerwartetes: Er holte mit dem rechten Fuß aus und trat seinem Gegner mit aller Kraft zwischen die Beine. Die Wirkung war überwältigend: Der Bär sackte zusammen, griff sich mit beiden Tatzen in den Schritt und knurrte ein gepresstes «Scheiße!».

Dann kippte er zur Seite und rollte fluchend auf dem Boden hin und her. Balduin fluchte auch, aber seine Worte gingen im Geschrei der Zuschauer unter.

Lupus ballte die Fäuste und wandte sich triumphierend zur Menge um. Der Bär griff sich mit beiden Tatzen an den Hals und riss sich selbst den Kopf ab. Die Kette fiel klirrend zu Boden. Was blieb, war ein mit vor Schmerz verzerrtem Gesicht am Boden kniender Mann im Bärenpelz, dessen dicker Hals eine kraftvolle Statur verriet. Sein Schädel war vollständig rasiert, was ihn älter aussehen ließ, als er vermutlich war. Er tat mir ein bisschen leid.

Die Menge raste. Trotz der wenig ehrenhaften Kampftechnik waren fast alle auf der Seite von Lupus und forderten mit sichtbarem Vergnügen den Siegespreis für ihn ein: «Die Haut des Bären! Die Haut des Bären!» Es klang wie ein unerbittlicher und gleichzeitig belustigter Schlachtruf. Es war klar, dass sie Balduin nicht ziehen lassen würden, ohne dass er seine Zusage eingelöst hatte.

Der Glatzköpfige mühte sich stöhnend und schimpfend auf die Beine, riss sich die Tatzen von den Händen, schälte sich aus dem Fell und schleuderte alles auf den Boden. Dann verließ er das Podest und suchte das Weite. Balduin folgte ihm wie ein geprügelter Hund.

Unter begeisterten Zurufen raffte Lupus das Bärenkostüm zusammen und nahm wieder an unserem Tisch Platz, als wäre nichts geschehen. Agatha stellte ihm einen neuen Humpen hin und tätschelte ihm den Kopf.

«Tankred», sagte eine vertraute Stimme hinter mir. «Wie ich sehe, amüsiert ihr euch.»

Ich wandte mich um. Es war Ratwin. Er trug wieder sein blaues Gewand mit der silbernen Knopfleiste, das ich noch von Koblenz her kannte, und strahlte vor Wiedersehensfreude. Er setzte sich neben mich auf die Bank und legte mir einen Arm um die Schulter. Es tat gut, ihn zu sehen. Ohne Kettenhemd und Helm wirkte das Schwert an seiner Seite eher wie ein Zeichen seines Ranges als wie eine Waffe.

Ratwin griff sich den Humpen von Lupus und stieß ihn gegen meinen. Wir tranken uns zu, als wäre unser letztes Zusammentreffen erst gestern gewesen. Die alte Vertraulichkeit zwischen uns war sofort wiederhergestellt. Er hatte in Koblenz viel Wert auf mein Urteil gelegt, und ich hatte ihn als einen umsichtigen und unerschrockenen Anführer kennengelernt. Im Kastorstift waren wir zusammen dem Entführer meiner Schwester gegenübergetreten, umlagert von Hunderten bis an die Zähne bewaffneter Dänen. Ratwin hatte sich nicht einschüchtern lassen, und die Rettung von Koblenz war vor allem sein Verdienst.

«Ich wusste, dass du es schaffen würdest», sagte er und meinte natürlich die Befreiung meiner Schwester. Ich hatte sie vor den Augen der aufgebrachten Dänen aus Ivars brennendem Schiff gerettet und war mit ihr durch die Mosel geschwommen.

«Weißt du auch, was danach passiert ist?», fragte ich.

«Nein», sagte er. «Aber ich weiß, warum du hier bist. Und am Hof weiß man es auch. Bertolf hat deinen Fall vorgetragen. Um deine Sache steht es gut. Komm morgen Mittag zur Pfalz. Man wird dich zum Kaiser vorlassen.»

«Wird er mich begnadigen?», fragte ich und versuchte, mir die Beklommenheit nicht anmerken zu lassen, die mich trotz der anscheinend guten Aussichten befallen hatte. Mein ganzes weiteres Leben hing von dieser Begnadigung ab.

«Davon gehe ich aus. Aber es gibt eine Bedingung.»

Ich konnte mir denken, welche Bedingung das war: «Ich soll an seinem Kriegszug teilnehmen.»

«Richtig. Wir brauchen Leute wie dich. In zehn Tagen brechen wir auf, um dem Spuk in Asselt ein Ende zu machen.»

Wie gesagt, vom Krieg hatte ich eigentlich genug. Aber Asselt sagte mir zu. Die Festung lag auf einer Insel in der Maas, nur einen Tagesritt von meiner Heimatstadt Maastricht und ebenso weit von Aachen entfernt. In Aachen warteten Fidis und Judith auf mich, in Maastricht wahrscheinlich jede Menge Ärger. Aber diesem Ärger würde ich mich stellen müssen, je früher, desto besser.

Ratwin erriet meine Gedanken. «Du kannst anfangen, deine Familienangelegenheiten zu regeln.»

«Das werde ich wohl», sagte ich finster.

Ratwin legte mir wieder den Arm um die Schulter. «Wenn du dich in den Diensten des Kaisers bewährst, steigen deine Chancen, dir dein Erbe zurückzuholen.»

Agatha saß inzwischen bei Lupus auf dem Schoß und hatte die Bärenmaske auf, was für allerhand mehr oder weniger schlüpfrige Zurufe sorgte.

Ratwin blickte belustigt zwischen uns hin und her, dann wurde er kurz wieder ernst.

«Es gibt noch jemanden, mit dem du dich gut stellen solltest, wenn du weiterkommen willst», sagte er.

«Liutbert von Mainz?», fragte ich.

«Eben nicht», antwortete Ratwin. «Liutbert hat abgewirtschaftet. Liutward von Vercelli ist der neue Stern am Firmament des Hofes. Und der neue Erzkanzler.»

«War das der andere Bischof auf der Treppe?»

«Ja. Niemand mag ihn, aber er ist der Ohrenbläser des Kaisers, und ohne seine Zustimmung passiert gar nichts. Sei auf der Hut. Er ist gierig, rücksichtslos und falsch wie die Schlange im Paradies, aber er verbirgt es hinter vollendeten Umgangsformen und geschliffener Rede. Er wurde auf der Reichenau ausgebildet und kennt den ganzen Cicero auswendig.»

Die Reichenau. In Prüm hatte ich eine Abschrift des Reichenauer Bibliothekskatalogs gesehen. Sie hatten dort Schätze, von denen andere Klöster nur träumen konnten. In Prüm hatte mir jahrelang die Bibliothek unterstanden, und ich konnte nicht aus meiner Haut, so als gälte es immer noch, seltene oder verloren geglaubte Werke aufzuspüren und zu beschaffen. Und ein weiterer Gedanke schlich sich in meinen Kopf: Wenn Liutward ein Mann der Bücher war, dann verband uns etwas, ganz gleich, was für einen Charakter er haben mochte. Dann hatte ich ihm etwas zu bieten, das vielleicht eine Gegenleistung wert war.

Ratwin grinste mich an. Er erriet meine Gedanken. «Da wirst du hellhörig, was?»

«Allerdings», bestätigte ich. Wenn ich mich richtig erinnerte, hatten sie auf der Reichenau das einzige vollständige Exemplar der Komödien von Terenz. Ich hatte es von Prüm aus einmal angefordert, aber sie hatten es zu meinem großen Missbehagen nicht rausgerückt.

«Ich warne dich», sagte Ratwin. «Liutward schätzt kluge Männer nur, solange sie nicht klüger sind als er selbst. Tu bescheiden. Ich weiß, dass dir das schwerfällt.»

«Ich werde mir Mühe geben», sagte ich.

«Gut. Und jetzt erzählst du mir mal genau, wie du Ivar nach Walhallo befördert hast.»

«Walhalla.»

«Auch gut. Ich bin ganz Ohr.»

3

Die Flügeltüren schwangen auf. Ich blickte in eine beeindruckend lange Audienzhalle, an deren Ende unter einem dunkelroten Baldachin mit Goldquasten der Kaiser auf einem dreistufigen Podest in einem Faltsessel saß. Er trug auch heute seinen Purpurmantel und den goldenen Lorbeerkranz anstelle der Krone. Zu seiner Rechten stand ein Mann in gestraffter Pose mit hinter dem Rücken verschränkten Armen, dem Anschein nach vielleicht fünfunddreißig Jahre alt; zu seiner Linken, etwas abseits, redeten zwei Priester leise miteinander. Noch weiter links stand ein großer Tisch voller Pergamente, an dem ein Schreiber auf einem Schemel saß und, ohne aufzublicken, etwas notierte.

Ich trat ein. Zwei Wachen kamen hinter den Flügeltüren hervor und schlossen sie geräuschlos hinter mir, während ich gemessenen Schrittes auf den Baldachin zuging: nicht zu langsam, um dem Kaiser keine Zeit zu stehlen, nicht zu schnell, um den Eindruck von bescheidener Ehrerbietung nicht durch allzu forsches Auftreten zu ruinieren. Meine Schritte hallten von den Wänden zurück. Die Halle hatte an beiden Seiten hohe Fenster mit eleganten Messinggittern, durch die viel Licht hereinfiel. Die Wände, vor denen lange Reihen von Kerzenleuchtern standen, waren verputzt, aber nicht bemalt, und der Boden war mit großen Sandsteinplatten belegt.

Der ganze Raum strahlte eine schlichte und zeitlose Würde aus.

Das letzte Mal, dass ich einem Kaiser gegenübergetreten war, lag fast dreißig Jahre zurück. Ich war noch ein kleiner Junge gewesen und hatte meinen Vater zu einer Versammlung in Aachen begleitet. Kaiser Lothar, der Onkel des Mannes, auf den ich nun zuschritt, hatte mich auf seinen Knien sitzen lassen und sich einen Spaß daraus gemacht, mir Lästereien über die versammelten Bischöfe, Äbte und Grafen ins Ohr zu flüstern. Aber das war lange her. Hier und heute war ich ein Bittsteller.

Kaiser Karl schien ohnehin nicht zu Späßen aufgelegt zu sein. Mit teilnahmslosem Gesicht sah er geradeaus, und es war unmöglich zu sagen, ob er mich anschaute oder durch mich hindurchblickte. Er war glatt rasiert und hatte rötliche Flecken im Gesicht. Seine schwarzen Haare unter dem Lorbeerkranz waren nach vorn gekämmt, wie um eine beginnende Stirnglatze zu kaschieren.

Als ich die Halle zur Hälfte durchmessen hatte, erkannte ich den Mann an seiner Seite: Es war der Bischof, den ich am Vortag auf der Treppe gesehen hatte, doch statt des geistlichen Ornats trug er ein eng geschnittenes grünes Obergewand aus einem sehr feinen Wollstoff mit silbernen Knöpfen. Mit seiner kerzengeraden Haltung und dem hochgereckten Kinn schien er auf die ganze Welt herabzublicken; der strichdünne Bart, der seinen Mund wie ein Rechteck umrahmte, verriet eine ausgeprägte Eitelkeit. Um seine Lippen spielte ein selbstgefälliges Lächeln, das er für Komplimente und Belobigungen wahrscheinlich ebenso einsetzte wie für Drohungen, Provokationen und Beleidigungen: Liutward, Bischof von Vercelli und wichtigster Berater des Kaisers – der Mann, bei dem laut Ratwin alle Fäden an Karls Hof zusammenliefen.

Als ich mich dem Baldachin bis auf zehn Schritte genähert hatte, beugte ich das Knie und senkte den Blick. Aus den Augenwinkeln sah ich die vergoldeten Löwenpranken und das rot gefärbte Leder des Faltsessels.

Es raschelte, und ich schielte nach links, zum Erzkanzler. Liutward von Vercelli zog einen Zettel aus dem Ärmel seines Gewandes und las etwas ab.

«Tankred, Sohn des Grafen Thegan aus dem Maasgau», sagte er mit leicht rostig klingender Stimme und alemannischem Akzent.

«Du kannst dich erheben», kam die Stimme des Kaisers aus dem Sessel. Ich stand auf und neigte den Kopf leicht, zuerst in seine, dann in Liutwards Richtung.

Nach einem weiteren Blick auf seinen Zettel fuhr der Bischof fort: «Tankred wurde vor zwölf Jahren zu lebenslanger Klosterhaft verurteilt.»

«Weshalb?», fragte der Kaiser. Sein Blick wanderte von Liutward zu mir und zurück.

«Er hat den Gerichtsfrieden gebrochen», sagte Liutward.

«Welches Gericht war das?»

«Ein Königsgericht in Maastricht. Der König wurde durch drei westfränkische Grafen vertreten.» Liutward wandte sich an den Schreiber, der immer noch in seine Pergamente vertieft war oder jedenfalls so tat. «Thiebold, wie hießen die Grafen?», rief er hinüber.

Der Schreiber wollte gerade antworten, aber der Kaiser winkte ab. «Worum ging es in dem Prozess?», fragte er stattdessen.

«Tankred beschuldigte seine Stiefmutter Uta, ihre Tochter Judith in der Maas ertränkt zu haben», antwortete Liutward. «Er behauptete, beobachtet zu haben, wie sie die Tat begangen habe und wie die Leiche vom Fluss fortgeschwemmt worden sei. Uta dagegen schwor, das Kind sei an einem Fieber gestorben. Die Richter erkannten auf Gottesurteil durch Zweikampf, der aber unentschieden ausging.»

«Unentschieden.» Der Kaiser runzelte die Stirn. «So was hat man ja noch nie gehört.»

«Die Grafen ordneten daraufhin die Erhebung des Augenscheinbeweises an», erklärte Liutward.

«Das wird ja immer besser», murmelte der Kaiser und richtete sich in seinem Sessel auf. Mein Fall schien sein Interesse geweckt zu haben.

«Das Grab wurde geöffnet, und es fand sich die Leiche eines Kindes», fuhr Liutward fort. «Nachdem die Anschuldigung sich auf diese Weise als unwahr herausgestellt hatte und Utas Unschuld erwiesen worden war, zog Tankred im Zorn sein Schwert und tötete einen der Eideshelfer.»

Der Kaiser musterte mich mit einem skeptischen Blick, als könnte er sich einen derart unbeherrschten Ausbruch bei mir nur schwer vorstellen.

Um diesen Eindruck zu bekräftigen, bemühte ich mich um eine demütige Haltung, doch innerlich war ich äußerst angespannt, und am liebsten hätte ich meine Stimme erhoben, um unaufgefordert den wahren Hergang zu schildern. Die Kinderleiche war so stark verwest gewesen, dass sie nicht mehr zu erkennen gewesen war, sie erwies mitnichten Utas Unschuld. Meine Anschuldigung war nur zum Teil unwahr gewesen. Ich hatte sehr wohl gesehen, wie Uta versucht hatte, die damals zweijährige Judith zu ertränken, und wie ihr Körper von der Strömung mitgerissen worden war. Unwahr war daran nur, dass Judith tot gewesen war. Ich hatte sie aus dem Wasser gezogen und in Sicherheit gebracht. Mein Freund Folchar hatte sie in Aachen bei einer Familie untergebracht, in der sie aufgewachsen war – bis zu dem Tag vor fast fünf Monaten, an dem die Dänen sie von dort entführt hatten. Uta dagegen war überzeugt gewesen, dass ihre Tochter tatsächlich ertrunken war. Aber weil das vermeintlich tote Kind nirgendwo angeschwemmt worden war und Uta das Verschwinden ihrer Tochter ja irgendwie erklären musste, hatte sie behauptet, Judith sei an einem Fieber gestorben. Uta musste sich dann von irgendwoher eine Kinderleiche beschafft haben, die anstelle von Judith in das Leichentuch gewickelt und in der Familienkapelle bestattet worden war. Ich hätte nun also beweisen können, dass Uta beim Prozess im Hinblick auf den Fiebertod ihrer Tochter gelogen hatte, indem ich die lebende Judith auftreten ließ. Sie war inzwischen vierzehn Jahre alt und hatte nichts mehr mit dem damals zweijährigen Kind gemeinsam, aber mit ihren verschiedenfarbigen Augen verfügte sie über ein unverwechselbares Merkmal, das sie immer noch wiedererkennbar machte. Doch damit wäre auch meine Anschuldigung hinfällig gewesen, dass Judith sie getötet hatte. Kurz gesagt, ich steckte in einer Zwickmühle: Ich konnte Utas Lüge nur beweisen, indem ich mich selbst der Lüge überführte. Ich hatte sie eines Mordes beschuldigt, den sie zwar versucht, aber nicht erfolgreich ausgeführt hatte, und ich war vor Gericht damit gescheitert. Und dann hatte ich auch noch vor drei königlichen Richtern das Schwert gezogen und im Tumult einen Mann erstochen. Jetzt, zwölf Jahre später, stand ich vor dem Kaiser, um meine Begnadigung zu erbitten. Es war also klüger, meinen Trotz hinunterzuschlucken und keinen Anlass zu liefern, mich für unbesonnen und aufbrausend zu halten.

«Wurde für den getöteten Eideshelfer das Wergeld bezahlt?», wollte der Kaiser wissen.

«Ja», antwortete Liutward. «Deshalb wurde Tankred nicht wegen Totschlags schuldig gesprochen, sondern nur wegen Friedensbruchs.»

«Hat er seine Anschuldigung denn nicht beeidet?», fragte Karl erstaunt.

«Doch, selbstverständlich. Er wurde auch wegen Meineides verurteilt.»

Karl ließ seinen Blick an mir hinauf und wieder hinab wandern. «Warum sehe ich dann zwei Hände?», sagte er.

«Bei der Vollstreckung gab es ein Missgeschick. Der Büttel war betrunken und spaltete sich mit dem Beil selbst den Fuß, anstatt dem Verurteilten die Schwurhand abzutrennen. Das wurde als Gottesurteil gewertet. Die Vollstreckung wurde abgebrochen.»

«Auch das noch», sagte der Kaiser. Er wirkte jetzt erheitert.

«Die Haft wurde in Prüm verbüßt. Zwölf Jahre lang gab es keine Klagen. Tankred unternahm keine Fluchtversuche, fügte sich in die Gemeinschaft ein und stieg zum Bibliothekar auf, und zwar zu einem sehr guten, wie man von allen Seiten hört.»

«Was macht er dann hier?»

«Am vergangenen Epiphaniastag wurde das Kloster von den Dänen überfallen. Tankred wurde auf der Flucht von den anderen Mönchen getrennt und begab sich nach Koblenz, wo er sich bei der Verteidigung der Stadt bewährte. Später tötete er in der Schlacht von Remich einen der Anführer des dänischen Heeres. Graf Ratwin und Erzbischof Bertolf haben sich für seine Begnadigung eingesetzt.»

Ich musste ein Lächeln unterdrücken. Ratwin war so klug gewesen, dem Kanzler nicht die ganze Wahrheit zu erzählen. Ich war nicht auf der Flucht von den anderen Brüdern getrennt worden, sondern freiwillig zurückgeblieben, um die Bücher und meinen gelähmten Mitbruder und Freund Wolfhelm zu retten. Ich hatte mich auch nicht auf direktem Weg nach Koblenz begeben, sondern einen Abstecher über Aachen gemacht, wo ich von der Entführung meiner Schwester erfahren hatte. Und schließlich war ich nicht deshalb nach Koblenz gegangen, um gegen die Dänen zu kämpfen, sondern um Judith zu befreien, die vor den Mauern der Stadt im Kastorstift gefangen gehalten wurde. Aber es war besser, wenn die Sache mit Judith am Hof nicht die Runde machte. Denn wenn sich herumsprach, dass sie damals gar nicht ertrunken war, würde auch Uta das sehr bald erfahren, und ich wollte ihr keine Gelegenheit geben, neue Pläne auszuhecken, bevor ich selbst welche geschmiedet hatte. Sollten sie ruhig denken, dass mein Einsatz in Koblenz dem Kampf gegen die Feinde des Kaisers gegolten hatte.

Der Kaiser dachte eine Weile nach. «Was spricht sonst noch für seine Begnadigung?», fragte er schließlich.

«Er wird uns gute Dienste leisten», antwortete Liutward. «Wie gesagt, er hat bei Remich einen der dänischen Anführer getötet, einen gewissen …»

«Ivar», warf der Schreiber ein. Ich staunte, wie gut er informiert war.

«Haben wir die Schlacht nicht trotzdem verloren?», wandte Karl mit leichtem Spott ein.

«Mit mehr Männern von seiner Sorte in unseren Reihen hätten wir nicht verloren.»

«Und was spricht gegen die Begnadigung?», fragte der Kaiser.

«Das Kloster Prüm verliert den besten Bibliothekar, den es je hatte.»

«Das ist deren Problem. Unser Problem sind jetzt die Dänen.»

Liutward nickte beflissen, und ich wusste, dass ich fast gewonnen hatte. Innerlich jubelte ich auf, doch ich ließ mir nichts anmerken.

Der Kaiser musterte mich wieder, dann blickte er zu seinem Berater. «Also, was tun wir?»

«Begnadigen», sagte Liutward ohne erkennbare Regung, und mehr als in dem ganzen vorherigen Wortwechsel spürte ich, welche Macht dieser Mann hatte. Für ihn war meine Begnadigung ein Geschäftsvorgang, den er mit einem Wort einleiten konnte. Für mich war es die Entscheidung über mein weiteres Leben.

«Dann lass die Urkunde ausstellen», sagte der Kaiser. «Im Gegenzug wird Tankred mir Treue schwören und sich verpflichten, am Zug gegen das Lager der Dänen in Asselt teilzunehmen.»

Liutward nickte dem Schreiber zu, der unverzüglich seine Feder in ein Tintenfass tunkte.

Doch anstatt mich zum Schwur aufzufordern, fuhr Liutward nach einem kurzen Blick auf seinen Zettel an den Kaiser gewandt fort: «Tankreds Fall ist auch in anderer Hinsicht für uns von Interesse.»

«Ich bin ganz Ohr», sagte der Kaiser, während seine grauen

Augen weiter auf mir ruhten. Er schien wie ausgewechselt. Der teilnahmslose Blick, mit dem er bei meinem Eintreten vor sich hin gestarrt hatte, war verschwunden und einem Ausdruck höchster Aufmerksamkeit gewichen.

Der Kanzler holte tief Luft, als müsste er weit ausholen, um einen komplizierten Sachverhalt einigermaßen verständlich zu schildern. «Ich sagte, Tankred sei der Sohn des Grafen Thegan. Rechtlich gesehen ist er das nicht. Die Ehe von Thegan und seiner damaligen Frau Gerbirga, Tankreds Mutter, wurde annulliert. Thegan heiratete erneut, und zwar die besagte Uta, mit der er damals schon einen gemeinsamen Sohn namens Gerold hatte. Dieser Gerold ist inzwischen fast dreißig Jahre alt und wird Thegan wahrscheinlich bald beerben. Der alte Graf ist krank. Er hat sich seit zwei Jahren bei keiner Reichsversammlung mehr blicken lassen. Es heißt, er sei geistig verwirrt.»

Ich verfolgte Liutwards Ausführungen mit höchster Aufmerksamkeit. Ich hatte gar nicht damit gerechnet, dass die durch Utas Intrigen bewirkte Scheidung meiner Eltern hier auch noch zur Sprache kommen würde. Doch ich begriff, warum der Fall für den Kaiser von Interesse sein musste. Und Karl selbst begriff es auch.

«Von wem wurde das Scheidungsurteil gesprochen?», fragte Karl.

«Von Bischof Franco von Lüttich.»

«Ausgerechnet von dem. Lief das Verfahren korrekt ab?»

«Formal war das Verfahren korrekt.» Liutward lächelte hintergründig. «Was nicht bedeutet, dass das Urteil nicht in einem formal ebenso korrekten Verfahren wieder aufgehoben werden könnte.»

Karl lächelte nun ebenfalls. Er schlug die Beine übereinander, stützte den Ellbogen auf das Knie und das Kinn auf den Handballen. «Hat Franco nicht auch die Annullierung der Ehe von Lothar befürwortet?», fragte er maliziös.

Damit war ausgesprochen, worum es ging: Lothar, Karls verstorbener Cousin und damals König von Lotharingien, hatte vor Jahren durch gefügige Bischöfe, allen voran Erzbischof Gunthar von Köln, die Scheidung der kinderlosen Ehe mit seiner Frau Theutberga erzwingen lassen, um seine Konkubine Waldrada heiraten zu können, die ihm einen Sohn namens Hugo geschenkt hatte. Die Scheidung von Theutberga hatte Adel und Geistlichkeit des Reiches gespalten, doch am Ende hatte der Papst ein Machtwort gesprochen, Gunthar von Köln abgesetzt und Lothars neue Ehe mit Waldrada für ungültig erklärt. Damit war deren Sohn Hugo zum Bastard geworden, seine Ansprüche waren erloschen, und Lotharingien war nach Lothars Tod nach einer Reihe von Gebietsveränderungen und Erbfällen schließlich bei genau dem Karl gelandet, der nun vor mir saß. Doch Hugo gab keine Ruhe. Er hatte sich in die Provence zurückgezogen und wartete auf eine Gelegenheit, sich das Erbe seines Vaters zurückzuholen. Der Fall meiner Eltern war also ähnlich gelagert wie der Fall von Lothar und Theutberga. Eine Aufhebung der Scheidung meiner Eltern würde die Position des Hofes in der Scheidungssache von Lothar bestätigen und untermauern. Denn natürlich hatte auch Karl kein Interesse daran, dass die Söhne von Konkubinen durch zweifelhafte Gerichtsverfahren nachträglich legitimiert wurden. Damit war der Kaiser ein Verbündeter für meine Rache an der Frau, die meine Mutter zuerst ins Unglück gestürzt und dann in den Tod getrieben hatte. Und das war nicht alles: Wenn

Uta zur Konkubine zurückgestuft und damit nicht mehr die rechtmäßige Frau meines Vaters sein würde, dann wäre Gerold auch nicht mehr sein rechtmäßiger Sohn. In diesem Fall würden mein Bruder Radold und ich wieder die rechtmäßigen Erben sein, und wenn es stimmte, dass mein Vater geistig verwirrt war, dann würde auch er nichts dagegen unternehmen können. Mich plagte deswegen kein schlechtes Gewissen. Er hatte sich von Uta beschwatzen lassen, meine Mutter zu verstoßen, und er hatte die Augen vor ihren Machenschaften verschlossen, bis hin zum Mordversuch an seiner eigenen Tochter. Ich schuldete ihm gar nichts. Er war es, der mir etwas schuldete.

«Ja, Franco hat die Scheidung von Lothar unterstützt», bestätigte Liutward.

«Mit welcher Begründung wurde denn in diesem Fall die Annullierung der Ehe gefordert?», fragte der Kaiser.

Liutward sah zum Schreiber hinüber, der mit der Abfassung eines Schriftstücks beschäftigt war.

«Untreue», sagte der Schreiber, als hätte Liutward ihn mit seinem Blick angetippt. Er sah noch nicht einmal auf. Die Feder kratzte weiter über das Pergament.

«Wie einfallslos», sagte der Kaiser. «Bei Theutberga war's immerhin Inzucht mit dem eigenen Bruder.»

«Gerbirga hatte keinen Bruder», warf der Schreiber trocken ein, während er nach einem Behälter mit Siegelwachs griff. Ich fragte mich, ob hier irgendwann auch einmal jemand das Wort an mich richten würde.

«Es heißt, dass die Zeugen gekauft waren», fuhr Liutward fort.

«Bei Franco von Lüttich würde man eher vermuten, dass der

Richter gekauft war», sagte Karl. «So oder so können wir aber kein bischöfliches Urteil aufheben.»

«Das wollen wir auch gar nicht», sagte Liutward. «Aber wir sollten die Möglichkeit im Hinterkopf behalten, auf Franco einzuwirken, sobald für Köln ein neuer Erzbischof bestimmt ist. Bevor die Dänen nicht aus Asselt vertrieben sind, sollten wir ohnehin keine Unruhe im Maasgau stiften, indem wir in die Nachfolgeregelung der Grafschaft eingreifen.»

«Moment mal, was heißt denn hier eingreifen?», fuhr Karl den Bischof an. «Regeln die das in Lotharingien neuerdings unter sich, ohne königliche Bestätigung und ohne Treueschwur? Bei mir hat sich dieser …»

«Gerold», sagte der Schreiber und drückte das Siegel auf.

«… dieser Gerold bisher noch nicht vorgestellt», vollendete der Kaiser seinen Satz. «Seit wann wird das Grafenamt vererbt wie eine Schafherde?»

Liutward seufzte. Sicherlich wusste Karl, dass es längst genau so gehandhabt wurde. Doch er wollte ganz offensichtlich weder begreifen noch hinnehmen, dass die Königsmacht seit den glorreichen Tagen seines Urgroßvaters Federn gelassen hatte und dass der Adel sich keine Amtsträger mehr vor die Nase setzen ließ, die ihm nicht passten.

Der Kaiser schüttelte den Kopf, wie um einen lästigen Gedanken loszuwerden, dann wandte er sich an mich, als wollte er seinen Kanzler durch Nichtbeachtung dafür bestrafen, dass er eine unangenehme Wahrheit ausgesprochen hatte. Er schien die Sache jetzt hinter sich bringen zu wollen.

«Du wirst mir jetzt den Treueschwur auf das Evangelium leisten und geloben, mir auf dem Zug gegen die Dänen zu dienen.»

Der Schreiber hatte inzwischen seine Arbeit beendet. Er stand auf, umrundete seinen Tisch, trat vor den Kaiser, hielt ihm ein mit wenigen Zeilen beschriebenes und gesiegeltes Stück Pergament auf einem kleinen Brett als Unterlage hin und reichte ihm eine Schreibfeder.

«Der Vollziehungsstrich», sagte er leise.

Karl setzte die Feder an und machte meine Begnadigung rechtsgültig. Mit einem freundlichen, aber schon ein wenig abwesenden Lächeln beugte er sich vor und reichte mir das Schriftstück, während der Schreiber wieder hinter sein Pult trat und einer der beiden Priester, die die ganze Zeit schweigend im Hintergrund gestanden hatten, ein Evangelienbuch zur Hand nahm und ein paar Schritte vortrat, um mir den Schwur abzunehmen.

Ich war kein Flüchtling mehr, ich war frei.

Zwölf Jahre Klosterhaft waren mit diesem kleinen Stück Pergament beendet. Sobald ich meine Pflicht in Asselt erfüllt hatte, würde ich mit Fidis und Judith gehen können, wohin auch immer ich wollte, und sogar die Aussichten, mir früher oder später mein Erbe zurückzuholen, standen gut.

Doch bevor mir die Feierlichkeit dieses Augenblicks vollständig bewusst wurde, geschah etwas völlig Unerwartetes.

Ein Schauer lief durch den Körper des Kaisers, dann noch einer und noch einer. Eine Mischung aus Keuchen und Seufzen kam aus seinem Mund. Die Hand, die mir gerade noch das Dokument gereicht hatte, begann, zu zittern, dann zu schlottern und dann völlig unkontrolliert zu schlenkern, während die andere sich in die Lehne des Sessels krallte, dass die Knöchel weiß hervortraten. Das Zittern pflanzte sich durch die Arme und den Rumpf bis in den Kopf und in die Beine fort, die Löwenprankenfüße des Sessels klapperten auf dem Boden des Podests, während Karl sich mit fürchterlich rollenden Augen und Schaum vor dem Mund wie im Todeskampf hin und her warf und dann mitsamt dem Sessel zur Seite kippte. Liutward und die Priester sprangen herzu und versuchten, seine unkontrolliert schlagenden Gliedmaßen festzuhalten. Das rechte Bein steckte im Gestänge des Faltsessels fest und schleuderte den Sessel hin und her, einer der Priester bekam einen der Löwenfüße ins Gesicht und fiel mit blutender Nase hintenüber. Im ersten Augenblick dachte ich, der Kaiser sei einem Giftanschlag zum Opfer gefallen, aber der ganze Ablauf des Krampfanfalls erinnerte mich an Galens Schilderung der Fallsucht. Ich wusste, dass solche Anfälle nicht von langer Dauer und weit weniger gefährlich waren, als sie aussahen; es kam vor allem darauf an, den Kranken daran zu hindern, sich bei seinen unkontrollierten Zuckungen selbst zu verletzen, also stürzte auch ich mich kurz entschlossen auf Karl und hielt seinen hin und her schlagenden Kopf fest, während Liutward die Beine und der zweite Priester die Arme zu bändigen versuchte. Der Schreiber war von seinem Pult aufgesprungen, hatte sich aber nicht an der Rangelei beteiligt, sondern stand mit aufgerissenen Augen daneben. Von der Flügeltür her stürzten die Wachen durch die Halle heran. Offensichtlich erlebten sie nicht zum ersten Mal einen solchen Anfall, jedenfalls zogen sie ihre Waffen nicht, obwohl das keuchende Knäuel aus Körpern auf dem Boden vor dem umgekippten Thron einen belesenen Beobachter wohl an die Szenerie an den Iden des März erinnert haben dürfte.

Plötzlich riss der Kaiser den schaumverschmierten Mund auf und streckte die Zunge so weit heraus, dass ich zunächst dachte, er würde sich übergeben, dann begriff ich, welche Gefahr drohte, schnappte mir das Buch, das der Priester hatte fallen lassen, und schob Karl gerade noch rechtzeitig eine Ecke davon zwischen die Zähne, bevor die Kiefer zuschnappten und sich mit aller Kraft in das Pergament gruben. Die Schriften der Evangelisten waren als Kiefersperre gerade dick genug, um die Zunge zwischen den Zähnen durchzulassen. Einen Augenblick später, und Karl hätte sie sich abgebissen.

Da wir nun Verstärkung durch die Wachen bekommen hatten, bestand keine Gefahr mehr, dass der Kaiser sich verletzte. Eine Weile rang er noch mit seinen Bändigern, dann ebbte der Anfall ab. Die Zuckungen ließen nach und hörten schließlich ganz auf. Karl schien völlig erschöpft einzuschlafen wie ein Kind nach dem Toben. Seine Augen waren halb geschlossen, die Zunge war wieder im Mund verschwunden, und sein Atem beruhigte sich. Ich ließ seinen Kopf los und zog das Buch zwischen seinen Zähnen weg.

Als ich aufstand, blickte ich in das Gesicht von Liutward. In seinen Augen lag eine bedrohliche Kälte. Sein Blick bohrte sich in meinen.

Langsam und deutlich sagte er: «Kein Wort davon. Zu niemandem. Verstehen wir uns?»

4

In den folgenden Tagen konnte man sehen, dass die Ankündigungen des Kaisers am Tag der Huldigung keine leeren Versprechungen gewesen waren. Der Kriegszug stand bevor. Aus allen Himmelsrichtungen trafen die Aufgebote ein, die seinem Aufruf gefolgt waren. Die Ladeflächen der Packwagen bogen sich unter Ausrüstung, Werkzeugen und Vorräten. Pferdekoppeln wurden abgesteckt, Feuerholz zusammengetragen, Zelte aufgebaut und bezogen. Tagsüber übten die Männer mit Schwertern, Speeren, Lanzen und Bögen, abends luden sie sich gegenseitig ein, um ihre Ausrüstung zu begutachten und Wettbewerbe auszutragen, die dann in große Gelage übergingen. Die Bayern steuerten Bier bei und die Franken Wein, die Thüringer rösteten Unmengen von groben Würsten über der Glut, und die Alemannen schwenkten eifrig Kupferkessel mit einem gelblichen Gewimmel in geschmolzener Butter, das mit Speck vermischt wurde.

«Was soll das sein?», fragte Lupus, als er die Zubereitung zum ersten Mal sah. «Würmer?»

Einer der Alemannen gab etwas zur Antwort, das nach kleinen Spatzen klang; ein anderer widersprach und erklärte, es handele sich um kleine Knöpfe, ein dritter sprach von kleinen Nocken. Bald mischten sich weitere Männer ein, und ein leidenschaftlicher Streit über die korrekte Herstellung dieses

Gerichts entbrannte, aus dem sich immerhin entnehmen ließ, dass es nicht aus lebenden Tieren, sondern aus Eiern und Mehl bestand. Ansonsten schien jedes alemannische Dorf dafür eigene Zubereitungsverfahren und eigene Bezeichnungen zu haben, deren einzige Gemeinsamkeit in der Verkleinerungsform bestand. Der Streit lockte einige Bayern von einem der benachbarten Feuer an. Unter Verweis auf ihre riesigen Bierhumpen merkten sie an, bei den Alemannen sei offenbar alles klein, was bei den Bayern groß sei, woraufhin die Alemannen drohend ihre Gürtel lösten, doch bevor zur Beweiserhebung geschritten werden konnte, wurden dampfende Holznäpfe herumgereicht. Die Würmer mit Speck schmeckten köstlich und bildeten überdies eine gute Grundlage für das von den Sachsen ausgeschenkte klare Gebräu aus geschrotetem Getreide, das eigentlich untrinkbar war und in der Kehle brannte.

Auf diese Weise trugen die Abende am Feuer dazu bei, dass das aus allen Teilen des Landes herbeiströmende Heer zusammenwuchs. Schon nach wenigen Tagen machte sich eine allgemeine Aufbruchsstimmung breit. Alle waren begierig darauf, es den Dänen zu zeigen. Lupus trug unter viel Beifall sein immer größeres Repertoire an Dänenwitzen vor, und wenn er in Stimmung war, setzte er dabei seine Bärenmaske auf. Die Nächte brachte er nicht mehr mit mir in unserer Kammer im Bischofspalast zu, sondern mit Agatha auf einem Heuboden.

So gingen die Tage dahin. Abends saß ich meistens mit den anderen an einem der Feuer, tagsüber machte ich Schwertübungen oder ritt am Rhein entlang. Erst in diesen ruhigen Stunden wurde mir klar, dass ich tatsächlich frei war. Ich stellte mir das Strahlen in den Augen von Fidis vor, wenn sie es erfahren würde. Wir hatten plötzlich eine Zukunft.

Der Anblick des unbeirrbar dahinströmenden Wassers erinnerte mich an meine Heimat. Ich bin ein Kind des Flusses, aufgewachsen am Ufer der Maas und getauft mit ihrem Wasser. Ich hatte als Junge darin Fische gefangen, Boote aus Baumrinde auf die Reise geschickt und schwimmen gelernt. Um ein Haar hatte der Fluss mir meine Schwester genommen, aber ich hatte sie aus dem Wasser gezogen und in Sicherheit gebracht. Immer wieder haben Flüsse in meinem Leben eine Rolle gespielt. Erst jetzt wurde mir klar, dass auch das dahinströmende Wasser zu den Dingen gehörte, die ich während meiner Verbannung in Prüm vermisst hatte. Der Anblick des Rheins erinnerte mich daran, dass auch in unserem Leben alles in Bewegung ist, auch wenn wir es manchmal nicht merken.

Einer meiner Ausritte führte mich zur nahe gelegenen Abtei Lorsch. Es war nicht so, dass mir die Klosterluft fehlte. Ich hoffte, dort ein paar Antworten auf Fragen zu bekommen, die mich seit meiner Flucht beschäftigten: Waren die wertvollen Bücher, die ich im Glockenturm von Prüm verborgen hatte, nach der Rückkehr der Brüder geborgen worden? Oder waren sie verbrannt? Und hatte mein Freund Wolfhelm die Flucht überlebt? War er nach Prüm zurückgekehrt? Leider konnte man mir auch in Lorsch keine Auskunft dazu geben. Die Wege seien noch zu unsicher, die Boten trauten sich nicht durch die Wälder.

Während ich am Grab von König Ludwig stand, dessen Tod zu Anfang des Jahres seinem Bruder Karl den Weg auf den ostfränkischen Thron frei gemacht hatte, grübelte ich darüber nach, wie ich in der Sache mit Uta weiterkommen könnte. Liutward und der Kaiser hatten ja offenbar nicht die Absicht, weitere Schritte zu unternehmen, bevor das Dänennest in Asselt nicht ausgeräuchert war. Wenn ich mich dort bewährte, würde mir seine Unterstützung sicher sein.

Die Grabkirche war gerade fertiggestellt worden, es roch darin noch nach Putz und frischem Holz. Auf dem Grab lag eine Sandsteinplatte, in die ein Steinmetz schon die Linien für die Inschrift geritzt hatte, aber die Buchstaben fehlten noch. Aus der benachbarten Abteikirche hallte gedämpft das Stundengebet der Mönche herüber und weckte unangenehme Erinnerungen. Ich hatte den täglichen Ritualen des Klosterlebens nie viel abgewinnen können; für mich waren sie nur lästige Unterbrechungen meiner Studien gewesen. Seit Folchar mir in meiner Jugend die Augen für die Geheimnisse der Welt geöffnet hatte, war ich Gott immer dann nahegekommen, wenn mich beim Lesen, Beobachten oder Nachdenken eine Ahnung vom Wesen seiner Schöpfung gestreift hatte, von den Kräften, die sie zusammenhielten und von dem verborgenen Sinn, der ihren Abläufen zugrunde lag, aber niemals beim Absingen einer auswendig gelernten Liturgie.

Während ich auf die unbeschriftete Grabplatte starrte, sah ich plötzlich Franco von Lüttich vor mir: das gelangweilte Gesicht, mit dem dieser verwöhnte Schnösel sich beim Prozess gegen meine Mutter in seinem Sessel gelümmelt hatte, die scheuchende Handbewegung, mit der er den Schreiber angewiesen hatte, das Urteil auszufertigen, weil eine Jagdgesellschaft, eine Spielrunde oder ein Liebchen auf ihn wartete. Ich beschloss, ihm bei Gelegenheit einen Besuch abzustatten. Vielleicht fand sich etwas, was ich ihm anbieten konnte.

Bevor ich zurück nach Worms ritt, gab ich der Versuchung nach, der Bibliothek einen Besuch abzustatten. Der Krampfanfall des Kaisers hatte eine ganze Reihe von Fragen aufgeworfen. Das routinierte Eingreifen der Anwesenden deutete darauf hin, dass es nicht der erste Vorfall dieser Art gewesen war. Wenn die Anfälle sich häuften, konnten sie Karls Regierungsfähigkeit infrage stellen und zu Verwicklungen führen, die das ganze Reich erschütterten, denn natürlich würden seine Gegner sich die Krankheit zunutze machen und zum Beweis seiner Regierungsunfähigkeit heranziehen. Nicht auszudenken, welche Wirkung ein solcher Anfall vor dem versammelten Heer oder während einer Reichsversammlung haben könnte.

Aus der Korrespondenz, die ich während meiner Zeit als Bibliothekar in Prüm geführt hatte, wusste ich, dass in Lorsch ein großer Sammelband mit Heilmitteln für alle möglichen Leiden aufbewahrt wurde, den die Mönche vor langer Zeit aus Fragmenten griechischer und lateinischer Werke zusammengestellt hatten. Was lag näher, als einen Blick in dieses Buch zu werfen, wo ich schon einmal hier war?

Der Bibliothekar war ein mageres Männlein mit Spinnenfingern, eingefallenen Wangen und grauen Bartstoppeln, das mich gleichgültig zur Kenntnis nahm, keine Fragen stellte und mich wortlos in die Bibliothek führte. Wegen seiner starken Kurzsichtigkeit kniff es die ganze Zeit die Augen zusammen. Mit einer Handbewegung wies es mir einen Platz an einem wackeligen Pult an, kramte in einem Regal herum und legte mir kurz darauf das gewünschte Werk vor. Ich schlug den steifen Einband auf. Der häufige Wechsel von Schriftbild und Tinte verriet, dass das Buch von verschiedenen Schreibern angefertigt worden war. Das Knistern der schon etwas brüchigen Blätter, ihr muffiger Geruch und die samtige Oberfläche des Pergaments lösten unwillkürlich jene freudige Erregung in mir aus, die ich jedes Mal beim Aufschlagen eines unbekannten Buches verspürt hatte und die mich daran erinnerte, dass in Prüm nicht alles schlecht gewesen war. Trotz meiner Erleichterung, dass dieses Leben voller Zwänge nun der Vergangenheit angehörte, wurde mir wieder einmal klar, dass die Faszination für das geschriebene Wort mich bis zu meinem letzten Atemzug begleiten würde.

Ich überblätterte eine in Versen verfasste Einleitung, ein paar allgemeine Einführungen zu Krankheitsverläufen und Grundregeln für die Verabreichung von Heilmitteln, arbeitete mich zügig durch das Inhaltsverzeichnis und stieß schließlich auf die Stelle, an der das Heilmittel gegen die Fallsucht beschrieben war. Es handelte sich um ein Pulver aus Wurzeln und Blättern von Odermennig, Spitzwegerich, Färberkrapp, Efeu, Nieswurz und Misteln, die aus einer Eiche geschnitten werden mussten, sowie zerstoßenem Elfenbein. Die ganze Zusammenstellung wirkte recht willkürlich. Ich erinnerte mich an vergleichbare Rezepturen, die wir in Prüm gegen die verschiedensten Krankheiten zubereitet hatten und deren Anwendung von mäßigem Erfolg gekrönt gewesen war, was Abt Ansbald zumeist nicht mit der Unzulänglichkeit der Heilmittel, sondern mit mangelnder Inbrunst bei den Gebeten während der Verabreichung erklärt hatte. Dennoch prägte ich mir die Zusammensetzung ein – weniger in der Hoffnung auf eine durchschlagende Wirkung beim Kaiser als darauf, mir mit meinen Kenntnissen am Hof zu gegebener Zeit eine bessere Stellung zu verschaffen. Die Pflanzen würden sich leicht beschaffen lassen, und was das Elfenbein betraf, würde Liutward seine Anhänglichkeit gegenüber dem Kaiser beizeiten beweisen können, indem er den Schmuckeinband von einem seiner Messbücher oder den Knauf seines Bischofsstabes opferte.

Ich gab das Buch ab und ritt zurück nach Worms. Schon von Weitem wehte mir der Geruch von Würsten und Speck entgegen.

Lupus traf ich im Lager der Bayern an. Zur Begrüßung reichte er mir einen der riesigen Humpen mit Bier, die dort jeder in die Hand gedrückt bekam.

«Wo hast du den ganzen Tag gesteckt?», fragte er.

«Lexikons gelesen», antwortete ich. So hatte er das immer genannt, wenn ich meine Nase in die Bücher steckte.

«Und? Noch schlauer geworden?»

«Ein bisschen.»

Als sei die Sammlung des Heeres vor den Mauern von Worms ein Schöpfungsakt gewesen, hielt Karl am siebten Tag nach der Huldigung eine Heerschau ab, um seine Streitmacht zu begutachten. Mit den aus Italien herbeigerufenen Langobarden war inzwischen die letzte Abteilung im Lager eingetroffen, sodass dem Aufbruch nichts mehr im Weg stand. Die Männer konnten es kaum noch erwarten.

Mittlerweile trafen auch fast täglich Kundschafter aus dem Norden ein, die meldeten, dass die Dänen die Festung Asselt weiter ausbauten. Es handelte sich um eine kleine Pfalz zwischen dem Hauptstrom der Maas und einem seichten Nebenarm. Über den Fluss schafften die Dänen ständig Nachschub heran. Die Plünderungen im Umland hatten sie eingestellt, um die verbliebenen Bewohner mit ihrer letzten Habe nicht auch noch zu vertreiben, denn irgendjemand musste ja die Felder bestellen. Es klang unglaublich, aber sie waren tatsächlich dazu übergegangen, Bier und Getreide bei den Bauern zu bezahlen. Offenbar waren ihre Anführer zu der Erkenntnis gelangt, dass sie eine so große Zahl von Männern nur verpflegen konnten, wenn es im Land einigermaßen geordnet zuging und keine Hungersnot ausbrach. Das deutete darauf hin, dass sie die Absicht hatten, sich für längere Zeit in Asselt festzusetzen, und dass sie vielleicht sogar versuchen würden, ihre Herrschaft dauerhaft auf ein größeres Gebiet auszudehnen, wie sie das in den Jahren zuvor in England getan hatten. Sogar Händler wurden in das Lager gelassen. Sie berichteten von der Verstärkung der Befestigungen mit Aufstockung der Mauern und zusätzlichen Wehrtürmen. Wie sich diese Anlage am besten stürmen ließ, würde man vor Ort sehen müssen. Wenn wir duldeten, dass sie sich in solchen Stützpunkten festsetzten, würden wir sie vielleicht nie wieder loswerden.

Es waren fast viertausend Männer, die in langen Reihen am Rheinufer östlich der Stadt Aufstellung genommen hatten. Fast alle waren gut ausgerüstet und bewaffnet: Kettenhemden, Schwerter und Helme glitzerten. Bauern mit Knüppeln und Sensen sah man nur vereinzelt. Es war offensichtlich, dass die Grafen, Bischöfe und Äbte ihre besten Leute zu diesem Heerzug geschickt hatten, um dem Kaiser zu zeigen, dass er sich auf sie verlassen konnte, und um ihren Rang und ihre Stellung im Gefüge des Reiches zu demonstrieren. Niemand wollte sich lumpen lassen, denn nach dem siegreichen Ende dieses Krieges würde man sich am Hof selbstverständlich daran erinnern, wer welchen Beitrag geleistet hatte.

Lupus und ich waren Ratwin zugeteilt worden, der neben etwa hundert Männern zu Fuß auch zwanzig Berittene aufgeboten hatte. Als die Reihen sich entlang des Flusses hinter ihren Anführern formiert hatten, schwang ein Tor nahe der Nordostecke der Stadtmauer auf, und eine Gruppe von Reitern auf prachtvollen Pferden trabte heraus. Ihre farbigen Überwürfe bauschten sich.

Alle streckten sich. Der Tag war wie geschaffen, um die Kampflust zu steigern: Ein stetiger Wind wehte von Westen her über die Stadt, kräuselte die Wellen des Flusses und ließ die Behänge der Standarten flattern und klimpern. Helme, Lanzenspitzen, Kettenhemden und Pferdegeschirre glitzerten in der Sonne. Das auseinandergezogene Heer säumte das grasbewachsene Ufer über eine Länge von fast einer Meile. Die Demonstration von bewaffneter Macht war überwältigend, die Siegeszuversicht stand auf allen Gesichtern. Wenn uns in diesem Augenblick die Dänen gegenübergetreten wären, hätten wir sie einfach überrollt.

Die Gruppe der Reiter hatte den Anfang unserer Formation erreicht, war abgesessen und hatte begonnen, die Reihen abzuschreiten. Der Kaiser, diesmal demonstrativ in einem schweren Kettenhemd und mit auf den Rücken geschnalltem Schild, ging voran. Auf seinem Helm leuchtete ein prachtvoller Busch aus purpurrot gefärbtem Rosshaar. Die Herren in seinem Gefolge waren mir unbekannt bis auf Liutward, der ebenfalls in voller Rüstung erschienen war.

Karl blieb vor jedem der angetretenen Aufgebote stehen, begrüßte den Anführer und wechselte ein paar Worte mit ihm. Als er sich näherte, saß Ratwin ab und übergab die Zügel seines Pferdes einem neben ihm stehenden Bediensteten. Dann trat er vor den Kaiser und beugte das Knie. Die beiden sprachen miteinander, dabei deutete Ratwin mehrmals auf mich. Der Kaiser nickte, die anderen musterten mich prüfend und nickten schließlich auch, dann schritten sie weiter.

«Komm nachher zu mir in mein Zelt», raunte Ratwin mir zu, und bevor ich ihn noch fragen konnte, was sie da besprochen hatten, schwang er sich wieder in den Sattel.

«Der hatte ja schon in Koblenz einen Narren an dir gefressen», murmelte Lupus.

Den Rest der Heerschau bekam ich kaum noch mit, so sehr arbeitete es in meinen Gedanken. Was hatten sie da gerade besprochen? An den Gesichtern war noch nicht einmal abzulesen gewesen, ob mich eine gute oder eine schlechte Nachricht erwartete.

Plötzlich brüllte jemand etwas, und ein Schrei aus Tausenden von Kehlen war die Antwort. Ich blickte irritiert in die Runde. Um mich herum zogen alle ihre Schwerter und ließen den Kaiser hochleben.

«Was hat er gesagt?», fragte ich.

«Morgen ist Abmarsch», antwortete Lupus. «Und heute Abend lassen wir es noch mal richtig krachen.»

Wie sich bald zeigen sollte, war das ein Irrtum.

Ratwin schien eine Vorliebe für Blau zu haben, denn auch sein Zelt war in dieser Farbe gehalten, wenngleich der Stoff ein wenig verblichen war, als hätte es ihn schon oft begleitet. Dafür, dass wir zu einem Kriegszug aufbrachen, war es erstaunlich komfortabel eingerichtet. Offenbar hatte er genügend Packtiere zur Verfügung, die ihm allerlei Annehmlichkeiten hinterherschleppten: ein mit Fellen bezogenes Bett, einen Tisch und mehrere Stühle, die sich zusammenklappen ließen, sowie eine große Truhe und einen Kerzenleuchter mit einem Dutzend Armen. Der Boden war mit Matten ausgelegt.

«Setz dich.» Ratwin goss Wein aus einer Karaffe in zwei Pokale. «Erdbeeren dazu? Sind früh dran in diesem Jahr.»

Wir setzten uns an den Tisch, auf dem tatsächlich eine Schale mit frischen Erdbeeren stand.

«Stoßen wir noch mal auf deine Begnadigung an», sagte Ratwin.

Wir tranken. Ratwin wirkte nicht, als hätte er eine schlechte Nachricht zu überbringen. Allerdings kannte ich ihn nicht anders. In Koblenz hatte ihn seine gute Laune auch dann nicht verlassen, als eine sechsfache Übermacht aus mordgierigen Dänen gegen die Mauern seiner Stadt angestürmt war.

Ratwin blickte eine Weile versonnen auf seine Truhe. «Du hast bei Liutward einen guten Eindruck hinterlassen», sagte er dann.

Fast musste ich lachen. Ich hatte während der ganzen Audienz kein einziges Wort gesagt. Liutward und Karl hatten nicht *mit* mir geredet, sondern *über* mich, und wenn ich einen guten Eindruck hinterlassen hatte, dann nur deshalb, weil ich durch mein schnelles Eingreifen die kaiserliche Zunge gerettet hatte. Ich fragte mich, ob Ratwin über den Vorfall in der Audienzhalle informiert war, ob er überhaupt von der Krankheit wusste.

«Ich bin im Bilde», sagte Ratwin. Seine Fähigkeit, die Gedanken anderer Menschen zu erraten, war wirklich beeindruckend.

«Kommt das öfter vor?», fragte ich.

«Ein paarmal im Jahr», antwortete Ratwin. «Leider kündigen die Anfälle sich nicht an. Es passiert ganz plötzlich.»

«Das habe ich gemerkt.»

Ratwin lehnte sich zurück. «Bedauerlicherweise hast du dem Kaiser einen Dienst erwiesen, über den niemand reden darf.»

«Daran hat Liutward keinen Zweifel gelassen.»

Ratwin lachte auf. «Dabei weiß eigentlich jeder, dass der Kaiser unter Fallsucht leidet.»

«Wann hat es denn angefangen?»

«Vor fast zehn Jahren. Den ersten Anfall hatte er in Frankfurt, als er gerade dabei war, eine Palastrevolte gegen seinen Vater anzuzetteln. Die Sache ging schief, und sein Leiden war eine gute Ausrede, aber es wirft natürlich bei jedem neuen Anfall die unangenehme Frage auf, ob Gott noch auf seiner Seite ist, wenn er ihm eine solche Krankheit auf den Hals schickt. In unserer derzeitigen Lage wäre es fatal, wenn die Sache die Runde machte. Man würde es als schlechtes Vorzeichen für den bevorstehenden Kriegszug deuten.» Er trank einen Schluck und blickte mich über den Rand seines Pokals hinweg an. «Womit wir beim Thema wären. Der Kaiser hat eine Aufgabe für dich.»

«Lass mich raten, wer mich dafür empfohlen hat.»

«Deine Fähigkeiten haben dich empfohlen.»

«Welche Fähigkeiten denn? Schlampig abgeschriebene Texte auf Grammatikfehler durchforsten?»

Er lachte. «Stell dich nicht dumm. Die Fähigkeiten, die du in Koblenz gezeigt hast: verfolgen, anschleichen, auskundschaften, einsteigen.»

Ich ahnte, worauf das hinauslief, sagte aber nichts, sondern ließ Ratwin weiterreden.

«Du hast selbst gesehen, wie groß unser Heer ist», sagte er. «Wir haben Hunderte von Packwagen dabei, die unseren Vormarsch aufhalten werden. Unterwegs muss für Verpflegung und Quartier gesorgt werden. Wir werden uns aufteilen müssen. Flüsse müssen überquert werden. Die Dänen schicken ständig Kundschafter durchs Land, und wahrscheinlich wissen sie längst, was wir vorhaben. Es wird Wochen dauern, bis das Heer vor Asselt versammelt ist und mit der Belagerung anfangen kann.»

«Sie haben also viel Zeit, um sich vorzubereiten», fasste ich zusammen.

«Zu viel. Wie man hört, arbeiten sie jetzt schon an den Befestigungen. Also haben wir beschlossen, ein paar Hundert Reiter ohne Wagen nach Asselt vorauszuschicken, die in etwas mehr als einer Woche dort sein könnten. Vielleicht können wir sie überrumpeln.»

Ich fragte mich, wie das gelingen sollte. In Asselt saßen mindestens tausendfünfhundert gut bewaffnete Dänen auf einem Berg aus Silber, das sie sich nicht von einem Stoßtrupp abjagen lassen würden, selbst wenn wir es schafften, unbemerkt in ihre Nähe zu kommen.

Ratwin verstand meine Bedenken. «Ihr sollt ihnen ja keine Schlacht liefern. Ihr sollt Verwirrung stiften und das Lager in Brand stecken. Am besten so, dass nicht die ganze Beute mit verbrennt.»

«Wenn's weiter nichts ist.»

Ratwin grinste. «Und wenn ihr schon mal da seid, wär's natürlich schön, wenn ihr noch einen oder zwei von ihren Anführern erstechen und die Gefangenen befreien könntet.»

«Sie haben Gefangene?»

«Ein paar Dutzend angeblich. Als wir das im Rat besprochen haben, musste ich sofort an dich denken.» Ratwin nahm einen Schluck und schenkte sich nach. «Außerdem kennst du dich in der Gegend aus und sprichst die Sprache der Leute dort. Wir brauchen jemanden, der sich als Händler ausgibt und sich im Lager umsieht. Du würdest nicht weiter auffallen.»

«Es sind doch schon Kundschafter vor Ort.»

Ratwin machte eine wegwerfende Handbewegung. «Das sind nur Bauern, die sich ein paar Münzen dazuverdienen. Einer von denen hat uns erzählt, die Dänen hätten hunderttausend Männer im Lager, ein anderer hat behauptet, er hätte ein Pferd mit acht Beinen gesehen.»

«Das würde bedeuten, dass Odin persönlich in ihren Reihen kämpft.»

«Papperlapapp. Es bedeutet, dass unsere Kundschafter sich nur so betrunken ins Lager trauen, dass sie nicht mehr bis vier zählen können. Wir brauchen jemanden, der uns zuverlässige Auskunft über die Anzahl der Verteidiger und ihre Bewaffnung geben kann. Jemanden, der einen Blick für die Schwachstellen der Befestigung hat. Mir fällt keiner ein, der dafür besser geeignet wäre als du.»

«Sehr schmeichelhaft», sagte ich. Und in der Tat gefiel mir das Vorhaben. Wenn es gelang, würde mein Name am Hof einen ganz anderen Klang bekommen, und für meine weiteren Pläne war das natürlich von Vorteil. Außerdem reizte mich der Gedanke, sofort etwas tun zu können, ohne dass mir jemand hineinredete, anstatt mich wochenlang den Entscheidungen anderer unterzuordnen. Tatendrang ergriff mich. Genauso hatte ich mich gefühlt, als ich in Prüm beschlossen hatte, nicht mit den anderen Brüdern zu fliehen, sondern mich allein durchzuschlagen; genau dieses Gefühl hatte mich angespornt, als ich Ivar von Koblenz aus über die Mosel verfolgt hatte.

«Wer soll diese Vorhut denn anführen?», fragte ich und hoffte, dass Ratwin selbst dafür bestimmt worden war.

«Arnulf von Kärnten und Heinrich von Babenberg.»

Ich muss die Augen wohl ziemlich weit aufgerissen haben, denn Ratwin blickte mich amüsiert an. «Du verstehst, welche Bedeutung das Unternehmen für uns hat.»

Allerdings verstand ich das. Die beiden waren die versiertesten Anführer, die der Kaiser hatte. Heinrich befehligte das fränkische Kontingent und Arnulf das bayerische. Wenn sie bei der Sache umkamen oder in Gefangenschaft gerieten, würde das Heer empfindlich geschwächt sein. Andererseits würden die beiden sich kaum die Gelegenheit entgehen lassen, sich vor Karl zu profilieren, vielleicht sogar jeweils auf Kosten des anderen. Arnulf war ein unehelicher Spross der ostfränkischen Königsdynastie und ein Neffe des Kaisers. Es hieß, er schiele nach der Krone seines Onkels, der keine legitimen Nachkommen hatte.

Während Ratwin seine Ausführungen wirken ließ und seinen Schwertknauf streichelte, wurde mir klar, dass sich hier schon die nächsten Verwicklungen anbahnten. Wenn Arnulf die Lorbeeren für den Überfall auf das Lager der Dänen einheimste, bevor der fallsüchtige Kaiser seine eigene Führungsstärke unter Beweis stellen konnte, rückte er dem Thron ein kleines Stück näher. Zog hier schon wieder die nächste Familienfehde am Horizont herauf, von der am Ende nur die dänischen Invasoren profitieren würden?

«Wann reiten wir los?», fragte ich.

«Noch heute», antwortete Ratwin.

Ich zog die Augenbrauen hoch. «Sind die anderen denn schon abmarschbereit?»

«Nein, du reitest allein. In Roermond erwartet dich einer unserer Männer, Gerwin, der wird dir alles Weitere erklären. Ich will, dass du dich in Asselt umsiehst, bevor die Dänen Verdacht schöpfen. Wenn erst ein paar Hundert Reiter im Umland herumstreifen, werden sie niemanden mehr reinlassen.»

Die Aussicht auf einen so schnellen Aufbruch überrumpelte mich dann doch. Ratwin betrachtete mich lächelnd wie einen wohlgeratenen Sohn. Und schon wieder erriet er meine Gedanken.

«Ja, deinen Freund kannst du mitnehmen. Und den holst du jetzt mal besser aus dem Lager, bevor die Bayern ihn vollständig abgefüllt haben.»

5

Eine Stunde später saßen wir im Sattel. Sie hatten Lupus einen Schecken gegeben, der so klein geraten war, dass die Füße meines Freundes fast über den Boden schleiften. Es sah aus, als würde er ein Steckenpferd reiten, aber das Tier erwies sich als ausdauernd und zäh. Es tat gut, wieder in Bewegung zu sein. Auch Sleipnir schien erleichtert, dass es vorwärtsging. Ich spürte, wie seine Muskeln unter mir arbeiteten, während wir Worms hinter uns ließen. Das Pferd begleitete mich seit dem Tag nach meiner Flucht aus Prüm. Die Dänen hatten es einem Bauern abgenommen, und ich hatte es den Dänen abgenommen. Es war von einer unglaublichen Ausdauer und hatte mich auf der Jagd nach Ivar getragen, ohne auch nur ein einziges Mal lahm zu werden.

«Ich durfte mich noch nicht mal von Agatha verabschieden», murrte Lupus.

«In Lotharingien gibt's auch Mädchen.»

«Na, du musst es ja wissen.»

Kurz nachdem wir Mainz hinter uns gelassen hatten, setzte die Dämmerung ein. Wir ritten so lange weiter, bis wir die Hand vor Augen nicht mehr sahen, dann rollten wir uns in einer kleinen Birkenschonung in unsere Decken.

«Mein Gott, tut mir der Arsch weh», murmelte Lupus verschlafen.

«Morgen wird's noch schlimmer sein», sagte ich.

«Untersteh dich», warnte er und rückte ein Stück von mir ab.

Am zweiten Tag tauchten schon gegen Mittag die Befestigungen von Koblenz mit ihren gedrungenen Türmen vor uns auf. Dort oben hatte ich wochenlang jeden Tag gestanden und Ausschau nach dänischen Schiffen gehalten. Es war merkwürdig, diese Mauern jetzt auf einmal von außen zu betrachten. Der Anblick war vertraut und befremdlich zugleich.

Auf dem Feld südlich der Stadt wuchs wieder das Gras, und bis auf ein paar Rußspuren von den Feuertöpfen, mit denen wir die Angreifer beworfen hatten, erinnerte dort nichts mehr daran, dass hier vor knapp zwei Monaten ein mörderischer Kampf getobt hatte. Ganz anders das von den Dänen beim Abzug niedergebrannte Kastorstift: Das zerstörte Gemäuer auf der Landzunge an der Moselmündung ragte in den Frühlingshimmel wie das Skelett eines riesigen Tieres, das vor Jahrhunderten hier verendet war.

Ich wusste, dass wir uns nicht lange aufhalten konnten, aber eine Frage ließ mir keine Ruhe: Was war aus meinem Freund Gauzbert geworden? Hatte er sich von seinem Bauchschuss erholt? War er am Ende noch in der Stadt und ließ sich von der Tavernenwirtin Emma den Kopf kraulen? Ich konnte unmöglich weiterreiten, ohne mich zumindest nach ihm erkundigt zu haben, also bat ich Lupus, am Ufer der Mosel zu warten, machte mich auf den Weg zum Tor und betrat die Stadt.

Als ich durch die Straßen ritt, war es, als hätte ich mein halbes Leben in Koblenz verbracht; jede Einzelheit war mir vertraut: der verwitterte Marmortorso, der als Eckstein in einem vornehmen Wohnhaus verbaut worden war, das moosbewachsene Fass, das vor einer Taverne als Stehtisch diente, die Messingglocke, die ein Bäcker an seine Tür gehängt hatte, damit niemand unbemerkt seinen Laden betreten konnte. Selbst die Gesichter einiger Menschen, die an mir vorbeieilten, kamen mir bekannt vor.

Der Schmied, in dessen Werkstatt Gauzbert und ich uns während der Belagerung der Stadt einquartiert hatten, war tatsächlich zurückgekehrt und hatte die Arbeit wieder aufgenommen. Er war gerade dabei, eine Beilklinge zu bearbeiten, und hatte offensichtlich nicht die Absicht, seine Tätigkeit auch nur einen Augenblick lang zu unterbrechen, um meine Fragen zu beantworten. Also schrie ich gegen seine Hammerschläge an, bis er mir endlich mürrisch und widerwillig Auskunft gab. Ja, er habe in der Werkstatt so einen Kerl angetroffen.

Ob der Kerl gesund gewesen sei, fragte ich.

«Gesund genug, um sich mit diesem Tavernenluder zu amüsieren, als ich reinkam. Auf meiner Werkbank.»

Mir fiel ein Stein vom Herzen. Emma hatte sich also bis zu seiner Genesung um Gauzberts Wohlergehen gekümmert. Was dann passiert sei, fragte ich.

«Hab sie mit einem Eimer kaltem Wasser getrennt wie die Hunde und dann rausgeschmissen. Ist doch kein Puff hier.»

Das ist der Dank dafür, dass wir deine Stadt verteidigt haben, während du dich Gott weiß wo rumgetrieben hast, dachte ich, aber ich sagte nichts. Stattdessen fragte ich den Schmied, ob er wisse, wo der Kerl nach dem Rauswurf hingegangen sei.

«Der wollte nach Indien.»

«Inda», korrigierte ich.

Der Schmied runzelte die Stirn, während er weiter auf der Beilklinge herumhämmerte. Mir taten schon die Ohren weh.

«Das war kein Inder. Die sehen ganz anders aus. Inder haben Hundeköpfe.»

Ich bezweifelte, dass der Schmied nach der Arbeit völkerkundliche Werke studierte. Die Geschichte mit den Hundeköpfen wird von Aulus Gellius kolportiert, aber der behauptet auch noch ganz andere Sachen: Menschen mit gefiederten Körpern, Einbeiner ohne Köpfe, Männer, die zu Frauen werden, und so weiter. So oder so wusste ich genug, also verzichtete ich darauf, mich auf eine Diskussion einzulassen, und verließ die Werkstatt. Gauzbert war gesund und munter nach Hause zurückgekehrt. Ich wusste, wo ich ihn finden konnte.

«Sag ihm, er soll sich hier nie wieder blicken lassen», rief der Schmied mir noch hinterher.

Als ich zum Moselufer zurückkehrte, stand Lupus an der Fährstation und verhandelte mit dem Fährmann. Als der mich sah, verengten sich seine Augen zu wütenden Schlitzen.

«Der schon wieder. Der kommt mir nicht mehr aufs Boot. Beim letzten Mal ist sein Gaul ins Wasser gesprungen und hätte uns fast zum Kentern gebracht.»

Nach einigem Hin und Her erklärte sich der Fährmann bereit, uns doch beide überzusetzen. Natürlich zum doppelten Preis.

Eine halbe Stunde später saßen wir wieder im Sattel, und gegen Abend trafen wir in Sinzig ein.

Von da an war unser Weg von Ruinen gesäumt. Remagen und Bonn waren immer noch fast völlig entvölkert; in Köln bewarf man uns von der Stadtmauer aus mit Steinen, weil kurz vor unserer Ankunft ein dänisches Schiff auf dem Rhein gesichtet worden war.

«Sehen wir vielleicht aus wie Dänen?», schrie Lupus nach oben.

«Ihr seht aus wie Spione!», schallte es zurück.

Nachdem wir bei der heiligen Ursula und den elftausend Jungfrauen geschworen hatten, keine Spione zu sein, ließ man uns ein und wies uns den Weg zu einer Herberge, sodass wir die dritte Nacht unserer Reise nicht unter freiem Himmel verbringen mussten.

«Wie kommt der denn auf so viele Jungfrauen?», fragte Lupus, während wir zwischen ausgebrannten Häusern entlangritten.

«Abkürzungsfehler», vermutete ich. «Ein Buchstabe zu viel, und schon werden aus elf gleich elftausend. Aber sag das bloß nicht laut, sonst fliegen wir hier sofort wieder raus.»

Doch Lupus war ohnehin zu müde, um sich noch auf Plaudereien mit irgendwem einzulassen. Kaum hatte der Wirt uns unsere Kammer gezeigt, fiel er auch schon auf seinen Strohsack und schlief ein.

Der Wirt, der keine anderen Gäste und offenbar noch Lust auf ein bisschen Gesellschaft hatte, wandte sich an mich: «Trink noch einen mit.» Ich gähnte unschlüssig. «Stell dich nicht so an», setzte er nach.

Vielleicht war ein Bier eine gute Gelegenheit, ihn etwas auszufragen, also folgte ich ihm in den Schankraum und erkundigte mich nach Neuigkeiten und Gerüchten. Bis auf das eine Schiff hatten sie schon seit Wochen keine Dänen mehr zu Gesicht bekommen, aber vor einigen Tagen war jemand aus der Gegend von Asselt da gewesen, der berichtet hatte, dass sie dort ganze Bauernhöfe abrissen, um Baumaterial für die Verstärkung ihres Lagers zu gewinnen. Die Zeit drängte also. Auf meine Frage nach dem kürzesten Weg zur Maas riet der Wirt mir, dem Rhein bis kurz vor Neuss zu folgen und dann nach Westen abzubiegen.

Als ich schon auf dem Weg zur Kammer war, rief er mir noch eine Warnung hinterher: Wir sollten auf keinen Fall das braune Bier trinken, das sie dort oben aus dem Wasser der Düssel brauten.

«Flüssige Kacke», sagte er. «Lasst euch das bloß nicht andrehen.»

Wir verbrachten zwei weitere Tage im Sattel und zwei weitere Nächte auf moosigem Waldboden. Nachdem wir am Morgen des sechsten Tages unserer Reise ein kleines Gehölz durchquert hatten, trafen wir auf ein Flüsschen, das sich zwischen Buschwerk und Feldern durch die Landschaft schlängelte. Wir folgten seinem Lauf eine halbe Stunde lang auf einem Feldweg, dann kam ein Kirchturm in Sicht.

Zweihundert Schritte vor uns verschwand das Flüsschen hinter einer Baumgruppe; dahinter zog sich eine lockere Reihe von Weiden am Horizont entlang, über die ein Reiher strich.

Ich fühlte die Maas, bevor ich sie sah. Große Flüsse haben eine merkwürdige Präsenz, die ich immer gespürt, aber nie begriffen habe. Vielleicht hat ihr Wasser einen eigenen Geruch, vielleicht strahlt es eine Kühle ab, die sich unbemerkt auf die Haut legt, vielleicht ist es ein beständiges Rauschen, das man wahrnimmt, bevor man es wirklich hört. Was auch immer es ist: Beim Anblick der Bäume wusste ich, dass dahinter der Fluss meiner Kindheit dahinströmte.

Und so war es. Im Näherkommen sah ich das graublaue Glitzern zwischen den Stämmen, und dann hörte ich das Plätschern, mit dem der kleine Fluss sich in den großen ergoss. Kurz darauf schmatzten die Hufe unserer Pferde im Uferschlamm. Ich konnte nicht anders: Ich saß ab, riss mir die Stiefel von den Füßen, watete ins Wasser und schaufelte mir ein paar Hände voll ins Gesicht. Nach mehr als zwölf Jahren stand ich zum ersten Mal wieder am Ufer dieses Flusses. Es fühlte sich an, als gehörte er mir. Ich lachte laut.

«Wenn Asselt stromaufwärts liegt, hast du dir gerade mit Dänenpisse das Gesicht gewaschen», kommentierte Lupus, der neben mich getreten war und im knöcheltiefen Wasser stand. Vor lauter Übermut gab ich ihm einen Tritt, dass er bäuchlings in den Fluss klatschte. Im Fallen riss er mich mit sich.

Nachdem wir uns eine Weile wie zwei junge Hunde im Wasser gebalgt hatten, kehrten wir zum Feldweg zurück und beschlossen, triefnass, wie wir waren, zu der Kirche zu reiten, deren Turm wie ein Wegweiser hinter einer kleinen Geländeerhebung aufragte.

Kaum hatten wir die Anhöhe hinter uns gelassen, kamen Gehöfte in Sicht. Und eine Brücke. Und zwei Männer, die davor Wache hielten. Meine Hand tastete nach dem Schwertknauf. Waren das Dänen?

Etwas an der Brücke war merkwürdig.

Es handelte sich um eine sehr einfache Holzkonstruktion, und während wir uns näherten, begriff ich: Es gab weder einen Bach noch einen Graben, den sie überspannte. Die Brücke stand einfach mitten auf dem Weg zwischen zwei Getreidefeldern. Als wir sie fast erreicht hatten, rückten die Wachen zusammen und senkten ihre Speere. Beide waren ziemlich dick und verschwitzt. Rüstungen und Helme trugen sie nicht. Sie wirkten, als hätte man sie hier postiert, weil sie sonst zu nichts zu gebrauchen waren. Diese Vermutung sollte sich bald erhärten.

«Brückenzoll!», rief der Rechte, als wir vor ihnen standen.

Lupus gab einen Laut von sich, der halb Räuspern und halb Lachen war.

«Und was soll das kosten?», fragte er.

«Einen Denar pro Nase», sagte der Linke.

«Zwei Denare dafür, dass wir beide diese Brücke überqueren dürfen, anstatt außen dran vorbeizureiten?», fragte ich ungläubig.

«Vier Denare», erwiderte der Wächter ungerührt.

«Wieso denn jetzt vier?», fragte Lupus gereizt.

«Pferdenasen sind auch Nasen. Seid lieber froh, dass wir nicht nach Beinen abrechnen.»

«Oder nach Ohren», ergänzte der Rechte.

«Blödsinn», sagte der Linke ungehalten. «Dann wär's ja wieder billiger.»

«Wieso das denn? Die haben doch mehr Ohren als Nasen und genauso viele Ohren wie Beine!»

«Herrgott, ja, aber die Pferde haben mehr Beine als Ohren. Zähl doch mal durch.»

Während die beiden begannen, Körperteile an den Fingern abzuzählen, gab Lupus seinem Pferd die Sporen und ritt rechts an der Brücke vorbei, wobei das Tier ein paar Pferdeäpfel fallen ließ.

«Spart euch das Zählen!», rief er. «Wir verzichten auf die Brücke!»

«Geht nicht», sagte der linke Wächter. «Alle müssen die Brücke nehmen.»

«Und bezahlen», ergänzte der Rechte.

Lupus brach in lautes Lachen aus. Die Sache fing an, ihm Spaß zu machen. Er ritt zurück und baute sich wieder vor den Wächtern auf.

«Wer hat sich das überhaupt ausgedacht?», fragte er.

«Das hat sich niemand ausgedacht», sagte der linke Wächter, der jetzt leicht verunsichert wirkte. «Für Brücken zahlt man Brückenzoll. Das war schon immer so.»

«Und wer kriegt das Geld?», fragte Lupus.

«Gerwin. Dem gehört das hier schließlich alles.»

Lupus und ich tauschten einen Blick.

«Wie heißt denn der Ort?», fragte ich.

«Das wisst ihr nicht? Roermond.»

«Da wollten wir sowieso gerade hin», sagte Lupus. «Wir regeln das mit eurem Gerwin.»

Und bevor sie weiter protestieren konnten, ritt Lupus rechts an der Brücke vorbei und ich links.

«Halt!», schrie der linke Wächter hinter uns her und fuchtelte mit seinem Speer.

«Steckt euch eure dämliche Brücke doch in den Arsch!», rief Lupus.

Die Antwort war nicht mehr zu verstehen.

Roermond war etwas zu groß für ein Dorf und etwas zu klein für eine Stadt. Bauernhöfe, Werkstätten und Häuser mit Dächern aus Ziegeln und Stroh gruppierten sich um einen kleinen Platz. Wir fragten einen Bauern nach Gerwin und erfuhren, dass er nicht nur der Besitzer des ganzen Ortes war, sondern auch der Priester der Kirche, deren Turm wir vom Flüsschen aus gesehen hatten und die dem heiligen Servatius geweiht war. Schon allein dieser Umstand ließ heimatliche

Gefühle in mir aufwallen. Es war ein Steinbau mit dicken Mauern und einem imposanten Glockenturm, in dem man sich zur Not auch verschanzen konnte. Vielleicht war es ganz gut, das schon einmal zu wissen.

Wir fanden Gerwin in der Kirche. Er war gerade dabei, ein paar neue Kerzen aufzustecken, ein kräftiger Kerl mit krausen schwarzen Haaren und einem wilden Bart, der kein Priestergewand trug, sondern ein Hemd und eine Hose aus grobem Leinen. Es war leichter, ihn sich mit einer Axt in der Hand vorzustellen als mit einem Messbuch.

Gerwin wusste gleich, was unser Besuch zu bedeuten hatte. «Gehört ihr zu den Leuten, die Graf Heinrich schicken wollte?», fragte er. Er sprach langsam und hatte eine sehr tiefe Stimme. Offensichtlich war er ein Mensch von der Sorte, die durch nichts aus der Ruhe zu bringen war.

Wir bestätigten es und erklärten kurz, wie unser Auftrag aussah und wie wir hergefunden hatten. Gerwin begann zu grinsen, als wir mit unserem Bericht bei seiner Brücke angekommen waren.

«Und? Habt ihr bezahlt?», fragte er.

«Natürlich nicht», sagte Lupus. «Wie kommen die denn dazu?»

«Na ja», sagte Gerwin. Es schien ihm fast ein bisschen peinlich zu sein. «In der Nähe gab es mal eine richtige Brücke über die Roer. Seit den Zeiten meines Urgroßvaters hat meine Familie das Recht, dort den Zoll zu kassieren. Das war immer recht einträglich, in Friedenszeiten geht ja viel Verkehr an der Maas entlang. Vor ein paar Jahren wurde die Brücke bei einem Hochwasser weggespült. Ich hatte nicht die Mittel, um sie wiederaufzubauen. Und weil in dem Privileg nur von einer

Brücke *an* der Roer die Rede ist, aber nicht von einer Brücke *über* die Roer ...»

«... dachtest du, du versuchst es mal», vollendete ich. «Warum lässt du die Brücke nicht einfach weg und nennst es Wegezoll?»

«Weil im Privileg ausdrücklich von Brückenzoll die Rede ist. Für Wegezoll habe ich kein Recht.»

«Gut, dass ich nicht lesen kann», murmelte Lupus kopfschüttelnd. «Bei diesen Haarspaltereien wird man ja wahnsinnig.»

«Ich muss auch sehen, wo ich bleibe», wehrte sich Gerwin. «Seit die Dänen hier ihr Unwesen treiben, kommt sowieso fast kein Geld mehr rein.»

Womit wir wieder beim Thema waren.

«Wie weit ist denn die Festung in Asselt?», fragte ich.

«Man kann sie von hier aus sehen. Kommt mit.»

Gerwin führte uns durch eine Tür in den Kirchturm und dann über steile, enge Treppen und wackelige Leitern in den Glockenstuhl. Es war dunkel und roch nach Staub. Lupus stieß sich den Kopf so heftig an einer Glocke an, dass sie einen Ton von sich gab. Dann klappte Gerwin einen Holzladen auf. Sonnenlicht flutete herein.

Ich trat an die Luke. Was ich sah, war überwältigend. Unter uns floss die Maas dahin. Roermond lag an ihrem rechten Ufer, auf der anderen Seite erstreckten sich bis zum Horizont Felder und Wälder. Kurz hinter dem Ort teilte der Fluss sich in zwei Arme, die eine halbe Meile weiter nördlich wieder zusammenfanden. Und auf dieser kleinen Insel, in etwa zwei Meilen Entfernung, befand sich eine burgartige Anlage mit mehreren Türmen und Nebengebäuden. Aus einigen Schornsteinen stieg Rauch auf. Überall waren Gerüste zu sehen, und ich glaubte, von ferne sogar Hammerschläge zu hören. Der Ausbau war offenbar in vollem Gange.

Beeindruckender als die Pfalz selbst war der Betrieb, der im Heerlager herrschte: Das Ufer der Insel war mit Schiffen geradezu gespickt, mindestens drei Dutzend Rümpfe lagen dort auf dem Strand. Zwischen dem Wasser und den Mauern der Pfalz standen Zelte in langen Reihen, dazwischen kreuz und quer abgestellte Wagen und aufgeschichtetes Feuerholz. Auf einer Weide grasten Pferde. Hunderte von Gestalten liefen auf den Mauern, auf den Türmen und am Strand herum. Was sich innerhalb der Mauern abspielte, war von hier aus nicht zu sehen, aber es war klar, dass es noch viel mehr Männer sein mussten, die diese Anlage im Ernstfall verteidigen würden – erst recht, wenn sie die Trupps zurückriefen, die sich in der weiteren Umgebung noch herumtrieben, oder wenn sie Verstärkung über den Fluss heranholten.

«Habt ihr keinen Ärger mit den Dänen hier, wenn sie so nah sind?», fragte ich.

«Nicht, solange wir bezahlen», antwortete Gerwin. «Wir liefern jeden Tag eine Wagenladung Getreide und zwei Fässer Bier, und dafür lassen sie uns in Ruhe. Das machen alle in der Gegend so. Sie pressen uns nur so weit aus, dass uns gerade noch genug zum Leben bleibt. Sie entführen keine Kinder und vergewaltigen keine Frauen. Das ist schon mal eine Verbesserung gegenüber der ersten Zeit. Außerdem lassen sie die Händler rein. Für die lohnt sich das richtig. Die Dänen zahlen gute Preise.»

«Warum bezahlen sie überhaupt?», fragte Lupus.

«Weil sonst keiner mehr kommen würde. Im Umland kriegen sie nur das, was hier auch hergestellt wird. Aber Getreide, Obst, Gemüse, Käse, Fleisch und Fisch reichen ihnen nicht. Die Herren haben es gern komfortabel, und Geld haben sie ja genug. Also kaufen sie Federbetten, Seidenkleider, Jagdhunde, Moselwein, Gewürze und Schmuck für ihre Frauen. Einer ihrer Anführer hat neulich einen Zwerg gekauft. Zur Belustigung.»

«Moment», unterbrach ihn Lupus. «Die haben Frauen im Lager?»

«Natürlich. Die sind seit einem halben Jahr hier. Die Frauen haben sie nachkommen lassen. Sie kaufen übrigens nicht nur, sie verkaufen auch», fuhr Gerwin fort. «Alles, womit sie nichts anfangen können. Vor allem Beute aus den Klöstern, also Altargeräte, Messgewänder und Bücher.»

Diesmal wurde ich hellhörig. Doch bevor ich nachfragen konnte, sprach Gerwin schon weiter: «Manchmal verkaufen sie auch Gefangene als Sklaven. Neulich ist eine ganze Ladung auf der Maas nach Verdun abgegangen. Den christlichen Händlern ist es natürlich streng verboten, die zu kaufen, aber derzeit nimmt das keiner so genau. Angeblich schneiden sie den Gefangenen die Zungen raus, damit sie nicht mehr bezeugen können, dass sie Christen sind. Und bevor jemand genauer hinschauen kann, sind sie schon in Spanien.»

Seine mitleidlos dahergesagten Worte jagten mir einen Schauer über den Rücken. Genau das hätte auch meiner Schwester passieren können. Beim Anblick des Lagers kochte wieder die Wut in mir hoch, mit der ich Ivar, ihren Entführer, drei Monate lang verfolgt hatte. Wir mussten dieses Pack aus dem Land jagen.

«Also», schloss Gerwin. «Ihr geht da rein und gebt euch als Händler aus. Ich besorge euch einen Wagen und ein paar Waren, die sie interessieren könnten. Die fühlen sich völlig sicher in ihrem Lager. Ihr könnt euch in Ruhe umschauen. Vielleicht laden sie euch sogar zu einem Gelage ein.»

Lupus warf mir einen Blick zu. «Das wäre doch was für uns, oder? Saufen und Weiber. Wie damals in Trier.»

Ich nickte zögerlich. Es gab noch ein Problem, das mir schon seit Tagen nicht aus dem Kopf ging: Als ich in Koblenz mit Ratwin ins Kastorstift gegangen war, um mit Ivar zu verhandeln, hatten Hunderte von Dänen uns gesehen, und viele von ihnen trieben sich jetzt hier herum. Zwar hatte ich mir auf der Reise den Bart wachsen lassen, aber es war nicht ausgeschlossen, dass einer von ihnen mich trotzdem wiedererkennen würde.

«Kein Problem», sagte Lupus, nachdem ich meine Bedenken dargelegt hatte. «Ich weiß schon, wie wir's machen.» Er grinste mich an und gab ein tiefes Brummen von sich.

Ich blickte ihn entsetzt an und schüttelte den Kopf. «Nein.»

Lupus schlug vor Vergnügen die Faust in die flache Hand. «Doch. Tankred, der tanzfreudige Tatzenträger aus Tongern, und Lupus, der lustige Liedersänger aus dem lieblichen Lüttich. Mein Gott, werden wir denen einheizen!»

6

Noch am Nachmittag desselben Tages machten wir uns auf den Weg nach Asselt. Ich trottete neben dem Eselskarren her, an dem die Kette von meinem Nasenring befestigt war. Den Wagen hatte Gerwin von einem friesischen Händler geliehen, der in Roermond ein Warenlager unterhielt. Als Gegenleistung hatte der Händler lediglich verlangt, dass wir den Erlös der verkauften Waren an ihn abführten. Er hatte uns einen Überblick über das Angebot gegeben und uns die Mindestpreise genannt, bis zu denen wir uns herunterhandeln lassen durften. Die Erleichterung darüber, dass er sich zumindest an diesem einen Tag nicht selbst mit bewaffneten und reizbaren Kunden würde herumschlagen müssen, war ihm deutlich anzusehen.

«Die können echt hart feilschen», hatte er uns gewarnt.

«Wir auch», hatte Lupus geantwortet.

Ein Bärenpelz ist kein Kostüm, mit dem man Ende Mai gern lange in der Sonne herumläuft, und der Schweiß lief mir schon nach der halben Strecke den Rücken hinunter, zumal das Fell von innen stark ausgepolstert war, um die menschlichen Körperformen des Trägers zu verbergen. Der tapsige Bärengang ergab sich dadurch praktischerweise von selbst. Auch sonst war das Kostüm mit viel Geschick und Sachverstand angefertigt worden; es hatte ein paar Knöpfe, die unter Fellfalten verborgen waren, und die Maske war so gestaltet, dass man durch die Augen des Bären blicken konnte. Allerdings war das Gesichtsfeld so stark eingeengt, dass ich ständig den Kopf drehen musste. Um den Esel nicht zu verunsichern, hatte ich mir das Bärenkostüm vor seinen Augen angezogen. Danach hatte er keine Notiz mehr von mir genommen.

Die Kette klirrte, der Wagen rumpelte, und Lupus pfiff vor sich hin. Klar, dass die Sache ihm Spaß machte. In seiner Tollkühnheit erinnerte er mich an Gauzbert.

Auf der Ladefläche lag vor allem Kleidung: Hemden aus Leinen, eng geschnitten nach fränkischer und weit geschnitten nach sächsischer Mode, außerdem auf bayerische Art gefertigte Hosen aus Leder, ferner Stiefel, Kappen und Umhänge mit und ohne Stickereien. Auch ein paar Wolldecken und Schafsfelle waren dabei, und schon bei deren Anblick schwitzte ich noch mehr.

Wir wanderten den Treidelpfad auf dem rechten Ufer der Maas entlang, und bald kam die Pfalz in Sicht, die wir vom Kirchturm aus in der Ferne erblickt hatten. Ein leichter Wind trug uns die Geräusche der Bauarbeiten entgegen, unterbrochen von Geschrei und Gepolter. Auf den Gerüsten standen Männer, die Hölzer an Seilen nach oben zogen. Die Anlage hatte den Grundriss eines unregelmäßigen Rechtecks, das in seiner Form an die lang gestreckte Insel angepasst war.

«Geh mal runter auf alle viere», raunte Lupus mir zu.

Auch das noch. Auf vier Beinen war die Fortbewegung noch anstrengender, auch wenn sie natürlich dem echten Bärengang eher entsprach. Ich spürte, wie das Blut mir in den Kopf schoss.

Zwei Männer mit einem Maultierkarren kamen uns entgegen. Auf der Ladefläche lagen mehrere Bierfässer. Da sie bei jeder Bodenwelle rumpelten und hüpften, schloss ich, dass sie leer waren, und wahrscheinlich mussten die beiden sie am nächsten Tag gefüllt wieder abliefern. Im Kopf rechnete ich aus, wie viele Fässer dieser Größe eine Streitmacht von tausendfünfhundert Männern am Tag austrank, und kam auf mindestens vierzig, wenn sie damit nur ihren Durst löschten; bei den Saufgelagen lief wahrscheinlich das Fünffache dieser Menge durch die Kehlen. Kein Wunder, dass das Land völlig ausgelaugt war.

Als die beiden mich erblickten, rissen sie die Augen auf und wichen ins Feld aus. Das Maultier legte die Ohren an.

Je näher wir der Pfalz kamen, desto mehr Betrieb herrschte auf dem Treidelpfad. Zumeist waren es Händler und Lieferanten mit leeren oder halb leeren Transportkarren, die uns entgegenkamen. Das Lager der Dänen schien ein bedeutender Warenumschlagplatz zu sein.

Wir passierten die Flussgabelung. An der Spitze der Insel hatten sie in regelmäßigen Abständen hölzerne Pfähle ins Flussbett gerammt, wahrscheinlich um Reusen daran zu befestigen. Kurz dahinter lagen wie Fischgräten auf beiden Seiten der Insel schräg zur Strömung drei Dutzend Schiffe in verschiedenen Größen Rumpf an Rumpf: Langschiffe mit über zwanzig Ruderpaaren, wie ich sie in der Flotte von Blodknut auf dem Rhein und auf der Mosel gesehen hatte, dazwischen kleinere und wendigere Schiffe wie das von Ivar, teilweise mit geschnitzten Tierköpfen auf den Vordersteven. Weiter hinten lagen ein paar Fischerboote und Transportkähne fränkischer Bauart, die sie wahrscheinlich irgendwo gestohlen hatten. Ein weiteres Langschiff war auf der Insel für Reparaturarbeiten aufgebockt. Der elegant geschwungene Steven ging in einen Kiel über, der wie ein Rückgrat aus dem flachen Schiffsboden hervortrat.

Auf dem vielleicht hundertfünfzig Schritte breiten Grasstreifen zwischen den Schiffen und der Pfalzanlage dehnte sich ein Meer von Zelten aus, dazwischen Wasserfässer, Feuerstellen, ein Schweinepferch, Raufen mit Heu für die Pferde, Zielscheiben und Strohpuppen für Übungen mit Bogen und Schwert. Überall liefen Hühner herum. Aus einer Holzbaracke klirrten die scharfen Schläge eines Schmiedehammers.

Auf der Insel wimmelte es von Dänen: Sie stiegen in den Schiffen herum und machten sich an Ruderbänken und Masten zu schaffen. Sie schöpften Wasser, schleppten Bretter, hackten und stapelten Brennholz, führten Pferde zu den Tränken, besserten Schuhe aus, fetteten Sättel ein, schliffen Messer, polierten Kessel, wuschen Kleider im Fluss und breiteten sie zum Trocknen in der Sonne aus. Sie trugen Hosen und Hemden aus Leinen, einige liefen mit freiem Oberkörper herum, viele gingen barfuß. Nur wenige waren bewaffnet. Keiner trug eine Rüstung. Insgesamt wirkten sie fast gepflegter als unsere eigenen Leute. Zerlumpte und verwahrloste Barbaren waren sie jedenfalls nicht.

Lupus blieb stehen und betrachtete kopfschüttelnd das Treiben.

«Schau, was aus ihnen geworden ist», sagte er. «Waschweiber, Flickschuster und Schweinehirten. Wenn die anderen da sind, gehen wir da rein wie der Fuchs in den Hühnerstall.»

«Täusch dich mal nicht», sagte ich.

Lupus sah zu mir herab, als hätte er vergessen, dass ich sprechen konnte. Dann prustete er von einem Augenblick auf den anderen los und steigerte sich in einen solchen Lachanfall hinein, dass ich schon fürchtete, er würde ersticken. Er kreischte, krümmte sich zusammen und schlug mit den Fäusten auf seine Oberschenkel ein. Mehrmals setzte er an, um etwas zu sagen, verschluckte sich aber an seinen eigenen Worten. Schließlich presste er mit tiefer Bärenstimme hervor: «Oh, die Wabe hängt aber ganz schön hoch, wer weiß, ob die Bienen nicht stechen.» Der letzte Satz ging in ein Fiepen über, wieder rang er um Fassung, beruhigte sich schließlich, tätschelte mir nach ein paar letzten Glucksern den Rücken und sagte: «Tu mir da drin bloß einen Gefallen. Lass mich reden.»

Ich wollte etwas erwidern, aber er kicherte schon wieder los, fuchtelte mit beiden Händen herum und winselte: «Halt einfach deine Schnauze, Tankred. Nur Knurren und Brummen sind erlaubt.»

Als Lupus seine Fassung halbwegs wiedergewonnen hatte, legten wir das letzte Stück bis zu einer Stelle zurück, an der die Dänen zwischen zwei dicken Pflöcken ein Seil über das Wasser gespannt hatten, an dem man einen flachen Kahn hin und her ziehen konnte. Der Flussarm war hier vielleicht fünfzig Schritte breit. Ich fragte mich, ob es wohl irgendwo eine Stelle gab, die flach genug war, um den Fluss zu durchwaten, doch das war vom Ufer aus nicht zu erkennen. Mit voller Bewaffnung und Belagerungsgerät an die Mauern zu gelangen, würde der schwierigste Teil unserer Aufgabe sein.

Natürlich zogen wir die Aufmerksamkeit auf uns. Von der Insel her zeigten die Männer mit den Fingern herüber, und am gegenüberliegenden Fähranleger liefen sie zu einer Traube zusammen. Ein rothaariger Kerl mit Armen wie Baumstämme empfing uns mit einem Grinsen, sagte etwas auf Dänisch und forderte uns mit einem Handzeichen auf, den Kahn zu besteigen. Der Esel brauchte ein paar Tritte in den Hintern, bevor er sich in Bewegung setzte. Der Bär machte keine Probleme.

Während wir übersetzten, lief das halbe Lager am Ufer zusammen; mindestens zweihundert Dänen umringten uns, als wir von Bord gingen. Immerhin hielten sie einen gewissen Abstand. Und wieder wunderte ich mich, wie harmlos diese Männer wirkten, wenn sie nicht gerade in voller Bewaffnung in ein Kloster stürmten, um die Mönche zu massakrieren, die Gräber der Heiligen zu schänden und die Kirche niederzubrennen. Natürlich sah man diesen breitschultrigen Kerlen mit ihren eingeflochtenen Bärten, Armreifen und Tätowierungen an, dass man sich besser nicht mit ihnen anlegte. Doch so vergnügt und ausgelassen, wie sie uns empfingen, wirkten sie fast wie Kinder. Das sind keine Kinder, sagte ich mir. Sie haben Mönche massakriert, Gräber geschändet und Kirchen niedergebrannt. Sie haben meine Schwester entführt und monatelang durchs Land geschleppt. Und zum Schluss haben sie versucht, sie lebendig zu verbrennen. Das sind keine Kinder.

«Platz für den Tanzbären!», schrie Lupus, und schon an seiner Stimme hörte ich, dass er sich arg zusammenreißen musste, um nicht erneut loszuprusten.

Man führte uns zu einer Stelle direkt an der Mauer, an der schon einige andere Händler ihre Wagen abgestellt und kleine Verkaufsstände aufgebaut hatten. Ich sah Kleidung und Schuhe, Decken und Felle, wie auch wir sie dabeihatten, aber auch Obstkörbe, Weinfässer, Kochgeschirr, Messer, Angelhaken und Kerzen. Einer bot sogar ein Schachspiel an.

Lupus bugsierte den Eselskarren zu einer freien Stelle am rechten Rand des kleinen Marktes und begann mit demonstrativer Gelassenheit, seine Waren auf dem Wagen auszubreiten. Doch die Aufmerksamkeit der Umstehenden galt nicht seinem Angebot, sondern mir. Aus gebührendem Abstand riefen sie Lupus irgendwelche Fragen auf Dänisch zu, die er nicht verstand, aber trotzdem beantwortete.

Einer zeigte auf mich und fragte etwas, das wie «Was hat er an?» klang. Hatten sie die Verkleidung etwa erkannt?

«Nichts hat er an», sagte Lupus. «Er ist nackt. Siehst du doch. Wenn ihr ihm Kleider verpassen wollt, dann kauft ihm welche. Hier, friesisches Leinen. Könnte passen.» Er nahm ein Hemd vom Wagen und faltete es auseinander. Natürlich hätte es nicht gepasst.

Der Däne schüttelte den Kopf. «Navn», sagte er und wies wieder auf mich.

Lupus begriff. «Sein Name? Tankred.» Er klirrte ein bisschen mit der Kette.

Ich hätte es vorgezogen, wenn er nicht meinen richtigen Namen genannt hätte, aber die Dänen hielten sich nicht lange mit seiner Antwort auf.

«Dansebjørn?», erkundigte sich einer.

Lupus schüttelte den Kopf. «Nix Björn», antwortete er. «Tankred. Fränkischer Tanzbär.» Er pfiff eine einfache Melodie und machte ein paar ungelenke Tanzschritte dazu. «Tanzbär. Kapiert?»

Die Dänen blickten sich an, beratschlagten, kamen zu einem Ergebnis. Dann begann einer von ihnen ebenfalls zu tanzen, und die anderen brummten dazu. Alle nickten sich zu und lachten: «Dansebjørn!»

«Von mir aus», brummte Lupus und wandte sich wieder der Ware zu.

Nachdem die Dänen und die Händler an den anderen Ständen unseren Auftritt ausreichend begafft und erschöpfend kommentiert hatten, legte sich die Aufregung. Sie zerstreuten sich und wandten sich wieder ihren Tätigkeiten zu.

Es war schon Nachmittag, und der große Ansturm auf den Markt schien vorbei zu sein. Nur noch ein paar vereinzelte Dänen spazierten von einem Stand zum anderen, zogen dies und das hervor, befühlten Stoffe und probierten Schuhe an, aber niemand traute sich, an den Wagen heranzutreten, an dem ich immer noch angebunden war.

Ich besann mich auf unseren Auftrag und sah mich um, schätzte die Distanz vom Flussbett zur Böschung, deren Neigung und die Zahl der Leitern, die man brauchen würde, um die Festung auf der ganzen Breite anzugreifen.

Ein Stück weiter rechts, neben dem geöffneten Haupttor, waren lange Bretter über ein paar Kisten gelegt worden; dahinter standen zwei Dänen, deren Arme von den Handgelenken bis zu den Ellbogen mit silbernen Ringen geschmückt waren. Ein halbes Dutzend Männer war dabei, die Auslagen zu begutachten, sodass ich nicht genau sehen konnte, was dort angeboten wurde, aber die herübergewehten Gesprächsfetzen verrieten, dass es sich bei den Interessenten um Einheimische handelte. Mehr konnte ich nicht verstehen, denn das allgemeine Gemurmel übertönte ihre Worte.

Als Lupus mit dem Sortieren fertig war, wandte er sich an mich, hob den Zeigefinger, als wollte er einen Hund zum Männchenmachen bringen, und sagte in übertriebener Deutlichkeit: «Tankred, du törichtes Tatzentier! Du bist zwar genauso harmlos, wie du einfältig bist, aber das wissen unsere dänischen Freunde natürlich nicht! Ich würde sagen, wir binden dich mal irgendwo an, wo du uns nicht die Kunden vergraulst. Was meinst du? Gefällt dir das, du plattfüßige Pelzwurst?»

Mit diesen Worten löste er die Kette vom Wagen und führte mich ein Stück an der Wand entlang bis zu einer Stelle, an der ein Eisenring in die Mauer eingelassen war. Dort band er mich fest. Ich schwor, ihm seine Frechheiten heimzuzahlen, sobald ich das Kostüm wieder losgeworden war. Vorerst aber war ich ihm ausgeliefert.

Immerhin konnte ich von meinem neuen Standort aus besser sehen, was die beiden Dänen verkauften. Wie Gerwin gesagt hatte, handelte es sich vor allem um Beute aus Kirchen und Klöstern. Ich sah ein paar zusammengefaltete Altartücher, außerdem Weihrauchgefäße, Kelche und Patenen, allerdings nur solche aus Messing und Zinn. Silberne und goldene Geräte hatten sie wahrscheinlich zerhackt oder eingeschmolzen.

Und dann sah ich das Buch.

Es lag zwischen den Altartüchern, ein unscheinbares braunes Pergamentbündel, dessen Bindung sich schon löste.

Einer der Kaufinteressenten griff danach, stieß seinen Nebenmann an und reichte es ihm. Obwohl sie einfache Kittel trugen, war ihnen auf einen Blick anzusehen, dass sie Priester waren: Beide waren gut genährt, hatten vom Messwein gerötete Nasen, Hände, die noch nie eine Sense oder einen Spaten gehalten hatten, und den überheblichen Blick, den Geistliche in Anwesenheit von weniger gebildeten Menschen so gern aufsetzen.

«Was ist das?», fragte der erste Priester.

Der zweite Priester schlug das Buch auf, kniff die Augen

zusammen und begann zu lesen. «Cassiodor», sagte er. «Geschichte der Goten. Nie gehört.»

Ich wäre fast aus dem Pelz gefahren. Cassiodors *Gotengeschichte* war eins der berühmtesten Werke der Kirchenväterzeit, aber es galt bis auf ein paar von Jordanes zitierte Passagen als verschollen. Ich hätte aus dem Stegreif zwei Dutzend Klosterbibliotheken nennen können, die dieses Buch in Gold aufgewogen hätten, und ich selbst hätte mich auspeitschen lassen, nur um einen Blick in das Manuskript zu werfen. Und nun hatten diese beiden Idioten es in der Hand.

«Was ist?», fragte der Erste. «Sollen wir das kaufen?»

«Kommt drauf an, was sie dafür haben wollen», sagte der Zweite. Er hielt das Buch hoch und wandte sich an die beiden Dänen. «Wie viel?»

Die beiden blickten sich an, dann sagte der eine etwas und hob beide Hände. Dabei sah ich, dass ihm ein Finger fehlte.

Die Priester wechselten ebenfalls einen Blick. «Was soll das heißen?», fragte der Erste. «Neun oder zehn?»

«Ist doch egal», sagte der Zweite. «Versuch mal, ihn runterzuhandeln.»

Der Erste hob eine Hand und sagte: «Fünf.»

Der Däne schüttelte den Kopf.

«Lass dir nicht anmerken, dass wir es haben wollen», raunte der Zweite. «Tu so, als wäre es nichts wert.»

Der Erste brach in ein gekünsteltes Hohngelächter aus, nahm dem Zweiten das Buch aus der Hand und wischte sich damit über den fetten Hintern. Der Däne grinste und zeigte acht Finger. Ich konnte kaum noch an mich halten.

«Jetzt nimm es für acht, bevor er was kapiert. Der Bischof zahlt uns wahrscheinlich das Zehnfache dafür.»

«Und wenn er es nicht haben will?»

«Dann können wir uns immer noch den Arsch damit abputzen. Wenn wir es nicht nehmen, dann geben die es dem Bären zu fressen. Der guckt schon so gierig.»

Der Erste warf mir einen hastigen Blick zu, vergewisserte sich wohl, dass die Kette gut befestigt war, dann sagte er: «Bären fressen doch kein Pergament. Die fressen Schafe.»

Der Zweite verdrehte die Augen. «Und woraus wird Pergament gemacht?»

Der Erste legte die Stirn in Falten.

«Jetzt bezahl endlich», presste der andere durch die Zähne.

Der Erste nickte gehorsam, kramte acht kleine Silbermünzen aus einem Beutel und drückte sie dem Dänen in die Hand.

Es durfte einfach nicht wahr sein. Fassungslos musste ich zusehen, wie ein verloren geglaubtes Werk der alten Literatur für den Gegenwert von ein paar Hühnern den Besitzer wechselte. Die beiden steckten das Buch ein und verschwanden.

«Weiß nicht, ob das so eine gute Idee war», hörte ich noch. «Wer interessiert sich denn heute noch für diesen Gotenkram?»

Ich knurrte vor Wut.

«Musst du kacken, oder was?», rief Lupus, dessen Wagen inzwischen ebenfalls von Kunden umlagert war. «Tu dir keinen Zwang an.» Und zu einem Dänen, der gerade eins der Leinenhemden anprobierte: «Macht acht Denare.»

«Otte?»

«Acht und keinen weniger. Ihr schwimmt doch im Geld.»

Die Demütigung war kaum auszuhalten. Während ich den beiden Priestern hinterherblickte, überlegte ich fieberhaft, von welchem Bischof sie gesprochen hatten. Franco von

Lüttich? Adalbald von Utrecht? Heidilon von Tournai? Ich beschloss, der Sache beizeiten nachzugehen, um nicht verrückt zu werden.

Es dauerte eine Stunde, bis Lupus seine Geschäfte zu Ende gebracht hatte. Eine Stunde, in der mir vor Hitze fast der Kopf geplatzt wäre. Eine Stunde, in der ich wieder und wieder von neugierigen Dänen begafft wurde. Einer versuchte, mich zu reizen, indem er mich mit Steinchen bewarf. Mir blieb nichts übrig, als mir sein Gesicht zu merken. Man trifft sich ja immer zweimal.

Irgendwann war ich vor Durst so entkräftet, dass ich mich auf den Boden legte und die Augen schloss.

«Ist das ein Tanzbär?»

Die Stimme kam mir irgendwie bekannt vor. Friesischer Akzent. Ich öffnete die Augen und sah, dass Lupus mit einem gut gekleideten Mann redete. Stämmig. Lange blonde Locken. Amelung, der Friese, der mir in Aachen als Dolmetscher ausgeholfen hatte. Der hatte mir gerade noch gefehlt.

«Allerdings», antwortete Lupus stolz. «Außerdem kann er singen, zählen und rechnen.» Er wandte sich in meine Richtung. «Und schlampig abgeschriebene Texte auf Grammatikfehler durchforsten. Stimmt's?»

Amelung musterte mich skeptisch. «Tanzen reicht», sagte er. «Wir haben heute Abend eine kleine Feier. Vielleicht wäre das was für den informellen Teil.»

Lupus strahlte. «Gibt's da auch Weiber?»

«Ja, aber von denen lässt du besser die Finger. Ist er zahm? Es wird wahrscheinlich ein bisschen Remmidemmi geben, und ich will nicht, dass er außer Kontrolle gerät.»

«Der ist zahm. Mein Wort darauf.»

Da sei dir mal nicht zu sicher, dachte ich wütend. Die Späße auf meine Kosten zahle ich dir noch heim. Doch seine Dreistigkeit nötigte mir auch Respekt ab: Dank ihm würden wir die Gelegenheit bekommen, die Festung von innen zu inspizieren.

Amelung und Lupus verhandelten kurz über die Entlohnung, dann erklärte der Friese, wie er sich unseren Auftritt vorstellte: Auf dem Höhepunkt der Feier, die im großen Saal der Pfalz stattfinden sollte, würde ich meine Tanzkunststücke vorführen. Ein paar der Männer konnten Flöte und Trommel spielen, mehr würde für die musikalische Begleitung ja wohl nicht erforderlich sein. Oder? Nein, meinte Lupus. Tankred sei ohnehin nicht besonders musikalisch, und zur Not sei statt Flöten und Trommeln auch Pfeifen und Händeklatschen ausreichend, um ihn in Stimmung zu bringen.

«Dann wäre ja alles geklärt», sagte Amelung. «Wir können ihn in den Keller sperren, bis es so weit ist. Den Karren kannst du solange hier stehen lassen. Bei uns wird nicht geklaut.»

Die Absurdität dieses Satzes schien Amelung gar nicht aufzufallen. Sie hatten die ganze Gegend ausgeplündert, verschacherten das Diebesgut, versorgten sich mit erpressten Nahrungsmitteln, und wenn sie etwas bezahlten, dann mit gestohlenem Geld. Aber geklaut wurde nicht.

Lupus redete beruhigend auf mich ein, während er mich losband. Amelung führte uns durch das Tor in den Burghof, in dessen Mitte sich ein großer Brunnen befand. Auf den Gerüsten unterbrachen sie ihre Arbeit und glotzten uns hinterher.

Ich besann mich auf den Grund unseres Besuchs und versuchte, mir alles einzuprägen, was ich sah.

Die Mauern von Asselt waren fast zehn Ellen hoch und unten etwa drei Ellen stark. An der Innenseite verlief ein hölzerner Wehrgang. Die Ecken waren durch gedrungene Steintürme verstärkt, die mit Holzkonstruktionen aufgestockt worden waren. An beiden Längsseiten waren Durchgänge in die Mauer eingelassen: Im Osten das Doppelflügeltor, durch das wir die Pfalz betreten hatten, im Westen ein kleineres Tor. Beide Tore waren durch Metallbeschläge verstärkt, aber nicht durch Fallgitter gesichert. Wenn sich daran in den nächsten Wochen nichts änderte, würden sie sich mit einem schweren Rammbock öffnen lassen. Das Problem war in diesem Fall eher der Fluss, denn um das Sturmgerät vor den Mauern in Stellung zu bringen, musste es zuerst einmal im Geschosshagel auf die Insel gebracht werden. Außerdem bestand die Gefahr, dass sie die Schiffe vor unserer Ankunft von der Insel abzogen und uns im entscheidenden Augenblick damit in den Rücken fielen.

Amelung durchquerte mit schnellen Schritten den Hof und steuerte auf einen breiten Steinbau auf der gegenüberliegenden Längsseite der Pfalz zu, dessen Dach die Mauer überragte. Rechts und links davon lagen weitere Anbauten, an den Schmalseiten befanden sich Ställe und Vorratsscheunen sowie eine Kapelle. Neben dem Doppelflügeltor lagen zu beiden Seiten Versorgungsgebäude. Durch die offenen Fenster sah ich riesige Strohlager. Wenn wir sie zwangen, das Zeltlager ins Innere der Anlage zu verlegen, würde es ein heilloses Gedränge geben. Vielleicht konnten wir uns das im richtigen Moment zunutze machen. Falls es gelang, die Pfalz in Brand zu stecken, würde vielleicht eine Panik unter den Dänen ausbrechen.

Amelung geleitete uns durch eine Seitentür in den großen Steinbau und dann über einen schmalen Korridor zu einer Treppe, die in den Keller führte. Fässer und Säcke waren in langen Reihen aufgestapelt, es roch nach Schimmel und Exkrementen. Vor einer massiven Tür hielten wir an. Amelung kramte einen Schlüssel hervor. Es knirschte, dann schwang die Tür auf.

Wir befanden uns in einem lang gestreckten Raum. Durch schmale Schlitze knapp unterhalb der Decke fiel ein wenig Licht herein, gerade genug, um die Doppelreihe von Holzgittern zu erkennen, die sich durch den ganzen Raum zog und von den Längsseiten rechts und links je einen Streifen abtrennte, sodass ein Korridor in der Mitte blieb.

Noch ehe ich das erste Gesicht sah, wusste ich, dass der Keller voller Menschen war. Ausdünstungen, unterdrückte Seufzer voller Niedergeschlagenheit und Angst, leises Rascheln hier und da. Sie hielten offenbar eine ganze Reihe von Gefangenen hier fest.

Während wir Amelung ans Ende des Raums folgten, gewöhnten meine Augen sich an das Dämmerlicht. Es waren tatsächlich mehrere Dutzend Menschen hier eingesperrt. Hinter den Gittern waren einzelne Verschläge abgeteilt, und in jedem davon saßen zwei oder drei von ihnen, viele junge und auch einige ältere Frauen und Männer, ein paar Kinder. Blicke aus großen Augen folgten uns. Die Gefangenen wirkten verzweifelt, aber nicht ausgehungert oder krank. Wahrscheinlich wurden sie einigermaßen gut versorgt; bleiche und abgemagerte Sklaven ließen sich schließlich nicht so gut an den Mann bringen. Wieder dachte ich an meine Schwester. Und wieder kochte die Wut in mir hoch.

Wir waren beim letzten Verschlag auf der rechten Seite angekommen. Amelung schob einen Riegel zur Seite und öffnete die vergitterte Tür.

«Sei ein braver Bär und geh da rein», sagte Lupus. Ich trottete in das Verlies. Amelung schloss die Tür.

«Der ist ja ziemlich folgsam», bemerkte er anerkennend.

«Hab ihn selbst gezähmt, den Tankred», sagte Lupus.

Na warte, dachte ich. Das kriegst du alles wieder.

«Tankred?», fragte Amelung. «Ich kannte in Aachen mal einen, der so hieß. War auf der Suche nach seiner Schwester. Was wohl aus dem geworden ist?»

Lupus ging nicht darauf ein. «Sind das eure Gefangenen?» Lupus gab sich Mühe, die Frage beiläufig klingen zu lassen, aber ich hörte die Empörung in seiner Stimme heraus. Auch seine Familie hatte in Trier vor diesen Kerlen fliehen müssen. Auch er hatte eine Schwester, die zuerst in einem Kellerverlies und dann auf einem Sklavenmarkt gelandet wäre, wenn sie sie in die Finger bekommen hätten.

«Ja», sagte Amelung peinlich berührt. Schon in Aachen hatte er mir zu verstehen gegeben, dass er nicht mit allen Untaten einverstanden war, die die Dänen begingen. Er und die anderen Männer aus der Gruppe von Sven Knurhår hatten dort zwar wie die Parasiten gehaust, aber zu Misshandlungen und Entführungen war es bei ihnen nicht gekommen.

«Wir behandeln sie gut», schob Amelung hinterher. «Sie dürfen sogar raus, wenn die Tore zu sind.»

«Da sind sie euch sicher sehr dankbar», sagte Lupus.

Amelung blickte ihn irritiert an. Diese Art von Ironie schien er von einem Händler und Bärenbändiger nicht erwartet zu haben. Wahrscheinlich hatten sie hier nur mit Leuten zu tun, die Gefangene kauften und verkauften wie Hühner oder Gänse. Doch Amelung ging nicht weiter darauf ein, sondern sagte mit einem Kopfnicken in meine Richtung: «Der sieht mir aus, als hätte er Durst. Sollen wir ihm einen Eimer Wasser hinstellen?»

«Bier wäre ihm lieber», sagte Lupus trocken, als sei Bier eine gängige Alternative, um den Durst eines Bären zu stillen.

«So was hab ich ja noch nie gehört», murmelte Amelung, während sie sich entfernten. Die Tür zum Kellerverlies fiel zu.

Nebenan wurde aufgeregt geflüstert. Sehen konnte ich niemanden, weil die einzelnen Verschläge durch Bretterwände voneinander getrennt waren. Immerhin konnte ich so die Maske abnehmen, ohne dass es jemand mitbekam. Mein Durst war inzwischen fast unerträglich geworden, aber wenigstens war es hier unten kühler als oben in der Sonne.

Es dauerte eine ganze Weile, bis Lupus zurückkehrte. Er stellte mir einen Eimer mit Bier und eine Schüssel mit rohen Fleischresten voller Sehnen und Knorpel hin und grinste breit, während ich die Tatzen abstreifte und in gierigen Zügen trank.

«Das lockert doch gleich das Tanzbein, was? Das Fleisch kannst du stehen lassen. Amelung hat es mir aufgedrängt. Wahrscheinlich hat er Angst, dass du da oben auf dumme Gedanken kommst.»

Nachdem ich meinen Durst gestillt hatte, erklärte er mir, dass ich bis zum Auftritt im Keller bleiben sollte. Wenn wir die Sache hinter uns gebracht hätten, würden wir verschwinden.

«Und was machst du solange?», fragte ich.

«Feiern. Sie haben mich eingeladen, und ich konnte nicht ablehnen, ohne sie zu beleidigen.» Lupus zog ein unschuldiges Gesicht.

Auch das noch. Wenn es schlecht lief, würden die Dänen

Lupus unter den Tisch trinken, bevor er mich holen konnte. Oder schlimmer noch: Er würde sich im Vollrausch danebenbenehmen und selbst im Verlies landen.

Während er sich pfeifend entfernte, versuchte ich, mich auf unseren Auftrag zu konzentrieren. Der Plan war gut, das war nicht zu bestreiten. Wenn Lupus es nicht zu weit trieb, würden wir mehr erfahren, als wir zu hoffen gewagt hatten.

Die nächsten Stunden verbrachte ich in dem Kellerverlies, während neben mir getuschelt und gebetet wurde. Das Stimmengewirr der Dänen, das durch die Schlitze hereindrang, schwoll immer weiter an. Offenbar versammelten sich die Bewohner des Zeltlagers im Burghof, um dort zu feiern; im Saalbau würden wahrscheinlich nur die Anführer und ihre Gefolgsleute tafeln. Wenn es bloß eine Möglichkeit gäbe, die Halle mit der ganzen Bande auf einen Schlag niederzubrennen! Aber wir konnten das Gebäude nicht in Brand stecken, ohne die Gefangenen in Lebensgefahr zu bringen. Würden die Berater des Kaisers diese armen Leute qualvoll umkommen lassen, wenn sie dafür dem Sieg ein Stück näher kamen? Hätten Männer wie Arnulf von Kärnten und Heinrich von Babenberg Skrupel, sie preiszugeben? Würde Ratwin gegen einen solchen Beschluss protestieren?

Vielleicht kann man sie vergiften, dachte ich. Gehäckselte Schierlingsstängel in den Brunnen schütten, geriebene Eisenhutwurzeln ins Bier mischen – war das eine Möglichkeit? Nein, wahrscheinlich war es zu riskant. Ein paar von ihnen würden Krämpfe bekommen, und dann würden sie Rache nehmen, indem sie die ganze Gegend verwüsteten. Und dasselbe würden sie tun, wenn es uns gelang, einen oder zwei ihrer Anführer zu erstechen, wie Ratwin empfohlen hatte. Wir mussten sie auf einen Schlag in die Knie zwingen, um sie endgültig zu vertreiben.

So wälzte ich weitere zwei Stunden lang Mordgedanken, ohne dass sich ein überzeugender Plan daraus formte. Inzwischen war es lange dunkel, und oben schien es hoch herzugehen. Gegröle und Gesänge wechselten sich ab, und gelegentlich rumste es, was mich auf den nächsten Gedanken brachte. Könnte man vielleicht Zwietracht zwischen ihnen säen? Sie irgendwie aufeinanderhetzen, sodass sie sich gegenseitig an die Gurgel gingen?

Die Tür wurde geöffnet, und der Lärm wallte herein wie eine Flutwelle. Jemand betrat den Keller, und ein schwacher Lichtschein näherte sich. Nebenan wurde wieder getuschelt. Ein paar Augenblicke später erschien Lupus mit einer Öllampe in der Hand vor dem Gitter.

«Los geht's», sagte er fröhlich und sperrte den Verschlag auf. «Tatzen anziehen, Maske aufsetzen! Das Publikum wartet!» Er lallte ein bisschen. Immerhin war der bisherige Abend offenbar nach Plan verlaufen.

Seufzend vervollständigte ich meine Verkleidung und folgte ihm an der Kette über den Gang. Ich sah, dass er leicht schwankte.

«Reiß dich zusammen», zischte ich ihm zu. «Sauf nicht noch mehr!»

«Wird schwierig», sagte er mit schwerer Zunge. «Die schenken immer wieder nach.»

Über die Treppe und den Gang ging es wieder nach draußen.

Im Innenhof war die Hölle los. Singende Männer umlagerten die Feuer oder stapften Arm in Arm dazwischen umher.

Auf dem Boden lagen Essensreste, Knochen und Eingeweide. An der Mauer neben dem Doppelflügeltor standen neun oder zehn von ihnen in einer Reihe und entleerten sich. Direkt neben uns biss einer einem lebenden Huhn unter großem Gelächter den Kopf ab.

«Plads for de Dansebjørn!», rief Lupus gut gelaunt in die Menge. Und zu mir: «Hab da drin ein paar Brocken Dänisch gelernt. Ist eigentlich ganz einfach. Wie Friesisch, nur ein bisschen durch die Nase gesprochen.»

Unter dem Applaus der Kerle im Hof stiegen wir die Treppe zum Haupteingang des Saalbaus hinauf. Aus dem Inneren drang ohrenbetäubender Feierlärm. Das schummerige Licht vieler Kerzen fiel auf den Treppenabsatz.

Als wir die Halle betraten, legte sich der Lärm. Ich blickte in hundertfünfzig Gesichter, darunter tatsächlich ein paar Frauen mit langen, um die Köpfe gelegten Zöpfen und in prächtig bestickten Kleidern. Auch die Männer hatten sich herausgeputzt: Statt des groben Leinens, das ich am Nachmittag gesehen hatte, trugen sie nun Kleidung aus feineren Stoffen oder Leder, und einige waren sogar geschminkt, was sie aber nicht weiblicher erscheinen ließ, sondern auf merkwürdige Weise verwegener. Auch Waffen sah ich jetzt hier und da. Ob das zur Festkleidung gehörte oder eher dazu diente, für betrunkene Streitereien gerüstet zu sein, war vorerst nicht festzustellen. Sie saßen an langen Tischen voller Fleischplatten, Schüsseln, Kannen und Krüge. Der Saal wurde von Kerzen erhellt, die auf drei Leuchtern aus Hirschgeweihen steckten. Lupus führte mich in die Mitte des Raums, wo ein Mann mit freiem Oberkörper mehrere Spanferkel an einem Spieß über einem Kohlebecken drehte.

«Versau die Tanznummer nicht, sonst stecken sie dich auf den Spieß», raunte er mir zu.

Die Gespräche waren jetzt weitgehend verebbt. Alle blickten erwartungsvoll auf mich.

«Stell dich mal auf die Hinterbeine und dreh dich ein bisschen», forderte Lupus mich auf und hob den Zeigefinger.

Bewundernde Zurufe erklangen von allen Seiten, als ich mich aufrichtete. An der Stirnseite der Halle befand sich ein breites Podest, darauf ein quergestellter Tisch mit sechs Männern, die als einzige Panzer und Helme trugen. Die beiden mittleren saßen auf Stühlen mit hohen Lehnen aus Holz mit Einlegearbeiten.

Lupus sah meinen Blick. «Das sind Gottfried und Siegfried», sagte er leise. «Sie sind so was wie ihre Könige, wenn ich das richtig verstanden habe. Rechts daneben Jarl Gorm und Jarl Olaf. Links Knut und Sven.»

Ich staunte, dass er sich in seinem Zustand noch so viele Namen hatte merken können. Vielleicht hatte Amelung ihn mit den Anführern des Heeres bekannt gemacht. Auf jeden Fall war es sehr nützlich zu wissen, wer hier das Sagen hatte. Dieser Knut war wahrscheinlich niemand anders als Blodknut, der mit Ivar Forstyrret zusammen den Angriff auf Koblenz angeführt hatte. Es war merkwürdig, dass er nun, wo all das längst vorbei war, plötzlich ein Gesicht bekam, und zwar ein ziemlich hässliches: Die rote Knollennase leuchtete aus dem blonden Bart hervor, und die Wangen waren voller Warzen.

Mein Blick wanderte zu Sven, seinem Nachbarn. Als ich begriff, wer das war, hätte ich vor Überraschung fast einen Pfiff ausgestoßen.

Ich hatte ihn bei der schwachen Beleuchtung nicht gleich

wiedererkannt, obwohl das faltige Gesicht über dem riesigen Körper eigentlich unverwechselbar war: Sven Knurhår, mein alter Bekannter.

«Lustiger Helm, was?», fragte Lupus.

In der Tat trug Sven Knurhår eine sehr merkwürdige Kopfbedeckung: einen schon etwas veralteten fränkischen Spangenhelm, den er rechts und links mit zwei Kuhhörnern geschmückt hatte. Für den Kampf konnte so etwas unmöglich taugen: Ein gezielter Schwerthieb, und das Ding würde ihm vom Kopf gerissen. Der Helm wirkte, als sei er für eine barbarische Zeremonie angefertigt worden, bei der sein Träger irgendwelche tierischen Kräfte auf sich übergehen lassen oder Botschaften von seinen Göttern empfangen wollte – oder vielleicht eher noch wie die alberne Parodie einer solchen Zeremonie. Die Mischung aus Eitelkeit und Einfalt, mit der Sven Knurhår seinen Helm trug, passte genau zu dem Bild, das ich mir in Aachen von ihm gemacht hatte.

Ich kam nicht dazu, diesen Gedanken weiterzuverfolgen, denn nun trat Amelung neben uns und wies mit ausgestreckten Zeigefingern auf mich. Die letzten Gespräche verstummten. Die beiden Könige wechselten ein paar Worte, dann schauten sie in amüsierter Erwartung auf den Friesen, der nun auf einen Tisch sprang und auf Dänisch das Wort an sie richtete. Tatsächlich war das, was er sagte, nicht völlig unverständlich: Tanzen, Flöten und Trommeln schienen in ihrer Sprache mehr oder weniger die gleichen Wörter zu sein, und ich musste an die umstrittene Vermutung des Ermoldus Nigellus denken, dass die Franken Verwandte der Dänen seien. Und immer wieder fiel ein Wort: Bjørn. Es war nicht schwer zu verstehen, dass ich damit gemeint war.

Als Amelung mit seiner Ansprache fertig war, ging ein erwartungsvoller Applaus durch die Reihen. Weiter hinten stiegen sie auf die Bänke, um besser sehen zu können.

Amelung sprang von seinem Tisch herunter und bedeutete Lupus mit einer Geste, dass er beginnen konnte. Und das tat er.

Was folgte, entsprach in seinem Ablauf in etwa der Vorführung, die Balduin uns in Worms geboten hatte.

Ich muss zugeben, dass Lupus ein Talent für solche Auftritte hatte. Die Aufmerksamkeit spornte ihn an. Er holte zu einer dramatischen Schilderung meiner Auffindung als verlassenes Bärenjunges in den finsteren Wäldern von Tongern aus, die von Amelung übersetzt und von den Zuschauern mit lautstarker Anteilnahme aufgenommen wurde. Sodann erklärte Lupus, wie er mich gezähmt, mit mir Freundschaft geschlossen, meine Talente entdeckt und mir schließlich zuerst das Singen, dann das Zählen, darauf das Rechnen und zuletzt das Tanzen beigebracht habe. Er redete mit aufgerissenen Augen und vorgerecktem Kopf und blickte dabei von einem zum anderen, als erzählte er eine Kindergeschichte.

Bei der anschließenden Darbietung musste ich Lieder nachbrummen, Bierkrüge zählen und einfache Additionsaufgaben lösen. Angespornt vom Zwischenapplaus, improvisierte Lupus noch ein bisschen und brachte mich dazu, mich vor dem Tisch der Könige zu verbeugen, eine Kerze auszublasen und einer der Frauen eine Blume zu überreichen. Als er mir dann auch noch befahl, ein Schwert auf der Nase zu balancieren, fürchtete ich einen Moment lang, er würde es zu weit treiben, aber es gelang mir, die Waffe so lange senkrecht auf meiner Nasenspitze zu halten, dass die Begeisterung keine Grenzen kannte. Am Ende war ich fast ein bisschen stolz.

Lupus sprang auf den Tisch, gebot der Menge durch Händeklatschen Ruhe und verlangte nach den Musikanten. Für einen kurzen Augenblick war es, als wäre er selbst hier der König, denn noch bevor Amelung übersetzt hatte, drängten sich ein paar Männer mit Flöten und Trommeln nach vorn und begannen, eine fröhliche Weise zu spielen. Ich drehte mich im Takt, stampfte ein bisschen mit den Tatzen auf und nickte im Rhythmus mit dem Kopf. Der Saal tobte.

Nach ein paar Liedern ließ der Reiz der Vorführung trotz aller Begeisterung spürbar nach. Die Zwischenrufe wurden weniger, einige der Männer nahmen die Gespräche wieder auf, andere gingen durch die Reihen und füllten Krüge nach. Ich hoffte schon, dass wir die Sache zu Ende bringen und uns auf den Heimweg machen konnten, doch da geschah etwas Unerwartetes: Einer der beiden sogenannten Könige erhob sich von seinem Lehnstuhl und schrie etwas in die Runde, was die anderen auf einen Schlag zum Verstummen brachte. Amelung blickte irritiert. Dann wandte er sich an Lupus: «Gottfried will mit ihm tanzen.»

«Nur zu», sagte Lupus. Es konnte nicht wahr sein. In seinem Übermut brachte er unseren ganzen Auftrag in Gefahr.

Der Friese warf zuerst mir, dann Lupus einen skeptischen Blick zu. «Kannst du das verantworten?»

«Auf jeden Fall», versicherte Lupus. «Kann er führen?»

Amelung begriff die Doppeldeutigkeit der Frage und lächelte dünn. Gottfried war inzwischen vom Stuhl auf den Tisch gestiegen und sprang mit einem großen Satz vom Podest.

«Ich warne dich», raunte Amelung, den die Versicherung nicht ganz überzeugt zu haben schien. «Wenn das schiefgeht, sind wir beide dran.»

«Kein Problem», sagte Lupus und löste die Kette aus meinem Nasenring, sodass ich jetzt zum ersten Mal völlig frei stand. «Mein Wort darauf.»

Amelung schien immer noch nicht völlig überzeugt zu sein, aber es war ohnehin zu spät, denn Gottfried bahnte sich seinen Weg zwischen den Tischen durch und sah nicht aus, als würde er sich jetzt noch dazu überreden lassen, einen Rückzieher zu machen. Ohne jede erkennbare Scheu baute er sich vor mir auf und legte mir die Hände auf die Schultern. Er war groß und muskulös, und das Vertrauen in seine Körperkraft schien ihm die Sicherheit zu geben, es zur Not mit mir aufzunehmen. Und ich begriff, dass es gerade solche Momente waren, in denen ihre Anführer sich vor ihren Männern als würdig erwiesen. Ein schneller Blick zu Siegfried bestätigte diese Erkenntnis. Er lächelte säuerlich, als ärgerte er sich, dass er Gottfried nicht mit dieser Idee zuvorgekommen war.

Die Flötenspieler und Trommler stimmten die nächste Melodie an, und wir begannen, uns zu wiegen und zu drehen. Gottfried hatte dunkelblaue Augen und einen struppigen Bart mit eingeflochtenen Knochenperlen, der vor Fett nur so troff. Er war schwer betrunken, aber er hielt den Takt, der von der Menge mitgeklatscht wurde, während wir unsere Runden drehten. Dabei sah er mir die ganze Zeit in die Augen, und in seinem glasigen Blick mischten sich Konzentration und Misstrauen. Ich war mir nicht sicher, ob er begriff, was hier lief. Doch selbst wenn er den Betrug erkannte, würde er sich nichts anmerken lassen, denn er konnte mich schlecht vor allen anderen entlarven, ohne dieser denkwürdigen Demonstration seines Mutes ihre Wirkung zu nehmen. Und vielleicht ließ er es gerade deshalb nach dem ersten Tanz gut sein, löste sich von mir und kehrte unter tosendem Beifall zum Podest zurück.

Amelung war sichtlich erleichtert.

«Gut gemacht», sagte er zu Lupus. Er wollte uns offensichtlich loswerden, bevor doch noch jemand zerfleischt wurde. Und Lupus begriff trotz seines Rausches, dass dies in der Tat der beste Moment war, von hier zu verschwinden. Unter großem Applaus verbeugten wir uns in alle Richtungen, dann hakte Lupus die Kette wieder ein.

Doch Gottfried wollte uns offenbar nicht ohne ein Abschiedsgeschenk ziehen lassen. Ohne ein weiteres Wort trat er hinter Sven Knurhår und nahm ihm den Hörnerhelm vom Kopf, bevor er protestieren konnte. Dann kehrte er in die Mitte der Halle zurück. Auf dem Weg griff er sich zwei riesige Humpen von einem der Tische, reichte Lupus einen davon, prostete ihm zu und sagte etwas, das wie «sinken» klang.

«Runter damit», sagte Amelung. «Das ist so Sitte.»

Lupus nickte freundlich, prostete dem König zu und stürzte das Bier in einem Zug hinunter. Gottfried setzte ihm den Helm auf und schlug ihm auf die Schulter. Damit waren wir entlassen.

Applaus und Jubel begleiteten uns hinaus, und im Hof stimmten sie ein. Zwischen Feuern und ehrfurchtsvoll zurückweichenden Männern bahnten wir uns unseren Weg zum Tor.

Als wir die Festung hinter uns gelassen hatten, fiel die Anspannung von mir ab. Das Zeltlager lag bis auf ein paar Wächter an einem kleinen Feuer ausgestorben im Mondlicht da.

«Halt», sagte ich leise. «Der Wagen!»

Lupus grinste, zog einen dicken Beutel hervor und klopfte

darauf. «Alles bezahlt. Esel, Karren und Ware. Das sind wirklich großzügige Leute.»

Der Kahn lag verlassen am Ufer. Es gelang Lupus, uns am Seil auf die andere Seite zu ziehen. Ein paar der Wachen glotzten uns hinterher, also half ich ihm nicht.

Kaum waren wir auf der anderen Seite angekommen, da begann Lupus zu torkeln. Der Humpen, den er mit Gottfried geleert hatte, hatte ihm offenbar den Rest gegeben. Er schaffte noch ein paar Schritte, dann ließ er sich auf alle viere fallen und übergab sich mitten auf den Weg. Dabei kullerte ihm der Hörnerhelm vom Kopf.

«Was für eine Vorstellung», lallte er. «Wir könnten damit reich werden.»

Und dann begann er, wieder zu lachen; wie auf dem Hinweg steigerte er sich vom Kichern ins Kreischen und wälzte sich auf dem staubigen Weg hin und her.

«Du hast mit dem König der Dänen getanzt», japste er, als er sich halbwegs beruhigt hatte. «Du alter Dansebjørn, du!»

«Ein Jammer, dass wir ihm das nicht auf die Nase binden können», sagte ich und setzte ihm den Helm wieder auf.

Am Ende buckelte ich ihn auf und schleppte ihn. Ich musste an die Legende des heiligen Maximin denken, dessen Esel auf der Pilgerfahrt von einem Bären gefressen wird, woraufhin der Heilige das Raubtier mit der Kraft des göttlichen Wortes zwingt, ihn bis nach Rom zu tragen. So in etwa müssen wir ausgesehen haben. Ein Bär auf zwei Beinen, der einen Mann durch die Dunkelheit trägt: Falls uns irgendjemand gesehen hat, wird er wohl noch seinen Enkeln erzählen, dass ihm in dieser Nacht ein sturzbetrunkener heiliger Maximin mit Hörnern erschienen ist.

7

Den nächsten Morgen verbrachte Lupus mit Ausnüchtern, während ich wieder auf den Kirchturm stieg und das Lager beobachtete. Es war ein wolkenverhangener Tag. Ein böiger Westwind ließ die Luken am Glockenstuhl klappern. Auch heute herrschte reger Verkehr auf der Uferstraße, und die Arbeiten auf den Gerüsten gingen weiter. Die Schiffe lagen am Strand wie am Vortag. Konnte man statt der Pfalz vielleicht die Flotte in Brand stecken und die Dänen dann einfach auf ihrer Insel aushungern?

Als ich gerade wieder nach unten steigen wollte, sah ich einen Trupp von Reitern, der sich von Osten her näherte. Sie sprengten ein Stück hinter der Fähre in den Fluss, der dort bis zu den Bäuchen der Pferde reichte, und arbeiteten sich durch das Wasser auf die andere Seite vor. Dabei hinterließen sie eine Schaumspur, die von der Strömung davongetragen und aufgelöst wurde. Es gab also eine Furt. Gut, das zu wissen.

Lupus hatte gerade mit dem Händler abgerechnet, als ich wieder nach unten kam. Nachdem der Friese verschwunden war, ließ Gerwin sich Bericht erstatten, dann führte er uns in eine Kammer in seinem Haus, damit wir die nächsten Nächte nicht im Schuppen verbringen mussten.

«Kotzt mir bloß nicht die Bude voll», brummelte er, während er ein paar Strohsäcke auslegte.

Da wir am Vortag genug gesehen hatten, beschlossen wir, in Roermond zu bleiben und Pläne zur Eroberung der Pfalz zu erörtern, die wir Arnulf von Kärnten und Heinrich von Babenberg unterbreiten könnten. Lupus plädierte dafür, durch die Furt zu reiten, das Lager zu verwüsten und die Schiffe zu zerstören, bevor sie Gegenmaßnahmen ergreifen konnten.

«Wenn wir schnell genug sind, sind wir auf der Insel, bevor sie das Tor verrammeln können. Wir könnten einfach reinstürmen.»

«Dann sperren sie uns dort ein und nehmen uns von den Mauern aus von allen Seiten unter Beschuss», wandte ich ein.

«Meister Petz, der Bedenkenträger», sagte Lupus. «Da ist er wieder.» Dann hellte sein Gesicht sich auf. «Wie war das noch mal mit dem trojesischen Pferd?»

Ich begriff, worauf er hinauswollte, und schüttelte energisch den Kopf.

«Warum nicht?», fragte Lupus. «Wir schenken ihnen den Bären. Als kleine Aufmerksamkeit, weil der Auftritt ihnen so gut gefallen hat. Und in der Nacht steigst du aus dem Pelz, schleichst dich zum Tor und machst von innen auf.»

«Wieso ich?», sagte ich schnippisch. «Mach du es doch. Es ist deine Idee.»

Und schon gefiel der Plan ihm ein bisschen weniger gut. «Die haben wahrscheinlich überall Wachen aufgestellt.»

«Was du nicht sagst.»

«Gut, also nicht.»

Wir berieten weiter hin und her. Ich lieh mir von Gerwin eine Wachstafel und zeichnete einen groben Plan der Insel mit der Festung auf. Aber wie man es auch drehte und wendete: Mit ein paar Hundert Reitern würde es schwierig werden, sie einzunehmen. Sobald wir auf der Insel waren, würden wir von den Mauern aus beschossen werden. Es gab keine Stelle, an der der Landstreifen breit genug war, um außerhalb der Reichweite ihrer Bogenschützen zu gelangen, es sei denn, wir drängten uns am Ufer zusammen. Und auch wenn es uns gelang, an die Schiffe heranzukommen, konnten sie uns mit einem Ausfall den Rückweg zur Furt verlegen.

«Vielleicht gibt es noch eine zweite Furt an der Landspitze», sagte Lupus. «Wir wären sofort bei den Schiffen, und sie könnten uns nur von der Schmalseite der Festung aus beschießen, außerdem ist die Entfernung größer. Und wenn die Schiffe erst mal in Flammen stehen, sehen sie nichts mehr. Wenn sie rauskommen, hauen wir ab, ohne dass sie uns den Weg versperren können.»

Das klang besser.

«Und wie finden wir heraus, ob das Wasser flach genug ist?», fragte ich.

«Indem wir in der Nacht rüberschwimmen.»

«Kannst du denn schwimmen?»

«Nein, aber du, wie wir wissen.»

Gegen Abend hatten die Wolken sich verzogen. Als es völlig dunkel geworden war, machten wir uns zu Fuß auf den Weg. Es war nicht schwer, der Uferstraße zu folgen, denn trotz der Dunkelheit glänzte der Fluss im Sternenlicht.

Nach einer halben Stunde kamen, halb verborgen von den Zelten, die Lagerfeuer auf der Insel in Sicht. Auch an der äußersten Landspitze brannte ein Feuer. Das mussten die Schiffswachen sein.

Stimmen wehten herüber, aber kein Geschrei. Wahrscheinlich waren die Dänen vom Gelage des Vorabends noch angeschlagen, oder sie hatten ihre Biervorräte vollständig geleert. Betrunken wären sie mir lieber gewesen.

Ein Pferd schnaubte. Es platschte, als jemand etwas ins Wasser warf. Ein paar Enten flatterten schnatternd auf.

Ein paar Hundert Schritte vor der Insel schlugen wir uns am Ufer in die Büsche und beobachteten, was sich drüben tat. Die meisten von ihnen schienen sich schon hingelegt zu haben. Ab und zu stapfte ein Schatten vor einem der Feuer hin und her. Die Schiffe lagen am Ufer wie riesige Amphibien, die im Schutz der Dunkelheit aus dem Wasser gekrochen waren, um zu fressen. Von den Ecktürmen warfen ein paar Fackeln schimmernde Flecken auf den Fluss.

Ich riss einen Zweig von einem der Büsche ab und warf ihn ins Wasser, um die Geschwindigkeit der Strömung abzuschätzen. Sehr langsam schwebte er davon, aber das musste nicht viel heißen, denn weiter zur Mitte hin floss das Wasser wahrscheinlich schneller. Der Rückweg würde anstrengend werden. Falls sie mich entdeckten, würde ich lange brauchen, bis ich außer Sicht gelangte, und wenn sie schnell genug waren, konnten sie herüberkommen und das Ufer nach mir absuchen. Aber ich musste es riskieren.

Während ich mich auszog, bereute ich es, dass wir die Pferde nicht mitgenommen hatten. Wir hatten sie in Roermond im Stall gelassen, weil wir befürchtet hatten, dass sie uns durch Schnauben und Wiehern verraten könnten.

Ich setzte den ersten Fuß ins Wasser. Der Uferschlamm quoll zwischen meinen Zehen durch und umfasste meinen Knöchel wie eine kühle Hand.

Plötzlich quakte dicht neben mir eine Ente. Es klang so

echt, dass ich eine Sekunde brauchte, um zu begreifen, dass es Lupus war. Dieses Talent hatte ich noch gar nicht an ihm gekannt. Seine Zähne schimmerten auf, als er grinste.

«Damit du zurückfindest», sagte er.

Und wenn an der falschen Stelle eine richtige Ente quakt, dann kann ich mit einer Horde Dänen auf den Fersen nackt nach Roermond zurückrennen, dachte ich. Aber ich sagte nichts, sondern nickte nur und machte einen weiteren Schritt, dann noch einen. Meine Füße ertasteten Wasserpflanzen und glitschige Steine. Das Wasser war kühl, aber lange nicht so kalt, wie die Mosel kurz nach Ostern gewesen war. Langsam und tastend bewegte ich mich voran, immer auf das Lagerfeuer an der Landspitze zu. Das Ufer fiel an dieser Stelle flach ab und reichte mir auch nach zehn Schritten nur bis zu den Knien. Die Maas beschrieb vor der Gabelung in zwei Arme einen leichten Knick nach rechts, sodass ich mich an der Innenseite der Biegung befand. Das war ein Vorteil: Flüsse sind an den Außenseiten solcher Biegungen meistens tiefer, weil das Wasser den Uferbereich an den Prallhängen stärker auswäscht. Mit etwas Glück war der rechte Nebenarm tatsächlich so seicht, dass man nicht nur unterhalb der Fähre hindurchreiten konnte, sondern auch hier.

Nach zwanzig Schritten hatte der Wasserstand meine halben Oberschenkel erreicht, dann wurde es plötzlich tiefer, sodass ich die Richtung etwas änderte und ein Stück parallel zum Ufer watete. Der Winkel zum Feuer wurde steiler. Ich erkannte mehrere Männer, die dort hockten. Der Feuerschein schillerte auf dem Wasser, und ich fürchtete, sie könnten mich sehen. Gebückt arbeitete ich mich bis zu einer Stelle vor, an der ein Bootsrumpf den Lichtschein verbarg. Auch das Lager war jetzt näher gekommen, aber die vielen Zelte verdeckten die Sicht für mich wie auch für die Dänen, die dort wahrscheinlich noch saßen oder lagen.

Auf Höhe der Landspitze angekommen, wandte ich mich in Richtung Flussmitte. Wieder fiel der Grund ab, und das Wasser stieg mir bis zum Bauchnabel, dann bis zur Brust. Auch die Strömung wurde stärker, sodass ich viel Kraft aufwenden musste, um mich dagegenzustemmen. Ich schwamm ein paar Züge, tastete nach dem Boden, berührte ihn, schwamm weiter. Als ich die Mitte des Seitenarms erreicht hatte, strichen meine Füße nur noch über große Steine, was die Durchquerung zu Pferd auch nicht einfacher machen würde, doch immerhin hatte ich die tiefste Stelle offenbar passiert und fand bald wieder festen Halt. Über das leise Gluckern hinweg hörte ich die Stimmen der beiden Wächter.

Noch etwa zwanzig Schritte trennten mich vom Ufer. Ich hätte umkehren können, doch der Reiz, sie eine Weile zu beobachten, war größer. Vielleicht würde ich noch etwas in Erfahrung bringen, was uns von Nutzen sein könnte, etwa die genaue Anzahl der Wachen; immerhin bestand ja die Möglichkeit, ein paar Bogenschützen vorauszuschicken, um sie aus der Deckung der Schiffe heraus zu erledigen und damit den Alarm zu verzögern. Doch wenn ich ehrlich bin, war es vor allem das Wagnis, das mich reizte, das Bedürfnis, mir selbst zu beweisen, dass ich geschickt genug war, an sie heranzukommen, wann immer ich das wollte. Ja, vielleicht war ein bisschen Eitelkeit im Spiel, als ich beschloss, im Schatten der Schiffsrümpfe noch einen Blick auf die Wachen und das Lager zu riskieren.

Also watete ich weiter. Doch als das Wasser mir nur noch

bis zum Bauchnabel reichte, blieb ich an einer Schlingpflanze hängen, stolperte nach vorn und landete bäuchlings im Fluss, dass es platschte. Ich ging in die Hocke, sodass nur noch mein Kopf herausragte. Hielt den Atem an. Lauschte.

Das Gespräch war verstummt. Einer rief etwas, das wie eine Frage klang. Stille. Noch einmal die gleiche Frage, drängender diesmal. Vorsichtig schob ich mich voran, um in den toten Winkel hinter den Schiffsrümpfen zu kommen.

Auf der Insel stand jemand auf. Ich hörte Schritte auf Kies, die sich allerdings nicht näherten, sondern entfernten. Eine Weile herrschte wieder Stille. Ich erreichte einen der Rümpfe, dessen letztes Viertel im Wasser lag, drückte mich eng an das Holz und lauschte wieder. Platschende Schritte verrieten, dass jemand in den Fluss stapfte. Schließlich nahm ich meinen Mut zusammen, richtete mich auf und spähte über die Bordwand.

Am Feuer saß, eingehüllt in eine Decke, ein Däne, der mit gerecktem Hals zur Spitze der Insel blickte. Dort stand ein anderer im knietiefen Wasser und zerrte an einer der Fischreusen. Ich tauchte wieder ab und atmete auf.

Erneut die Schritte des Dänen im Wasser, dann auf Kies, dann ein Ächzen, als er sich niederließ, und ein paar gemurmelte Sätze. Jemand rief etwas vom Turm herab. Eine Antwort schallte von irgendwoher. Im Lager wurde gelacht.

Gab es eine Möglichkeit, die Gefangenen aus dem Keller zu befreien? Das Verlies befand sich unter dem Saalbau, und es hatte auf beiden Seiten Fensterschlitze. Da das Gebäude bündig mit der Umfassungsmauer abschloss, mussten zumindest die Öffnungen auf der einen Seite direkt nach draußen münden. Vielleicht gab es irgendwo eine Stelle, die breit genug war, um sich dort hindurchzuzwängen, die Verschläge zu öffnen und die Gefangenen mit einem Seil ins Freie zu ziehen. Der Saalbau lag auf der vom Lager abgewandten Seite. Wenn dort keine Feuer brannten, wäre es dunkel genug, sich bis an die Mauer zu schleichen. Vielleicht lohnte es sich, einmal auf die andere Seite der Insel zu schwimmen. Ich beschloss, es zu versuchen. Allerdings würde ich einen weiten Bogen um die Insel schlagen müssen, um außerhalb des Feuerscheins an der Landspitze zu bleiben.

Ich richtete mich wieder auf, um über die Bordwand einen letzten Blick auf das Feuer und die Wachen zu werfen.

Leider genau im falschen Augenblick.

Als ich den Kopf hob, sah der Däne, der die Fischreusen kontrolliert hatte, in meine Richtung. Für einen kurzen Moment trafen sich unsere Blicke; ich zog den Kopf sofort zurück, aber es war zu spät. Er schrie etwas, und ich hörte, wie die beiden aufsprangen und auf die Reihe der Schiffe zuliefen.

Ich rannte los, ohne noch darauf zu achten, keinen Lärm zu machen. Das Wasser spritzte in alle Richtungen, und als es meine Oberschenkel erreicht hatte, stürzte ich mich kopfüber hinein und begann, von der Insel wegzuschwimmen. Mit einem Blick über die Schulter sah ich, dass die beiden in eins der Schiffe gesprungen waren und mit einer Fackel ins Wasser leuchteten; wahrscheinlich vermuteten sie, dass ich nicht allein war. Auch im Lager erhoben sich Rufe, noch mehr Fackeln erschienen und bewegten sich schwankend und hüpfend zum Ufer.

Ich war im rechten Winkel von der Insel weggeschwommen, um schneller Abstand zu den Dänen zu gewinnen, und dabei war ich schon ein ganzes Stück abgetrieben worden. Es würde zu lange dauern, gegen die Strömung bis zu Lupus zurückzuschwimmen, also entschied ich, flussabwärts zu verschwinden, um so schnell wie möglich für sie unsichtbar zu werden. Doch sie begriffen es sofort und rannten zur Fähre, von der mich noch etwa zweihundert Schritte trennten. Wenn es ihnen gelang, den Kahn in die Mitte des Flusses zu bugsieren, würden sie ihn am Seil einfach an die Stelle ziehen können, an der sie mich aus dem Wasser fischen konnten. Und wenn ihnen das nicht gelang, würden sie übersetzen, sich mit ihren Fackeln am Ufer verteilen und mich am Strand verfolgen. Meine einzige Chance bestand darin, bis zu der Stelle zu kommen, an der die beiden Flussarme wieder zusammenfanden, an der anderen Seite an Land zu klettern und zu hoffen, dass sie von der Insel aus nicht schnell genug dort hinkamen.

Ich schwamm um mein Leben. Aus den Augenwinkeln sah ich, wie mindestens ein Dutzend Männer mit Fackeln am Ufer entlangrannten. Als mich noch hundert Schritte von der Fähre trennten, sprangen sie schon an Bord.

Achtzig Schritte. Hektisches Hantieren mit Seilen auf der Fähre.

Sechzig Schritte. Immer noch setzte der Kahn sich nicht in Bewegung. Stattdessen wurde jetzt gestikuliert und geschrien.

Vierzig Schritte. Sie schienen ein Problem zu haben. Vor mir peitschte im Fackellicht etwas über die Wasseroberfläche.

Zwanzig Schritte. Die Fähre bewegte sich immer noch nicht. Fäuste wurden geschüttelt und Flüche gebrüllt.

Dann war ich vorbei. Mit ein paar schnellen Schwimmstößen hielt ich auf das andere Ufer zu und war bald von Dunkelheit umgeben. Nur das Geschrei verfolgte mich weiter.

Dann hatte ich wieder Boden unter den Füßen: Steine,

Schlingpflanzen, Schlamm und Sand. Keuchend taumelte ich an Land und ließ mich auf das Ufergras fallen.

Neben mir quakte eine Ente. Lupus lachte und warf mir ein Bündel hin. «Zieh dich an und dann nichts wie weg, bevor sie die Pferde holen.»

Das Geschrei auf der Insel wurde immer lauter. Wahrscheinlich war inzwischen das ganze Lager auf den Beinen. Immer mehr Fackeln erschienen.

«Warum kommen sie nicht rüber?», fragte ich.

«Weil ich das Fährseil gekappt habe», sagte Lupus.

Dann rannten wir los.

8

Nachdem ich mich in Gerwins Haus am Feuer aufgewärmt hatte, besprachen wir, was ich beobachtet hatte. Die Festung würden wir allein mit den Reitern nicht stürmen können; sie würden absitzen müssen und so den Vorteil verlieren, den sie im offenen Kampf hatten. Aber ein schneller Überfall auf den Landeplatz und das Lager würde eine verheerende Wirkung haben, auch wenn die Furt wegen des steinigen Untergrundes für die Pferde schwer zu durchqueren war. Nach kurzer Erörterung verwarfen wir die Idee, die Wachen mit ein paar Schüssen zu erledigen. Es würde kaum ohne Gebrüll und Geröchel abgehen, das von den Türmen aus bemerkt werden würde. Spätestens wenn die Reiter ins Wasser stürmten, wäre ohnehin das ganze Lager auf den Beinen, und auf die beiden Wachen am Feuer kam es dann auch nicht mehr an.

«Versuchen wir's trotzdem?», fragte Lupus.

«Ich werd's Arnulf und Heinrich vorschlagen, wenn sie hier sind», sagte ich.

«Was ist mit den Gefangenen? Wir brauchen ein Boot, um sie von der Insel zu holen.»

«Das ist das kleinere Problem. Ich weiß nicht, ob sie durch die Lichtschlitze passen. Wahrscheinlich sind Gitter davor. Ich muss mir das anschauen, aber in den nächsten Tagen sollten wir die Dänen in Ruhe lassen.»

«Du hättest sie nicht aufscheuchen dürfen. Jetzt sind sie gewarnt.»

«Ich weiß», sagte ich und ärgerte mich über meinen Übermut. Wenn ich nach der Entdeckung der Furt einfach zurückgeschwommen wäre, würden sie sich weiter in Sicherheit wiegen. Stattdessen waren sie jetzt noch vorsichtiger geworden. Wahrscheinlich würden sie die Wachen auf allen Seiten der Insel verstärken.

Wie sich am nächsten Tag zeigte, kam es noch schlimmer. Als ich in aller Frühe auf den Kirchturm stieg, sah ich wimmelnde Betriebsamkeit. Vielleicht vermuteten sie, dass mein nächtlicher Besuch ihren Schiffen gegolten hatte, jedenfalls machten sie sich abfahrbereit. Masten wurden aufgerichtet und Ruder eingeladen. Eine Menschenkette reichte Bündel zu den Schiffen durch. Ganz offensichtlich wollten sie sie in Sicherheit bringen. Wenn die Schiffe erst außer Sichtweite verschwunden waren, konnten sie jederzeit und überall wieder auftauchen und Hunderte von Männern an Land setzen, die uns in den Rücken fallen würden. Unser Vorhaben, die Schiffe in Brand zu stecken, war damit hinfällig. Und obwohl ich nicht wusste, ob das wirklich meine Schuld war, ärgerte ich mich über mich selbst.

Den ganzen Vormittag über pendelte die Fähre hin und her und brachte Männer, Pferde und Wagen auf die Insel, die wie ein nicht endendes Rinnsal von Norden über die Uferstraße herankamen. Auch wenn sie aus der Entfernung nur als ameisenkleine Gestalten zu erkennen waren, konnte es sich nicht ausschließlich um Händler und Lieferanten handeln, denn dafür waren es viel zu viele. Ganz offensichtlich holten die Dänen die in den weiter nördlich gelegenen Dörfern einquartierten Abteilungen zurück, um die Schiffe zu bemannen. Währenddessen zogen Wolken auf.

Am frühen Nachmittag war es so weit: Ein Schiff nach dem anderen wurde ins Wasser geschoben und drehte sich im leichten Südwind in die Strömung. Gestreifte Segel sackten nach unten und blähten sich zögerlich. Ruder wurden eingelegt, fanden ihren Takt und lenkten die Flotte auf beiden Seiten der Insel zügig stromabwärts. Nach einer halben Stunde lag der Strand an der Südspitze der Insel verlassen da.

Während ich den letzten Nachzüglern hinterherblickte, begann die Leiter unter mir zu knarren. Kurz darauf erschien Gerwins bärtiges Gesicht in der Bodenluke.

«Besuch», sagte er nur.

«Wer?», fragte ich.

«Dieser hochnäsige Babenberger und das Großmaul aus Kärnten.»

Das kam etwas überraschend, war aber zu erwarten gewesen. Die beiden hatten nur Reiter dabei, mussten also fast genauso schnell gewesen sein wie wir. Und wenn sie die ganze Vorhut mitgebracht hatten, dann mussten die dänischen Kundschafter sie bemerkt haben. Vielleicht war das der wahre Grund für die Eile, mit der die Dänen Verstärkung heranholten und die Schiffe in Sicherheit brachten. In diesem Fall würde man mir nicht vorwerfen können, sie durch mein unvorsichtiges Verhalten in der vergangenen Nacht gewarnt zu haben. So oder so würde es aber noch schwieriger werden, sie zu überrumpeln. Und für mich bedeutete die Ankunft der beiden Anführer, dass es mit den Eigenmächtigkeiten vorbei war. Von nun an würde ich Rechenschaft ablegen müssen.

Am Horizont verschwanden die letzten Segel hinter einer Flussbiegung, die von einer flachen Anhöhe verdeckt wurde. Ohne die Schiffe sah die Pfalz Asselt gleich mehr wie eine Festung aus und weniger wie ein geschäftiger Anleger. Die Mauerkrone und die Türme waren mit Wachen gespickt.

Ich löste mich von dem Anblick und folgte Gerwin in die Sakristei der Kirche, die im untersten Geschoss des Turmes untergebracht war.

Der Raum war spärlich eingerichtet und wurde an drei Seiten von Rundbogenfenstern erhellt, die durch eilig eingemauerte Ziegelsteine zu Schlitzen verengt waren – wohl eine verzweifelte Vorkehrungsmaßnahme aus der Zeit der Ankunft der Dänen im vergangenen Herbst. An den Wänden standen ein paar Schränke, die wahrscheinlich einmal Paramente, Gewänder und Messbücher enthalten hatten und inzwischen längst von den Plünderern geleert worden waren. Von der Decke hing ein kleiner Radleuchter aus Holz, auch er vielleicht nur Ersatz für ein schöneres Exemplar aus besseren Zeiten.

In der Mitte des Raumes stand ein schartiger Holztisch. Die beiden Männer, die an diesem Tisch saßen und mir erwartungsvoll entgegensahen, hätten sich nicht als Angehörige der kaiserlichen Entourage vorstellen müssen: Über den Kettenhemden trugen sie Überwürfe aus fein gewebtem Stoff, der bei dem einen in roten und weißen Streifen gemustert war und bei dem anderen in ineinandergreifenden blauen und weißen Rauten. Sie trugen Stiefel mit silbernen Sporen und Waffengürtel mit Goldbeschlägen, und ihre Schwerter hatten tauschierte Griffe. An den Fingern glänzten Edelsteine in verschiedenen Farben. Der Gestreifte war schmal und hoch aufgeschossen, sein Gesicht lang und rechteckig, mit einem sorgfältig gestutzten Schnurrbart; der mit den Rauten war stämmig und etwas krumm, hatte ein verquollenes Gesicht, das durch den breiten Kinnbart dreieckig wirkte. Ich fragte mich, ob die beiden wohl die Brücke mit den Wächtern passiert hatten und ob diese es gewagt hatten, den Brückenzoll zu fordern.

Nach allem, was ich über Arnulf von Kärnten und Heinrich von Babenberg gehört hatte, war Heinrich ein besonnener Taktierer und Arnulf ein ungestümer Rabauke. Es war nicht schwer zu erraten, wer von ihnen wer war. Es würde interessant sein, zu sehen, ob sie sich mit diesen Eigenschaften eher ergänzen oder einander in die Quere kommen würden.

Gerwin stellte mich vor, dann zog er sich zurück, als hätten sie ihn zuvor angewiesen, uns allein zu lassen. Viel Wert schien er ohnehin nicht auf ihre Gesellschaft zu legen.

Als ich mich verbeugt und gesetzt hatte, schenkte Arnulf mir aus einer großen Kanne Bier ein, hob seinen eigenen Krug und trank mir zu, ohne irgendeine Höflichkeitsgeste abzuwarten. Dann rülpste er und wischte sich mit dem Ärmel über den Mund. Er schien nicht viel Wert auf Förmlichkeiten zu legen. Heinrich dagegen wirkte leicht pikiert. Vielleicht hatte er mehr Ehrerbietung erwartet.

«Wir hören», sagte Arnulf. Die Stimme schien nicht aus seinem Mund zu kommen, sondern aus den Tiefen seines voluminösen Brustkorbs.

Ich erstattete Bericht über die Beobachtungen, die ich vom Kirchturm aus und im Lager gemacht hatte, beschrieb den Flussverlauf, die Form der Insel, den Landeplatz, die Fähre und vor allem die Lage, die Größe und die Beschaffenheit der Festung. Ich machte Angaben über Stärke und Bewaffnung der

Dänen und die Anzahl ihrer Schiffe sowie die dafür erforderliche Besatzung. Während ich sprach, zog Arnulf einen Dolch hervor und begann, nach meinen Angaben einen Lageplan in die Tischplatte zu ritzen. Ab und zu stellte er eine Zwischenfrage, was Heinrich jedes Mal mit einem leichten Anflug von Unmut quittierte, der sich wohl weniger auf die Frage selbst bezog als auf den Umstand, dass Arnulf sich zum Wortführer aufgeschwungen hatte und ihm, Heinrich, nur die Rolle des Zuhörers blieb.

Als ich mit meiner Beschreibung der örtlichen Gegebenheiten fertig war, ließ Arnulf sich einen genauen Bericht von unserem Besuch auf dem Fest im großen Saal der Pfalz geben. Mein Auftritt als zählender, rechnender und tanzender Bär belustigte ihn so sehr, dass er laut und kehlig zu lachen begann und mir auf die Schulter schlug.

«Zurück zur Sache», sagte Heinrich schmallippig. «Wer sind ihre Anführer?»

Ich nannte die Namen der sechs Dänen, die auf dem Podest gesessen hatten, und beschrieb, wie sie auf mich gewirkt hatten. Als ich bei Sven Knurhår mit seinem Hörnerhelm angekommen war, lachte Arnulf wieder sein lautes, kehliges Lachen.

«Was für ein Depp», sagte er kopfschüttelnd.

Nachdem ich geendet hatte, hieb Arnulf seinen Dolch in die Tischplatte und sagte: «Schauen wir uns das doch mal von oben an.» Wieder traf ihn ein ärgerlicher Blick von Heinrich.

Wir stiegen auf den Turm. Weil die Nordluke des Glockenstuhls zu schmal für uns drei war, ließ ich ihnen den Vortritt und begnügte mich damit, über ihre Schultern zu spähen. Es war ein merkwürdiger Anblick: Die beiden mächtigsten Anführer des kaiserlichen Heeres drängten sich gebückt an die schmale Öffnung wie Kinder, die auf die Ankunft des Milchwagens warten. Heinrich roch nach Duftwasser, Arnulf nach Bier.

Immer noch pendelte die Fähre, und immer noch liefen viele Gestalten herum. Doch etwas hatte sich verändert: Das Zeltlager wirkte ausgedünnt. Ich kniff die Augen zusammen, um die aus der Entfernung winzigen Farbtupfer besser zählen zu können. Tatsächlich, es waren weniger geworden. Sie hatten nicht nur die Schiffe abgezogen, sie bauten auch das Lager ab. Als ich Arnulf und Heinrich darauf aufmerksam machte, kniffen auch sie die Augen zusammen.

«Die schaffen alles in die Festung», sagte Arnulf. «Sie wissen, dass wir da sind.»

«Wenn deine Reiter heute Morgen nicht so einen Heidenlärm veranstaltet hätten ...»

«Schmarrn», unterbrach ihn Arnulf. «Wir haben ein paar Dörfer gesäubert. Dafür sind wir hier.»

«Wie viele Reiter habt ihr denn?», fragte ich.

«Dreihundert», antwortete Heinrich.

«Und wo sind die?»

«Südlich von hier.»

Wieder blickten wir eine Weile auf das Treiben im Lager. Wenn man länger hinschaute, sah man, wie die Zelte Stück für Stück verschwanden. Währenddessen zog sich der Himmel immer weiter zu. Der Wind schwoll an, und von Süden schoben sich dunkle Wolken heran. Ferner Donner rollte über uns hinweg. Es begann, in dicken Tropfen zu regnen.

Arnulf legte die Stirn in Falten und hieb mit der Faust gegen den Holzladen. Ich sah ihm an, dass es ihn in den Fingern juckte, sofort anzugreifen, aber bis die beiden ihre dreihundert Reiter zusammengerufen hatten, würde die ganze Insel bis auf die Festung geräumt sein. Die Gelegenheit zu einem Handstreich hatten wir um einen Tag verpasst; es sah ganz danach aus, als würden wir auf die Ankunft des Heeres warten müssen. Arnulf machte keinen Hehl daraus, dass ihm das nicht passte. Er hätte wohl am liebsten auf eigene Faust versucht, die Festung Asselt zu stürmen, um die Lorbeeren dafür allein einzuheimsen.

«Wir schießen den Kasten in Brand», knurrte er.

«Im Keller sind mehrere Dutzend Gefangene», gab ich zu bedenken.

Arnulf drehte sich um und musterte mich ungehalten. Mein tollkühner Einsatz im Bärenkostüm hatte mir seinen Respekt eingetragen, aber dieser Blick zeigte mir, dass ich seine Gunst auch schnell wieder verlieren konnte, wenn ich ihm in die Quere kam.

Heinrich sprang mir bei. «Wir können nicht alles niederbrennen, solange die Gefangenen da drin sind», sagte er barsch.

Arnulf wandte sich jetzt wieder ihm zu, halb belustigt und halb verärgert. «Warum nicht? Im Keller ist es kühl. Die werden das schon überleben, wenn es oben zwischendurch mal ein bisschen heißer wird. Was sind das überhaupt für Gefangene? Sollen wir wegen irgendwelcher Bauern …»

«Angeblich ist ein Sohn des Bischofs von Lüttich dabei», unterbrach ihn Heinrich.

Zum Glück stand ich hinter ihm, sodass er nicht sah, wie ich die Augen aufriss. Franco von Lüttich hatte einen Sohn? Und der saß im Kellerverlies der Pfalz von Asselt? Wenn das wirklich stimmte, dann eröffneten sich für mich ganz neue Möglichkeiten.

«Oho, ein Sohn des Bischofs von Lüttich», spottete Arnulf. «Und weil der Bischof von Lüttich zu geizig war, das Lösegeld zu bezahlen, dürfen wir die Dänen nicht ausräuchern? Sollen wir den ganzen Krieg vielleicht nach den Vorstellungen des Bischofs von Lüttich führen?»

«Es sind Christen», sagte Heinrich ungehalten.

«Und wie viele Christen werden wohl noch sterben, wenn die Dänen uns entkommen, weil wir Rücksicht auf den depperten Sohn des depperten Bischofs von Lüttich nehmen mussten?» Je lauter Arnulfs Stimme geworden war, desto stärker war sein Akzent durchgekommen. Doch jetzt schien er sich zu besinnen, warf einen Blick über die Schulter zu mir und sprach leiser weiter: «Wir wissen doch beide, dass es hier nicht um ein paar Christen mehr oder weniger geht. Es darum, dass der Kaiser es sich mit den lotharingischen Bischöfen nicht verscherzen will. Aber mir ist es wurscht, wie die hier oben ihre Familienangelegenheiten regeln!»

Darauf gab Heinrich zunächst keine Antwort. Offenbar hatte Arnulf einen wunden Punkt getroffen. Und wieder einmal fragte ich mich, ob die Sache etwas mit der Annullierung von König Lothars Ehe zu tun hatte, bei der die lotharingischen Bischöfe eine wichtige Rolle gespielt hatten. Franco hatte auf den Synoden die Partei des Königs ergriffen und damit dazu beigetragen, dass Lothars unehelicher Sohn Hugo überhaupt Anspruch auf das Erbe seines Vaters erheben konnte. Falls Arnulf wirklich seinen Onkel beerbte, würde er sich mit Hugo herumschlagen müssen, und nicht nur mit ihm, sondern auch mit Bernhard, einem unehelichen Sohn des Kaisers, der in einem alemannischen Kloster aufgezogen wurde und vielleicht früher oder später auch noch auf die Idee kam, dass eine Krone ihm gut stehen würde. Andererseits war Arnulf selbst ein uneheliches Kind und würde im Fall eines Thronstreits möglicherweise von der Aufwertung des Konkubinats profitieren. So oder so war es ihm, anders als er behauptete, sicherlich alles andere als gleichgültig, wie man hier oben die Familienangelegenheiten zu regeln pflegte. Wahrscheinlich war er einfach darauf bedacht, sich einen schnellen Sieg auf die Fahnen schreiben zu können.

Und Heinrich? Hatte er selbst irgendwelche Ambitionen? Oder war er nur darauf aus, Arnulf aus Prinzip zu widersprechen und hinterher besser dazustehen, wenn es Ärger gab, weil Arnulfs Plan fehlgeschlagen war? Eitel und machtbewusst, wie er angeblich war, konnte ich mir kaum vorstellen, dass das Leben der Gefangenen ihn wirklich interessierte.

All das ging mir durch den Kopf, während die beiden verdrossen durch die Luke auf das Lager der Dänen starrten und das Unwetter mit Macht über uns hereinbrach. Der Wind steigerte sich zum Sturm, der Regen zum Wolkenbruch. Der Himmel hatte sich in kurzer Zeit so sehr verdunkelt, dass man meinen konnte, die Dämmerung sei hereingebrochen. Ein Blitz leuchtete auf, und der Donner krachte mir in die Ohren wie ein Faustschlag. Es klang, als würde ein großes Gebäude genau über uns zusammenstürzen.

«Wir sollten ein paar Reiter hinter den Schiffen herschicken», schrie Heinrich gegen das Heulen, Prasseln und Klappern an. «Vielleicht schlagen sie irgendwo ein neues Lager auf.»

Arnulf sagte nichts, sondern starrte fasziniert zur Insel

hinüber, die nun mitten im Zentrum des Gewitters lag. Schleier aus Wasser wurden von den Böen hin und her geweht und zeichneten Muster auf den Fluss, der unter Millionen von einschlagenden Tropfen die grauschwarze Farbe von Glimmerschiefer annahm. Der Sturm zerzauste Bäume und Büsche, riss ganze Äste heraus und fegte sie über den Strand. Die verbliebenen Zelte im Lager waren in wogende Bewegung geraten, und einige Planen flogen als Fetzen davon. Winzige Gestalten rannten wimmelnd umher und verschwanden im Gemäuer.

Wieder dachte ich an die Gefangenen. Konnte es sein, dass der Keller des Saalbaus vollief, wenn die Sturzbäche von den Dächern und aus dem Hof stundenlang dem tiefsten Punkt zuströmten?

Ein erneuter Blitz durchschnitt meinen Gedankenfaden. Wie ein verästelter Riss aus bläulichem Licht ging er senkrecht durch den Himmel, schlug in den Turm an der Südostecke der Mauer von Asselt ein und sprengte die Gerüste in einem Feuerball auseinander, dass die Balken in alle Richtungen flogen.

«Nehmt das!», schrie Arnulf.

Obwohl der Sturm mit beängstigender Heftigkeit am Kirchturm rüttelte, konnte ich mich nicht vom Anblick der Landschaft lösen, die unter mir im Regen lag. Ein kleiner Wasserlauf, der kurz hinter Roermond in den Fluss mündete, war zu einem schäumenden Sturzbach angeschwollen, der Zweige und Erdschollen mitriss, übereinanderschob, ineinander verkeilte und darüber hinwegspülte. Das brachte mich auf einen Gedanken.

In der Schrift des Vegetius über das Militärwesen findet sich der Ratschlag, Flüsse durch das Ausheben von künstlichen Nebenläufen passierbar zu machen. Ich blickte auf den aufgewühlten Fluss unter mir, und in meinem Kopf begann eine wahnwitzige Idee, Gestalt anzunehmen: Wenn es gelang, knapp außerhalb der Reichweite der auf den Mauern vor der Südspitze der Insel postierten Bogenschützen einen Damm aufzuschütten und damit den Nebenarm abzusperren, dann würde der ganze Strom in den Hauptarm gezwungen. Durch den Wegfall der Strömung würde sich auf der gesamten Länge der Insel bis zum Zusammenfluss weiter nördlich ein lang gestreckter Tümpel bilden, der sich durch einen zweiten Damm auf Höhe der Nordspitze absperren und trockenlegen ließe, indem man das Wasser in eine Senke leitete, die sich ein paar Hundert Schritte weiter östlich erstreckte. Die Insel wäre keine Insel mehr, und die Festung würde auf der gesamten Ostseite ihren Flankenschutz einbüßen, sodass man das Belagerungsgerät ohne Hindernis vor die Mauern bringen konnte. Ein zusätzlicher Vorteil bestand darin, dass wir durch die Sperrung des Flussarms an unserer verwundbarsten Stelle vor den Schiffen der Dänen geschützt wären.

Der nächste Blitz ging schon ein ganzes Stück weiter nördlich nieder, der Donner folgte in einigem Abstand.

Arnulf und Heinrich hatten genug gesehen. Sie wandten sich von der Luke ab und stiegen wieder nach unten.

Während der Regen nachließ und der Himmel langsam wieder heller wurde, überlegte ich, ob mein Plan tatsächlich durchführbar wäre. Ich rechnete aus, wie viel Material für einen ausreichend breiten Damm gebraucht würde, was nicht besonders schwierig war, weil ich seit der vergangenen Nacht ja immerhin wusste, wie tief der Fluss an dieser Stelle war. Das größere Problem war wahrscheinlich die Strömung, denn je weiter wir den Damm vorantrieben, desto stärker würde das Wasser daran reißen. Erde, Kies und Sand würden weggespült werden, wir brauchten also möglichst große Steine, die schwieriger heranzuschaffen sein würden. Aber einen Versuch schien es mir wert zu sein. Eine Belagerung der Festung auf ihrer Insel konnte Wochen oder Monate dauern, und wenn die Männer in dieser Zeit ohnehin nur herumsaßen, dann konnten sie genauso gut Steine verladen und Fuhrwerke lenken. Entschlossen, Arnulf und Heinrich meinen Vorschlag zu unterbreiten, schlug ich die Luke zu und stieg hinunter.

Als ich die Sakristei betrat, saßen die beiden wieder hinter ihren Bierkrügen und schnitzten auf der Tischplatte herum, um ein paar Einzelheiten der Zeichnung an ihre Beobachtungen anzupassen. Draußen rauschte weiter der Regen herab. Das Donnergrollen war inzwischen weit entfernt.

Wie erwartet, war Arnulf gleich Feuer und Flamme für meine Idee. Sein Unmut über die von Heinrich geforderte Rücksichtnahme gegenüber den Gefangenen war verflogen. Wahrscheinlich witterte er die Möglichkeit, dem Kaiser meinen Einfall als seinen eigenen zu verkaufen. Vielleicht begann er, das sogar selbst schon zu glauben. Angesichts des hohen Ansehens, das Arnulf genoss, würde es schwierig werden, das richtigzustellen, ohne ihn gegen mich aufzubringen. Während ich redete, schob er mir einen vollen Krug zu.

Zum Abschluss meiner Ausführungen rechnete ich ihnen vor, wie viele Wagenladungen mit Steinen erforderlich sein würden, um zwei stabile Dämme über die ganze Breite des rechten Flussarms zu errichten. Als ich zum Ende kam, war der ganze Rand des Tisches voll mit eingeritzten Zahlen. Ich war nicht sicher, ob sie mir gänzlich hatten folgen können, aber das Ergebnis schienen sie nicht in Zweifel zu ziehen.

«Sakrament», sagte Arnulf anerkennend. «Wie hast denn du so rechnen gelernt?»

«Mit der Arithmetik von Boethius», antwortete ich.

«Ah, der Boethius», sagte Arnulf. Er hatte augenscheinlich keine Ahnung, von wem ich sprach, aber es kümmerte ihn auch nicht weiter. Ihn interessierte die praktische Seite des Plans. Er tippte auf die letzte Zahl in meiner Rechnung.

«Achthundert Wagenladungen?»

«Ungefähr», bestätigte ich. «Wenn wir vierzig am Tag schaffen, sind wir in drei Wochen fertig mit dem oberen Damm. Der untere geht schneller, weil es keine Strömung mehr gibt. Den können wir hauptsächlich aus Erde aufschütten. Und dann müssen wir noch das Wasser abgraben und die Dämme mit Grassoden abdichten, damit nichts nachsickert. Insgesamt vielleicht sechs Wochen.»

«Sechs Wochen? Kruzifix! Geht das nicht schneller?», fragte Arnulf ungehalten.

«Das kommt auf das Wetter an. Wenn der Juni trocken wird, sinkt der Wasserstand und die Strömung wird schwächer, sodass wir schneller vorankommen. Wenn es weiterregnet, steigt der Pegel an.»

«Und wenn wir mehr Männer einsetzen?»

«Das bringt nicht viel. Die treten sich auf die Füße.»

«Außerdem müssen wir erst mal so viele Steine heranschaffen», warf Heinrich ein.

Arnulf sah ihn verächtlich an wie einen Spielverderber. «Das ganze Flussufer besteht aus Steinen, und die Feldränder liegen voller Findlinge. Und wenn das immer noch nicht reicht, reißen wir einfach ein paar verlassene Bauernhöfe ab.»

Heinrich blickte ihn skeptisch an, beharrte aber nicht auf

seinem Einwand. Wahrscheinlich wollte er abwarten, ob der Plan gelang oder nicht. Je nachdem, wie es lief, würde er hinterher behaupten können, von Anfang an dafür oder dagegen gewesen zu sein.

Arnulf aber hatte sich entschieden. Er stieß seinen Krug gegen meinen und trank ihn in einem Zug aus.

«Du gefällst mir. Wie heißt du noch mal?»

«Tankred.»

«Gut, Tankred, hör zu. Das Heer braucht noch mindestens zwei Wochen, bis es hier ist. Die sind das Marschieren ja nicht mehr gewohnt heutzutage. Wenn du willst, mach dir ein paar schöne Tage, während wir ein wenig auf die Jagd gehen.» Er schlug mir auf die Schulter. «Du bist doch aus der Gegend. Hast du kein Dirndl in der Nähe?»

«Kein was?»

Er zwinkerte mir zu und machte eine obszöne Geste. Ich grinste und erhob mich.

«Schleich dich! Und steck einen schönen Gruß mit rein!», rief er mir nach und lachte dröhnend.

«Also ehrlich», hörte ich Heinrich noch sagen.

Eine Stunde später war ich im Galopp nach Aachen unterwegs, dass der Schlamm in alle Richtungen spritzte.

9

Graf Neunmalklug», murmelte Fidis, als ich kurz vor dem Morgengrauen bei ihr unter die Decke kroch. Sie öffnete ein Auge. «Hat der Kaiser dich begnadigt?»

Ich nickte. Sie lächelte zufrieden, als hätte sie nichts anderes erwartet.

Das letzte Stück des Weges von Roermond nach Aachen hatte ich von Müdigkeit fast vollständig betäubt zurückgelegt, während das Pferd unter mir wie die von einem unbeirrbar dahinströmenden Wasserlauf angetriebene Stampfmühle einen Huf vor den anderen gesetzt hatte. Ich hätte nicht mehr sagen können, ob der einsame Ritt zehn oder hundert Stunden gedauert hatte, und das war auch völlig ohne Belang gewesen. Es war, als wären die Gesichter der beiden Menschen, die mir am teuersten waren, die ganze Zeit vor mir hergeschwebt: meine Geliebte Fidis und meine Schwester Judith.

Bei meinem Aufbruch war das Gewitter längst weitergezogen, die Sonne war durchgebrochen, und anstatt bis Maastricht am Fluss entlangzureiten und von dort aus den nach all den Jahren immer noch vertrauten Weg zu nehmen, hatte ich mich direkt nach Süden gewandt, weil ich wusste, dass das die kürzeste Strecke war und weil es mir unvorstellbar erschienen war, dass ich mein Ziel verfehlen könnte, da doch ohnehin alle Wege zu Fidis führen mussten. Nach Einbruch der Nacht hatte ich mich an den Sternen orientiert; den Polarstern immer im Rücken, war ich über Feldwege und Waldpfade und manchmal querfeldein über Äcker und Weiden, durch schlafende Dörfer und zwischen Obstbaumpflanzungen hindurchgeritten, als wäre die Strecke ein Baumstamm und ich die Säge, die sich Jahresring für Jahresring hindurchfraß. Ich hatte die völlige Dunkelheit und die Einsamkeit dieses nächtlichen Rittes genossen, weil am Ziel das Gegenteil von Dunkelheit und Einsamkeit auf mich wartete. Als ich erkannt hatte, dass die Senke vor mir nicht irgendeine Senke war, sondern der Talkessel von Aachen, waren Wahrnehmung und Erinnerung zur Deckung gekommen, und ein vielleicht nie so stark empfundenes Bewusstsein von Heimkehr hatte mich ausgefüllt.

Jetzt lag ich neben Fidis. Es war berauschend, todmüde und gleichzeitig hellwach zu sein, bleischwer und federleicht, gedankenleer und doch von der Gewissheit erfüllt, da angekommen zu sein, wo ich hingehörte. Folchar hatte Fidis ein kleines Haus zur Verfügung gestellt, das dem Marienstift gehörte und das von seinen Bewohnern auf der Flucht vor den Dänen verlassen worden war. Es lag nördlich des Stiftsbezirks mit Blick auf die Königshalle der Pfalz, in der vor hundert Jahren der große Karl die Delegation aus Bagdad mit dem weißen Elefanten Abul Abbas empfangen hatte, dessen Schädel Ivar auf den Vordersteven seines Schiffes montiert hatte.

«Begnadigt», sagte sie genüsslich und schmiegte sich unter der Decke in meine Arme. «Den Rest erzählst du mir später.»

Damit begann die unbeschwerteste Zeit, an die ich mich erinnern kann, auch wenn ich einige Tage brauchte, um mich daran zu gewöhnen, dass das Leben zumindest für eine Weile nur aus Genüssen bestehen konnte. Als Uta mit ihren Intrigen meine Familie zerstört hatte, war ich kaum erwachsen gewesen, und in der folgenden Zeit, vor allem während der tödlichen Krankheit meiner Mutter und nach Utas Mordversuch an meiner Schwester, war ich jeden Morgen mit Wut im Bauch aufgewacht und jeden Abend mit Rachsucht im Herzen eingeschlafen.

In den zwölf Jahren meiner Haft in Prüm hatte ich mich mit den Entbehrungen des Klosterlebens arrangiert und meine ganze Kraft wie besessen auf die Studien der Bücher verwendet, um nicht daran denken zu müssen, was ich alles eingebüßt hatte, während Uta in Maastricht ein unbeschwertes Leben genoss und ihr Sohn Gerold, mein Halbbruder, von meinem eigenen Vater darauf vorbereitet wurde, sich das Erbe unter den Nagel zu reißen, das mir zustand – mir und meinem Bruder Radold, den sie ebenfalls ins Kloster geschickt hatten, weil er während des blutigen Tumults nach dem Prozess an meine Seite getreten war.

Auf den Überfall der Dänen und meine Flucht aus Prüm waren drei rastlose Monate gefolgt, in denen ich Fidis wiedergefunden und Judiths Leben ein zweites Mal gerettet hatte. Anschließend hatte ich die beiden nach Aachen begleitet und war nach Worms aufgebrochen, um mich um meine Begnadigung zu kümmern, bevor jemand auf die Idee kam, mich als flüchtigen Häftling festsetzen und endgültig einsperren zu lassen.

Kurz gesagt: Die letzten fünfzehn Jahre meines Lebens hatte ich keine wirkliche Atempause gehabt, aber an der Seite von Fidis gelang es mir, Ruhe zu finden und zwei Wochen lang auf einer Insel im Strom der Zeit zu verharren. Mit ihrer gelassenen Urteilskraft war sie der einzige Mensch, der meiner Rastlosigkeit die ausreichende Nüchternheit entgegenstellen konnte. Es gab in diesen Tagen nichts, das nicht warten konnte. Sie hatte auf alles eine Antwort.

«Ich muss nach Maastricht reiten und sehen, ob Gerold schon das Erbe angetreten hat.»

«Musst du nicht. Solange dein Vater nicht tot ist, hat Gerold keine Rechte, und wenn du ihn aufscheuchst, drückt er dem Alten am Ende noch im Schlaf das Kissen aufs Gesicht, um vollendete Tatsachen zu schaffen. Bleib da weg.»

«Ich muss Franco von Lüttich auf meine Seite bringen.»

«Musst du nicht. Der hat die Sache mit deiner Mutter längst vergessen, und wenn sein Sohn wirklich in Asselt festsitzt, soll er sich ruhig noch ein bisschen länger Sorgen machen. Das treibt den Preis in die Höhe, den er für deine Hilfe zu zahlen bereit sein wird.»

«Ich muss nach Asselt zurückreiten und schauen, ob sie mit dem Dammbau begonnen haben.»

«Musst du nicht. Die Steine können sie auch ohne dich sammeln und in den Fluss werfen.»

«Ich muss Radold informieren. Er sitzt in Corbie und weiß wahrscheinlich noch nicht einmal, dass ich begnadigt wurde.»

«Musst du nicht. Dein Bruder ist seit zwölf Jahren dort, und auf ein paar Monate mehr oder weniger kommt es jetzt auch nicht an. Schreib ihm, sobald du etwas für ihn erreicht hast.»

«Ich muss wissen, ob die Bücher aus dem Glockenturm von Prüm geborgen wurden.»

«Musst du nicht. Wenn sie verbrannt sind, sind sie verbrannt. Du kennst sie sowieso alle auswendig.»

«Ich muss nach Gauzbert sehen.»

«Musst du nicht. Wenn dein lieber Freund es in Koblenz schon wieder mit dieser Emma auf der Werkbank treiben konnte, dann wird er wohl auch heil nach Hause gekommen sein. Es reicht, wenn du vor deiner Abreise einen Umweg über Indien machst und nach ihm fragst.»

«Inda.»

«Weiß ich doch. Jetzt komm endlich ins Bett.»

Gleich am nächsten Tag traf ich meine Schwester. Als Judith mir zur Begrüßung um den Hals fiel, erschien sie mir noch schöner als bei unserem Abschied in Aachen. Ihre verschiedenfarbigen Augen strahlten, und zu meiner Erleichterung erkannte ich an ihr immer noch nichts von ihrer Mutter. Weder die Gefangenschaft noch die Tatsache, dass Ivars Gefolgsleute sie am Ende bei lebendigem Leib hatten verbrennen wollen, hatten ihr die Fröhlichkeit und die Unbefangenheit des kleinen Mädchens austreiben können, das ich über zwölf Jahre zuvor bei meinem Freund und Lehrer Folchar zurückgelassen hatte. Vielleicht war sie einfach noch Kind genug, um die Sache hinter sich zu lassen. Oder war sie schon erwachsen genug dazu?

Judith war in das Haus des Elfenbeinschnitzers zurückgekehrt, der sie als Zweijährige aufgenommen hatte, weil Folchar ihn dafür bezahlt hatte. Er und seine Frau waren bei der Plünderung ums Leben gekommen. Als Folchar meine Schwester bei ihnen untergebracht hatte, hatten sie schon acht Kinder gehabt. Die Töchter waren nach und nach verheiratet worden, die Söhne bei auswärtigen Handwerkern in die Lehre gegangen. Das Haus war winzig, und ich fragte mich, wie elf Personen es darin ausgehalten hatte. Nun lebte Judith dort mit Ansgar, dem ältesten Sohn der Familie, einem verschlossenen und wortkargen Kerl, der in Trier bei einem dortigen Meister den Beruf seines Vaters erlernt hatte und nach Aachen zurückgekehrt war, als die Nachricht vom Tod seiner Eltern ihn erreicht hatte. Er hatte die Werkstatt seines Vaters übernommen und führte sie nun weiter.

Judith und ich sahen uns fast jeden Tag. Sie zeigte mir das Haus, bewirtete mich, plauderte dabei unverdrossen drauflos, sprang auf meinen Schoß und fragte mich über mein Leben aus, wobei sie Nachfragen nach unserer Familie und vor allem nach ihrer Mutter auffällig mied und meistens das Thema wechselte oder zu scherzen begann, wenn ich darauf zu sprechen kam. Bei aller Vertraulichkeit hatte ich den Eindruck, dass sie noch zu jung war, sich der Vergangenheit und den Konsequenzen, die sich daraus ergaben, zu stellen. Manchmal war sie übertrieben aufgedreht, und es ließ sich schwer einschätzen, ob das noch die Albernheit eines Kindes war oder das Kokettieren einer Frau, die mit ihren Reizen zu experimentieren begann.

Ansgar hielt sich dabei meistens im Hintergrund. Er war über zehn Jahre älter als Judith, und sie hatten sich kaum kennengelernt, weil er sein Elternhaus verlassen hatte, als sie noch ein kleines Kind gewesen war. Ich gab mir Mühe, diesen jungen Mann mit den zusammengewachsenen Augenbrauen und dem spitzen Kinn zu mögen, der sich nicht gerade hielt und genauso bleich war wie das Elfenbein, das er in seiner Werkstatt bearbeitete. Aber es gelang mir nicht. Die Selbstverständlichkeit, mit der er Judith als seine Schwester bezeichnete, war befremdlich. Es fiel mir schwer, die Vorwürfe auszublenden, die mir durch den Kopf gingen: Als Judith entführt worden war, war Ansgar nicht da gewesen, und Ivar hatte sie drei Monate lang durchs Land geschleppt, ohne dass Ansgar auch nur versucht hatte, etwas über ihren Verbleib in Erfahrung zu bringen. Ich war es gewesen, der Ivar gejagt und zur Strecke gebracht hatte. Und dieser Kerl nannte sie seine Schwester?

Trotz allem schienen die beiden aneinander zu hängen, auch wenn Ansgar nicht besonders liebevoll mit ihr umging. Soweit ich es mitbekam, beaufsichtigte und bevormundete er sie, und er schien sich zudem keinerlei Gedanken über ihre Zukunft zu machen; stattdessen teilte er ihr Arbeiten im Haus und in der Werkstatt zu. Als ich ihr vorschlug, Folchar dazu zu bringen, ihr Lesen und Schreiben beizubringen, wäre es fast zum Streit gekommen.

«Wozu soll das gut sein?», brummte Ansgar.

Ich musste mich zusammenreißen, um die Ungehaltenheit zu unterdrücken, die in mir hochkochte. Judith war nicht die Hausgehilfin eines Handwerkers, sondern die Tochter eines Grafen, ihr stand ein ganz anderes Leben zu, aber weil ich angesichts der Umstände noch nicht in der Lage war, ihr dieses Leben zu bieten, sagte ich nichts, sondern beschloss, zu einem späteren Zeitpunkt darauf zurückzukommen. Ansgar wusste nur wenig über ihre wahre Herkunft, und das mochte einer der Gründe dafür sein, dass er sie nicht schonte. Für ihn war sie die kleine Schwester, die man an der kurzen Leine halten musste. Konnte ich ihm sein Unwissen zum Vorwurf machen? Ich fragte mich, ob ich ihn beiseitenehmen und aufklären sollte, kam aber zu dem Schluss, dass das keine gute Idee war. Zwölf Jahre lang hatte Folchar mit seinem Geld für Stillschweigen über die Umstände gesorgt, die sie in diese Familie gebracht hatten, und ich wollte nicht, dass es jetzt Gerede gab, das am

Ende durch einen Zufall bis nach Maastricht gelangte. Es wäre mir lieber gewesen, wenn sie zu Fidis gezogen wäre, aber ich wollte sie nicht bevormunden. Immerhin hatte sie in diesem Haus ihre Kindheit verbracht, und nach dem, was sie mir erzählte, war es keine unglückliche Kindheit gewesen. Vielleicht nahm Ansgar mich ja als Eindringling wahr. Vielleicht waren wir beide, jeder auf seine Weise, auf den anderen eifersüchtig: Ich, weil Ansgar während meiner Abwesenheit an ihrem Leben als Kind Anteil genommen hatte, und er, weil ich sie ihrem Entführer entrissen und damit vollbracht hatte, wozu er nicht imstande gewesen war. Ich widerstand der Versuchung, ihn meine Überlegenheit allzu deutlich spüren zu lassen.

Um nicht die ganze Zeit im Haus zu sitzen, machten Judith und ich lange Spaziergänge. Wir stiegen auf die Hügel im Umland von Aachen und blickten auf die Stadt hinunter. Sie erzählte mir noch einmal von ihren Erlebnissen in Gefangenschaft, von ihren Ängsten und von den Hoffnungen, die sie seit unserer nächtlichen Begegnung am Fenster des Kastorstifts am Leben gehalten hatten. Von diesem Augenblick an war sie sicher gewesen, dass ich Ivar bis ans Ende der Welt verfolgen und ihre Ketten notfalls mit bloßen Händen aus der Wand reißen würde. Diese Hoffnung war so stark gewesen, dass sie sich an den langen Tagen und in den Nächten auf dem Schiff, im Zelt und in verlassenen Gemäuern bisweilen sogar gelangweilt hatte, so unglaublich das klang, angesichts der Tatsache, dass sie sich in der Gewalt eines unberechenbaren Irren befunden hatte. Und selbst im letzten Augenblick ihrer Gefangenschaft, als sie gefesselt und benommen neben seinem Leichnam auf dem Schiff gelegen hatte, während die Brandfackeln herangeflogen waren, war sie trotz aller Todesangst immer noch irgendwie überzeugt gewesen, dass die Sache gut ausgehen würde. Woher sie diese Kraft genommen hatte, war mir schleierhaft.

Wenn sie von Ivar sprach, schwang merkwürdigerweise kein bisschen Hass in ihrer Stimme mit. Sie versicherte mir, dass er ihr kein Haar gekrümmt und auch seinen Männern nicht gestattet hatte, sie anzurühren; in seiner Abwesenheit hatten sie sie wortlos bewacht und sich ansonsten von ihr ferngehalten. Ivar hatte viel auf sie eingeredet, und obwohl sie kein Wort verstanden hatte, war es ihr vorgekommen, als habe er sich für das rechtfertigen wollen, was er ihr antat. Manchmal hatte er ihr Fragen gestellt und sie dann lange betrachtet, als erwartete er, dass sie wie durch ein Wunder plötzlich seine Sprache sprechen und ihm Ratschläge erteilen würde. Während er seine Männer regelmäßig in Tobsuchtsanfällen angebrüllt und bisweilen sogar zusammengeschlagen hatte, war er ihr gegenüber von einer befremdlichen Sanftheit gewesen. Und sie hatte die Kraft aufgebracht, seinem vor Irrsinn flackernden Blick standzuhalten, um ihn in seiner Vertraulichkeit zu bestätigen, in der Hoffnung, dass er irgendwann ihre Fesseln lösen würde, sodass sich ihr eine Gelegenheit zur Flucht bot. Doch so weit war es nie gekommen.

Jedes Mal, wenn sie so von ihm sprach, brodelte eine solche Wut in mir hoch, dass ich Ivar am liebsten ein zweites und ein drittes Mal erstochen hätte. Doch nach einigen Tagen hörte Judith auf, über diese Zeit zu reden, und wir waren uns so nah wie damals, als sie als Kleinkind an meiner Hand ihre ersten Schritte gemacht hatte. Sie ließ nicht erkennen, ob sie die gegenseitige Abneigung zwischen Ansgar und mir überhaupt wahrnahm. Wie gesagt, es waren unbeschwerte Tage.

Natürlich traf ich auch meinen Lehrer Folchar. Wir verbrachten einige Nachmittage zusammen und redeten über meine Idee, den Seitenarm der Maas mit einem Damm abzusperren. Er holte eine Kopie der *Zehn Bücher über die Architektur* von Vitruv hervor, und wir arbeiteten uns durch die Passagen, in denen von Wasserbauwerken und Erdarbeiten die Rede war.

Folchar hatte Zweifel, dass mein Vorhaben gelingen würde – nicht wegen des Umfangs der Arbeiten, sondern wegen der zu erwartenden Schwierigkeiten beim Abdichten der Dämme. Wenn zu viel nachsickerte, sodass die Senke zum Auffangen des Wassers überlief, dann würden wir das Flussbett nicht trockenlegen können. In diesem Fall hätten wir zwar immerhin die Strömung beseitigt, aber die Männer würden beim Angriff immer noch bis zur Brust durchs Wasser waten und die Belagerungsgeräte auf Flößen oder Kähnen über die Maas bringen müssen, während die Dänen uns von der Mauer aus unablässig beschießen und das Anlanden durch Ausfälle stören konnten. Doch dass wir am Ende siegen würden, das bezweifelte er nicht.

«Wenn es nicht klappt, müsst ihr sie eben aushungern», sagte er und streckte seinen großen Körper. Wieder fiel mir auf, wie viel Kraft und Entschlossenheit er für sein Alter noch hatte. Er wirkte immer noch wie der junge Mann, der er einmal gewesen sein musste, als seine Familie ihn für die kirchliche Laufbahn bestimmt hatte. Ich konnte ihn mir genauso gut in voller Rüstung auf einem Pferd vorstellen wie bei Kerzenlicht über die Bücher gebeugt. Und ich erkannte einmal mehr, wie ähnlich wir uns waren.

«Das wird Arnulf von Kärnten nicht gefallen», wandte ich ein. «Wenn es mit dem Damm nicht vorangeht, wird er die Leute durch das Wasser stürmen lassen.»

«Das passt zu ihm. Ist aber nicht klug, solange ihr beim Angriff den Fluss im Rücken habt.»

«Stimmt es, dass er nach dem Thron schielt?», fragte ich.

Folchar lachte. «Er schielt nicht nach dem Thron. Er starrt darauf, und zwar so gierig, dass Karl wahrscheinlich irgendwann allein von Arnulfs Blicken runterfällt.»

Ich erzählte ihm vom Krampfanfall des Kaisers in Worms. Folchar nickte. «Das ist ein offenes Geheimnis.»

«Weißt du etwas über die Krankheit?»

«Nur das, was bei Hippokrates darüber steht. Ich hatte mal einen Auszug davon. Den habe ich vor ein paar Jahren nach Fulda verliehen und nie wiedergesehen. Verlegt, dass ich nicht lache. Seit Hrabanus Maurus nicht mehr da ist, geht der ganze Laden den Bach runter.»

Folchar blickte aus dem Fenster auf die Kuppel des Oktogons der Marienkirche, in der Sven Knurhår fünf Monate zuvor von der Kaiserempore aus eine Gruppe betrunkener Schlittschuhläufer mit einer Elefantenrippe dirigiert hatte.

Folchar legte die Stirn in Falten. «Mal sehen, ob ich das noch zusammenkriege. Solche Anfälle entstehen, wenn Schleim ins Blut fließt und verhindert, dass die Luft über die Adern ins Gehirn strömen kann. Sie wird dann in Armen und Beinen eingeschlossen und führt zum unkontrollierten Ausschlagen der Glieder.»

Das klang einleuchtend. Ich erzählte Folchar von der Rezeptur, die ich in Lorsch gefunden hatte.

Er winkte ab. «Spitzwegerich und Nieswurz. Völliger Blödsinn.»

«Und was empfiehlt Hippokrates?», fragte ich.

Folchar lachte spöttisch auf. «Keinen Aal und kein Hundefleisch essen, keine schwarzen Kleider tragen, nicht auf Ziegenfellen liegen und die Beine nicht übereinanderschlagen.»

«Klingt aber auch nicht überzeugend.»

«Nein, oder? Und dann lästert er über die Quacksalber, die aus lauter Ratlosigkeit behaupten, die Krankheit sei göttlichen Ursprungs. Vielleicht kann man gar nichts dagegen tun, sondern nur dafür sorgen, dass der Kranke sich nicht selbst verletzt.» Folchar blickte mich leicht belustigt an. «Karl kann dir gar nicht dankbar genug sein. Wenn du ihm das Buch nicht zwischen die Zähne geschoben hättest, dann hätte er sich wahrscheinlich die Zunge abgebissen. Vielleicht hätte das schon gereicht, ihn für regierungsunfähig zu erklären. Wenn man es so betrachtet, dann hast du den Lauf der Geschichte verändert. Vielleicht ganz gut, dass niemand darüber reden darf, sonst hättest du Arnulf nicht mehr auf deiner Seite. Ohne dich wäre er jetzt dem Thron ein ganzes Stück näher. Aber so oder so wird er die Krankheit des Kaisers eines Tages nutzen, um ihn zu Fall zu bringen. Und weil Karl keine legitimen Söhne hat, hat Arnulf als illegitimer Neffe keine schlechten Chancen. Wenn es ihm jetzt noch gelingt, die Dänen zu vertreiben, hat er auch die Lotharingier auf seiner Seite.»

Das brachte mich zur nächsten Frage. «Hast du irgendetwas darüber gehört, dass Francos Sohn von den Dänen gefangen wurde?»

«Ja», sagte Folchar. «Aber es soll nicht an die große Glocke gehängt werden. Franco fürchtet wohl, dass man seine Loyalität dem Kaiser gegenüber in Zweifel zieht, wenn persönliche Interessen im Spiel sind.»

«Warum kauft er ihn nicht frei?»

«Soweit ich gehört habe, lassen die Dänen keine Gefangenen mehr frei, auch nicht gegen Lösegeld. Vielleicht wollen sie sie als Druckmittel einsetzen, falls es in Asselt für sie schlecht läuft.»

«Wie alt ist denn der Sohn?»

«Keine Ahnung. Sechzehn vielleicht.» Folchar blickte mich an. Er wusste sofort, was mir durch den Kopf ging. «Wenn du seinen Sohn da rausholst, schuldet er dir was. Vielleicht lässt er sich dazu bewegen, das Urteil gegen deine Mutter aufzuheben.»

Ich nickte. Diese Möglichkeit ging mir auch schon seit einiger Zeit durch den Kopf. Aber es war nicht nur das. Dieser Junge war in etwa so alt wie meine Schwester. Nicht dass ich Mitleid mit Franco gehabt hätte, mit dessen Gerichtsurteil gegen meine Mutter der ganze Ärger angefangen hatte. Aber der Gedanke, dass die Dänen nach Lust und Laune Kinder entführten und damit durchkamen, war mir unerträglich. Ich hatte die verzweifelten Gefangenen selbst gesehen.

«Du solltest einen Abstecher nach Lüttich machen, bevor du wieder nach Asselt gehst. Franco wird es sich in seiner Lage gut überlegen, ob er deine Hilfe ausschlägt.»

10

Als ich einige Tage darauf in Lüttich eintraf, hatte die Dämmerung bereits eingesetzt. Die Sonne war hinter den steilen Hängen im Nordwesten der Stadt untergegangen, und das restliche Licht des Himmels spiegelte sich rot, violett und blau schillernd im Wasser der Maas, die sich an dieser Stelle in viele Seitenarme und Nebenläufe verzweigte und unzählige Inseln bildete.

Während ich die Holzbrücke über den Hauptstrom passierte, dachte ich darüber nach, was ich Franco eigentlich anzubieten hatte. Wenn es uns gelang, die Festung in Asselt zu stürmen, würden die Gefangenen in unsere Hände fallen, aber das würde mir nicht viel nützen, solange ich nicht selbst derjenige war, der Franco seinen Sohn zurückbrachte. Die sicherste Möglichkeit, seine Dankbarkeit zu gewinnen, bestand darin, den Jungen auf eigene Faust zu befreien. Ich hatte noch keine Idee, wie das zu bewerkstelligen war, aber ich beschloss, Franco genau das anzubieten. Wenn er sich darauf einließ, würde sich ein Weg finden lassen.

Nach dem Überfall der Dänen im letzten Herbst hatte man wie an so vielen anderen Orten auch in Lüttich begonnen, eine Befestigung zu errichten. Besonders weit war die Anlage allerdings noch nicht gediehen: Der Wall war noch nicht einmal mannshoch, und sowohl die Palisade als auch die Tore fehlten.

Überall lagen Werkzeuge, Karren und Bauholz herum, aber die Arbeiter waren schon nach Hause gegangen. Als ich mich näherte, flatterte ein Schwarm Krähen auf und flog krächzend davon.

Das letzte Mal hatte ich die Stadt vor fünfzehn Jahren betreten, als hier der Prozess gegen meine Mutter stattgefunden hatte. Selbst bei Tageslicht hätte ich mich nicht zurechtgefunden. Angesichts der Erinnerungen hatte ich Mühe, die erneut in mir aufflackernde Wut auf Franco niederzukämpfen, dem ich in den vergangenen fünfzehn Jahren ungezählte Male in Gedanken an die Gurgel gegangen war. Doch jetzt brauchte ich ihn als Verbündeten. Und ich musste ihn davon überzeugen, dass auch er mich brauchte.

Inzwischen war es fast völlig dunkel, aber ich wusste noch, wo eine Herberge zu finden war. In den Straßen war kaum jemand unterwegs. In den Häuserzeilen klafften breite Lücken, und im letzten Licht des Tages sah ich ausgebrannte Dachstühle in den Himmel ragen. Die Brandruinen verströmten auch nach Monaten noch einen letzten Hauch des Gestanks von kaltem Rauch.

Die Herberge war eins der wenigen Häuser, in denen noch Leben war. Schon aus der Ferne hörte ich die lauten Stimmen von Betrunkenen. Durch die geöffneten Läden wehte der Geruch von Bier, und ein schwacher Lichtschein fiel auf das Pflaster.

Ich stieg ab und betrat den Schankraum. Im Schummerlicht der Kerzen sah ich ein halbes Dutzend leere Tische. Nur ganz hinten in der letzten Ecke saßen vier alte Männer in langen weißen Gewändern und mit Zipfelmützen auf den Köpfen. Sie redeten laut in einer Sprache, die ich nicht kannte, und brachen zwischendurch immer wieder in schallendes Gelächter aus.

Der Wirt, ein muskulöser Kerl mit hängendem Schnauzbart und langen, im Nacken zusammengebundenen Haaren, stand hinter dem Tresen und füllte mit schnellen und geübten Handgriffen Krüge nach. Er sah aus, als würde er sich Gäste, die sich danebenbenahmen, ohne Verwarnung unter den Arm klemmen und auf die Straße werfen.

Als ich an den Tresen trat, blickte er kurz auf, um sich dann wieder seinen Krügen zu widmen. Ich dachte zuerst, er würde mich absichtlich nicht beachten, aber er hatte seine eigene Art, die Bestellungen seiner Gäste aufzunehmen.

«Bier?», fragte er.

«Ja», sagte ich und dachte: Wenn du's einsilbig willst, kannst du's einsilbig kriegen.

«Zimmer?»

«Ja.»

«Für eine Nacht?»

«Weiß ich noch nicht.»

«Egal. Pferd dabei?»

«Ja.»

Er wischte mit dem Handrücken die Schaumkrone von einem der Krüge und stellte ihn vor mich hin, dann füllte er weitere Krüge nach.

«Gaul kannst du in den Hof bringen, Zimmer macht meine Alte fertig. Hunger?»

«Was gibt's denn?»

Er blickte mich entgeistert an. «Was darf's denn sein? Gefüllte Wachtelbrust unter der Mandelkruste an Salbeimöhrchen? Pasteten von der Wildente mit Spitzmorcheln und Weißweinsahne? Oder vielleicht in Butter geschwenkte Pfifferlinge statt der Spitzmorcheln? Sind die ersten der Saison!» Eine Weile sah er mich an, als wollte er mich zu einem Zweikampf auffordern, und ich fragte mich, ob noch mehr kommen würde, aber er sagte nur: «Du willst mich verarschen, oder? Hier gibt's Eintopf mit Speck, fertig, aus.»

«Danach wollte ich gerade fragen», sagte ich.

Endlich grinste er.

«Wann kommt das Bier?», schrie jemand vom letzten Tisch.

«Holt's euch selber!», rief der Wirt zurück. Und dann, mit einem Ton, dem zu entnehmen war, dass er die Antwort schon kannte: «Bei wem soll ich das anschreiben?»

«Bei Franco!», brüllten alle.

«Na dann.» Vier Krüge krachten auf den Tresen.

Ich verließ die Herberge und brachte das Pferd in den Hof, wo eine Tränke und ein Futtertrog standen.

Als ich in den Schankraum zurückkehrte, stand eine Holzschale mit Eintopf und Speck auf dem Tresen, dazu ein paar Brotscheiben auf einem Blechteller und ein Löffel. Ich begann zu essen. Der Wirt war schon wieder damit beschäftigt, Krüge nachzufüllen.

«Schmeckt's?», fragte er, ohne aufzublicken. Die Frage fiel in einen zufälligen Moment der Stille hinein.

«Der Hunger treibt's rein und der Ekel treibt's runter!», antwortete einer der vier Gesellen vom letzten Tisch, bevor ich etwas sagen konnte. Er hatte einen merkwürdigen Akzent, es klang, als drückte er die Laute unter der Zunge hindurch.

«Dich hatte ich nicht gefragt, Finnan!», rief der Wirt.

Ich aß mit großem Appetit. Der Eintopf war stark gewürzt, und mit dem Speck war nicht gegeizt worden. Während ich löffelte, hatten die vier Zipfelmützenträger ihre Krüge schon wieder geleert.

«Nächste Runde!», schrie einer von ihnen.

«Wer zahlt?», fragte der Wirt routinemäßig.

«Franco!», schallte es zurück.

«Was sind das denn für welche?», fragte ich.

«Das ist die Literatengarde des Bischofs. Schwätzen Tag und Nacht schlaues Zeug daher und halten sich für Dichter, Gelehrte und Philosophen. Die fressen und saufen sich auf Francos Kosten durch. Ab und zu liefern sie ein paar Verse ab, und dafür zahlt er die Zeche. Die haben schon dem alten Bischof Hartgar auf der Tasche gelegen. Man wird sie nicht mehr los. Als ich den Laden vor zwanzig Jahren von meinem Vater übernommen habe, waren sie auch schon da.»

Besonders unglücklich schien er über diesen Umstand nicht zu sein. Wenn die vier immer in diesem Tempo tranken, dann musste er glänzend an ihnen verdienen.

«Die hatten damals so einen Leithammel. Hartgar fütterte den als Berater an seinem Hof durch, und Franco hat ihn übernommen. Der lief immer in diesem lächerlichen Aufzug durch die Stadt, sprach grundsätzlich nur in Versen und ließ sich als Vergil anreden. Offenbar hat es sich irgendwann bis zur Insel der Oberschlauen rumgesprochen, dass man hier wie die Made im Speck leben kann, wenn man eine alberne Zipfelmütze trägt und sich als Dichter ausgibt, und dann kamen die da hinterher. Dieser Vergil ist vor acht Jahren gestorben, und so wie die saufen, müssten sie eigentlich auch längst tot sein, aber manchmal glaube ich, die leben ewig.»

Als mir klar wurde, von wem der Wirt da sprach, wäre mir fast der Löffel aus der Hand gefallen. Dort hinten saß der von

Sedulius Scotus gegründete irische Dichterzirkel, von dem in Gelehrtenkreisen seit Jahrzehnten mit größter Ehrfurcht geredet wurde. Ich hatte mir diese Männer immer als würdige Greise vorgestellt, die über Schreibpulte gebeugt in Studierstuben saßen, nicht als krakeelende Zecher in einer Kneipe.

«Hieß dieser Vergil zufällig mit richtigem Namen Sedulius?», fragte ich.

Der Wirt blickte erstaunt auf. «Ja, so hieß der. Kanntest du den? Dann kannst du dich ja gleich dazusetzen.»

Kaum hatte er das gesagt, da brüllte einer vom Tisch der Iren: «Wo bleibt das Bier?»

Der Wirt stellte vier volle Krüge auf den Tresen. Und weil ich meinen Teller inzwischen geleert hatte, schnappte ich mir die vier Krüge und meinen eigenen und trug alles zu ihnen an den Tisch. Sie schienen hocherfreut zu sein, ein neues Gesicht zu sehen, stellten sich als Finnan, Brennan, Connor und Dermot vor und schoben mir einen Hocker hin.

Wir tranken uns zu. Alle vier waren so alt, dass jeder von ihnen mein Vater hätte sein können. Insgesamt sahen sie sich ziemlich ähnlich: die weißen Gewänder, die Mützen, unter denen graue Haare hervorschauten, die grauen Bärte und die vom vielen Bier geröteten Nasen – all das wirkte fast wie eine Amtstracht, auf die sie sich als verschrobene Gelehrte geeinigt hatten.

«Gut, dass du da bist», sagte Finnan. «Wir brauchen einen Schiedsrichter.»

Wie sich herausstellte, ging es um die Frage, ob Christus auf natürlichem Wege geboren sei oder nicht. Finnan und Brennan vertraten die Ansicht, dass Maria nach der Empfängnis durch den Heiligen Geist bis zur Abnabelung im Stall von Bethlehem eine ganz normale Schwangerschaft und Entbindung durchlebt hatte; Connor und Dermot waren der Auffassung, dass das nicht der Fall gewesen sein könne, da spätestens bei der Niederkunft das Jungfernhäutchen gerissen sein müsse und man die Muttergottes in diesem Fall nicht als Jungfrau bezeichnen könne.

«Aber wer könnte leugnen, dass Maria zeitlebens Jungfrau blieb?», fragte Dermot weihevoll und strich sich durch den Bart.

«Zeitlebens sowieso nicht», knurrte Finnan.

«Aber selbstverständlich», sagte Dermot mit erhobenem Zeigefinger. «Das kannst du schon bei Origenes nachlesen. Die Ehe mit Josef wurde nie vollzogen.»

«Und woher weiß Origenes das so genau? Hat er vielleicht bei denen mit im Bett gelegen?», fragte Finnan giftig.

«Außerdem hatte Jesus Geschwister», sprang Brennan ihm bei. «Im Matthäusevangelium ...»

«Danke, ich kenne die Stelle», fiel ihm Dermot ins Wort. «Matthäus spricht von Brüdern, aber er meint Neffen.»

«Weißt du jetzt besser als der Evangelist, was der Evangelist meint?», fauchte Finnan.

«Zurück zur Sache», beschwichtigte Connor. «Wenn der Heilige Geist in der Lage ist, eine Zeugung durch ...» Er runzelte die Stirn. «Ja, wodurch eigentlich?»

«Durch die linke Schulter», half Dermot ihm aus.

«Nein, durch die rechte», widersprach Brennan.

Connor verdrehte die Augen. «Also, wenn der Heilige Geist eine Zeugung durch die Schulter hingekriegt hat, dann wird er ja wohl auch eine Geburt hingekriegt haben, bei der das Jungfernhäutchen intakt geblieben ist.»

«Vielleicht ist das hinterher wieder zugewachsen», mutmaßte Brennan.

Dermot wollte ein solcher Kompromiss nicht gefallen. «Dann wäre sie ja zwischendurch keine Jungfrau mehr gewesen.»

«Aber nur ganz kurz», warf Brennan ein. «Wäre das nicht vertretbar?»

«Vielleicht ist das Kind da irgendwie dran vorbeigeflutscht», schlug Brennan vor.

«Geht doch gar nicht», sagte Dermot kopfschüttelnd. «Das ist am Rand überall angewachsen.»

«Woher willst du denn so genau wissen, wie es bei Frauen da drin aussieht?», spottete Finnan, und dann zog er Dermot die Zipfelmütze so weit herunter, dass dessen ganzes Gesicht bedeckt war, woraufhin Connor seinerseits Finnan und schließlich Brennan und Connor sich gegenseitig die Mützen herunterzogen. Für einen kurzen Augenblick saß ich zwischen vier alten Männern, die aussahen, als hätten sie Steckrüben statt Köpfe auf den Schultern sitzen, und dann lachten alle gleichzeitig los, dass die Wände wackelten. Meine Dienste als Schiedsrichter waren nicht mehr gefragt.

Als sie ihre Mützen wieder hochgezogen und sich etwas beruhigt hatten, sagte Brennan zu mir: «Du hast jetzt wahrscheinlich ein völlig falsches Bild von uns.»

«Was wäre denn das richtige Bild?», fragte ich.

«Wir sind die Hofdichter des Bischofs», antwortete Brennan nicht ohne Stolz.

«Und seine Berater», ergänzte Finnan.

Nun schienen alle vier darauf bedacht zu sein, den albernen Eindruck zu korrigieren und sich so zu benehmen, wie man das von Hofdichtern und Beratern eines Bischofs erwarten würde. Diesen Augenblick nutzte ich, um ihnen den Grund meiner Anwesenheit in Lüttich zu erklären. Wenn sie tatsächlich Einfluss auf Franco hatten, dann war das Zusammentreffen mit ihnen ein Glücksfall.

Während sie meinen Ausführungen lauschten, waren sie wie ausgewechselt. Bis auf ein paar zum Wirt hinübergeschriene Bestellungen waren sie ganz bei der Sache. Und nicht nur das: Sie kannten meinen Namen vom Hörensagen, und Brennan konnte sich sogar noch an den Prozess meiner Mutter erinnern.

«Die Zeugen waren alle gekauft», sagte er. «Jeder wusste das.»

«Schon mal daran gedacht, dir selbst ein paar Zeugen zu kaufen?», fragte Finnan.

«Das wird Graf Thegan mit noch mehr Geld verhindern», gab Dermot zu bedenken. Es war merkwürdig, den Namen meines Vaters aus seinem Mund zu hören. Die Selbstverständlichkeit, mit der der Ire ihn fallen ließ, zeigte mir, welchen Klang dieser Name in der ganzen Gegend nach wie vor hatte und über welchen Einfluss mein Vater trotz Alter und Krankheit immer noch verfügte, ganz abgesehen davon, dass Uta wahrscheinlich ohnehin unbegrenzten Zugriff auf seine Mittel hatte. Außerdem empfahl sich diese Lösung schon deshalb nicht, weil sie zu viel Staub aufwirbeln und Uta Zeit geben würde, sich auf ihren Gegenschlag vorzubereiten.

«Wie würdet ihr den Fall denn beurteilen?», fragte ich.

«Rechtlich oder politisch?», fragte Connor.

«Rechtlich ist das überhaupt keine Frage», warf Finnan ein. «Es interessiert bloß niemanden, schon gar nicht Bischof Franco. In politischer Hinsicht hat der Fall zwei Seiten. Erstens: Was bedeutet er für die Machtverhältnisse im Maasgau und in Lotharingien? Solange die Dänen hier ihr Unwesen treiben, will niemand riskieren, dass eine der mächtigsten Familien der ganzen Gegend sich in Erbstreitigkeiten aufreibt. Dein Halbbruder Gerold genießt ein hohes Ansehen. Du dagegen bist gerade erst aus der Versenkung aufgetaucht und hast keine Verbündeten. Tut mir leid, das zu sagen, aber für die großen Familien bist du derzeit niemand, mit dem man sich abgibt.»

«Ich weiß», sagte ich. In der Tat war das eine vertrackte Lage: Solange die Annullierung der Ehe meiner Eltern nicht aufgehoben war, war ich ein Bastard ohne Rechte und mit wenigen Unterstützern, aber der Mann, der die Annullierung dieser Ehe selbst beschlossen hatte und sie jetzt rückgängig machen konnte, würde es sich meinetwegen nicht mit einem Großteil des Adels von Lotharingien verscherzen.

«Zweitens: Was bedeutet dein Fall für einen möglichen Thronstreit?», sagte Brennan. «Anders gefragt: Auf welcher Seite werden der Maasgau und der lotharingische Adel stehen, wenn jemand versuchen sollte, den Kaiser zu stürzen?»

«Jemand wie Arnulf von Kärnten?», fragte ich.

«Zum Beispiel», sagte Finnan. «Und dann ist da noch Hugo. Seine Unterstützer halten sich derzeit bedeckt, aber es gibt sie noch, und du wirst sie auf jeden Fall gegen dich haben, wenn das ganze Land dich als Streiter für die Erbrechte von rechtmäßigen gegenüber unrechtmäßigen Söhnen kennt.»

Ich war überrascht, wie schnell sie die Situation und die Zusammenhänge erfasst hatten. Offenbar taugten sie als Berater mehr, als man ihnen zutraute, wenn man sie mit ihren Zipfelmützen in der Schenke nach Bier schreien sah.

«Wie gesagt, der Fall selbst interessiert Franco nicht», sagte

Connor. «Aber er wird sich fragen, welchen Nutzen er davon hat, dir zu helfen, und er wird mit Sicherheit nichts entscheiden, bevor die Dänen nicht aus dem Land vertrieben sind. Es wird darauf ankommen, wie der Krieg ausgeht und wer sich darin bewährt. Wenn Gerold als Erster vor aller Augen über die Mauern von Asselt steigt und diese beiden Könige erschlägt, kannst du es vergessen.»

So deutlich hatte ich die Sache noch nicht gesehen. Mir war klar, dass ich meinem Halbbruder in Asselt möglicherweise wiederbegegnen würde. In Remich hatten wir uns im Schlachtgetümmel gemeinsam aus einer ausweglosen Lage herausgekämpft, ohne einander zu erkennen. Wir hatten uns gegenseitig unwissentlich das Leben gerettet, obwohl es für jeden von uns besser gewesen wäre, wenn der andere umgekommen wäre. Und dann waren wir voneinander geschieden, ohne dass es zu einer Klärung gekommen war. Doch wie hätte die aussehen können? Entweder er behielt das Erbe, oder ich bekam es, so einfach war das. Connor hatte es auf den Punkt gebracht: Gerold und ich würden in Asselt nicht nur gegen die Dänen kämpfen, sondern auch gegeneinander.

Nach einem schnellen Erfolg sah es also nicht aus. Doch einen Trumpf hatte ich noch gar nicht ausgespielt: Francos Sohn, der angeblich von den Dänen festgehalten wurde. Ich war mir nicht sicher, wie ich die Sache zur Sprache bringen sollte, denn angeblich legte der Bischof ja Wert auf Verschwiegenheit, also würden seine Berater wohl kaum mit einem Wildfremden beim Bier darüber reden. Ich beschloss, mich zu dem Thema vorzutasten.

«In Asselt sitzen mehrere Dutzend Gefangene im Keller», sagte ich.

«Die Armen», sagte Connor nach einer kurzen Pause.

Ich sah ihren Gesichtern an, dass sie sofort begriffen hatten, worauf ich hinauswollte. Aber trotz der vielen Biere, die sie schon heruntergestürzt hatten, hatten sie sich noch so gut unter Kontrolle, dass sie keine warnenden Blicke tauschten. Vier Augenpaare sahen mich abwartend an.

«Es gibt da ein Gerücht», wagte ich mich weiter vor.

«Gerüchte gibt's ja viele», sagte Dermot. «Was besagt denn dein Gerücht?»

«Dass unter den Gefangenen einer ist, der Franco besonders am Herzen liegt.»

«Franco ist ein frommer Christ», sagte Finnan scheinheilig. «Und als solchem liegen ihm natürlich alle Menschen gleichermaßen am Herzen, die Unrecht erleiden.»

Alle nickten.

«Auch wenn einer davon der eigene Sohn ist?»

Jetzt tauschten sie doch Blicke.

«Ist es denkbar, dass Franco sich auf einen Handel einlässt?», fragte ich.

«Denkbar ist vieles», sagte Brennan.

«Jeder Vater liebt seinen Sohn», erklärte Finnan.

«Vor allem, wenn es der einzige ist», präzisierte Dermot.

«Und völlig hilflos», ergänzte Connor.

«Könnt ihr mir ein Treffen mit Franco arrangieren?», fragte ich.

«Wenn du die nächste Runde holst», sagte Brennan und machte dem Wirt ein Zeichen.

«Bei wem kommt das auf den Deckel?», rief der Wirt.

«Bei Franco!», schrie ich im Chor mit den Iren. Dann ging ich und tauschte die leeren Krüge gegen volle.

«Warum seid ihr eigentlich seine Berater?», fragte ich, nachdem wir getrunken hatten.

«Weil wir so klug sind», erklärte Brennan. Für ihn war das offenbar keine Angeberei, sondern eine Tatsachenfeststellung.

«Wir Iren sind die gebildetsten Menschen der Welt.» Finnan schloss die Augen und hob beide Hände wie einer, der im Besitz letztgültiger Weisheit ist und das kleinmütige Geschwätz unwürdiger Zweifler abwürgen muss. «Ich weiß, das klingt überheblich, und hierzulande will man es nicht wahrhaben, aber es ist so. Wir sind das Volk der Dichter und Denker.»

«Weil ihr nicht arbeiten müsst, sondern alles in den Arsch geschoben kriegt!», schnauzte der Wirt herüber. Und dann, mit einem Blick in meine Richtung: «Neulich haben sie sich hier den ganzen Abend über die Sintflut gestritten. Ob dabei auch die Fische umgekommen sind! Und ob das Paradies mit überschwemmt wurde! Den ganzen Abend! Das muss man sich mal vorstellen!»

«Das sind doch berechtigte Fragen», sagte Brennan.

Der Wirt ging nicht darauf ein, sondern zeterte noch ein bisschen weiter. «Letzte Woche haben sie behauptet, dass wir alle auf einer Kugel leben. Und dann hätten sie sich fast über die Frage geprügelt, ob auf der anderen Seite dieser Kugel auch Menschen rumlaufen! Mit den Köpfen nach unten, oder was? Wie soll denn das gehen?»

«Ganz einfach», sagte Finnan altklug. «Was bei uns unten ist, ist bei ihnen oben.»

Der Wirt winkte verächtlich ab. «Und was bei mir hinten ist, ist bei euch vorne», murmelte er und wischte den Tresen sauber.

Connor hob seinen Krug. «Lasst uns mal ein bisschen singen!»

«Wir Iren sind die besten Sänger der Welt», ergänzte Dermot.

Nach einem denkwürdigen Abend mit viel Gesang und Streitereien über bedeutsame Fragen machte ich mich am folgenden Mittag auf den Weg zu Franco. Die Iren hatten beim Abschied versprochen, mich bei ihm anzumelden, dann waren sie nach Hause getorkelt.

Erst bei Tageslicht war das Ausmaß der Zerstörungen zu sehen. Die Anzahl der ausgebrannten Häuser war noch größer, als es mir in der Nacht erschienen war, und von den Kirchen standen nur noch die Mauern. Wie durch ein Wunder war der Bischofspalast verschont geblieben, ein in seinen Ausmaßen eher bescheidener schiefergedeckter Sandsteinbau. Vielleicht hatten die Dänen es einfach nicht geschafft, ihn in Brand zu setzen.

Finnan empfing mich mit verquollenem Gesicht und schiefem Grinsen am Portal. Es war das erste Mal, dass ich ihn ohne Kopfbedeckung sah. Mit seinen langen weißen Haaren und dem Bart sah er nun doch aus wie ein Gelehrter, wenn auch ein etwas verkaterter.

«Na, ist die Frau vom Wirt noch zu dir ins Bett gekrochen? Das macht sie manchmal, wenn ihr die Gäste gefallen.»

«Keine Ahnung», sagte ich. «Ich habe geschlafen wie ein Toter.»

«Da hast du aber Glück gehabt. Die kann man sich nämlich nicht schöntrinken.»

Finnan führte mich hinein. Er benahm sich, als gehörte

ihm der Palast. Schwungvoll öffnete er Türen und schloss sie wieder, und als uns auf der Treppe ein Bediensteter begegnete, gab er ihm im Vorbeigehen einen gönnerhaften Klaps auf die Schulter. Dabei pfiff er die ganze Zeit eine fröhliche Melodie. Mir war nicht nach Pfeifen zumute, dafür stürmten zu viele Erinnerungen auf mich ein.

Als wir den großen Saal im Obergeschoss betraten, war es, als würde ich fünfzehn Jahre in die Vergangenheit zurückbefördert. Auch damals hatte die Sonne durch die Fenster geschienen und große Lichtflecken auf die verschiedenfarbigen Steinplatten geworfen. Selbst an das Muster dieser Steine erinnerte ich mich noch, weil ich während der Anhörung der Zeugen fast die ganze Zeit auf den Boden gestarrt hatte, um meinem Vater nicht in die Augen blicken zu müssen, der das Schauspiel mit versteinerter Miene verfolgte. Bis heute weiß ich nicht, ob er sich nicht wenigstens ein bisschen geschämt hat.

Die Einrichtung des Saales war fast vollständig verschwunden. Es gab keinen einzigen Wandteppich mehr und kaum Möbel. Auch der große Tisch, hinter dem Franco mit seinen Beisitzern gesessen hatte, fehlte. Wahrscheinlich hatten die Dänen bei ihrem Besuch alles verfeuert.

Finnan zog sich zurück, und keine Minute später betrat Franco den Raum.

Ich erkannte ihn sofort, obwohl er kein Bischofsgewand trug, sondern einen leichten Mantel aus rotem Stoff über weißer Kleidung. Er war damals noch ein junger Mann gewesen. Inzwischen ging er auf die fünfzig zu. Das Alter hatte es gut mit ihm gemeint; er war schlank geblieben, ohne dürr geworden zu sein, seine schwarzen Haare waren immer noch voll, und die leicht heruntergezogenen Mundwinkel, die damals seine unreife Arroganz unterstrichen hatten, verliehen seinem Gesicht jetzt etwas Gravitätisches. Und etwas Trauriges. Franco litt. Und weil ich wusste, warum er litt, und weil ich selbst aus dem gleichen Grund gelitten hatte, ließ meine Abneigung gegen ihn ein wenig nach.

Er musterte mich kurz, schien in seinen Erinnerungen zu forschen, dann nickte er. «Fünfzehn Jahre», sagte er. Hatte er tatsächlich so ein gutes Gedächtnis? Oder hatte einer der Iren ihn vorbereitet?

Franco trat ans Fenster und blickte auf die zerstörte Stadt. Entweder er hatte sich daran gewöhnt, oder seine Sorgen lenkten ihn davon ab.

Ich blieb in der Mitte des Saales stehen und wartete, dass er mich auffordern würde, mein Anliegen vorzutragen. Stattdessen suchte er nach Worten, rang offensichtlich mit sich. Es dauerte eine ganze Weile, bis er endlich sprach.

«Mir ist klar, dass die Zeugenaussagen zweifelhaft waren, und es war mir übrigens auch damals schon klar.»

Natürlich, dachte ich. Aber es war dir egal.

«Ich stand unter Druck, Tankred», sagte er, als hätte er meine Gedanken lesen können. Es wirkte nicht wie eine Ausrede. Vielleicht hatte mein Vater ihn ja tatsächlich bedroht oder erpresst. Zuzutrauen war es ihm. Doch dass Franco sich offenbar noch erinnerte und mich mit meinem Namen anredete, ermutigte mich. Ich fühlte mich weniger wie ein Bittsteller, wenn ich nichts erklären musste.

«Ich möchte, dass das Urteil aufgehoben wird», sagte ich.

Er nickte sehr langsam, ohne sich zu mir umzudrehen. «Das

wird nicht sofort möglich sein. Zuerst müssen wir die Dänen aus dem Land werfen.»

«Das wird bald geschehen», sagte ich.

Wieder nickte er langsam. Dann wandte er sich endlich zu mir um.

«So oder so wird es mit der Aufhebung des Urteils nicht getan sein. Dein Bruder wird das Feld nicht kampflos räumen.»

«Halbbruder.»

«Wie auch immer. Gerold genießt ein hohes Ansehen. Er hat Gefolgsleute, die sich nicht wegen eines Gerichtsurteils von ihm abwenden werden, wenn er sie auffordert, für ihn zu kämpfen. Das muss dir klar sein. Du brauchst Unterstützer. Wie man hört, hast du dich in Koblenz und in Remich gut geschlagen. Aber wenn du dir dein Erbe zurückholen willst, dann brauchst du Verbündete hier im Land. Verbündete wie mich.»

«Deshalb bin ich hier», sagte ich.

Franco wandte sich wieder dem Fenster zu. Als er nach einer Weile weitersprach, war seine Stimme belegt.

«Mir ist zu Ohren gekommen, dass du in Remich ein Mädchen befreit hast, das die Dänen mehrere Monate lang durchs Land geschleppt hatten.»

Ich spürte, wie sich bei dem Satz alle meine Muskeln anspannten. Wusste Franco, dass es sich bei dem Mädchen um Judith handelte? Ich hatte mich bemüht, ihren Namen möglichst aus dem Spiel zu lassen. Wenn die Sache jetzt schon in Lüttich bekannt war, dann würde es nicht mehr lange dauern, bis die Nachricht auch nach Maastricht gelangte. Uta sollte auf keinen Fall erfahren, dass ihre Tochter noch lebte. Nicht bevor ich genau wusste, wie ich gegen sie vorgehen würde.

«Du bist hartnäckig, mutig und geschickt. So jemanden brauche ich.»

Als Franco sich wieder zu mir umdrehte, hatte er Tränen in den Augen.

«Mein Sohn Osmund wurde bei einem Ausritt von den Dänen entführt und in Asselt eingesperrt. Er sitzt dort mit den anderen im Keller und ist völlig hilflos.»

Die letzte Bemerkung hatte seltsam geklungen. Natürlich waren die Gefangenen hilflos. Auch Connor hatte darauf hingewiesen, aber ich hatte nicht nachgefragt.

«Hast du versucht, ihn auszulösen?», fragte ich.

«Natürlich habe ich das», antwortete er ungehalten. «Sie lassen sich nicht darauf ein.»

Heinrich von Babenberg hatte also recht gehabt. Wahrscheinlich wollten die Dänen das Lösegeld hochtreiben oder die Gefangenen als Druckmittel benutzen, um sich freien Abzug zu erkaufen, falls es schlecht für sie lief.

«Sie werden ihn gut behandeln», sagte ich. Seine Verzweiflung hatte fast gegen meinen Willen mein Mitleid geweckt.

«Er kann sich nicht verständigen», sagte Franco nach einer Pause. «Er ist als Kind in einen Brunnen gefallen, seitdem spricht er nicht mehr.» Die Erinnerung an den tragischen Unfall schien ihn das letzte bisschen Haltung zu kosten. Er schluchzte auf, wischte sich mit dem Ärmel über die Nase und blickte mich an. «Hol ihn da raus und bring ihn zurück, und du kannst alles von mir verlangen, was du willst.»

11

Drei Tage später war ich wieder in Asselt. Ich hatte mich von Fidis, Judith und Folchar verabschiedet und einen Abstecher über Inda gemacht, ohne Gauzbert dort anzutreffen.

In meiner Abwesenheit war das gesamte Heer vor Asselt angekommen. Der Kaiser hatte mit seinem Gefolge im benachbarten Roermond Quartier bezogen. Alle Häuser des kleinen Ortes und die Bauernhöfe in der Umgebung waren mit Soldaten belegt, überall waren Feldküchen, Schmieden und Schleifereien aufgebaut worden. Pferde standen nickend und schnaubend in langen Reihen vor den Häusern angepflockt. Lieferanten und Wasserträger eilten hin und her, Karren wurden entladen, Tränken nachgefüllt. Rauch und Essensgerüche zogen durch die Straßen.

Wie ich von einem vorbeihastenden Händler erfuhr, hatte Karl das Haus von Gerwin in Roermond neben der Kirche bezogen. Vor der Tür standen vier bullige Wachen, und in den Fenstern wehten rote Vorhänge. Als ich vorbeiritt, schleppten zwei Soldaten unter großem Gestöhne eine eisenbeschlagene Truhe hinein.

Ich beschloss, mir einen Überblick über die Vorbereitungen für die Belagerung zu verschaffen, und ritt am Fluss entlang bis zu der Gabelung vor der Insel. Schon von Weitem sah ich, dass die Einschließung der Festung auf ihrer Insel so gut wie abgeschlossen war. Auf beiden Seiten waren jeweils einige Hundert Schritte vom Ufer entfernt Zeltstädte aus dem Boden gewachsen, die von einer Kette von Soldaten bewacht wurden, während eine Armee von Arbeitern Gräben aushob und Wälle aus Erde und Sand aufschüttete, um die Lager zu sichern.

Die Fähre der Dänen lag verlassen auf dem Strand der Insel. Von ihrem eigenen Zeltlager vor den Mauern war nichts mehr übrig. Was der Sturm nicht weggefegt hatte, war offenbar in die Anlage geschafft worden. Übrig geblieben war ein aufgeweichter und zertrampelter Uferstreifen, auf dem die verkohlten Feuerstellen wie Inseln zwischen vergammelten Abfällen lagen, an denen sich die Raben gütlich taten.

Von den Dänen selbst war wenig zu sehen. Die Türme der Festung waren besetzt, aber was sich hinter den Mauern abspielte, war nicht zu erkennen. Selbst wenn es nur fünfhundert Männer waren, die sich dort verschanzt hatten, musste es ziemlich ungemütlich sein. In den Gebäuden war viel zu wenig Platz, und wahrscheinlich musste mindestens die Hälfte von ihnen unter freiem Himmel im Hof schlafen.

Auf der Höhe der Südspitze der Insel ballte sich eine Traube von Transportwagen und Karren zusammen, von denen Dutzende von Arbeitern und Soldaten große Steine abluden.

Mit den Augen maß ich noch einmal die Breite des Flusses ab und überschlug die Menge der Steine, die für den Damm nötig sein würde, dann ritt ich zu einem der Wagen. Zwei schwitzende Männer in Lederpanzern wuchteten gerade einen Stein, der so groß war wie ein Schaf, mit einem Stemmeisen von der Ladefläche. Als er auf den Boden fiel, rumste es, dass die Erde erzitterte.

«Wie läuft's denn?», fragte ich.

Einer der beiden wischte sich mit dem Ärmel den Schweiß von der Stirn und musterte mich vorwurfsvoll. Wahrscheinlich hatte er eine Abneigung gegen Herren, die vom Pferd aus zusahen, wie andere schufteten.

«Wie soll's denn laufen?», fragte er bissig zurück. «Ist halt Knochenarbeit. Wenn Arnulf das selber machen müsste, wäre er vielleicht nicht mehr ganz so begeistert von seinem Einfall.»

Aha, dachte ich. Arnulf hatte meine Abwesenheit also genutzt, um dafür zu sorgen, dass man den Damm für seine Idee hielt.

«War doch gar nicht Arnulfs Einfall», sagte der andere und sprang vom Wagen. «Ich hab gehört, der Vorschlag stammt von diesem Tankred.»

«Tankred? Wer soll das denn sein?», fragte der Erste und stieg ebenfalls herunter.

«So ein Klugscheißer aus dem Kloster», antwortete der Zweite.

«Na, der muss es ja wissen. Stand wahrscheinlich in irgendwelchen schlauen Büchern drin. Die Sorte kennt man ja.»

«Na ja. Angeblich hat er bei Remich einen der dänischen Anführer umgebracht.»

«Wenn schon. Wahrscheinlich hat er ihn mit der Bibel in der Hand auf Latein vollgequatscht, bis er vor Langeweile tot umgefallen ist.»

«Ist doch egal. Das hier wird sowieso nicht klappen. Die ganze Schinderei umsonst.»

«Warum sollte es denn nicht klappen?», fragte ich. Ich bezweifelte zwar, dass die beiden die Sache umfassend durchdacht hatten, aber es konnte nicht schaden, die Meinung der Leute zu hören, die die Steine schleppten.

«Weil sich das nicht absperren lässt», sagte der Erste und wies flussabwärts. «Das läuft doch von unten wieder rein.»

«Nicht wenn vor dem Zusammenfluss ein zweiter Damm aufgeschüttet wird», erklärte ich.

Beide blickten mich entgeistert an. «Die ganze Schlepperei noch mal? Das soll er mal schön alleine machen, dieser Klosterfritze.»

Schau an, dachte ich. Ich hatte immer geglaubt, man könnte Kriege nur aus Feigheit oder Unentschlossenheit verlieren, aus Unvorsichtigkeit oder Unüberlegtheit, aus zu großer oder zu geringer Risikobereitschaft, aus Mangel an Kenntnissen über den Gegner oder das Gelände. Aber offenbar konnte man sie auch aus Faulheit verlieren.

Während die beiden wieder auf den Wagen stiegen und den nächsten Stein herunterstemmten, trabte ein Reiter auf einem Rappen heran. Schon von Weitem sah ich, dass es Ratwin war.

«Da bist du ja wieder», begrüßte er mich. «Wie du siehst, haben wir hier schon angefangen.»

Ich lachte spöttisch auf. «Angeblich war es ja Arnulfs Idee.»

Er lachte mit, dass die Zähne blitzten. «Ja, so hat er's dargestellt. Aber keine Sorge. Wenn es schiefgeht, wird es wieder deine Idee sein. Im Rat wurde übrigens ziemlich lange darüber gestritten.»

«Warum?»

«Einige, darunter Heinrich, waren der Ansicht, dass wir durch die Absperrung von allen Seiten angreifbar werden. Es wäre ja denkbar, dass sie mit den Schiffen zurückkehren, irgendwo an Land gehen, einen Bogen um uns schlagen und uns von hinten angreifen.»

«Das können sie doch auch so tun.»

«Ja, aber wenn der Fluss zwischen unserem Lager und der Festung trockengelegt ist, können die anderen gleichzeitig einen Ausfall durch das Flussbett machen und uns von der Seite der Insel her angreifen. Dann hätten sie uns in der Mangel.»

«Der Plan war aber nicht, dass sie uns angreifen, sondern wir sie. Oder will Heinrich herumsitzen und abwarten, bis sie kommen?»

«Ich glaube, Heinrich will einfach, dass der ganze Plan misslingt, damit Arnulf sich nicht damit brüsten kann. Was Arnulf schadet, nützt Heinrich. Ob es auch dem Kaiser schadet, ist für ihn zweitrangig.»

Das hatte ich auch schon befürchtet. Jeder dachte mal wieder nur an sich selbst.

«Es gibt noch ein zweites Problem, das dem Rat Kopfzerbrechen bereitet», sagte Ratwin. «Aber kein strategisches, sondern ein technisches. Liutward hat es angesprochen. Ich hätte gar nicht gedacht, dass einer von denen so gut mitdenkt, aber der Einwand hat seine Berechtigung.»

«Ich bin gespannt.»

Ratwin zeigte auf den Fluss. «Sobald wir mit dem Dammbau anfangen, steigt der Wasserstand zuerst einmal an. Wenn es in dieser Zeit stark regnet, wird der Druck noch größer. Liutward meinte, das Wasser könnte in diesem Fall den Damm überfluten oder sich auf unserer Seite einen anderen Weg suchen, anstatt in den Hauptarm abzufließen. Dann wäre alles umsonst.»

«Im Sommer steigt der Wasserstand aber nicht an. Er sinkt ab. Es wird einfacher, nicht schwieriger.»

«Das erklärst du ihnen am besten selbst.»

«Ich soll im Rat sprechen?»

«Natürlich. Deinen Namen kennt inzwischen jeder, mein lieber Tankred.»

Mit diesen Worten wendete er sein Pferd und winkte mir, ihm zu folgen. «Komm, ich zeige dir das Lager.»

Aus den Augenwinkeln sah ich, dass die beiden Arbeiter, die die ganze Zeit die Ohren gespitzt hatten, sich mit aufgerissenen Augen ansahen. Als ich dem Pferd die Sporen gab, hörte ich noch: «Das war dieser Tankred. Hättest du mal lieber die Schnauze gehalten!»

Das Lager auf der Ostseite der Insel war vorbildlich angelegt, als hätte Vegetius persönlich die Planungen geleitet: Die Anlage beschrieb ein sauberes Rechteck mit vier Durchlässen. Hinter dem Wall lagen Baumstämme für die Palisade in großen Stapeln aufgeschichtet, ein paar Handwerker spitzten sie an. Wieder einmal wurde mir klar, wie schnell sich eine Anlage dieser Größe errichten ließ, wenn nur genügend Leute mit anpackten. Bei unserem Rundgang zählte ich mindestens fünfhundert Männer, die unentwegt gruben und schaufelten; lange Reihen von Arbeitern standen bis zu den Knöcheln im nachsickernden Grundwasser an der Grabensohle und warfen Kaskaden von sandigen Erdklumpen durch die Luft, die beim Aufprall auf den Wall auseinanderbrachen, zerbröselten, die Böschung hinabkullerten und von anderen Männern mit großen Schaufeln festgeklopft wurden. Dicke Steine, die seit Jahrtausenden kein Licht gesehen hatten, wurden mit Spitzhacken und Stemmeisen aus dem sandigen Boden gehebelt und beiseitegerollt. Fast konnte man zuschauen, wie der Wall anwuchs.

Anders als bei den Dänen waren die Zelte nicht kreuz und

quer aufgestellt worden, sondern in ordentlichen Reihen, die von schnurgeraden Wegen durchzogen wurden und sich in regelmäßigen Abständen zu kleinen Freiflächen für Feldküchen, Feuerstellen und Werkstätten verbreiterten.

Ratwin grüßte hierhin und dorthin, und immer wieder hörte ich, wie hinter meinem Rücken mein Name getuschelt wurde. Erst jetzt wurde mir wirklich klar, dass ich kein Niemand mehr war. Ich fragte mich, welchem Umstand ich das zu verdanken hatte, und der Wortwechsel zwischen den beiden Arbeitern am Ufer gab mir zu denken. Erzählten sie sich an den Lagerfeuern vom Mönch mit dem Schwert, der bei Remich den gefürchteten dänischen Wüterich Ivar getötet hatte? Hatte sich die Geschichte von meiner Verurteilung in Maastricht, meiner Haft in Prüm und meiner Begnadigung in Worms bis zu ihnen herumgesprochen? Und wussten sie, dass ich es gewesen war, der Arnulf und Heinrich den Vorschlag zur Trockenlegung des Flusses gemacht hatte? Galt ich als aufsteigender Stern am kaiserlichen Hof, der bald einer der Anführer sein würde? Und war ich das? Wollte ich das sein?

Wie schon in Remich hielt ich Ausschau nach bekannten Gesichtern aus meiner Heimat und hoffte, dass niemand mich fragen würde, was ich nach dem Sieg über die Dänen bezüglich meines Erbes zu tun beabsichtigte. In den vergangenen Wochen und Monaten hatte ich einen Instinkt für Situationen entwickelt, aus denen sich Spekulationen über meine Person ergeben konnten, und ich ging ihnen aus dem Weg. Doch wie die Sprachbrocken verrieten, die ich unterwegs aufschnappte, war das Lager vor allem von Soldaten aus den sächsischen und thüringischen Kontingenten besetzt. Es bestand also keine Gefahr.

«Irgendwas zu beanstanden?», fragte Ratwin, nachdem wir unsere Runde durch das Lager beendet hatten.

«Türme wären gut», sagte ich. Der Gedanke, dass die Dänen mit den Schiffen zurückkehren und das Lager überfallen könnten, ging mir nicht mehr aus dem Kopf. Wir mussten uns so schnell wie möglich gegen einen solchen Angriff absichern.

Ratwin verdrehte die Augen. «Glaubst du, daran hätten wir nicht gedacht? Sobald die Palisade steht, setzen wir vier schöne Türme an die Ecken.»

«Was ist mit Katapulten?», fragte ich.

Er seufzte. «Schön wär's. Aber das ist nicht so einfach. Das kriegen unsere Zimmerleute nicht hin.»

«Aber in Koblenz ...»

«Ich weiß», unterbrach er mich. «Das waren Fachleute aus Italien. Wanderhandwerker. Unverschämt teuer, nebenbei gesagt. Aber die sind längst weitergezogen. Ich habe nach ihnen schicken lassen, aber keiner weiß, wo sie stecken. Wenn wir sie gefunden haben, holen wir sie her.»

Wieder dachte ich an die Gefangenen und an die Uneinigkeit zwischen Arnulf und Heinrich über die Frage, ob man die Festung in Brand schießen sollte. Vielleicht wäre es klüger gewesen, vor meiner Abreise nach Aachen auch die andere Seite der Insel in Augenschein zu nehmen, um zu sehen, ob es eine Möglichkeit gab, die Gefangenen durch die Lichtschlitze aus dem Keller zu befreien. Ich erzählte Ratwin von meinem Besuch bei Franco.

«Na, da hat er ja genau den richtigen Mann beauftragt», sagte er nur.

«Erzähl bloß niemandem davon», bat ich ihn. «Ich will nicht, dass jemand denkt, ich hätte meine eigenen Pläne.»

«Obwohl du die natürlich hast.» Er lächelte. «Aber ich wollte dir sowieso gerade vorschlagen, dass du dir die Westseite der Pfalz mal anschaust. Ich glaube allerdings nicht, dass jemand durch die Öffnungen passt. Und wenn, dann haben sie sie vergittert. Aber wenn du so gerne nachts im Fluss badest, dann will ich dir nicht im Weg stehen.»

Wir ritten zusammen nach Roermond und ließen uns von der Fähre ans Westufer der Maas bringen. Sleipnir legte die Ohren an, als der Kahn in der Strömung zu schwanken begann, ließ sich aber beruhigen und sprang nicht ins Wasser.

Eine halbe Stunde später trafen wir im Lager auf der Westseite ein. Es war deutlich kleiner als das andere, doch auch hier wurde fleißig geschaufelt, und indem wir beide Ufer besetzt hielten, konnten wir verhindern, dass sie Streifzüge unternahmen oder Vorräte in die Festung brachten.

Es roch nach Speck, und die Soldaten sprachen in einem kehligen Singsang voller Verkleinerungsformen. Alemannen also. Keine Lotharingier weit und breit. Besser so.

Vom Ufer aus sah ich Gesichter hinter den Zinnen und auf den Türmen. Geschossen wurde nicht, obwohl sie uns hätten erreichen können. Vielleicht wollten sie Pfeile sparen, und bei diesem Gedanken fragte ich mich, wie viele Bogenschützen sie eigentlich zur Verfügung hatten. Das Ufer war an dieser Stelle der Insel wesentlich flacher als gegenüber. Ich fragte mich, ob die Umleitung des Flusses den Pegel auf der Westseite so weit ansteigen lassen würde, dass das Wasser in den Keller laufen würde. Die Lichtschlitze waren schwer zu erkennen, denn die Mauerböschung war mit dichtem Gestrüpp überwuchert. Ich beschloss, mir alles in einer der folgenden Nächte einmal aus der Nähe anzusehen. Vielleicht konnte ich sogar mit den

Gefangenen sprechen und mich vergewissern, dass Osmund auch wirklich dort unten saß.

Zum Abschluss ritten wir noch ein Stück flussabwärts und sahen uns die Nordspitze der Insel an – die Stelle, an der der Nebenarm wieder in den Hauptstrom mündete. Wegen der lang gestreckten Form der Insel lag sie fast eine Drittelmeile von der Festung entfernt. Für uns war das eine Schwachstelle, denn dort, weit ab von unseren Lagern, würde es den Dänen noch am ehesten möglich sein, Vorräte heranzuschaffen. Vielleicht würde mir auch dafür noch eine Lösung einfallen. Möglicherweise ließen sich weiter flussabwärts Sperrketten spannen, die sie zumindest für eine Weile aufhalten würden.

«Genug gesehen?», fragte Ratwin. «Dann lass uns zurückreiten. Du bekommst ein Zelt für dich alleine, mit Tisch, Hocker und Lampe. Ist alles schon arrangiert.»

«Ist ja komfortabler als im Kloster.»

«Du sollst hier aber keine Bücher abschreiben, sondern Berechnungen anstellen. Wenn du deine Sachen abgelegt hast, kommst du mit mir nach Roermond. Der Rat erwartet deinen Vortrag.»

Der Kaiser und seine Ratgeber empfingen mich in der Kirche, nicht in Gerwins Haus, weil dort offenbar kein ausreichend großer Raum für Versammlungen zur Verfügung stand. Rechts und links standen auf der ganzen Länge des ansonsten kargen Kirchenschiffs Leuchter mit brennenden Kerzen. Den Tisch aus der Sakristei, in dessen Platte Arnulf den Plan der Inselfestung geritzt hatte, hatten sie in die Kirche geschleppt und vorn aufgestellt.

Karl saß auf einem Podest in dem Faltsessel mit den Löwenpranken. Ich sah ihn wieder vor mir, wie er in Worms den Anfall erlitten hatte, hilflos und zuckend, die Beine im Gestänge des Sessels verfangen. Erinnerte er sich überhaupt daran? Hatte man ihm hinterher berichtet, dass ich ihm das Buch zwischen die Zähne geschoben hatte, damit er sich nicht die Zunge abbiss? Wohl kaum. Liutward von Vercelli hatte mit Sicherheit kein Interesse daran, Karl wissen zu lassen, dass jemand anders ihn durch schnelles Eingreifen davor bewahrt hatte, zum lallenden Tölpel zu werden, während er, Liutward, nur seine Beine festgehalten hatte.

Der Kaiser trug auch an diesem Tag wieder Purpurmantel und Lorbeerkranz, doch hier, inmitten der Anführer seines Heeres und doch ein paar Stufen über ihnen thronend, wirkte er entschlossener und kraftvoller als beim letzten Mal. Vielleicht war seine Passivität bei der Audienz in Worms dem Umstand geschuldet gewesen, dass er nur mit einem weiteren Bittsteller gerechnet hatte. Solche Kandidaten hatten ihn dort zu Dutzenden aufgesucht und mit allen möglichen Anliegen behelligt und waren von Liutward in seinem Namen schnell und routinemäßig abgefertigt worden. Aber jetzt ging es um viel mehr.

Die Versammelten, etwa dreißig Herren in voller Rüstung und kostbaren Mänteln, standen in kleinen Gruppen rechts und links vor dem Thron, und schon an ihrer Nähe zum Kaiser ließ sich ihr Rang erkennen. Direkt rechts neben Karl stand Liutward von Vercelli, im Kettenhemd und mit dem Helm unter dem Arm nicht mehr als kirchlicher Würdenträger erkennbar, auf der anderen Seite Arnulf von Kärnten und Heinrich von Babenberg, wie beim letzten Mal mit ihren farbigen Überwürfen. Eine größere Gruppe hatte sich um Bertolf von

Trier geschart, den ich an diesem Tag zum ersten Mal seit der Schlacht von Remich wiedersah. Ein halbes Dutzend weitere Männer, ebenfalls in leuchtenden Farben, standen bei Arnulf und Heinrich, wahrscheinlich handelte es sich um die Anführer der Sachsen, Thüringer, Lotharingier, Alemannen und Langobarden, der sechste war schlichter gekleidet und trug eine weite Hose, vielleicht ein Friese. Die restlichen Anwesenden bildeten kleine Gruppen, augenscheinlich Grafen und ein paar weniger bedeutende Bischöfe und Äbte.

Ich wollte meinen Blick gerade wieder auf den Kaiser richten, in der Erwartung, er würde mir das Wort erteilen, da entdeckte ich in einer dieser Gruppen ein bekanntes Gesicht, dessen Anblick mich vollständig aus dem Konzept brachte. Ich erkannte ihn sofort, auch wenn er bei unserer letzten Begegnung über und über mit Blut und Dreck bespritzt gewesen war. Aber wie hätte ich diesen Mann vergessen können, den ich einige Jahre lang aufwachsen gesehen hatte, der beim Prozess in Maastricht an der Seite seiner Mutter gestanden und am selben Tag Zeuge des Wutausbruchs geworden war, mit dem ich mir die Verbannung nach Prüm eingehandelt hatte?

Gerold.

Mein Halbbruder, mit dem ich bei Remich Seite an Seite gekämpft hatte, während der persönliche Kampf zwischen uns noch auszufechten war. Wie gesagt, wir waren voneinander geschieden, ohne dass er zu erkennen gegeben hätte, wie er zu mir stand. Ich war sicher, dass er Zweifel an der Unschuld seiner Mutter hegte, und noch in Remich hatte er mich in einem kurzen und verletzlichen Augenblick danach gefragt. Ich hatte ihm verschwiegen, dass seine angeblich am Fieber gestorbene Schwester noch lebte.

Jetzt war es zu spät, ihn einzuweihen. An seinem feindseligen Blick erkannte ich, dass von ihm nichts zu erwarten war; die Verbundenheit, die sich im Kampfgetümmel kurz zwischen uns eingestellt hatte, war verflogen. Vielleicht wurde ihm erst in diesem Augenblick richtig klar, dass ich auf bedrohliche Weise in seine Nähe gerückt war. Mein Auftritt vor dem Rat zeigte ihm, dass er mich nicht mehr ignorieren konnte. Wenn ich mich in Asselt bewährte, kaum einen Tagesritt von den Familienbesitzungen entfernt, dann würden sich die Blicke des lotharingischen Adels wieder auf mich richten, und viele würden sich fragen, ob ich nicht doch der geeignetere Mann für den Maasgau war. Wenn Franco dann auch noch das Urteil gegen meine Mutter aufhob, dann konnte sich die Waagschale doch schneller als gedacht in meine Richtung neigen. Gerolds Blick war eine Kampfansage, und ich wusste, dass auch Uta nun in wenigen Tagen von meiner Anwesenheit erfahren würde, falls sie nicht ohnehin schon davon wusste.

All das schoss mir durch den Kopf, aber ich hatte keine Zeit, weiter darüber nachzudenken, denn nun erhob sich der Kaiser aus seinem Faltsessel und schlug den Mantelsaum zurück, sodass der Schwertgriff im Kerzenlicht aufschimmerte. Während ich auf ihn zuschritt und das Knie beugte, musterte er mich mit einem scharfen und erwartungsvollen Blick, und mir wurde klar, welches Gewicht mein Wort auf einmal hatte.

Liutward holte Luft, um etwas zu sagen, aber der Kaiser hob die Hand und sagte: «Du kannst aufstehen, Tankred.»

Ich erhob mich, neigte noch einmal den Kopf und sah mich um.

Karl kam ohne Umschweife zur Sache: «Du hast Arnulf bei seinem Plan beraten, einen Damm zu bauen, um den östlichen

Seitenarm der Maas vor Asselt abzusperren. Wir haben da noch ein paar Fragen.»

Arnulf zerrte unwillig an seinem Schwertgurt herum. Offenbar gefiel es ihm nicht, dass mein Beitrag zu diesem Plan als so bedeutend angesehen wurde, dass ich dazu befragt wurde und nicht er, obwohl er dem Kaiser die Idee ja offenbar als seine eigene verkauft hatte. Die anderen Anwesenden hörten auf zu murmeln und richteten ihre Blicke auf mich.

Damit begann die Anhörung. Der Kaiser stellte mir zunächst die Fragen, auf die Ratwin mich schon am Ufer vorbereitet hatte.

Während ich meinen Plan anhand des eingeritzten Planes auf dem Tisch noch einmal erläuterte, sah ich, wie ringsum genickt wurde, wobei die meisten der Versammelten wahrscheinlich weniger durch meine Ausführungen überzeugt wurden als dadurch, dass der Kaiser selbst den Plan guthieß. Während ich sprach, gewann ich an Sicherheit.

Karl lauschte meinen Erklärungen mit wohlwollender Miene und stellte ab und zu Zwischenfragen, die mir zeigten, dass er verstanden hatte, worauf es ankam. Als ich geendet hatte, blickte er in die Runde.

«Weitere Fragen oder Einwände?»

Zunächst meldete sich niemand, doch dann ergriff Liutward das Wort: Ob ich gewährleisten könne, dass die Dämme ausreichend dicht seien. Wenn nämlich zu viel Wasser nachsickerte, würde die Senke, die ich als Auffangbecken vorgesehen hatte, irgendwann vollgelaufen sein, und das Wasser würde sich wieder bis in den Nebenarm zurückstauen. Schließlich sei die Umleitung eines Flusses eine Maßnahme von biblischem Ausmaß.

Seine Stimme klang dabei sachlich, eher wohlwollend als skeptisch. Offenbar ging es ihm nicht darum, den Plan zu zerreden, sondern darum, sein Gelingen sicherzustellen. Erleichtert stellte ich fest, dass der mächtigste Mann im Rat auf meiner Seite war.

Überdies war der Einwand berechtigt. Auch Folchar hatte ihn bei unserem Gespräch in Aachen ja schon geäußert. Es handelte sich um eine Schwachstelle bei dem Plan. Doch genau in diesem Augenblick fiel mir das Manuskript wieder ein, das die beiden Priester mir vor den Mauern von Asselt vor der Nase weggekauft hatten. Und ich wusste, wie ich diesen Mann überzeugen konnte, der sich so viel auf seine literarischen Kenntnisse einbildete.

Ich neigte den Kopf respektvoll in seine Richtung und sagte: «Gewiss ist dem hochwürdigen Herrn Bischof die *Gotengeschichte* des Jordanes bekannt.»

«Selbstverständlich», antwortete Liutward überheblich. Und dann schlich sich ein Lächeln in seine Mundwinkel. Er hatte begriffen. «Nach dem Tod von Alarich leiteten die Goten den Busento um und bestatteten den König in dem trockengelegten Tal», referierte er stolz und eher an die anderen Zuhörer gerichtet als an mich. «Und anschließend führten sie den Fluss in sein ursprüngliches Bett zurück, damit das Grab niemals gefunden werden konnte. Leider ist die entsprechende Stelle bei Cassiodor verloren, sonst wüssten wir vielleicht mehr über die Einzelheiten.»

Wenn du wüsstest, dachte ich. Die Zuhörer murmelten bewundernd. Ich überließ Liutward den Triumph. Natürlich kannte keiner der anderen Anwesenden das Buch, sodass Liutward sie mit seiner Bildung überstrahlen konnte.

Wieder neigte ich den Kopf, als wäre er es gewesen, dem die Textstelle eingefallen war. Ich schielte zu Ratwin hinüber, der mir anerkennend zuzwinkerte. Genau das war sein Rat gewesen: Liutward nie zu zeigen, dass man mehr wusste als er. Doch vor lauter Begeisterung, mit seinem Wissen prahlen zu können, war es Liutward entgangen, dass ich eigentlich gar nicht richtig auf seine Frage geantwortet hatte.

Stattdessen sagte ich theatralisch: «Und was einem Haufen von Barbaren vor fast fünfhundert Jahren gelungen ist, das wird ein christliches Heer mit Gottes Hilfe im Kampf gegen die Heiden ja wohl erst recht schaffen.»

Damit waren alle weiteren Einwände, die vielleicht noch irgendeinem der Anwesenden auf der Zunge gelegen haben mochten, vom Tisch. Karl streckte sich, klatschte in die Hände und rief: «Wir beginnen sofort mit den Arbeiten!» Die Vorstellung, dass sein kaiserliches Wort Flüsse in ein neues Bett zwingen konnte, befriedigte ihn sichtlich.

Nur von Arnulf traf mich ein warnender Blick. Dräng dich nicht in den Mittelpunkt, sagten seine Augen.

Damit war die Versammlung aber noch nicht beendet. Denn nun wurde die Frage verhandelt, wie man in der Sache der Gefangenen verfahren wollte. Da der Kaiser, ob beseelt von seiner christlichen Mission oder eher aus Rücksichtnahme gegenüber Franco von Lüttich, zu verstehen gab, dass er das Leben der Unglückseligen nicht in Gefahr zu bringen gedachte, hielt Arnulf sich mit vollmundigen Vorschlägen, die Pfalz in Brand zu schießen, zurück. Nachdem eine Weile hin und her debattiert worden war, forderte Heinrich mich noch einmal auf, die Lage des Kellerverlieses zu schildern. Und so bekam ich an diesem Tag gleich zum zweiten Mal die Gelegenheit, den

Kaiser von meinen Fähigkeiten zu überzeugen. Ich bot an, in einer der folgenden Nächte zur Nordseite der Insel zu schwimmen und mich an die Lichtschlitze heranzuschleichen, um zu ermitteln, ob es eine Möglichkeit gab, die Gefangenen auf diesem Weg zu befreien. Auch dieser Vorschlag wurde angenommen. Noch nicht einmal Arnulf erhob Einwände. Wahrscheinlich war es ihm lieber, dass die Gefangenen befreit wurden, bevor die Rücksicht auf ihre Anwesenheit den Sturmangriff behinderte, auf den er so begierig war.

Die Versammlung zog sich noch zwei weitere Stunden hin, in denen organisatorische Fragen zur Versorgung des Heeres, zur Beschaffung der Baumaterialien für die Lager und zur Sicherung gegen dänische Überfälle besprochen wurden – alles Themen, bei denen meine Meinung nicht gefragt war, also ließ ich sie reden und verlegte mich aufs Beobachten, um eine genauere Vorstellung von den Männern zu gewinnen, mit denen ich in der nächsten Zeit zu tun haben würde. Auf wessen Wort hörte der Kaiser? Welche der Herren waren die Günstlinge Liutwards von Vercelli? Welche Parteien gab es? Wer hatte welche Interessen? Wer pflichtete wem bei, wer widersprach? Wer war entschlossen, wer zurückhaltend? Am Ende hatte ich tatsächlich ein klareres Bild, nur mein Halbbruder Gerold hielt sich auffallend zurück. Ich vermutete, dass meine Anwesenheit ihn verunsicherte. Er hatte wohl kaum damit gerechnet, dass ich in so kurzer Zeit so stark im Ansehen dieser mächtigen Männer gestiegen war, und es konnte ihm nicht recht sein. Ein paarmal trafen sich unsere Augen. Sein Blick war abweisend und undurchdringlich. Ich aber spürte vor allem eins: Genugtuung. Die Fronten zwischen uns waren geklärt.

In den folgenden Tagen war ich mit der Organisation der Arbeiten an der Absperrung des Flusses so beschäftigt, dass ich kaum dazu kam, mir über andere Dinge Gedanken zu machen. Den heimlichen Besuch auf der Insel musste ich immer wieder aufschieben: Die Nächte waren klar, und der abnehmende Mond beschien den Fluss so hell, dass man mich von den Türmen der Pfalz aus sofort gesehen hätte.

Also konzentrierte ich mich auf meine Aufgabe. Mein Zelt stand im Lager der Thüringer, sodass ich immer in der Nähe der Stelle war, an der noch am Tag der Ratsversammlung mit dem Bau des Damms begonnen worden war. Hunderte von Soldaten, Arbeitern und Karrenführern waren mir unterstellt. Tagsüber beaufsichtigte ich die Arbeiten, abends saß ich über den Berechnungen für den Bedarf an Arbeitskräften, Werkzeugen und Steinen. Und immer wieder kamen Vorarbeiter zu mir, löcherten mich mit Fragen oder machten schüchterne Vorschläge. In kürzester Zeit hatte Liutward mit ein paar Anweisungen dafür gesorgt, dass ich zu einem der wichtigsten Männer im Heer geworden war. Niemand stellte meine Autorität infrage. Sie wuchs mir einfach zu, und ich nutzte sie, als hätte ich sie schon immer gehabt.

Aufgrund der großen Zahl von Männern, über die ich verfügte, konnten wir an drei Stellen gleichzeitig mit der Arbeit beginnen: An der oberen Flussgabelung trafen Tag für Tag die Wagenladungen mit Steinen ein, die an den Flussufern und Feldrändern eingesammelt worden waren, dazu kamen ganze Mauerbrocken aus abgerissenen Gebäuden, die sich zu regelrechten Halden auftürmten. Um den Anprall des Wassers auf den oberen Damm etwas zu dämpfen, hatte ich angeordnet, dass dieser nicht quer zum Ufer auf die südliche Spitze der

Insel zugetrieben wurde, sondern von einer Stelle etwas weiter flussaufwärts in einem stumpfen Winkel. Das würde zwar mehr Material verbrauchen, aber den Druck erheblich senken. Bald standen drei Dutzend Männer bis zum Bauch im Wasser und schufteten, gegen die Strömung gestemmt. Die Steine wurden durchgereicht oder auf kleinen Flößen zu der Stelle transportiert, an der sie versenkt wurden. Gleichzeitig hatte ein großer Trupp von Männern damit begonnen, einen Graben von der Senke, die als Auffangbecken gedacht war, am Lager vorbei in Richtung der Stelle zu ziehen, an der später der Durchstich erfolgen würde, um das Wasser aus dem abgesperrten Seitenarm abzuleiten. Ich hatte Seile spannen lassen, um den Verlauf des Kanals zu markieren, und die Arbeiter angewiesen, möglichst große Grassoden auszuheben, die später zur Abdichtung verwendet werden sollten. Eine dritte Gruppe begann derweil mit den Vorbereitungen für den unteren Damm. Auch hier wuchsen die Steinhalden. Und auch hier schob sich wie der Tentakel eines Kraken ein Wall aus Steinen und Erde in den Fluss.

Die Dänen beobachteten unser Vorgehen, aber sie unternahmen zunächst nichts dagegen. Das Tor blieb geschlossen. Manchmal brüllten sie uns von den Mauern aus Verwünschungen zu, aber es wirkte eher verzweifelt als bedrohlich. Wenn sie auf einen unüberlegten Angriff gehofft hatten, wurden sie jetzt Tag für Tag aufs Neue darüber belehrt, dass sie es mit einem Gegner zu tun hatten, der überlegt und planmäßig vorging. Ich fragte mich, was passieren würde, wenn die Spitzen der Dämme ihnen so nah gekommen waren, dass sie die Arbeiten von der Insel aus stören konnten. Wir würden uns etwas einfallen lassen müssen, um sie auf Abstand zu halten. Ein Brückenkopf auf der Spitze der Insel? Verschiebbare Palisaden auf dem Damm? Mit Bogenschützen besetzte Kähne, die an Seilen im Strom gehalten wurden? Man würde sehen müssen, wie weit die Dänen sich aus der Festung vorwagen würden.

Täglich erstattete ich im Rat Bericht über den Fortgang des Dammbaus. Alles, was ich verlangte, wurde mir gewährt: mehr Arbeiter, mehr Wagen, mehr Tragmulden, mehr Flöße. Der problemlose Fortschritt der Arbeiten trug dazu bei, dass die Zweifler verstummten. Innerhalb von wenigen Wochen war ich von einem Bittsteller zu einem der wichtigsten Männer im Kampf gegen die gefährlichsten Feinde des Reiches geworden. Schon bald erschien es mir selbstverständlich, dass die Wachen vor dem Quartier des Kaisers in Roermond strammstanden, wenn ich eintrat.

In den folgenden Tagen genoss ich die Annehmlichkeiten, die mit meiner neuen Stellung einhergingen. Ich tafelte mit Ratwin, trank mit Lupus auf Kosten der Kriegskasse und ließ mir ein neues Kettenhemd anfertigen. Manchmal badete ich aus reinem Vergnügen im Fluss wie in Kindertagen, oder ich zog die in Leder gebundene *Aeneis* hervor, die Sigibert mir in Koblenz als Abschiedsgeschenk mitgegeben hatte, und las in der Sonne. Zwischendurch überlegte ich, ob ich Fidis ins Lager nachkommen lassen sollte, aber ich wollte nicht, dass es Gerede gab. Gerold kannte sie als Kindermädchen von Judith, und je weniger er daran erinnert wurde, dass da noch eine weitere ungeklärte Frage im Raum stand, desto besser. Außerdem nahm die Arbeit mich so in Anspruch, dass ich glaubte, nicht einen Tag lang entbehrlich zu sein.

Ich vermisste Fidis und versuchte, mir auszumalen, wie

es sein würde, wenn meine Aufgabe hier erledigt war. Doch trotz der friedlichen Ruhe, die wir in Aachen zwischenzeitlich genossen hatten, fiel es mir schwer, mir diesen Zustand als Endziel meines Daseins vorzustellen. Ich kannte die Sesshaftigkeit nur noch als Gefangenschaft, und aus der war ich gerade ausgebrochen. In Lüttich wartete meine Rache und in Maastricht mein Erbe. Frieden würde ich so schnell nicht finden. Und wenn mich beim Anblick der Festung von Asselt die wilde Entschlossenheit übermannte, diese Mauern zum Einstürzen zu bringen und das ganze Dänenpack auf die Nordsee zurückzujagen, dann fragte ich mich manchmal, ob es überhaupt Frieden war, wonach ich strebte.

Es dauerte eine Woche, bis die Nächte wieder so schwarz waren, dass ich einen Besuch auf der Insel wagen konnte.

Mir war klar, dass die Unternehmung sehr gefährlich werden würde. Sie mussten mich nur von den Türmen oder den Fenstern des Saalbaus aus im Fackelschein durch den Fluss schwimmen oder unterhalb der Mauern umherhuschen sehen, und sofort würden die Wachen aus dem Tor stürmen. Weil ich annahm, dass die Dänen vor allem unser Lager auf der Westseite der Maas gegenüber der Festung im Auge behielten, beschloss ich, ein ganzes Stück flussaufwärts ins Wasser zu steigen, mich mit dem Strom treiben zu lassen und dabei langsam auf die andere Seite zu wechseln, sodass ich dicht unter den Turmwachen herangleiten würde, anstatt von vorn auf sie zuzuschwimmen.

Um so unsichtbar wie möglich zu sein, borgte ich mir einen schwarzen Lederpanzer, eine schwarze Hose und schwarze Handschuhe und schmierte mir das Gesicht dick mit Erde ein.

Schließlich besorgte ich mir ein Brett, das mir das Schwimmen mit Kleidung und Schwert erleichtern würde.

Weit nach Mitternacht machte ich mich auf den Weg. Mit Lupus hatte ich verabredet, dass er sich am Ostufer des Flusses gegenüber der Festung im Unterholz verstecken sollte. Wenn sich auf den Mauern oder auf den Türmen etwas tat, was darauf hindeutete, dass man auf mich aufmerksam geworden war, würde er eine zuvor verabredete Folge von Entenrufen ausstoßen.

Mit der Fähre ließ ich mich von Roermond auf das Westufer der Maas übersetzen und schlich am Strand entlang, bis ich die Stelle erreicht hatte, von der aus die Strömung mich nach den Berechnungen, die ich am Tag zuvor angestellt hatte, auf der richtigen Höhe der Insel an Land bringen würde. Es war ein diesiger Tag gewesen, und nur die hellsten Sterne standen als schwache Lichtpunkte am Himmel, als hätte jemand mit einer winzigen Nadel ein paar Löcher in eine schwarze Decke gestochen. Die Milchstraße war nicht zu sehen.

Bis auf das gelegentliche Schnattern von Wasservögeln und das Platschen springender Fische war es völlig still. Die Fackeln auf den Türmen der Festung waren als gelbliche Lichtpunkte in der Ferne zu erkennen. Die Lagerfeuer auf unserer Seite waren nicht zu sehen; Wälle und Palisaden waren inzwischen so weit in die Höhe gewachsen, dass sie den Lichtschein verbargen. Außer einigen Wachen war dort um diese Zeit ohnehin kaum noch jemand auf den Beinen.

Etwa fünfhundert Schritte flussaufwärts von Asselt zog ich die Stiefel aus und glitt in den Fluss. Das Schwert hatte ich mir mit einem Gürtel auf den Rücken geschnallt. Ich umklammerte die Kante des Brettes und legte den Oberkörper darauf. Mit den Beinen stieß ich mich ab. Hier, am Prallhang der Flussbiegung, war das Ufer so steil, dass meine Füße den Boden schon nach kurzer Zeit nicht mehr berührten.

Die Strömung erfasste mich. Sie war schwach und gleichmäßig, sodass es mir keine Schwierigkeiten bereitete, mit ein paar Beinschlägen die Richtung zu halten. Das kühle Wasser saugte sich durch meine Hose und sickerte unter den Panzer. Mein Körper wurde schwerer. Ich verwandelte mich in einen Bestandteil des Flusses.

So glitt ich, von der Strömung vorangeschoben, auf die Insel zu. Nur die Lichter auf den Türmen verrieten den Standort der Festung. Zum Glück bewegten sich die Fackeln nicht; offenbar schwenkten die Wachen sie nicht über der Brüstung herum, um die Mauerböschung und den Uferstreifen auszuleuchten. Wahrscheinlich wiegten sie sich in Sicherheit, weil es in den letzten Tagen zumindest auf dieser Seite der Insel ruhig geblieben war. Im besten Fall waren sie dort oben eingedöst. Mit gleichmäßigen Beinstößen schob ich mich voran.

Bald wurde leises Gluckern und Murmeln hörbar. Ich brauchte einen Augenblick, um zu begreifen, dass das Geräusch vom Auftreffen des Flusses auf die Inselspitze verursacht wurde. Ich war auf der Höhe der Flussgabelung. Wasserpflanzen strichen über meine nackten Füße.

Der Fackelschein auf dem südlichen Eckturm zog langsam vorbei. Hier, in Ufernähe, war die Strömung schwächer. Der Himmel war so dunkel, dass sich noch nicht einmal die Konturen der Festung dagegen abhoben. Es war, als würde die Fackel in der Luft schweben. Wenn sie von dort oben überhaupt etwas sahen, würden sie mich wohl für einen auf dem Wasser treibenden Baumstamm halten. Immer wieder spürte ich Steine und Totholz unter meinen Beinen vorbeistreichen. Dann ging plötzlich eine leichte Erschütterung durch das Brett. Ich war am Ufer angekommen.

Ich lauschte eine Weile, ohne mich zu bewegen. Die Kälte kroch mir in die Glieder, und ich zitterte leicht. Auf dem Südwestturm blieb es totenstill wie auch auf dem etwas weiter entfernten Nordwestturm, auf dem ebenfalls eine Fackel brannte. Konnte es sein, dass die Wachen dort oben eingeschlafen waren?

Schließlich wuchtete ich mich vom Brett und kroch wie ein Molch auf allen vieren aus dem Wasser, behutsam eine Hand vor die andere und ein Knie vor das andere setzend, um keine Kiesel gegeneinanderschlagen zu lassen. Nach einer Weile wurde der Untergrund schlammiger, dann begann das Ufergras, und ich kroch schneller voran. Kurz darauf stieß ich an die Mauer. Meine Hand bekam die grob behauenen Steine mit den vom Hochwasser ausgewaschenen Fugen zu fassen. Nach den schwachen Lichtern auf den Türmen zu schließen, war ich in etwa an der Stelle angekommen, wo sich das Kellerverlies befand.

Ich blickte mich um. Den Hauptarm der Maas, dem ich gerade entstiegen war, konnte ich mehr ahnen als sehen; das Wasser war einfach auf andere Weise schwarz als die übrige Landschaft. Am gegenüberliegenden Ufer waren ein paar schwache Lichtstreifen erkennbar, wahrscheinlich leuchtete dort eins unserer Wachfeuer durch Ritzen in der Palisade.

Ich tastete mich an der Mauer entlang, bis die Steine plötzlich hinter einer scharfen Kante zurückwichen. Ich hatte den ersten Lichtschlitz erreicht. Mein Herz klopfte schneller. Wie ich schon befürchtet hatte, war die Öffnung so schmal, dass ich mich unmöglich hindurchzwängen konnte. Ich tastete hinein und fühlte einen senkrechten Gitterstab, der den ohnehin schon schmalen Schlitz in zwei handbreite Hälften teilte. Hier passte bestenfalls ein Kaninchen durch.

Ich legte mein Ohr an den Spalt.

Lauschte.

Glaubte, ein Rascheln zu hören.

Oder war es ein Flüstern?

Es half nichts, ich musste mich bemerkbar machen. Also drückte ich mein Gesicht gegen die Öffnung und wisperte in die Dunkelheit: «Hört mich jemand?»

Diesmal ein deutliches Rascheln und Flüstern. Dann eine kaum hörbare Antwort in meine Richtung: «Ja, ich höre dich.» Eine zweite Stimme schaltete sich ein, etwas lauter und von weiter hinten: «Ist da jemand?»

«Leise!», zischte die erste Stimme.

Unruhe entstand. Schaben, Rascheln, Knistern, Zischeln.

«Wer bist du?» Obwohl die Frage geflüstert worden war, glaubte ich, die Stimme einer Frau zu erkennen.

Ich befand, dass keine Zeit für lange Erklärungen war. Ich musste so schnell wie möglich so viel wie möglich erfahren, also beachtete ich die Frage nicht, sondern flüsterte: «Sind Wachen im Keller?»

«Nein. Alle paar Stunden kommt jemand runter, leuchtet einmal in die Verschläge und geht wieder.»

«Sind alle Schlitze vergittert?»

«Ja.»

Das hatte ich befürchtet. Es war unmöglich, die Gefangenen auf diesem Weg herauszuholen. Weiter hinten wurde jetzt aufgeregt geflüstert.

«Wie viele seid ihr?», fragte ich.

«Zweiunddreißig.»

«Ist jemand mit dem Namen Osmund bei euch?»

Kurzes Zögern. «Ja.»

Ich überlegte, ob ich meinem unsichtbaren Gegenüber etwas für Francos stummen Sohn ausrichten lassen sollte oder nicht, aber in diesem Augenblick geschah es. Vielleicht zwanzig Schritte von mir entfernt rief jemand etwas, gleichzeitig wurde vom Turm eine Fackel heruntergeschleudert, die die Mauer und das Ufer von einem Augenblick auf den anderen in helles Licht tauchte, als hätte jemand einen Vorhang weggerissen. Die Fackel landete funkenstiebend direkt neben mir im Gras und brannte dort weiter; ich fuhr herum und sah vier Dänen unter lautem Geschrei mit gezückten Klingen hinter einem Busch hervorspringen, der zwischen mir und dem Ufer stand, zwei nach rechts, zwei nach links, sodass sie einen Halbkreis bildeten und mir den Weg zum Wasser versperrten. Auf dem Turm wurde etwas geschrien, dann hörte ich das Krachen von Riegeln und weitere Rufe aus dem Inneren der Festung.

Ich riss das Schwert aus der Scheide auf meinem Rücken und rannte ein Stück an der Mauer entlang nach rechts, um seitlich an ihnen vorbeizuschlüpfen und zum Wasser zu gelangen, aber die beiden Kerle auf dieser Seite begriffen sofort, was ich vorhatte, und schlossen grinsend die Lücke. Ich warf einen Blick nach links. Auch die anderen beiden waren näher gekommen. Mein Blick hetzte von einem zum anderen, kurz schoss mir der Gedanke durch den Kopf, einen von ihnen einfach umzurennen, aber natürlich rechneten sie mit so etwas, und jetzt schwang rechts von mir auch noch das Tor auf. Eine weitere Gruppe von mindestens zehn Dänen quoll hervor und schloss den Halbkreis um mich zu einer undurchdringlichen Kette. Es war aussichtslos. Ich ließ das Schwert fallen und hob die Hände, während meine Gedanken rasten und meine Augen die Reihe meiner Gegner vergeblich nach einer Schwachstelle absuchten.

Während sie mich zum Tor schubsten, hörte ich vom anderen Ufer das aufgeregte Quaken einer Ente.

Der Hof war dunkel bis auf ein paar Fackeln, die an der Innenseite der Mauern brannten. Im schwachen Schein dieser Lichter sah ich Hunderte von Männern, die dort offenbar auf Strohsäcken und Decken gelegen hatten und durch das Geschrei aus dem Schlaf hochgeschreckt waren. Sofort umringten sie uns auf unserem Weg durch den Hof. Ihre Konturen ragten als bedrohliche Schatten vor den Fackeln auf, sodass die etwa zwanzig Männer, die mich mit groben Stößen und Fußtritten in ihrer Mitte vorwärtstrieben, mir trotz allem fast wie meine Leibwächter vorkamen, die zumindest verhinderten, dass die Menge mich auf der Stelle totschlug. Alle schrien durcheinander.

Meine Bewacher trieben mich die Treppe zum großen Saal hoch, den ich zuletzt als Tanzbär betreten hatte. Wie ich im Schein einiger hereingetragener Fackeln sah, waren hier ebenfalls Decken auf dem Boden ausgebreitet. Auch hier hatten ein paar Dutzend Männer geschlafen, die jetzt alle auf den Beinen waren und ein Spalier bildeten, durch das ich in die Mitte des Saales gestoßen wurde, wo das Kohlebecken vor sich hin glomm. Wenn sie mich gleich an Ort und Stelle foltern wollten, mussten sie sich nicht die Mühe machen, Kneifzangen, Hämmer oder andere Werkzeuge herbeizuschaffen.

Während alle aufgeregt herumschrien, wurden weitere Fackeln herangeschafft. Der flackernde Lichtschein enthüllte triumphierende und wütende Gesichter. Alle redeten gleichzeitig, bis von der Längsseite des Saales, deren Fenster sich zum Fluss hin öffneten, jemand einen Befehl brüllte, der alle zum Schweigen brachte. Sofort öffnete sich eine Gasse zwischen mir und dem, der geschrien hatte. Ich kannte ihn. Es war Gorm, der bei dem Fest rechts neben den Königen gesessen hatte. Gottfried und Siegfried sah ich nicht zwischen den Männern, auch nicht Sven Knurhår. Vielleicht hatten sie komfortablere Unterkünfte bezogen.

Gorm dagegen hatte offenbar hier zwischen den Männern genächtigt. Er stand, noch leicht zerknautscht vom Schlaf, auf einem Lager aus Wolfsfellen und starrte mir feindselig entgegen. Ohne seine Rüstung war er keine besonders imposante Erscheinung. Er war mager und drahtig und trug ein langes Leinenhemd, an dessen Halsausschnitt eine Tätowierung hervorschaute.

Wieder schrie er etwas, wobei er sich suchend umblickte. Daraufhin öffnete sich eine zweite Gasse, und ein Mann trat in den Kreis, der sich um mich gebildet hatte. Es war der Dolmetscher mit den Kräusellocken, der schon in Koblenz für Ivar übersetzt hatte. Er schien ein ausgemachter Feigling zu sein, denn auch nachdem Ivar ihn vor unseren Augen misshandelt hatte, war er ihm weiter zu Diensten gewesen. Und wie alle Feiglinge genoss er es, über einen Wehrlosen triumphieren zu können. Er erkannte mich sofort wieder und grinste mich an. Im Hintergrund redete einer der vier Kerle, die aus dem Busch gesprungen waren, auf Gorm ein. Er war ein Hüne mit Haaren und Bart in flammendem Rot. Wahrscheinlich erstattete er

Bericht über die Umstände meiner Gefangennahme. Alle anderen starrten auf mich.

Schlechter hätte es gar nicht kommen können. Wenn ich Pech hatte, würden sie mich gleich umbringen. Wenn ich Glück hatte, sperrten sie mich zu den anderen Gefangenen in einen der Verschläge, nachdem sie mir die Füße geröstet hatten. Warum hatten die vier Dänen eigentlich genau an dieser Stelle hinter dem Busch gesessen? Hatten sie gewusst, dass sich in dieser Nacht jemand an die Gefangenen heranschleichen würde?

Statt weiter darüber nachzudenken, blickte ich mich vorsichtig um. Gab es irgendeine Möglichkeit, von hier zu entkommen, bevor sie mich folterten, erschlugen oder in den Keller schleppten? Noch war keiner auf die Idee gekommen, mich zu fesseln. Aber zwischen mir und der Tür stand eine Wand von Männern, und dahinter stauten sie sich auf der Treppe, um zu sehen, was im Saal vor sich ging. In diese Richtung konnte ich unmöglich fliehen. Blieb nur die andere Seite. Da die Männer eine Gasse gebildet hatten, befand sich zwischen mir und dem mittleren Fenster nur Gorm, während zwischen mir und Gorm einer der drei Hirschgeweihleuchter an der Decke hing. Darunter, leicht versetzt, stand ein langer Tisch. Mit einem schnellen Blick maß ich Höhen und Entfernungen ab. Es konnte klappen. Und wenn nicht, würden sie mich überwältigen und dann das tun, was sie ohnehin getan hätten: mich umbringen, foltern oder einsperren.

Der Rothaarige hatte seinen Vortrag beendet, und Gorm wandte seine Aufmerksamkeit erneut mir zu. Ohne mich aus den Augen zu lassen, stellte er eine Frage.

Der Dolmetscher übersetzte: «Was wølltest du hier?»

Da sie mich nun einmal direkt vor dem Verlies im konspirativen Gespräch mit den Gefangenen erwischt hatten, war das eine reichlich dumme Frage. Ich weiß nicht, welcher Teufel mich ritt, als ich, seinen Akzent nachäffend, antwortete: «Ich wøllte euren König frågen, ob er mir ein Tænzchen gewæhrt.»

Angesichts der Unverschämtheit dieser Frage blieb dem Dolmetscher einen Augenblick lang die Luft weg. Und diesen Augenblick nutzte ich.

Bevor irgendjemand reagieren konnte, machte ich einen Satz nach vorn, sprang auf den Tisch, nahm drei Schritte Anlauf, wobei Trinkbecher, Zinnkaraffen und Schüsseln zu Boden schepperten, riss die Arme hoch, streckte mich und bekam den Leuchter zu fassen. Das Seil, mit dem er an der Decke befestigt war, knarrte bedenklich, aber es hielt. Der Schwung und mein Gewicht rissen den Leuchter in einer Schaukelbewegung nach vorn. Ein Aufschrei ging durch den Saal. Als ich zurückschwang, war einer meiner Bewacher mir schon hinterhergesprungen und versuchte, meine Beine zu packen, ich verpasste ihm einen Tritt ins Gesicht, sodass er vom Tisch flog. Dann warf ich mein ganzes Körpergewicht in die Pendelbewegung und schwang wieder nach vorn, auf Gorm zu, der seinerseits einen Schritt nach vorn gemacht hatte und damit genau in meiner Flugbahn stand, als ich den Leuchter losließ und wie ein Wurfgeschoss auf ihn zuraste. Wie gesagt, war er ein eher schmächtiger Typ, und gegen mein Gewicht und den Schwung hatte er keine Chance. Ich zog die Knie an und krachte wie ein von einem Katapult abgeschossener Steinbrocken gegen seine Brust, sodass er zu Boden ging. Ich fiel über ihn hinweg, kam sofort auf die Füße, war mit ein paar Sätzen beim Fenster und sprang auf das steinerne Fenstersims, während der ganze Saal vom Wutgebrüll der Dänen widerhallte. Ein paar Kerle stürzten von den Seiten heran. Einer bekam mich noch zu fassen, ich versetzte ihm einen Ellbogenstoß aufs Auge und zwängte mich durch das Fenster. Unter mir war nur Schwärze, aber ich überlegte keinen Augenblick, sondern ging in die Hocke und ließ mich fallen.

Ich stürzte.

Die Fenster lagen etwa drei Manneslängen über dem Boden, aber ich konnte nicht über die Folgen nachdenken, und am Ende spielte es auch keine Rolle, ob sie mich mit oder ohne gebrochene Knochen erschlagen würden, denn dass sie mich am Leben lassen würden, nachdem ich einen ihrer Anführer niedergestreckt hatte, war doch recht unwahrscheinlich.

Die Zeit schien stehen zu bleiben, während ich fiel. Aber sie blieb nicht stehen. Der Aufprall ging wie ein Hammerschlag durch meinen ganzen Körper. Ich rollte mich ab, wie ich es in meiner Jugend bei Stürzen vom Pferd gelernt hatte.

Zu meinem Glück war die Böschung mit hohem Gras bewachsen, das meinen Sturz etwas gedämpft hatte. Ich kullerte ein paar Schritte den Abhang hinunter, blieb einen Augenblick lang halb betäubt liegen, vergewisserte mich, dass meine Beine nicht gebrochen waren, kam auf die Füße und lief um mein Leben.

Gegen die Schwärze der Nacht war der Fackelschein im Saal hell wie das Sonnenlicht gewesen, sodass ich wie geblendet nicht sah, wohin ich rannte. Das Gras unter meinen nackten Füßen wich scharfen Kieselsteinen, die wie Klingen in meine Sohlen hieben und mir die Haut aufrissen, aber ich achtete nicht darauf, sondern hastete weiter, bis ich Schlamm und dann Wasser spürte, an den Füßen, an den Knöcheln, an den Unterschenkeln. Mit einem Sprung tauchte ich ein, fühlte die Strömung, drehte mich auf den Rücken und blickte zurück, während ich mit den Beinen schlug und mit den Armen ruderte, um so schnell wie möglich so viel Abstand wie möglich zwischen mich und die wütende Meute zu bringen, die gleich aus dem Tor quellen würde. In allen Fenstern waren die Konturen von Köpfen und geschüttelten Fäusten zu sehen, dann hörte ich wieder das Krachen der Riegel, das Tor wurde aufgerissen, ein Halbkreis aus schwachem Licht leuchtete auf, trampelnde Schritte auf Gras, auf Kies und dann auf Schlamm, aber offenbar sahen sie mich schon nicht mehr, denn statt sich ins Wasser zu stürzen, schwärmten sie schreiend am Ufer aus. Als die ersten Fackeln im Torbogen erschienen, war ich schon fast in der Mitte des Flusses. Die nasse Hose und der durchweichte Lederpanzer zogen mich nach unten, aber ich war immer ein guter Schwimmer gewesen und schaffte es, mit gleichmäßigen Stößen an der Oberfläche zu bleiben. Vom Strom getragen, glitt ich davon, verfolgt nur von ihrem Geschrei.

Es hätte eigentlich nahegelegen, direkt ans andere Ufer zu schwimmen, aber ich war nicht sicher, ob ich Lupus noch dort finden würde; außerdem hätte ich in diesem Fall zwei Meilen stromaufwärts am Strand entlanglaufen, mit der Fähre nach Roermond übersetzen und dann auf der anderen Seite noch einmal zwei Meilen flussabwärts wandern müssen, und das alles bei völliger Dunkelheit. Also beschloss ich, mich in der Mitte des Hauptarms bis zur Nordspitze der Insel treiben zu lassen und dann am Ostufer aus dem Wasser zu steigen. Von dort aus war es nicht mehr weit bis zum Lager.

Da die Strömung in der Flussmitte stärker war, dauerte es

nicht lange, bis ich die Stelle erreicht hatte, an der ich die Nordspitze der Insel vermutete. Die Dänen hatten sich mit ihren Fackeln am Ufer verteilt und schwenkten sie suchend hin und her, aber ihr ratloses Geschrei verriet mir, dass ich endgültig außer Sichtweite war.

Als ich sicher war, dass ich den Zusammenfluss passiert hatte, wandte ich mich nach rechts, in die Richtung, an der das Ostufer liegen musste. Irgendwann fühlte ich wieder Steine, Wasserpflanzen und Schlamm unter meinen Füßen. Außer Atem kroch ich ans Ufer.

Und dann hörte ich die Stimmen.

Es waren drei oder vier Männer, und sie sprachen leise. Waren das unsere Leute auf einem Kontrollgang?

Gebückt stieg ich die Uferböschung hoch bis auf den Grasstreifen, der den Fluss säumte, und bewegte mich auf die Stimmen zu. Inzwischen war wieder kaum die Hand vor Augen zu sehen. Die Fackeln auf den beiden nördlichen Türmen von Aselt waren neben den blassen Sternen am Himmel die einzigen Lichter weit und breit.

Sie sprachen dänisch. Und hinter den Stimmen war ein beständiges Gluckern zu hören.

Ich ging in die Hocke. Spähte so angestrengt in die Dunkelheit, dass mir fast die Augen aus dem Kopf gefallen wären. Erkannte den Fluss als glattes schwarzes Band. Und davor, kaum fünfzig Schritte von mir entfernt, eine schlanke, längliche Kontur. Ein Schiff.

Und dahinter noch eins.

Und noch eins.

Je länger ich hinstarrte, desto mehr Rümpfe glaubte ich zu erkennen. Und das Gluckern war nichts anderes als die Verwirbelungen und Strudel des Wassers unter den Kielen, die halb auf den Strand gezogen worden waren.

Sie hatten es tatsächlich irgendwie geschafft, unbemerkt an unseren Spähern in den weiter nördlich gelegenen Dörfern vorbeizukommen.

Die Anwesenheit der Schiffe an dieser Stelle konnte nur eins bedeuten: Sie waren gelandet und ausgestiegen, um unser Lager zu überfallen.

12

Ich rannte durch die Dunkelheit am Ufer entlang, bis ich glaubte, meine Lungen würden platzen. Wie konnte es sein, dass die Dänen mit ihren Schiffen gegen die Strömung an unseren Posten vorbeigekommen waren? Hatten unsere Leute geschlafen? Hatten sie sich zu sicher gefühlt, weil sie es für unmöglich gehalten hatten, dass man in der Schwärze dieser Nacht mit einer ganzen Flotte dem Flusslauf mit seinen Windungen und Untiefen folgen konnte, ohne auf Grund zu laufen? Man konnte nicht leugnen, dass das eine unglaubliche Leistung war. Offenbar hatten die Dänen es bei der nächtlichen Orientierung auf dem Wasser zu einer Meisterschaft gebracht, die ans Übermenschliche grenzte; auch auf dem Rhein hatten sie das ja schon gezeigt. Und dennoch war es ein unentschuldbares Versäumnis unserer Wachen, dass die Dänen sie unbemerkt hatten passieren können.

Wo steckten die Besatzungen? Die wenigen Stimmen, die ich gehört hatte, mussten den Männern gehören, die sie zur Bewachung der Schiffe zurückgelassen hatten. Die anderen schlichen jetzt im Osten der Maas durch die Wälder und schlugen einen Bogen, um dann plötzlich aus der Dunkelheit hervorzubrechen und in unserem Lager über die Schlafenden herzufallen.

Während ich barfuß die Uferstraße entlanghetzte, fragte

ich mich, wie viele Männer sie wohl für den Angriff einsetzten. Ich hatte nicht sehen können, wie viele Schiffe sie wirklich herangeführt hatten, aber ich konnte mir nicht vorstellen, dass sie die ganze Flotte dafür aufgeboten hatten. Durch unsere Kundschafter wussten sie wahrscheinlich, wie groß unser Heer war, und ihnen musste klar sein, dass sie uns keine richtige Schlacht liefern, geschweige denn uns vollständig vertreiben konnten. Wahrscheinlich planten sie einen schnellen Überfall, um so viel Schaden wie möglich anzurichten und dann sofort wieder zu verschwinden. Wenn es mir gelang, die Männer im Lager zu warnen, würde die Überraschung gründlich misslingen. Obwohl ich kaum noch Luft bekam, stürmte ich weiter.

Jetzt kamen hinter den Büschen am Ufer die heruntergebrannten Feuer des Lagers in Sicht. Da man mit dem Palisadenbau an der zum Fluss hin gelegenen Westseite begonnen hatte, waren die anderen Flanken des Lagers noch ungeschützt bis auf die inzwischen mannshohen Wälle. Sie waren zwar leicht zu übersteigen, doch wenn sie rechtzeitig bemannt wurden, hätten die Angreifer einen erheblichen Nachteil, weil sie den Graben durchqueren und bergauf würden kämpfen müssen.

Im Lager war noch alles ruhig. Das letzte Stück legte ich keuchend und taumelnd zurück. Mein Herz schlug wie der Hammer eines besessenen Schmiedes.

Im Schein der Feuer sah ich zwei Wachen, die aus der Dunkelheit in den südlichen Durchgang traten, um mir den Weg zu versperren. Einer von ihnen trug eine Fackel. Und ein Signalhorn, das er sich an einem Riemen um den Hals gehängt hatte.

«Die Dänen kommen!», schrie ich ihnen japsend entgegen.

«Immer ruhig», sagte der mit der Fackel. «Wir haben die Festung im Blick. Da gab's vorhin ein bisschen Geschrei, aber die feiern wahrscheinlich nur. Wenn sie es wagen sollten, über den Fluss zu kommen, kriegen sie Dresche.»

«Schiffe! Nördlich von hier!», keuchte ich. Ich war inzwischen beim Durchgang angekommen. Beim letzten Schritt stolperte ich, sodass ich mich an der Schulter des einen Wächters festhalten musste. Er sah mich an, als hätte ich ihm ein unsittliches Angebot gemacht. Wahrscheinlich hielt er mich für betrunken.

«Noch mal ganz langsam», sagte er.

Da reichte es mir. Mit einer schnellen Bewegung griff ich nach dem Horn. Eine der Drahtösen, an denen der Lederriemen befestigt war, riss ab, der Ruck ließ ihn einen Schritt zur Seite taumeln, und ehe er oder der andere etwas dagegen tun konnten, blies ich mit aller Kraft hinein, die ich noch in den Lungen hatte. Ein dumpfes Tuten schallte über das Lager hinweg, der Kerl riss mir das Horn wieder aus der Hand und stieß mich zurück, aber die Wachen an den anderen Durchgängen und am Tor der Palisade auf der Flussseite waren weniger träge. Nur Sekunden später ertönten aus drei Richtungen weitere Hornsignale, und sofort danach erhob sich Geschrei.

Der Stoß hatte mich zu Boden geworfen, und eine erneute Welle der Wut brandete in mir auf. Die beiden Wachen machten keine Anstalten, ihre Speere zu senken, stattdessen rückten sie dichter zusammen und schlossen den Durchgang. Aber mein Alarmsignal hatte seine Wirkung getan. Hinter den beiden geriet das ganze Lager in Bewegung: Soldaten rannten umher, Fackeln loderten auf, Zeltplanen wurden zurückgeschlagen, weitere Männer quollen hervor und blickten sich ratlos um, bevor auch sie ihre Schwerter zogen und nach ihren Schilden griffen. Innerhalb von Sekunden waren alle auf den Beinen, ein Gewimmel von Schatten und tanzenden Lichtern. Fragen und Antworten wurden hin und her gebrüllt.

«Was ist?»

«Sie kommen!»

«Von woher?»

«Über den Fluss!»

«Kann nicht sein!»

Ich rappelte mich hoch. Immer noch wurden Hörner geblasen. Es war beeindruckend, wie schnell sich mit einem einzigen Ton ein ganzes Heer auf die Beine bringen ließ.

Die allgemeine Aufregung verwirrte die Wachen, und sie begannen zu begreifen, dass ich weder betrunken noch verwirrt war. Als ich mich vor ihnen aufbaute, machten sie keine Anstalten mehr, sich mit mir anzulegen.

«Wer hat hier heute das Kommando?», schnauzte ich den mit dem Horn an.

«Gatto.»

«Schön, dann führst du mich besser mal ganz schnell zu deinem Gatto», sagte ich unfreundlich. Dann wandte ich mich an den anderen: «Und du da besorgst mir Stiefel und Schwert. Gern auch schnell.»

Wir eilten zwischen kopflos umherlaufenden Männern über die Lagerstraße. Da niemand wusste, was los war, schrie ich wahllos in die Menge: «Bemannt den Wall! Sie kommen von der Landseite!»

Meine Rufe wurden weitergegeben, als hätte ich hier das Sagen.

Dieser Gatto war natürlich nicht mehr in seinem Zelt, sondern versuchte wahrscheinlich, irgendwie Ordnung in das Durcheinander zu bringen. Immerhin war den Rufen zu entnehmen, dass sie begriffen hatten, aus welcher Richtung die Gefahr drohte. Die meisten Männer strebten der Ostseite des Lagers zu. Einige waren noch barfuß und im Hemd, aber fast alle hatten irgendwelche Waffen in den Händen.

Wir fanden Gatto an der Kreuzung der beiden Hauptachsen des Lagers. Er war bereits in voller Rüstung, ein untersetzter, schon etwas älterer Kerl mit grauem Schnauzbart, der mit dem Schwert herumfuchtelte und versuchte, sich in der allgemeinen Unordnung Gehör zu verschaffen und den Eindruck zu erwecken, dass er die Lage im Griff hatte. Mit heiserer Stimme brüllte er auf die umherhetzenden Männer ein.

«Zur Westseite! An die Palisade! Los, los, los!»

Ich fasste ihn am Arm. Er schüttelte mich ab, ohne mich auch nur anzusehen. Ich rüttelte an seiner Schulter. Endlich traf mich sein Blick. Er sah mich feindselig an, kniff angriffslustig die Augen zusammen und wollte etwas sagen, erkannte mich dann aber offenbar als einen, der beim Kaiser ein und aus ging, also verstummte er.

«Sie kommen von der Landseite!», wiederholte ich.

«Das Signal kam aber von der Uferseite», sagte er. Ich bezweifelte, dass er angesichts der schnell aufeinanderfolgenden Hornstöße überhaupt beurteilen konnte, aus welcher Richtung das erste Signal gekommen war. Wahrscheinlich war er so überzeugt davon, dass die Dänen nur über den Fluss kommen konnten, dass er jede andere Möglichkeit gar nicht erst in Betracht zog. Bevor er weitere Einwände erheben konnte, schilderte ich ihm so knapp wie möglich, was ich beobachtet hatte. Während ich auf ihn einredete, scharten sich weitere Männer um uns. Die Hornsignale erklangen in nicht mehr ganz so schneller Folge aus allen Richtungen, als wollten ein paar verspätete Wachen beweisen, dass auch sie nicht geschlafen hatten. Das Gerenne hatte etwas nachgelassen, die meisten hatten inzwischen die Wälle erreicht.

Kaum hatte ich geendet, kam auch schon der zweite Wächter vom Südtor angelaufen. In den Händen trug er ein Schwert und einen Schild; unter die Arme hatte er ein Kettenhemd und ein Paar Stiefel geklemmt.

«Wohin denn jetzt?», fragte einer der Umstehenden.

«Zur Ostseite», knurrte Gatto.

Der Wächter reichte mir das Kettenhemd, aber ich winkte ab. Die Riemen meines Brustpanzers waren mit Wasser vollgesogen und so stumpf, dass sie sich kaum würden lösen lassen, und ich hatte keine Geduld mehr. Also nahm ich ihm die Stiefel ab und streifte sie über meine von den scharfen Flusskieseln zerschundenen Füße, griff mir Schwert und Schild und eilte, vorbei an heruntergebrannten Lagerfeuern, zerknüllten Decken und umgestoßenem Kochgeschirr, zum Ostwall. Im Laufen hängte ich mir den Schild auf den Rücken und schnallte mir den Schwertgurt um.

Inzwischen hatten die meisten Männer sich am Wall eingefunden und waren hinaufgestiegen. Einige hatten Fackeln mitgebracht, in deren gelblichem Licht die Helme glänzten. Immer noch wurden Gerüchte weitergegeben, aber nach und nach ließ das Gemurmel nach. Ein paar Nachzügler schlichen heran und reihten sich ein. Bald waren nur noch das Klirren von Rüstungsteilen und gelegentliches Murmeln zu hören.

«Haltet doch jetzt mal die Schnauze», zischte einer.

Die Stille breitete sich aus wie eine unsichtbare Macht, der sich niemand entziehen konnte. Irgendwann war es völlig leise, als erwarteten alle eine Marienerscheinung. Hunderte von Augenpaaren starrten in die Dunkelheit vor dem Lager. Die Männer standen da wie eine lebende Palisade, gespickt mit Schwertklingen und Speerspitzen. Einige waren hinter ihren Schilden in die Hocke gegangen. Andere hielten schussbereite Bögen in den Händen.

Ich schob mich an einem halben Dutzend Männern vorbei, die den Durchgang blockierten, und trat vor den Wall, als wollte ich einen unsichtbaren Gegner zum Zweikampf herausfordern. Der Fackelschein reichte kaum mehr als einen Steinwurf weit über den Graben und die Wiese, die sich davor ausbreitete. Dahinter erstreckte sich ein von Pferdehufen zertrampeltes und von Wagenrädern durchfurchtes Kornfeld. Noch weiter hinten, in völliger Dunkelheit, lag ein Waldstreifen. Wenn sie wirklich gekommen waren, um uns zu überfallen, dann lauerten sie jetzt dort und beobachteten uns.

Natürlich mussten sie die Hornsignale gehört haben, und der Anblick unserer kampfbereiten Schlachtreihe auf dem Wall zeigte ihnen unmissverständlich, dass die Überraschung misslungen war. Sobald sie am äußersten Rand des Fackelscheins auftauchten, würden wir sie sehen, und selbst wenn es ihnen gelang, Wall und Graben zu überwinden und an irgendeiner Stelle durchzubrechen, würden sie planlos zwischen den Zelten herumlaufen, während wir von allen Seiten auf sie einstürmten. Ihr Vorteil war dahin.

Für lange Zeit passierte gar nichts. Ich kehrte hinter den Wall zurück, stieg auf einen Stapel mit Bauholz für die Palisade und sah mich um. Auch an den drei anderen Seiten des Walles standen die Männer in dichten Reihen. Die Fackeln zeigten wie Markierungen aus Licht, wo die Befestigung verlief. Ich überschlug ihre Zahl und kam auf etwa tausend.

Die Festung auf der Insel war als Kontur so gerade zu erkennen, weil die Feuer im Hof ein schwaches Leuchten verbreiteten, sodass Zinnen und Türme sich gegen den Himmel abhoben. Die ganze Pfalz schien von innen heraus schwach zu glimmen wie eine Feuerschale mit einem letzten Glutnest. Auf den beiden dem Lager zugewandten Ecktürmen brannten die Fackeln weiter. Ab und zu sah man Silhouetten, die sich davor bewegten, aber sonst tat sich nichts.

Auch aus unserem Lager auf der Westseite der Insel war nichts zu hören. Konnte es sein, dass sie nichts von dem ganzen Durcheinander mitbekommen hatten? Oder standen sie dort ebenfalls in langen Reihen hinter ihrer Palisade und lauschten in die Dunkelheit?

Im Osten war jetzt ein erster Hauch von Dämmerung zu erahnen, der sich in das Schwarz des Himmels mischte, als hätte jemand ein bisschen Wasser in ein Fass mit Tinte geträufelt. Die Wipfel der Bäume schälten sich als zackige Linie heraus, die den ganzen Horizont von Süden nach Norden einnahm.

Mit der Dunkelheit schwand auch die Anspannung in unseren Reihen. Eine Mischung aus Enttäuschung und Erleichterung breitete sich aus. Die Ersten lösten sich aus der Reihe und schlichen ins Lager, wahrscheinlich um sich an anderen Abschnitten des Walles zu informieren, ob man dort etwas gesehen oder gehört hatte.

«Die kommen nicht», sagte einer.

«Warum wurde überhaupt Alarm ausgelöst?», fragte ein anderer.

«Still! Da war was!»

Wieder senkte sich für eine Weile vollständiges Schweigen über den Wall. Alle lauschten in die Nacht, aber es war nichts zu hören.

«Fehlalarm.»

«Welcher Idiot hat eigentlich das Horn geblasen?»

Ich überlegte, während das Stimmengewirr um mich herum weiter anschwoll. Konnte es sein, dass die Dänen überhaupt keinen großen Angriff geplant hatten? Dass das, was ich da am Ufer gesehen hatte, gar keine richtige Streitmacht gewesen war, sondern nur eine kleine Truppe mit einer Handvoll Schiffe, die auf einem der Bauernhöfe in Ufernähe schnell ein paar Hühner stehlen wollten? Aber warum so dicht bei den Lagern, warum so nah an Roermond, wo sie es mit unserem ganzen Heer zu tun bekommen würden?

Roermond. In Roermond war der Kaiser. In meinen Ohren rauschte es auf einmal, und es war, als würde mein Magen ein Stück nach unten sacken. War es möglich, dass sie so tollkühn waren? Warum war mir der Gedanke nicht früher gekommen? Wieso hatte ich meine Zeit hier verschwendet, wo meine Hilfe gar nicht mehr gebraucht wurde, nachdem ich alle aufgescheucht hatte?

Ich sprang von dem Holzstapel und rannte zurück in das dunkle Lager, als hätte mich jemand mit einem glühenden Brenneisen versengt. An der ersten Abzweigung stand ein größeres Zelt, vor dem ein Schimmel angepflockt war. Im schwachen Schein des heruntergebrannten Lagerfeuers sah ich daneben einen Holzbock mit Zaumzeug und Sattel. Ohne lange zu fackeln, zäumte ich das nervös hin und her tänzelnde Tier auf. Keine Minute später saß ich im Sattel und sprengte, verfolgt von fassungslosen Blicken, durch das Südtor auf den Uferweg in Richtung Roermond.

Inzwischen war die Dämmerung so weit vorangeschritten, dass der Fluss, der Weg und die Büsche rechts und links davon zu erkennen waren. Ich spürte, dass der Schimmel nur widerwillig gehorchte; er warf den Kopf hin und her und versuchte es auch einmal mit Buckeln, aber ich trieb ihn weiter an.

Hinter der Flussbiegung kamen die Silhouetten der ersten Gebäude in Sicht, aus deren Mitte der Kirchturm aufragte. Eigentlich hätte man zumindest von dort oben die Signalhörner im Lager hören müssen. War die Wache dort oben eingeschlafen? Was war das eigentlich alles für eine Schlamperei?

Weiter hinten zwischen den Häusern sah ich jetzt immerhin den Schein eines Wachfeuers, und das nahende Hufgetrappel war nicht unbemerkt geblieben. Noch bevor ich den ersten Bauernhof erreicht hatte, traten mir vier Bewaffnete in den Weg. Ich konnte den Schimmel gerade noch zum Stehen bringen, sonst hätte ich sie wohl über den Haufen geritten, oder sie hätten mich mit ihren Speeren aus dem Sattel geholt.

«Habt ihr den Alarm im Lager nicht gehört?», fragte ich außer Atem.

«Nein», sagte einer von ihnen. Ihre Gesichter unter den Helmen waren nicht zu erkennen.

Nein? Das war alles, was ihm dazu einfiel?

«Was ist mit der Turmwache?», bohrte ich weiter.

«Schlæft.»

Kurz horchte ich dem merkwürdigen Tonfall nach. Und noch ehe die vier begriffen hatten, dass ich begriffen hatte, hieb ich dem Schimmel die Fersen in die Flanken, sodass er einen Satz nach vorn machte, dabei zwei von ihnen zu Boden warf und durch die Lücke stieß.

Als ich mich in vollem Galopp dem Wachfeuer näherte, sprangen mindestens zehn Männer auf, die dort gelegen hatten.

«Gebt Alarm!», schrie ich im Vorbeireiten. «Die Dänen sind da!»

Hinter mir wurde ein Horn geblasen. Und genau wie im Lager dauerte es nur wenige Sekunden, bis von anderer Stelle eine Antwort zurückschallte und die ersten Türen aufgerissen wurden.

Als ich vor Gerwins Haus ankam, war dort schon alles auf den Beinen. In den Wänden der Gebäude rund um das Quartier des Kaisers steckten Fackeln, die den Platz erleuchteten. Karls Leibwächter hatten offenbar in den Rüstungen geschlafen, und sie wussten, was zu tun war. Anstatt kopflos herumzurennen, besetzten mindestens hundert Männer die vier auf den Platz einmündenden Straßen; zwei Dutzend weitere nahmen vor dem Eingang Aufstellung. Ich sprang vom Pferd, zog das Schwert und blickte mich um, ob es irgendwo ein Schlupfloch gab, durch das die Angreifer auf den Platz gelangen konnten, aber alle Zugänge waren besetzt und auch in den Fenstern der Eckhäuser zeigten sich Bewaffnete und einige Bogenschützen.

Als alle in Stellung gegangen waren, flog die Tür von Gerwins Haus auf. Eine Gruppe von besonders bulligen Leibwächtern mit gezückten Schwertern erschien und formierte sich zu einem Pulk, der sich langsam über den Platz bewegte. Sie hatten sich um zwei Männer geschart, die in der Mitte der Gruppe gingen, und bugsierten sie, nach allen Seiten sichernd, auf die

Kirche zu. Im Fackelschein erkannte ich den Kaiser und Liutward, beide in Kettenhemden und mit Helmen. Karl war sichtlich bemüht, Haltung zu zeigen, aber Verwirrung und Furcht standen ihm ins Gesicht geschrieben. Liutward dagegen wirkte vor allem wütend. Er schritt energisch aus, ganz offensichtlich passte es ihm nicht, die Kontrolle über das Geschehen verloren zu haben und von den Leibwächtern vorwärtsgedrängt zu werden wie ein Gefangener, ohne selbst einen Überblick zu haben, was hier eigentlich gerade geschah. Für jemanden wie ihn war ein solcher Angriff weniger ein Grund zur Sorge als ein Ärgernis, und wahrscheinlich überlegte er schon, wen er hinterher zur Rechenschaft ziehen würde. Ein paar Augenblicke später war die ganze Gruppe in der Kirche verschwunden. Krachend schlug die Tür zu.

Ich überlegte kurz, wem ich mich anschließen sollte: den Männern, die den Platz sicherten, oder Liutward und dem Kaiser. Da ich nun einmal der Einzige war, der überhaupt wusste, was hier passierte, entschied ich mich zunächst für die Kirche – nicht ganz ohne den Hintergedanken, dass sich damit eine weitere Gelegenheit bot, darauf hinzuweisen, dass ich es gewesen war, der den Alarm gegeben hatte.

Niemand hielt mich auf, als ich durch die Tür schlüpfte. Ein dänischer Attentäter hätte es nicht leichter haben können.

In der Kirche waren in aller Hast einige Kerzen auf einem Leuchter entzündet worden, die eine aufgeregt debattierende Ansammlung von vielleicht zwanzig Männern beschienen. Als sie mich sahen, verstummten sie.

«Du schon wieder», sagte Liutward mit zusammengebissenen Zähnen, aber trotz seiner Wut klang es eher anerkennend als missbilligend.

Ich berichtete so knapp wie möglich von den Schiffen auf dem Fluss und vom Alarm im Lager; dabei hoffte ich inständig, dass niemand nachfragen würde, warum ich erst so spät auf die Idee gekommen war, wem der Überfall wirklich gegolten hatte. Aber Liutward schien sich ohnehin ein anderes Ziel für seinen Zorn gesucht zu haben.

«Erstens», sagte er mit drohend erhobenem Zeigefinger. «Wie kann es sein, dass sie überhaupt unbemerkt so weit flussaufwärts gelangen konnten? Welcher Idiot hat da oben die Wachen eingeteilt?»

Da offenbar keiner der Anwesenden dafür zuständig gewesen war, zuckten alle nur mit den Schultern.

«Zweitens», fuhr der Bischof fort. «Warum wurde der Alarm im Lager nicht bemerkt? Vom Kirchturm aus hätte man die Hörner hören müssen.»

Und den Fackelschein auf den Wällen sehen, dachte ich, aber ich sagte nichts. Aufgrund meiner Fehleinschätzung hatten wir sicherlich eine halbe Stunde verloren und tatenlos in die Dunkelheit gestarrt, anstatt die Warnung weiterzugeben, aber wer immer in Roermond für die Turmwache verantwortlich gewesen war, würde das kaum zugeben, weil es sein eigenes Versäumnis noch schlimmer machte. Und wieder war Liutward mit seinen Gedanken schon einen Schritt voraus.

«Drittens», polterte er lautstark weiter. «Warum hat verdammt noch mal niemand daran gedacht, Posten vor dem Ort aufzustellen? Ein paar Schlafmützen, die es sich am Feuer gemütlich machen und erst von einem unserer eigenen Leute darauf aufmerksam gemacht werden müssen, dass die Dänen vor ihrer Nase herumspazieren? Das ist alles? Was ist das hier für ein Sauhaufen?»

Betretenes Schweigen war die Antwort. Wie sich später herausstellen sollte, hatten die Dänen sich im Schutz von Bäumen und Gestrüpp durch das Flussbett der Roer herangeschlichen, nachdem sie den Ort umrundet hatten.

Der Kaiser hatte die ganze Zeit kein Wort gesagt. Er stand verloren zwischen seinen Leibwächtern, als hätte der Tadel ihm gegolten, und vielleicht auch etwas verlegen darüber, dass nicht er es war, der hier mit donnernder Stimme Rechenschaft verlangte. Als Anführer gab er kein gutes Bild ab. Wieder fragte ich mich, wer am Ende von seiner Schwäche profitieren würde.

Bevor Liutward weiterschimpfen konnte, erhob sich draußen Geschrei. Sofort rückten die Leibwächter dichter zusammen und erhoben ihre Schwerter. Einer rannte zur Tür, öffnete sie einen Spalt und spähte eine Weile hinaus, dann näherten sich hastige Schritte, die Tür wurde ganz aufgerissen, Kampflärm brandete herein, und ein weiterer Bewaffneter erschien. Er war völlig außer Atem. Der Kampf hatte begonnen.

«Sie versuchen, auf den Platz durchzubrechen!», rief er keuchend.

«Verbarrikadiert die Tür!», schrie einer der Leibwächter. Sofort rannten die anderen los und schleppten Truhen, Bänke und den Tisch mit der Karte heran, der immer noch vor dem Altar gestanden hatte. Während sie die Möbel vor dem Eingang aufstapelten, schleifte ich einen eisernen Kerzenleuchter zur Tür und klemmte ihn unter die Klinke.

Meine Gedanken rasten. Offenbar hatten die Dänen genau gewusst, was sie mit einem Handstreich hier erreichen konnten. Gelang es ihnen, den Kaiser in die Hände zu bekommen, würde ein Erdbeben durch das ganze Reich gehen. Töteten sie ihn, würden Nachfolgekämpfe ausbrechen, die alle Kräfte des Landes auffressen und an denen sich einige der hier Anwesenden mit großem Eifer und noch größerem Eigennutz beteiligen würden. Entführten sie ihn, konnten sie fordern, was immer sie wollten, und sie würden sich nicht mit Geld begnügen, sondern Land verlangen und sich damit auf Dauer auf dem Kontinent festbeißen. Ihre Anführer würden an den Küsten eigene Herrschaften begründen, Tribute und einen Platz am Tisch der Mächtigen fordern. In beiden Fällen wäre es eine Demütigung, von der sich das Kaisertum und die ganze Christenheit so schnell nicht erholen würden. Das durfte nicht passieren!

Der Kampflärm draußen auf dem Platz wurde lauter. Schwerterklirren und Gebrüll schienen bedrohlich nah, offenbar hatten die Dänen sich tatsächlich auf den Platz vorgearbeitet und versuchten, bis zur Kirche zu gelangen. Die Kirche, schoss es mir durch den Kopf. Was war eigentlich mit der Rückseite? Der Eingang befand sich in der zum Platz weisenden Westfassade, aber Chor und Sakristei lagen im Osten und waren damit von einer der hinteren Straßen aus zugänglich, die vielleicht gar nicht mehr verteidigt wurden.

Während ich noch versuchte, mir die Lage der Kirche im Ort ins Gedächtnis zu rufen, passierte genau das, was ich befürchtet hatte: Aus der Richtung der Sakristei kam ein lautes Krachen, gefolgt von Splittern und Prasseln, als würden Mauerbrocken auf den Steinboden fallen. Einen Augenblick später wurde die Tür aufgerissen, und drei Dänen stürzten in den Kirchenraum. Sie mussten eins der nachlässig vermauerten Fenster eingeschlagen und sich hindurchgezwängt haben. Liutward und Karl wurden von einem halben Dutzend Leibwächtern, die in ihrer Nähe geblieben waren, zum verbarrikadierten Portal gezerrt, die anderen ließen von den Möbeln ab, rannten nach hinten, schlossen sich zu einer Kette zusammen und schirmten den Kaiser und den Bischof gegen die Dänen ab, die keinen Augenblick zögerten, sondern sich sofort mit Äxten und Schwertern auf die Gruppe stürzten. Im schwachen Licht der Kerzen waren Angreifer und Verteidiger nicht mehr auseinanderzuhalten, weitere Dänen stürmten herein, Schwerterklirren und wütendes Geschrei hallten von den Kirchenwänden zurück und übertönten den von draußen hereindringenden Kampflärm. Und dann fiel auch noch der Leuchter um. Alle Kerzen erloschen auf einen Schlag. Draußen war es inzwischen noch ein bisschen heller geworden, sodass ein schwacher Lichtschein durch die Fenster auf das graue Gewoge fiel, das dort mitten im Kirchenschiff tobte. Jeder schien auf jeden einzuschlagen, Körper krachten zu Boden, ein mehrmaliges Aufbrüllen verriet, dass trotz der Dunkelheit nicht alle Klingen ihr Ziel verfehlt hatten. Anstatt mich auch noch ins Getümmel zu stürzen, rannte ich an der Seitenwand der Kirche entlang, um die Sakristei zu schließen, bevor noch mehr von ihnen hereinkamen. Mit ein paar Sätzen war ich bei der Tür angelangt, knallte sie zu, ertastete tatsächlich einen Schlüssel und drehte ihn herum. Keinen Moment zu früh: Das Holz erzitterte unter dem Aufprall eines weiteren anstürmenden Körpers, dann wurde an der Klinke gerüttelt, und kurz darauf krachte es ohrenbetäubend genau neben meinem Kopf, als die Klinge eines Beils die Tür zwischen zwei Beschlägen durchschlug.

In der Kirche hatten unsere Leute inzwischen die Oberhand gewonnen, mehrere Körper lagen am Boden, und die Kette der Leibwächter rückte gegen die verbliebenen Dänen vor, die sich nun ihrer Haut erwehren mussten und ein Stück zurückgewichen waren, um sich zu sammeln.

Die Klinge neben mir verschwand und krachte kurz darauf ein zweites Mal durch das splitternde Holz der Sakristeitür. Der dritte Hieb schlug ein ganzes Brett heraus, sodass ein großes Loch entstand, der vierte riss das Schloss aus der Verankerung, und die Tür flog auf. Der Däne, der sie eingeschlagen hatte, hatte offenbar nicht damit gerechnet, dass sie so schnell nachgeben würde, er machte einen stolpernden Schritt in die Kirche, ohne mich zu sehen, ich stellte ihm ein Bein, sodass er der Länge nach auf den Boden schlug, und bevor er wieder hochkommen konnte, stieß ich ihm das Schwert in den Rücken. Er sackte zusammen und gab keinen Laut mehr von sich. Mit einem Satz war ich in der Sakristei, wo sich schon der nächste Angreifer sich anschickte, durch das Fenster zu klettern. Ein faltiges Gesicht, eingerahmt von ungepflegten Haaren, blickte mir im Dämmerlicht entgeistert entgegen. Es war Sven Knurhår.

Für einen kurzen Augenblick war ich so überrascht, dass ich ihn nur anstarrte, und auch er schien mich wiederzuerkennen. Er sagte etwas auf Dänisch, das wie Stahl und Schwert klang, und wenn ich schneller reagiert hätte, wären das seine letzten Worte gewesen, aber irgendetwas ließ mich den kurzen Augenblick lang zögern, den er brauchte, um den Kopf zurückzuziehen und sich nach draußen fallen zu lassen. Sofort darauf entfernten sich schnelle Schritte auf der Straße.

Später habe ich oft darüber nachgedacht, was mich davon abhielt, ihm die Klinge in den Hals zu stoßen, als die Gelegenheit sich bot. War es die Scheu, einen wehrlosen Gegner zu töten? Das Loch, das die anderen in das zugemauerte Fenster geschlagen hatten, war so schmal, dass der dicke Sven Knurhår sich ohnehin nicht hätte hindurchzwängen können; es war schon unbegreiflich genug, dass er es überhaupt versucht hatte. Wahrscheinlich wäre es tatsächlich am besten gewesen zu warten, bis er mit seinem Wanst in der Öffnung stecken geblieben wäre und wie ein Korken den Zugang für alle nachdrängenden Angreifer versperrt hätte. Aber in diesem kurzen Augenblick des Wiedererkennens war Sven Knurhår mir wie ein alter Bekannter vorgekommen. Ohne die Auskünfte, die er mir in Aachen gegeben hatte, hätte ich Ivar wahrscheinlich nie gefunden. Sven Knurhår hatte mir geholfen, nicht ohne Gegenleistung zwar, aber dennoch: Ohne ihn wäre vielleicht alles anders gekommen, und ich hätte meine Schwester niemals befreien können. In Aachen hatte er sich nicht an den wehrlosen Stadtbewohnern vergriffen, sondern stattdessen betrunkene Späße mit einer Elefantenrippe getrieben; in Asselt hatte er sich mit einem albernen Hörnerhelm zum Narren gemacht. Es gelang mir einfach nicht, ihn ernst zu nehmen, und ihn in eine Reihe mit den Leuten zu stellen, die ich bis aufs Blut bekämpfte, gelang mir schon gar nicht. Während ich noch den Schritten auf der Straße hinterherlauschte und in die Dämmerung spähte, ob noch jemand anders sein Glück am Fenster versuchen würde, begriff ich, was er gerade gesagt hatte: *Du hast mir mein Schwert geklaut.* Das Schwert, das ich ihm als Preis für seine Auskünfte gegeben und das Gauzbert ihm kurz darauf heimlich wieder abgenommen hatte. Wenn dieser Augenblick nicht meine ganze Aufmerksamkeit in Anspruch genommen hätte, dann hätte ich wahrscheinlich laut gelacht.

Das Waffengeklirr in der Kirche war inzwischen verklungen und einem vielstimmigen Keuchen und Stöhnen gewichen.

Ohne das Fenster aus den Augen zu lassen, ging ich rückwärts zu der zerborstenen Tür.

Wir hatten es geschafft. Im Dämmerlicht sah ich ein Dutzend Körper auf dem Steinboden liegen. Hier und da wurde noch gezuckt. Die meisten Leibwächter bildeten einen geschlossenen Kreis um Karl und Liutward. Einer ging im Kirchenschiff umher, wälzte mit dem Fuß die am Boden liegenden Leiber auf den Rücken und verteilte Gnadenstöße, ein anderer saß mit ausgestreckten Beinen da und band sich keuchend mit einem Gürtel den rechten Oberschenkel ab.

Erst jetzt bemerkte ich, dass auch draußen der Kampflärm verebbt war. Offenbar war der Angriff abgewehrt worden. Der Überfall war gescheitert.

«Das wird Folgen haben», ließ sich Liutwards unheilvolle Stimme vernehmen. Dann löste er sich aus der Gruppe und ging zu der Treppe, die auf den Glockenturm führte. Einen der Leibwächter hinderte er mit einer unwirschen Handbewegung daran, ihn zu begleiten.

Ich folgte dem Bischof auf den Turm. Er bemerkte es mit einem schnellen Blick über die Schulter, aber gegen meine Anwesenheit schien er nichts zu haben.

Wir fanden den Turmwächter da, wo er hingehörte: im obersten Geschoss hinter der Luke, allerdings nicht im gewünschten Zustand. Zuerst dachte ich, er wäre tot, aber dann sah ich die umgekippten Krüge und roch den Gestank. Der Kerl schlief immer noch. Er hatte das Kunststück vollbracht, sich offenbar aus reiner Langeweile dermaßen zu betrinken, dass er die ganze Kammer vollgekotzt hatte und anschließend eingeschlafen war. Der eigentlich unüberhörbare Lärm des Getümmels direkt unter ihm hatte ihn nicht zu wecken vermocht. Dafür weckte ihn nun ein Tritt, den Liutward ihm angeekelt verpasste. Der Wächter schrie auf, schreckte hoch und blickte uns verwirrt aus roten Augen an.

Und um es noch schlimmer zu machen, fragte er lallend: «Kommen die Dänen?»

«Die waren schon da», sagte Liutward mit gefährlich leiser Stimme.

Die Verwirrung des Mannes schlug in Entsetzen um. «Dann muss ich Alarm schlagen», stieß er hervor, sprang auf die Füße und knallte dabei mit dem Kopf gegen die Glocke. Während der schwere Bronzeton die Balken erzittern ließ, sackte er wieder zu Boden.

Wir blickten durch die Luken. Im Westen zog die Maas dahin, als wäre nichts geschehen. Nach Norden hin lag das Land im friedlichen Schlummer der Dämmerung da. Die Sonne war noch nicht aufgegangen, aber das Morgenrot dehnte sich kraftvoll über den Osthimmel aus. Auf den Türmen von Asselt brannten immer noch die Fackeln, aber die Insel war wie ausgestorben. Auf den Wällen unserer Lager gingen Wachen paarweise auf und ab, ansonsten war auch dort niemand zu sehen. An der Spitze des Damms bildeten die Verwirbelungen des vorwärtsdrängenden Wassers einen Fächer aus weißem Schaum. Das Sperrwerk ragte vielleicht zehn Schritte in den Fluss, aber es würde mit jedem Tag weiter vorangetrieben werden. Am Ufer standen die Transportwagen in einer langen Reihe, dazwischen türmten sich die bereits abgeladenen Steine zu Haufen, die aus der Ferne wie eine Ansammlung von Grabhügeln eines untergegangenen heidnischen Volkes aussahen.

Im Osten flohen ein paar dänische Nachzügler über das Feld, aber die meisten von ihnen hatten es schon bis in den

Wald geschafft und rannten wahrscheinlich im Schutz der Bäume zu den Schiffen, die weiter im Norden, wo der Wald bis fast ans Ufer heranreichte, hinter einer Flussbiegung verborgen liegen mussten.

Direkt unter uns bot sich ein anderes Bild: Auf dem Kirchplatz und in den Seitenstraßen liefen Dutzende von Männern zwischen den Leichen umher, die kreuz und quer herumlagen und anzeigten, wo die Dänen versucht hatten, sich den Weg zum Portal der Kirche freizukämpfen. Verwundete wurden in Häuser geschleppt, Waffen aufgesammelt und Kommandos gerufen. Direkt unter uns hallte lautes Poltern und Rumpeln durch die Kirche, als die Barrikade abgeräumt wurde, damit die Tür geöffnet werden konnte.

Ein Trupp von Leibwächtern erschien auf dem Platz und geleitete den Kaiser zurück in seine Unterkunft. Ein paar andere schleiften die Toten aus der Kirche und legten sie auf dem Platz ab.

Karl blickte zu Boden, als weigerte er sich, die Spuren des Kampfes wahrzunehmen, der um seine Person getobt hatte und bei dem viele seiner Männer ihr Leben gelassen hatten, um ihn zu schützen. Wie viele Leute hatten wir verloren? War der Handstreich für die Dänen ein Misserfolg gewesen, nur weil es ihnen nicht gelungen war, den Kaiser in ihre Gewalt zu bringen? Oder würde die Tatsache, dass sie ihm so gefährlich nah gekommen waren, sie zu weiteren Überfällen ermutigen? War es ein Sieg für uns, dass wir sie zurückgeschlagen hatten? Oder würde von diesem Morgen die Erinnerung an die peinlichen Versäumnisse zurückbleiben, die einen solchen Angriff überhaupt möglich gemacht hatten?

Liutward, dem offenbar ähnliche Gedanken durch den Kopf

gingen, blickte mich von der Seite an. «Das war kein Ruhmesblatt», stellte er fest.

Es war klar, dass er so dachte. Für ihn war der Überfall, ob gelungen oder nicht, auch ein dreister Angriff auf seine Person. Und natürlich auf den Kaiser, der wieder einmal verwundbar erschienen war.

«Es wäre besser gewesen, wenn er selbst das Schwert in die Hand genommen hätte, anstatt sich hinter den Leibwächtern zu verstecken», sinnierte er. «Wenn es eines Tages zum Sturm kommt, sollte Karl in der ersten Reihe stehen.»

Wieder traf mich sein forschender Blick von der Seite.

«Und wenn er dabei umkommt?», fragte ich.

«Dann haben wir den nächsten Krieg noch ein bisschen früher», sagte er düster. «Kommen wird er so oder so. Die Messer werden schon gewetzt.»

Deutlicher hätte er im Hinblick auf die Rivalitäten im Heer und im Reich nicht werden können. Es war klar, dass Liutward vom Tod des Kaisers nicht profitieren würde; er war mit Karls Thronbesteigung nach oben gespült worden, und wenn Karl fiel, dann würde auch Liutward fallen. Insofern war er vielleicht der einzige Mensch aus dem engeren Kreis um den Kaiser, dem daran gelegen war, dass der Sieg im Kampf gegen die Dänen auch tatsächlich dessen Sieg sein würde. Liutward war genauso durchtrieben wie Arnulf und Heinrich, aber er musste keinen Hehl aus seinen Absichten machen, denn die Interessen des Kaisers waren zumindest in diesem Fall auch seine eigenen.

Liutward blickte nachdenklich über das in der Morgendämmerung liegende Land hinweg. Ich hatte das Gefühl, dass er auf etwas Bestimmtes hinauswollte, aber er schien noch zu zögern, ob er mich in seine Pläne einweihen sollte oder nicht. Und obwohl es in diesem Augenblick wahrscheinlich Dringenderes zu tun gab, spürte ich, dass die Gelegenheit, etwas über diese Pläne zu erfahren, so schnell nicht wiederkommen würde. Ich war allein mit dem mächtigsten Mann am Hof, und er schien mir zu vertrauen. Mein schnelles Eingreifen in Worms und mein Plan mit dem Damm hatten ihn beeindruckt. Er schien meine Entschlossenheit und mein Urteilsvermögen zu schätzen, und was noch wichtiger war: Ich war ein unbeschriebenes Blatt, gerade erst aus dem Nichts aufgetaucht, noch nicht verstrickt in das Netz aus Zweckbündnissen und Intrigen am Hof, ein möglicher Verbündeter, den man leicht auf seine Seite ziehen konnte, bevor andere es taten. Und genau das schien er vorzuhaben.

Während wir noch schweigend nebeneinanderstanden und hinabblickten, öffnete sich die Tür von Gerwins Haus erneut, und der Kaiser erschien wieder. Er hatte Kettenhemd und Helm abgelegt und wurde von einem Priester in wehendem Gewand begleitet. Die beiden eilten zur Kirche und verschwanden darin. Das Krachen der zugeschlagenen Tür schallte zu uns hinauf. Kurz darauf war das Tedeum zu vernehmen. Karl ließ eine Messe zum Dank für seine Errettung lesen. Anstatt sich zuerst bei den Soldaten zu bedanken, die sein Leben verteidigt hatten, bedankte er sich bei Gott.

«Nicht durch Gelübde und weibische Bittgebete gewinnt man den Beistand der Götter, sondern durch Wachsamkeit, Handeln und reifliches Überlegen», sagte Liutward auf Lateinisch. Es war ein Zitat aus der *Verschwörung Catilinas* von Sallust. Wollte er meine Literaturkenntnisse testen? War das seine gelehrte Art, seinen Herrn zu kritisieren?

«Wo man sich der Gleichgültigkeit und Schlaffheit überlässt, ist es sinnlos, die Götter anzuflehen», vollendete ich den Satz.

Liutward nickte anerkennend. «Du bist einer, mit dem man rechnen muss.»

Wieder schwieg er eine Weile. Unten wurden inzwischen die Leichen sortiert: Unsere Leute wurden in einer langen Reihe auf den Platz gelegt, die Dänen achtlos auf einen Haufen geworfen, der bald aussah wie ein missgestalteter Kadaver mit unzähligen Armen, Beinen und Köpfen.

«Wir werden Vorsorge treffen müssen», sagte Liutward. Ich hatte mich nicht getäuscht: Auch er hatte die Gelegenheit erkannt, die die Turmkammer zu dieser frühen Stunde bot. Niemand würde lauschen.

«Die Ehe des Kaisers ist seit zwanzig Jahren kinderlos», fuhr er fort. «Und daran wird sich auch nichts mehr ändern. Wenn Karl stürzt oder stirbt, werden alle übereinander herfallen. Und hier in Asselt wird sich entscheiden, wer dabei die besten Chancen hat.»

Es war klar, dass er an Arnulf von Kärnten dachte. Wenn er nach der Macht griff, wären Liutwards Tage am Hof gezählt. Arnulf würde seine eigenen Leute aus Bayern mitbringen und in die wichtigsten Positionen schleusen, und Liutward würde als Bischof von Vercelli versauern, anstatt weiterhin über die Geschicke des Reiches zu bestimmen oder auch nur mitzureden.

«Es gibt zwei Möglichkeiten, die Nachfolge im Sinne des Kaisers zu regeln», fuhr Liutward fort. «Entweder er adoptiert einen der westfränkischen Könige, vielleicht sogar beide, oder er lässt seinen Bastard legitimieren.»

Ich begriff, worauf das hinauslief: Starb der Kaiser ohne Erben, würde ein Machtkampf ausbrechen, in dem Arnulf gute Chancen hätte, selbst den Thron zu besteigen. Wenn die Nachfolge dagegen so geregelt wurde, dass Arnulf keine Ansprüche mehr begründen konnte, würde er auch nicht vom Tod des Kaisers profitieren und Liutward gefährlich werden können. Schon wieder war es also die Frage nach der Rechtmäßigkeit von unehelichen Nachkommen, die die ohnehin schon komplizierten Konstellationen der Herrschaftsnachfolge noch komplizierter machte: Baute man Karls unehelichen Sohn Bernhard ohne ausreichende Legitimation zum Thronerben auf, würde Lothars unehelicher Sohn Hugo seine eigenen und älteren Ansprüche umso lauter anmelden. Und die Männer, die Bernhard im Kampf um die Macht als Verbündete brauchen würden, waren dieselben, die sie ihm bei der ersten Gelegenheit streitig machen würden, allen voran Arnulf. Was aus Liutwards Sicht für Bernhard sprach, war die schlichte Tatsache, dass er im Fall von dessen Thronbesteigung seine Stellung am Hof behalten und den unerfahrenen Bernhard nach Belieben manipulieren konnte. Die gerade erst volljährigen westfränkischen Könige Ludwig und Karlmann dagegen befanden sich außerhalb seines Zugriffs. Karlmann war bisher noch kaum in Erscheinung getreten, Ludwig dagegen hatte immerhin schon einmal ein Heer geführt und damit im vergangenen Sommer bei Saucourt die Dänen geschlagen. Doch auch er stand unter dem Einfluss von erfahrenen und gerissenen Beratern. Wenn einer der beiden Brüder nach dem Tod des Kaisers auch in Ostfranken die Herrschaft antrat, würde der westfränkische Adel seine gierigen Hände nach den einflussreichsten Posten am Hof ausstrecken und die zu erwartende Opposition des ostfränkischen Adels unterdrücken müssen, die wahrscheinlich wiederum von Arnulf angeführt werden würde. In diesem Fall würde Liutward sich vielleicht sogar notgedrungen mit Arnulf verbünden, um sich vor dem Sturz in die Bedeutungslosigkeit zu retten. Wie man es auch drehte und wendete: Arnulf saß wie eine Spinne im Netz der Macht und wartete, dass seine Gegner sich dort verfingen. Was bedeutete eine Parteinahme eigentlich für mich? Schlug ich mich auf Liutwards Seite, machte ich mir Arnulf zum Gegner und umgekehrt. Gab es eine Möglichkeit, mir beide vorerst warmzuhalten?

Liutward hatte mich unverhohlen beobachtet, während mir diese Möglichkeiten durch den Kopf gegangen waren. Klug, wie er war, konnte er meine Gedankengänge wahrscheinlich bis in die letzte Einzelheit nachvollziehen. Es war ein beunruhigendes Gefühl, so durchschaut zu werden. Und jetzt erwartete Liutward, dass ich mich äußerte.

«Was sagt der Kaiser selbst dazu?», fragte ich, um nicht gleich aus der Deckung kommen zu müssen.

Liutward lächelte mit feinem Spott. «Ist das von Belang?», fragte er.

«Es ist von Belang», sagte ich. «Karls Krankheit ist nicht lebensgefährlich. Er kann noch lange auf dem Thron bleiben. Und in diesen Jahren wird er dafür sorgen müssen, dass sein Nachfolger stark genug ist, um sich durchzusetzen, wenn die Zeit gekommen ist.»

«Ich verstehe immer noch nicht, warum seine Wünsche und Einschätzungen dabei irgendeine Bedeutung haben sollten», sagte Liutward. Die Kälte in seiner Stimme sagte viel darüber aus, wie es in seinen Augen um die Zurechnungsfähigkeit des Kaisers bestellt war.

«Bernhard ist sein Sohn», sagte ich. «Er wird sich mit seiner ganzen Kraft für ihn einsetzen. Väter lieben ihre Söhne.»

«Das ist schwer zu verstehen, wenn man keine hat», sagte Liutward. Klar, dachte ich. Du liebst die Macht und sonst gar nichts.

Aber Liutward wollte mich ohnehin nicht mit allgemeinen Feststellungen davonkommen lassen. «Und was ist nun deine Einschätzung?», fragte er.

«Bernhards Legitimierung ist nicht sicher. Sie kann gelingen oder scheitern.»

Liutward lächelte hintergründig. «Sagt dir das dein Urteilsvermögen, oder spricht da deine persönliche Abneigung gegen uneheliche Söhne?», fragte er listig.

Auch diese Frage zeigte, wie umsichtig der Bischof war und warum er es so weit gebracht hatte. Er vergaß nie, mit wem er es zu tun hatte.

«Am Ende wird der Fall vor dem Papst landen», sagte ich.

«Genau wie der von Hugo. Und eines Tages vielleicht auch dein eigener.»

Versuchte er, mich irgendwie anzufüttern?

«Ludwig und Karlmann dagegen werden der Adoption sofort zustimmen», fuhr ich fort, ohne auf seine Bemerkung einzugehen. «Sie haben dabei nichts zu verlieren und viel zu gewinnen. Selbst einen Verzicht könnten sie sich abkaufen lassen, ohne etwas dafür tun zu müssen.»

«Warum sollten sie verzichten?», fragte Liutward. «Es wäre das erste Mal seit über vierzig Jahren, dass alle Länder wieder unter eine gemeinsame Herrschaft kämen.» Der Gedanke entlockte ihm einen fast träumerischen Gesichtsausdruck. «Und in diesem Fall wäre es noch nicht einmal ein Nachteil, wenn die beiden vor ihm sterben würden. Denn wenn wir die Adoption einfädeln, bevor einer der beiden einen Sohn zeugt, würde Karl sie als ihr Vater beerben und als Kaiser das Gesamtreich regieren. Die alte Ordnung wäre wiederhergestellt.»

Aha, dachte ich. Daher weht der Wind. Du willst als Kanzler der Einheit in die Geschichte eingehen.

In der Tat war dieser Fall das Beste, was Liutward passieren konnte: In einem unter Karl wiedervereinigten Reich wäre er mächtiger als je zuvor. Doch angesichts des jugendlichen Alters der beiden Könige war es riskant, darauf zu spekulieren, dass dieser unwahrscheinliche Fall eintrat. Es kam darauf an, was Liutward wichtiger war: auf lange Sicht die Macht zu behalten oder seine Laufbahn mit der Wiedervereinigung des Reiches zu krönen und dann abzutreten.

«Vielleicht sollten wir uns beide Möglichkeiten offenhalten», sagte Liutward. Mir entging nicht, dass er mich mit dieser Formulierung in seine Pläne einbezog, als wären wir schon Verbündete.

«Dann ist der Machtkampf bei Karls Ableben so gut wie sicher», sagte ich.

Wieder das listige Lächeln. «Und wir können uns aussuchen, auf welche Seite wir uns schlagen wollen. Zumindest kann es nicht schaden, in beide Richtungen vorzusorgen.» Liutward wies mit einer weiten Handbewegung über das Land. «Wenn das hier vorbei ist, werde ich jemanden brauchen, der eine Gesandtschaft führen kann. Jemanden, dem ich vertrauen kann.» Er machte eine effektvolle Pause, dann wandte er sich plötzlich mir zu. Sein Blick bohrte sich in meine Augen: prüfend, wohlwollend und bedrohlich zugleich. «Kann ich dir vertrauen?»

Was hätte ich auf diese Frage antworten können? Er hatte mich da, wo er mich haben wollte. War das von Anfang an seine Absicht gewesen, oder war ihm die Idee erst hier oben gekommen?

«Selbstverständlich», sagte ich.

Liutward nickte langsam. «Gut.»

Er trat von der Luke zurück. Sein Blick streifte den immer noch vor sich hin schlummernden Wächter, nahm kurz einen angeekelten Ausdruck an und wurde dann wieder freundlich. Er streckte sich, dass die Gelenke knackten, lächelte mir zu und fragte aufgeräumt, als hätten wir gerade über Schafzucht oder Wasserkuren geredet und nicht über die Zukunft des Reiches: «Gibt es noch irgendetwas, was ich für dich tun kann?»

Mach die Annullierung der Ehe meiner Eltern rückgängig, dachte ich, aber ich wusste, dass er das als Bischof von Vercelli nicht konnte. Das konnten nur Franco von Lüttich, mit dem ich eine eigene Vereinbarung hatte, Erzbischof Willibert von Köln, der vor den Dänen geflohen und noch nicht in seine Bischofsstadt zurückgekehrt war, eine Synode, die zuerst einmal von der Sache überzeugt werden musste, oder der Papst, der in Rom saß und von der ganzen Angelegenheit nichts wusste. Doch dann fiel mir Radold wieder ein. Ich hatte seit Jahren nichts von ihm gehört und wusste noch nicht einmal, ob er noch lebte. Und plötzlich schämte ich mich, dass ich mich nicht schon früher für ihn eingesetzt hatte.

«Ich habe einen Bruder», sagte ich.

«Ich weiß», antwortete Liutward mit selbstgefälligem Unterton.

«Ich möchte, dass er auch begnadigt wird», sagte ich. «Er sitzt in Corbie.»

«Westfranken.» Liutward lächelte. «Einen so bescheidenen Wunsch wird man einem kaiserlichen Gesandten dort wohl kaum ausschlagen.»

Dann gab er dem Betrunkenen einen letzten verächtlichen Tritt und begann, die Leiter hinunterzusteigen. Als er fast verschwunden war, blickte er noch einmal zu mir hoch.

«Und dem kaiserlichen Gesandten in Rom wohl erst recht nicht.»

13

Ich folgte ihm nicht sofort, sondern blickte nachdenklich über die Dächer von Roermond hinweg. Auf dem Platz vor der Kirche wurden immer noch Tote sortiert, an den Ortsausgängen waren Männer postiert worden, die die Straßen auch wirklich bewachten, anstatt im Schutz der Häuser am Feuer zu sitzen. Ein Reiter sprengte nach Süden auf unser Hauptlager zu, ein zweiter wurde von der Fähre über die Maas gesetzt, wohl um im Lager auf der Westseite des Flusses Meldung von dem Überfall zu machen.

Wenn das hier vorbei ist, werde ich jemanden brauchen, der eine Gesandtschaft führen kann. Der Satz war wie eine Mausefalle, aus der ich nun nicht mehr herauskam. Eigentlich hatte ich gehofft, meine Schuld beim Kaiser durch die Beteiligung an der Belagerung von Asselt abzutragen, dabei Francos Sohn zu befreien und den Preis dafür einzufordern: die Wiederherstellung der Ehe meiner Eltern und damit mein Erbe. Anschließend, so hatte ich es mir vorgestellt, wäre ich niemandem mehr verpflichtet. Doch das war blauäugig gewesen. Schon Bischof Franco hatte mich in unserem Gespräch in Lüttich daran erinnert, dass es nicht genügte, im Recht zu sein, weil das Recht ohne die Macht zu seiner Durchsetzung nichts wert war. Natürlich hatte ich das auch schon vorher gewusst, aber ich hatte es wohl nicht wahrhaben wollen. Vielleicht hatte ich in den zwölf über den Büchern verbrachten Jahren meiner Verbannung die Kraft des geschriebenen Wortes zu überschätzen begonnen.

Nun hatte auch noch Liutward mich in seine Pläne einbezogen, und natürlich würde ich seinen Wünschen nachkommen müssen, wenn es so weit war. Ich war auf dem besten Weg, mich in Konflikte hineinziehen zu lassen, mit denen ich nichts zu tun haben wollte, und ich ahnte, dass diese Verstrickung immer weitere Verpflichtungen nach sich ziehen und dass es auch nicht enden würde, wenn ich mir eines Tages tatsächlich zurückgeholt hätte, was mir zustand. Und obwohl mich diese Aussicht zuerst zurückscheuen ließ, spürte ich auch den Reiz, der davon ausging: Innerhalb von wenigen Monaten war ich von einem Mönch auf der Flucht zu einem Ratgeber des Kaisers geworden, dessen Anführer mir Gehör schenkten und meine Pläne so sehr schätzten, dass sie sie als ihre eigenen ausgaben. Ich wurde von seinem Kanzler ins Vertrauen gezogen und sollte in seinem Namen mit Königen und Päpsten verhandeln. Ja, die Aussicht gefiel mir, und es war nicht die Eitelkeit des Aufsteigers, die mir dieses Gefühl gab, sondern eine Überzeugung, die mir in frühsten Kindertagen anerzogen worden war: die Überzeugung, dass dieser Platz am Tisch der Mächtigen mir gebührte.

Es gelang Karl – oder vielmehr Liutward – tatsächlich, das Gefecht in den Straßen und auf dem Kirchplatz von Roermond als einen Sieg darzustellen und nicht als einen um ein Haar geglückten und durch die Nachlässigkeit unserer Wachen erst möglich gemachten Anschlag der Dänen auf das Leben des Kaisers. Karl ließ sich herab, die Lager zu besuchen, um sich den Männern zu zeigen und seine Unversehrtheit und vor allem seine ungebrochene Entschlossenheit zu beweisen, den Gegnern die Pfalz von Asselt zu entreißen. Er ritt zwischen den Zelten hindurch, saß ab, inspizierte die Arbeiten an den Wällen und Palisaden und am Damm und ließ sich alles erklären. Die Zwischenfragen, die er dabei stellte, bewiesen, dass er vorbereitet worden war. Er ließ die Zimmerleute antreten, die für Türme und Tore zuständig waren, überprüfte die Arbeit der Werkzeugschmiede, ließ sich von den Bayern Bier und von den Thüringern Würste vorsetzen und verzehrte sie in ihrem Kreis an einem der Feuer, wobei er sogar ein paar Scherze machte. Anschließend ehrte er einige Kämpfer, die sich besonders hervorgetan hatten. Liutward von Vercelli las eine Messe unter freiem Himmel, während zwischen den Zinnen der Festung auf der Insel die nackten Hinterteile der Dänen aufgereiht waren wie eine Heerschau der ganz eigenen Art. Ihre Flüche und Spottlieder übertönten wir mühelos mit unserem Gesang. Ein paar aus Übermut herübergeschossene Pfeile blieben im Lagerwall stecken und richteten keinerlei Schaden an.

Noch am selben Tag zog der Kaiser mit seinem Gefolge nach Lüttich und quartierte sich in Francos Bischofspalast ein – angeblich weil der große Steinbau für die Hofhaltung angemessener war als Gerwins vergleichsweise bescheidenes Haus in Roermond, in Wahrheit wollte er aber wohl keine weiteren Überraschungen riskieren. Liutward quittierte den Umzug mit Unmut, da Karl sich ein weiteres Mal seinen Pflichten entzog und die Erwartungen an einen entschlossenen Kriegsherrn enttäuschte. Arnulf und Heinrich dagegen waren erleichtert, dass sie als ranghöchste Anführer des Heeres nun wieder schalten und walten konnten, wie es ihnen passte.

Zumindest waren Konsequenzen gezogen worden: Nachdem ein paar der Verantwortlichen öffentlich ausgepeitscht worden waren, hatte man die Wachen am Ufer eine ganze Tagesreise hinauf nach Norden verdoppelt, und seit dem Morgen nach dem Überfall ritten täglich Meldereiter am Fluss entlang. Der versoffene Turmwächter saß bei Wasser und Brot in einem Ziegenstall in Roermond und wartete auf seine Bestrafung.

Die Schiffe der Dänen waren flussabwärts verschwunden. Ein paar Tage später erfuhren wir, dass sie bei der Maasmündung auf dem Strand lagen. Noch einmal würden sie es nicht schaffen, auch nur in die Nähe unserer Lager zu gelangen.

Immerhin waren die Verluste der Dänen höher gewesen als unsere. Mit den Schwerverwundeten hatten die Leibwächter kurzen Prozess gemacht, dann wurden den Toten die Köpfe abgetrennt und vor unseren Lagern in Sichtweite der Festung auf Stangen gesteckt, die nackten Körper warf man in den Fluss. Einige Gefangene hatte man in Roermond in einen Keller gesperrt. Sie wurden auf Ratwins Anweisung von ihren Bewachern mit kalten Duschen und Backpfeifen am Schlafen gehindert.

«Wir kriegen sie zum Reden, verlasst euch drauf», sagte er im Rat. «Nach drei Tagen hören sie auf, uns zu beschimpfen, nach vier Tagen glotzen sie uns an wie die Schafe, und nach fünf Tagen sind sie kurz wieder klar im Kopf und geben Auskunft. Hat in Koblenz wunderbar geklappt.»

«Wasser und Watschn», knurrte Arnulf verächtlich. «Wenn's nach mir ginge, würden sie an ihren eigenen Gedärmen auf den Lagertürmen aufgeknüpft.»

«Die Türme sind aber noch nicht fertig», antwortete Ratwin ungerührt, woraufhin Arnulf etwas Unverständliches in seinen breiten Bart murmelte. Er hatte zumindest insofern recht, als von den Auskünften der übermüdeten Dänen nicht viel zu erwarten war. Über die Festung und ihre Besatzung würden wir kaum etwas erfahren, was wir nicht schon wussten. Mich hätte vor allem interessiert, wie man ihnen die Gefangenen entreißen könnte, aber von außen war nicht an sie heranzukommen, und nach Arnulfs Meinung war ihre Befreiung nicht die Knochen eines einzigen bayerischen Fußsoldaten wert.

So gingen die nächsten Tage dahin, ohne dass viel passierte. Der Dammbau näherte sich der kritischen Phase, sodass meine Anwesenheit unbedingt erforderlich war und ich den nächsten Ritt nach Aachen immer wieder verschieben musste, sosehr ich mich auch danach sehnte, endlich wieder bei Fidis zu sein.

Das obere Sperrwerk war bald bis zur Mitte des Seitenarms vorangetrieben worden, und die Strömung zerrte an den Steinen, die die Arbeiter bald nicht mehr über den Damm heranschleppten, sondern auf an Seilen befestigten Kähnen an die gewünschte Stelle brachten und ins Wasser fallen ließen. Gleichzeitig wurden ganze Wagenladungen von Schotter in die Lücken zwischen den größeren Steinen geschüttet, und als letzte Abdichtung versenkten wir schwere Erdschollen mit Gras, die vom herandrängenden Wasser gegen die Steine gedrückt wurden, sodass der Fluss durch die Strömung für die Abdichtung sorgte. Auf der Dammkrone schütteten wir Erde auf. Es klappte besser, als ich zu hoffen gewagt hatte, und die Zuversicht übertrug sich auch auf die Arbeiter, die umso eifriger Steine, Schotter und Erde schleppten, je weiter der Damm sich durch das Flussbett voranschob.

Ab und zu ließ Arnulf sich blicken und spielte sich ein bisschen auf, aber inzwischen wussten alle, dass die Idee nicht von ihm stammte. Wer Fragen hatte, richtete sie an mich.

Ein paarmal ließ die Besatzung von Asselt die Bogenschützen ausschwärmen, aber die Arbeiter duckten sich hinter die vorsorglich bereitgelegten Schilde und warteten ab, bis die Dänen ihre Pfeile verschossen hatten. So ging es etwas lustlos hin und her. Wir verloren nicht einen einzigen Mann, und die Arbeiten wurden immer nur kurz unterbrochen.

Der Wasserstand im Hauptarm auf der anderen Seite der Insel begann langsam anzusteigen. Auch das untere Sperrwerk wuchs, und eine breite Rinne markierte den Verlauf des Kanals, der das Wasser später in die Senke ableiten sollte. An der Uferseite hatten wir einen zwanzig Schritte breiten Steg gelassen, den wir durchstechen würden, wenn beide Dämme dicht waren. Daneben nagelten Zimmerleute eine Brücke zusammen, die später über den Kanal gelegt werden sollte, um den Meldereitern das Überqueren zu erleichtern.

Etwa eine Woche nach dem Überfall auf Roermond ritt ich früh am Morgen nach Lüttich, um beim Kaiser Bericht über den Fortschritt der Dammbauarbeiten zu erstatten. Der Weg führte an der Maas entlang, und nach einigen Stunden tauchten am Horizont die Türme von Maastricht auf. Es war das erste Mal seit meiner Verurteilung vor über zwölf Jahren, dass ich meiner Heimatstadt wieder so nahe kam. Kurz hatte ich erwogen, einen weiten Bogen um diesen Ort zu machen, mit dem so viele Erinnerungen verbunden waren, doch dann beschloss ich, mich diesen Erinnerungen zu stellen.

Ich rechnete mit einem unkontrollierten Aufwallen von widersprüchlichen Gefühlen: Wehmut angesichts der Bilder aus meiner glücklichen Kindheit, Wut über die Umstände, die diese Unbeschwertheit vertrieben hatten, Hass auf die Menschen, die dafür verantwortlich waren, und Niedergeschlagenheit angesichts meiner Machtlosigkeit gegen das ungerechte Schicksal, das sich vielleicht noch korrigieren, aber auf keinen Fall ungeschehen machen ließ. Doch je näher ich kam, desto verwunderter stellte ich fest, dass nichts davon sich einstellen wollte. Meine einzige Empfindung war ein maßloser Triumph. Ich war wieder da. Sie hatten versucht, mich für immer von hier zu verbannen, und jetzt ritt ich seelenruhig am rechten Flussufer entlang, während die Stadt, in der mein Vater das Sagen hatte, auf der linken Seite die Türme in den Himmel streckte, als wollte sie anzeigen, woher die Vergeltung kommen würde. In der Ferne sah ich Wälder, in denen meine Vorfahren vor Jahrhunderten das Jagdrecht erworben hatten. Ich ritt an Feldern vorbei, deren Erträge meine Familie reich gemacht hatten. Ich begegnete Bauern, deren Ahnen schon meinen Ahnen dienstpflichtig gewesen waren. Und auf den Weiden grasten die Nachkommen der Pferde, auf denen mein Großvater und seine Brüder gegen Langobarden, Awaren und Sachsen in den Krieg gezogen waren. Ich war zurückgekehrt, um mir all das wiederzuholen.

Selbst als ich die Stadt hinter mir gelassen hatte und am anderen Ufer hinter großen Kastanienbäumen die Dächer des Hofes in Sicht kamen, auf dem ich die ersten zwanzig Jahre meines Lebens verbracht hatte, änderte sich nichts an diesem Gefühl. Ich hielt das Pferd an und spähte hinüber. Das Anwesen reichte bis an das Flussufer heran, und bei seinem Anblick prasselten nun doch die Erinnerungen auf mich ein: die verwachsene Eiche, in deren Krone mein Bruder und ich herumgestiegen waren, der Steg, auf dem wir geangelt hatten, der Hühnerstall, dessen Tür auf so unverwechselbare Weise quietschte, dass ich den Ton nach all den Jahren plötzlich wieder im Ohr hatte. Jede Einzelheit war mir vertraut, als wäre überhaupt keine Zeit verstrichen, und doch wirkte alles von der anderen Seite des Flusses aus irgendwie unwirklich, wie spiegelverkehrt. Und diese Unwirklichkeit machte es leichter, auch den Anblick der Stelle zu ertragen, an der ich hatte zuschauen müssen, wie Uta versucht hatte, meine Schwester zu ertränken.

Ich beobachtete das Anwesen eine Weile, aber nichts tat sich. Wahrscheinlich war Uta irgendwo im Wohngebäude, das hinter den Büschen im Schatten der Kastanienbäume lag. Fast wünschte ich mir, dass sie herauskommen und mich entdecken würde. Ich würde ihr zuwinken wie ein Vorbote ihres Untergangs. Es war befriedigend, ihr so nah kommen zu können, ohne dass sie etwas dagegen tun konnte. Ich bin wieder da, dachte ich. Und du bist erledigt, du Schlange. Dann gab ich dem Pferd die Sporen und legte fast die ganze Strecke nach Lüttich im Galopp zurück.

Franco hatte seinen Palast für den Kaiser geräumt und hielt sich auf einem Villikationshof bei Tongern auf. Er war seiner Gefolgschaftspflicht nachgekommen, hatte dreißig Panzerreiter und hundertzwanzig Männer zu Fuß gestellt und ließ Vorräte nach Roermond liefern. Auf die Teilnahme an den Besprechungen schien er keinen Wert zu legen. Es war inzwischen allgemein bekannt, dass sein Sohn von den Dänen festgehalten wurde. Arnulf machte kräftig Stimmung gegen ihn und erklärte jedem, der es hören wollte, Franco hintertreibe die Planung des Sturmangriffs, um die Dänen nicht zum Abschlachten der Gefangenen zu reizen.

Vielleicht stimmte das ja sogar. Ich hätte es in Francos Lage wahrscheinlich nicht anders gemacht. Ohne Zweifel war er von meinem gescheiterten Befreiungsversuch unterrichtet worden, und wahrscheinlich wartete er darauf, dass ich ihm selbst davon berichtete. Ich beschloss, auf dem Rückweg bei ihm vorbeizureiten, damit er nicht dachte, ich hätte meine Bemühungen aufgegeben.

Karl empfing mich im großen Saal des Bischofspalastes. Es war das erste Mal, dass ich ihn nicht in Anwesenheit von Liutward traf. Der Umstand, dass der Bischof darauf verzichtete, bei meinem Bericht dabei zu sein, zeigte, welches Vertrauen er mir seit unserem Gespräch auf dem Kirchturm entgegenbrachte. Er, der sonst jedes in Anwesenheit des Kaisers gesprochene Wort mitzuhören bestrebt war, ließ mich nun mit ihm allein.

Der Überfall der Dänen hatte den Kaiser stärker mitgenommen, als ich gedacht hatte. Möglicherweise hatte der Schrecken seine Wirkung mit Verspätung getan. Hatte er bei seinem Besuch im Lager, zu dem Liutward ihn wahrscheinlich gedrängt hatte, seine letzte Kraft zusammengenommen, um entschlossen und zuversichtlich zu wirken, bevor die Angst ihn übermannt hatte? War das der Grund für seinen Rückzug nach Lüttich? Wollte er seine Verzagtheit verbergen? Hatte er vielleicht sogar einen neuerlichen Anfall erlitten?

Jedenfalls war er in keinem guten Zustand, als ich vor ihn trat. Der rote Baldachin und der Sessel mit den Löwenfüßen waren ihm auch nach Lüttich gefolgt, aber er thronte nicht, sondern saß mir kraftlos nach vorn gebeugt gegenüber und nahm meinen Bericht mit müdem Blick und gleichgültiger Miene entgegen. Ich hatte den Eindruck, dass die ganze Belagerung ihn gar nicht mehr interessierte.

Merkwürdigerweise übermannten mich diesmal nicht mehr die Erinnerungen an den Prozess gegen meine Mutter. Vielleicht hatte das neuerliche Zusammentreffen mit Franco dem Saal seinen Schrecken genommen, so wie der Anblick des von den Sorgen um seinen Sohn zermürbten Bischofs meine Wut auf ihn gedämpft hatte.

Karl schien gar nicht zu merken, dass ich zum Ende meines Berichts gekommen war. Er blickte trübe durch mich hindurch.

«Ich brauche deinen Rat», sagte er schließlich leise.

«Ich stehe zur Verfügung», antwortete ich.

«Es geht um die Brücke in Roermond.»

Ich runzelte die Stirn. Was für eine Brücke meinte er?

«Gerwin hat mich gebeten, ihm ein neues Privileg auszustellen», fuhr der Kaiser fort. «Er sagt, dass die Leute nicht zahlen wollen. Stattdessen diskutieren sie herum und werden auch noch frech.»

War das sein Ernst? Ich hatte ihm gerade erklärt, wie er die Dänen besiegen konnte, und seine einzige Frage betraf eine unsinnige Holzbrücke, die mitten auf einem Feldweg herumstand?

Karl blickte weiter ins Leere. «Es stimmt ja, dass das so nicht geht. Entweder ich lasse eine neue Urkunde ausstellen, die präzisiert, dass die Brücke über den Fluss zu führen hat, oder ich verleihe ihm das Recht, auf der Straße nach Roermond einen Wegezoll zu erheben. Was meinst du?»

Ich meine, dass wir die Dänen aus dem Land jagen sollten,

bevor wir uns mit schwachsinnigen Brücken über schwachsinnige Flüsse beschäftigen, an denen schwachsinnige Zölle kassiert werden, dachte ich.

«Ich meine, wir sollten die Sache zurückstellen», sagte ich stattdessen ruhig. «Wenn Gerwin eine Gefälligkeit wünscht, dann soll er seinen Beitrag zur Vertreibung der Dänen leisten. Anschließend sehen wir weiter.»

Er nickte träge und entließ mich mit einer gedankenverlorenen, fast scheuchenden Handbewegung.

Weil es schon spät war, begab ich mich zur Herberge des wortkargen Wirtes in der Stadt. Enttäuscht stellte ich fest, dass der Schankraum leer war. Wie ich erfuhr, war der irische Dichterzirkel mit dem Bischof abgereist.

«Die kommen wieder, sobald sie Franco in Tongern den Keller leer gesoffen haben», sagte der Wirt. «Bier?»

«Ja.»

«Zimmer?»

«Ja.»

«Für eine Nacht?»

«Ja.»

«Pferd dabei?»

«Ja.»

«Gaul kannst du in den Hof bringen, Zimmer macht meine Alte fertig. Hunger?»

«Was gibt's denn?»

«Ist nicht dein Ernst, oder?»

Als ich am nächsten Morgen nach Tongern ritt, fragte ich mich, ob Karls merkwürdiges Verhalten nur eine vorübergehende Folge des Überfalls auf Roermond war oder ein Zeichen fortschreitenden geistigen Verfalls. Wie auch immer: Es war kein Wunder, dass in Karls Umgebung alle begonnen hatten, Vorsorge für die Zeit zu treffen, die nach ihm kommen würde. Und mir wurde noch einmal klar, warum Liutward so entschlossen darauf bedacht war, die Nachfolge in seinem Sinne zu regeln: Wenn der Kaiser gestürzt würde, ohne dass ein von Liutward ausgewählter und protegierter Nachfolger einen rechtmäßigen Anspruch auf das Erbe erheben konnte, dann würde derjenige den Thron besteigen, der ihn zu Fall gebracht hatte. Und es war klar, an wen Liutward dabei dachte.

Francos Hof lag eine halbe Meile vor Tongern in einer Senke inmitten großer Weiden, auf denen Schafe grasten. Die Sonne brannte vom wolkenlosen Himmel. Ich war guter Laune. Jeder Tag ohne Regen würde den Wasserspiegel ein kleines Stück sinken lassen und den Dammbau in Asselt erleichtern.

Der Hof war gut in Schuss. Ställe, Scheunen und Vorratsgebäude bestanden aus Fachwerk, das auf solide Steinsockel gesetzt und mit Ziegeln gedeckt war. Die Freiflächen waren sauber gefegt, und vor einem Stall stand ein halbes Dutzend Pferde aufgereiht, die von zwei Knechten gestriegelt und gebürstet wurden. Von irgendwoher war das Blöken von Schafen zu hören. Entweder die Dänen hatten den Hof bei ihrem Überfall auf Tongern im letzten Jahr ausgespart, oder die Schäden waren schnell ausgebessert worden.

Ein Bewaffneter begleitete mich in das zweistöckige Hauptgebäude, das aus großen Steinquadern gemauert war und eher einer Festung glich als einem Verwaltungsgebäude. Es hatte schmale, schmucklose Fenster, statt des Daches eine mit Zinnen bewehrte Plattform mit einem Eckturm und einen verputzten Kapellenanbau.

Franco empfing mich im oberen Stockwerk in einem großen Raum, der mindestens die Hälfte der Fläche des ganzen Gebäudes einnahm und an drei Seiten von Fenstern erhellt wurde. Ein Tisch mit einigen Hockern, mehrere Truhen, ein paar Leuchter und ein Holzkreuz an der Wand waren die einzige Einrichtung.

Der Bischof war allein. Er trug ein leichtes Hemd und eine Leinenhose wie ein Landmann. Als ich eintrat, stand er an einem der Fenster, die auf den Hof hinausführten. Wahrscheinlich hatte er mich vom Fenster aus ankommen sehen, jedenfalls drehte er sich nicht um, sondern hob müde eine Hand zur Begrüßung.

Ich trat neben ihn. Eine Weile blickten wir schweigend hinaus. Auf dem Hof kämmten die Knechte jetzt die Mähnen und Schweife der Pferde. Ein Hufschmied kam aus einem der Gebäude, stellte seinen Werkzeugkasten ab und wechselte ein paar Worte mit den anderen Männern.

«Wurde der Hof nicht geplündert?», fragte ich.

«Doch», antwortete Franco. «Die Dänen haben sich im November für ein paar Tage hier einquartiert und sind dann wieder verschwunden. Sie hatten es so eilig, dass sie noch nicht einmal die Gebäude angesteckt haben. Vieh und Vorräte hatten wir vorher in Sicherheit gebracht.»

Ich fragte mich, warum er seinen Sohn nicht hatte schützen können, wenn er für seine Besitzungen so umsichtige Vorsorge getroffen hatte.

«Es war im April», sagte Franco, der meine Frage offenbar erraten hatte. «Osmund war ausgeritten. Ich dachte, die Umgebung von Lüttich wäre sicher, aber eine dänische Bande trieb sich in den Wäldern herum. Als mein Sohn nicht zurückkehrte, habe ich Leute losgeschickt. Sie fanden sein Pferd mit einem Speer im Bauch auf einem Waldweg. Ein Bauer hat gesehen, wie sie ihn davongeschleppt haben.»

«Hatte er keine Begleiter dabei?», fragte ich.

Franco sah mich misstrauisch an, als hätte ich ihm einen Vorwurf gemacht. «Nein, er war gern allein. Und er ist ein hervorragender Reiter. Wenn sie das Pferd nicht erlegt hätten wie ein Wildschwein, wäre er ihnen entkommen. Sie müssen ihm aufgelauert haben.»

«Wie alt ist er?»

«Sechzehn.»

Sechzehn. Osmund war kaum älter als meine Schwester. Wenn er wirklich so hilflos war, wie der Bischof angedeutet hatte, dann war es zumindest erstaunlich, dass er allein durch die Wälder ritt.

Und wieder erriet Franco, was ich dachte. Ein ärgerlicher Blick traf mich. «Er ist nicht zurückgeblieben», sagte er, als hätte ich das Gegenteil behauptet. «Osmund ist ein kluger und geschickter Junge. Die Leute halten ihn für blöd, weil er nicht spricht. Sie reden mit ihm wie mit einem Idioten.»

«Hat er bei dem Sturz in den Brunnen denn sonst irgendwelche Verletzungen erlitten?», fragte ich vorsichtig.

«Nein», sagte Franco. «Ein paar Prellungen, sonst nichts, obwohl der Brunnen trocken und ziemlich tief war. Es war nicht der Sturz.» Er schwieg lange, bevor er weitersprach. «Osmund war bei seiner Mutter, als es passierte. Sie hatte einen Augenblick lang nicht aufgepasst. Nachdem er hineingefallen war, geriet sie in Panik. Anstatt Hilfe zu holen, versuchte sie hinunterzuklettern, dabei verlor sie den Halt, stürzte ab und brach sich das Genick.» Tränen traten in seine Augen. «Der

Junge lag vier Stunden lang neben seiner toten Mutter im Brunnenschacht, bevor er gefunden und befreit wurde. Seitdem hat er kein Wort mehr gesagt. Er kann nicht im Dunklen einschlafen, und in engen Räumen bekommt er Beklemmungen. Fremde Menschen ängstigen ihn. Mit Tieren fühlt er sich wohl. Darum die Ausritte.»

«Wie alt war er damals?»

«Fünf Jahre.»

Die Geschichte war so furchtbar, dass ich schlucken musste. Das dunkle und enge Kellerverlies voller fremder Gefangener musste für diesen Jungen die Hölle sein.

«Wer war seine Mutter?», fragte ich.

«Eine Frau, die mir sehr viel bedeutet hat», antwortete Franco abweisend. «Mehr musst du nicht wissen.»

Das überraschte mich. Wenn Osmund sechzehn Jahre alt war, dann musste er gerade geboren gewesen sein, als Franco den Prozess gegen meine Mutter geführt hatte. Ich sah den jungen Bischof wieder vor mir, selbstverliebt und mitleidlos war er gewesen, und es war schwer vorstellbar, dass er damals jemand anderem als sich selbst so etwas wie Zuneigung entgegengebracht hatte. Vielleicht hatte er die Liebe zu Frau und Kind auch erst nach und nach entdeckt. Möglicherweise war es der Unfall gewesen, der einen anderen Menschen aus ihm gemacht hatte, der Verlust seiner Geliebten und der kleine Sohn, den er sein ganzes Leben lang hatte beschützen und verteidigen müssen. Als wir dort am Fenster nebeneinanderstanden und in den Hof blickten, wo der Hufschmied gerade seine Arbeit aufnahm, da fühlte ich mich Franco unwillkürlich nah.

«Hat er wohl genug zu essen da unten?», fragte er plötzlich.

Ich brauchte einen Augenblick, um in die Gegenwart zurückzukehren. Er meinte den Keller in Asselt.

«Ja», sagte ich. «Und die Gefangenen dürfen abends in den Hof.» Ich wusste nicht, ob die Dänen das auch unter der Belagerung so handhabten, aber ich wollte ihm etwas Tröstliches sagen.

Franco atmete ein paarmal tief ein und aus, als müsste er sich durchringen, zu dem Problem zurückzukehren, das jetzt gelöst werden musste.

«Die Luftschlitze sind also zu eng», resümierte er. «Gibt es eine andere Möglichkeit, ihn da rauszubekommen?»

«Nicht, solange die Gefangenen im Keller sitzen. Von außen kommt man da nicht heran. Und seit meinem Besuch neulich Abend werden sie die Wachen verstärkt haben.»

«Könnte man die bestechen?»

Ich schüttelte den Kopf. «Seit die Festung belagert wird, kommt man nicht mehr auf die Insel. Wir können keinen Kontakt aufnehmen, und wir wüssten auch gar nicht, an wen wir uns wenden sollten. Und selbst wenn, wäre es zu gefährlich. Sie müssten ihn aus dem Keller holen und zum Tor bringen. Der ganze Hof ist voller Männer. Jemand würde es bemerken.»

Eine ganze Weile standen wir so da und überlegten. Es war unwahrscheinlich, dass es uns gelang, Osmund und die anderen heimlich herauszuholen. Eigentlich gab es nur zwei Möglichkeiten dafür: Entweder wir stürmten die Festung und holten sie uns mit Gewalt, oder die Dänen ließen sich irgendwann doch auf eine Lösegeldzahlung ein. Nichts davon konnte ich mir wünschen. Franco dagegen trieb vor allem die Sorge um, dass sein Sohn bei einem Angriff ums Leben kam oder von den Dänen abgeschlachtet wurde.

Und dann kam mir doch noch ein Einfall. Auch wir hatten Gefangene gemacht. Arnulf und die anderen Anführer verschwendeten keinen Gedanken an die Möglichkeit, sie am Leben zu lassen; für sie war es selbstverständlich, dass die Gefangenen nach dem Verhör umgebracht und ihre Köpfe zu den anderen auf Pfähle am Ufer gesteckt werden würden. Soweit ich wusste, hatten die Dänen nie irgendetwas unternommen, um ihre Leute auszulösen. Vielleicht hing das mit ihren Vorstellungen von Schmach und Ehre zusammen: Entweder man kam im Kampf um und landete in Walhalla, oder man geriet in Gefangenschaft und erwies sich als unwürdig. Aber was wäre, wenn wir einen ihrer Anführer in unsere Gewalt bekamen? Würden sie mitansehen, wie wir ihn aufhängten? Bei meinem Auftritt als Tanzbär hatten neben den beiden Königen und Sven Knurhår noch drei weitere Männer auf dem Podest gesessen. Wer von ihnen war eigentlich noch in der Festung, und wer war mit den Schiffen nach Norden gefahren?

Da ich keine andere Idee hatte, Franco aber auch nicht ohne die Aussicht auf einen Erfolg zurücklassen wollte, sagte ich: «Wenn wir einen ihrer Anführer in die Hände bekommen, werden sie sich vielleicht auf einen Austausch einlassen.»

«Arnulf wird ihn aber nicht gegen Osmund austauschen», sagte Franco.

«Es sei denn, ich schnappe mir selbst einen dieser Dänen», entgegnete ich. Wieder dachte ich an Sven Knurhår. Ich hätte ihn nicht davonkommen lassen sollen. Doch gleichzeitig hatte ich eine dunkle Ahnung, dass ich ihn bald wiedersehen würde. Er und seine Leute würden nicht an der Maasmündung herumsitzen und abwarten, was in Asselt passierte. Sie würden zurückkehren, und wenn sie über den Fluss nicht an uns herankamen, dann würden sie eben über Land marschieren. Es bestand zumindest eine Chance.

«Also versuch es», sagte Franco. Dann klopfte er mir etwas unbeholfen auf die Schulter und entließ mich. Und schon hatte ich die nächste Aufgabe.

Als ich auf den Hof trat, lief mir Finnan über den Weg. Er trug wieder sein weißes Dichtergewand, aber keine Zipfelmütze. Und er war in bester Stimmung.

«Es hat sich schon herumgesprochen, dass du wieder da bist», sagte er. «Wir brauchen mal wieder einen Schiedsrichter. Komm mit, wir unterhalten uns und kippen uns dabei einen in die Rüstung.»

Das war genau das, was ich jetzt gebrauchen konnte. Ich folgte Finnan in einen der leeren Schafställe, und da saßen auch die anderen: Brennan, Connor und Dermot hatten es sich auf einer Bank für die Melker bequem gemacht und begrüßten mich mit großem Jubel und erhobenen Krügen. Ihre geröteten Augen verrieten, dass schon wieder reichlich Bier geflossen war. Im Licht der durch ein hohes Fenster einfallenden Sonne sahen sie in ihren weißen Gewändern wie Heilige aus.

«Der schöne Tankred!», rief Connor übermütig.

«So schön ist er nun auch wieder nicht», beschwichtigte Brennan.

«Dann definier doch mal Schönheit», forderte Dermot ihn auf.

Brennan machte ein nachdenkliches Gesicht, während Finnan und ich uns zu ihnen setzten, sodass wir nebeneinanderhockten wie fünf Hühner auf einer Stange.

«Schönheit ist Weisheit», sagte Brennan schließlich würdevoll und strich sich über das weiße Haar. «Darum sind wir Iren ja auch die schönsten Menschen der Welt.»

«Und warum war Sokrates dann so ein plattnasiger Wicht?», fragte Dermot gehässig.

«Woher willst du denn wissen, wie Sokrates aussah?», fragte Brennan zurück.

«Kannst du überall nachlesen», sagte Dermot. «Sokrates sah aus wie ein Warzenschwein.»

«Das wird doch nur behauptet, damit seine Weisheit umso heller strahlt», entgegnete Brennan.

«Wie wär's mit Tugend?», versuchte Connor zu vermitteln. «Schönheit ist Tugend.»

«Schon mal im Bordell gewesen?», knurrte Dermot.

«Ebenmaß», sagte Brennan. «Schönheit ist Ebenmaß. Runde Augen, gerade Nasen, glatte Haut.»

Einer nach dem anderen nickte. Dann betrachteten sie sich untereinander und begannen, skeptisch die Köpfe zu wiegen. Mit der Feststellung schienen alle einverstanden zu sein, aber nicht mit den Schlussfolgerungen, die sich daraus ergaben. Schließlich hob Dermot seinen Krug, drehte ihn um, kniff ein Auge zu und spähte in das leere Gefäß, dann blickte er Finnan an und sagte: «Geh mal Bier holen. Du wirst schon wieder hässlich.»

Finnans Durst schien größer zu sein als seine Lust zu widersprechen. Er sammelte die Krüge ein und verschwand. Während er Bier holte, debattierten die anderen weiter. Brennans Definition wurde auf Tiere ausgeweitet und am Beispiel von Schmetterlingen und Wildkatzen überprüft. Als Finnan mit fünf gefüllten Krügen zurückkehrte, waren sie bei den Melodien und ihrer geheimnisvollen Harmonie angekommen.

«Lasst uns doch mal was singen», schlug Finnan vor und stimmte ein irisches Lied an. Sofort fielen alle ein. Ich summte mit und fühlte mich wohl.

Der Rest des Tages verstrich mit weiteren Streitereien über bedeutende Fragen: ob die Frucht vom Baum der Erkenntnis eher ein Apfel oder eher eine Feige gewesen sei und in welcher Sprache die Schlange sie Eva angeboten habe; ob Hyänen, wie vom Physiologus behauptet, ihr Geschlecht wechseln könnten und ob sich die Unendlichkeit des Universums tatsächlich beweisen ließe, indem man von seinem äußersten Rand aus einen Speer schleudere, wie Lukrez es vorgeschlagen hatte.

Irgendwann kam Brennan vom Bierholen im Keller des Haupthauses nicht mehr zurück. Nach einer Weile machte Finnan sich auf die Suche, aber auch er blieb verschwunden. Als auch Dermot und schließlich Connor nicht zurückkehrten, ging ich selbst hin und fand alle vier schlafend vor einem großen Fass, aus dessen Spundloch ein paar letzte Tropfen auf den Kellerboden tröpfelten.

Draußen war es inzwischen dunkel geworden, und ich war ziemlich betrunken. Es war ausgeschlossen, dass ich noch irgendwohin reiten würde, also legte ich mich in einem der Ställe ins Stroh. Während ich mich ausstreckte, wurde mir bewusst, dass ich den ganzen Abend über nicht an Fidis gedacht hatte. Mit einer Mischung aus schlechtem Gewissen und Sehnsucht nach ihrer weichen Haut schlief ich ein.

Am späten Nachmittag des nächsten Tages traf ich wieder in Asselt ein. In meiner zweitägigen Abwesenheit hatte sich dort nichts verändert, wenn man davon absah, dass der obere Damm inzwischen fast zwei Drittel seiner geplanten Länge erreicht und die tiefste Stelle des Seitenarms überwunden hatte. Die Strömung in der verbliebenen Lücke war inzwischen so stark, dass sie immer wieder große Steine mitriss. Ich besah mir die Sache und ordnete an, eine Reihe von Holzpfählen ins Flussbett zu rammen, um dem Damm besseren Halt zu geben.

Der Graben zwischen Flussbett und Senke war inzwischen knietief und acht Schritte breit. Die Männer schaufelten und schleppten unermüdlich weiter. Niemand schimpfte mehr auf die Schinderei, im Gegenteil: Der Fortschritt der Arbeiten zeigte, dass der Plan aufgehen würde. In den Augen der Vorarbeiter leuchtete der Stolz, als sie mir Bericht erstatteten. Die Festung auf der Insel lag wie ausgestorben da. Nur ein paar Gesichter auf den Türmen und zwischen den Zinnen der Mauer verrieten, dass sie uns beobachteten.

Während ich letzte Anweisungen gab, näherte sich ein Reiter. Schon von Weitem erkannte ich das blaue Gewand, dessen silberne Knöpfe in der Sonne blinkten. Es war Ratwin. Als er herangekommen war, scheuchte er die Arbeiter weg und winkte mich zu sich.

«Komm sofort mit nach Roermond. Es gibt beunruhigende Neuigkeiten.»

Ich holte mein Pferd, das an einem der Transportwagen angebunden war, und folgte Ratwin, der über die Uferstraße galoppierte, als wäre der Teufel hinter ihm her. Lieferanten mit Handkarren und Bauern mit Kiepen auf dem Rücken sprangen zur Seite.

Vor einem lang gestreckten Schuppen am südlichen Ortsrand brachte Ratwin sein Pferd zum Stehen, sprang ab und drückte die Zügel einem vor der Tür wartenden Soldaten in die Hand. Dann stapfte er hinein. Ich eilte ihm hinterher.

Das Gebäude war eine Wollspinnerei, die zum Lager umfunktioniert worden war. Draußen war die Sonne so grell gewesen, dass sich meine Augen nun erst an das schwache Licht gewöhnen mussten, das durch die zugestellten Fenster hereinfiel. Nach und nach schälten sich Kisten, Säcke und Fässer, Bündel von Speeren und Pfeilen, aufgerollte Zeltplanen und Seile aus dem Halbdunkel. Dann erst sah ich den Mann, der neben einem Spinnrad in der Mitte des Raumes gestanden hatte und nun auf uns zukam. Dichte rötliche Haare, die vor der Stirn waagerecht abgeschnitten waren. Große Kuhaugen.

«Erik?», fragte ich ungläubig.

«Da staunst du, was?», sagte Ratwin. «Er ist gestern angekommen.»

Ich begriff. Ratwin brauchte jemanden, der beim Verhör der Gefangenen übersetzte. Erik, ein Enkel des zum Christentum bekehrten dänischen Königs Harald Klak, hatte uns schon in Koblenz als Dolmetscher gedient. Obwohl er den nordischen Göttern seiner Vorfahren immer noch einen gewissen Respekt entgegenbrachte, stand er auf unserer Seite.

Erik schien nicht recht zu wissen, wie er mich begrüßen sollte. Unsicher trat er auf mich zu, und als ich seine Hände nahm, lächelte er mich fast dankbar an. Ich wusste, dass er großen Respekt vor mir hatte. In Koblenz hatte er mir von einem Buch über die Geschichte der Dänen erzählt, an dem er gerade schrieb. Er schätzte mein Urteil, aber er fürchtete es auch.

«Nicht dass wir nicht auch hier einen Dolmetscher bekommen hätten», sagte Ratwin. «Dein neuer Freund Liutward hat Boten in die Klöster der Umgebung geschickt, die getaufte Dänen auftreiben sollen. Von denen scheint es eine ganze Menge zu geben, aber ich dachte mir, dass es besser ist, jemanden zu haben, der nur mir verpflichtet ist.»

Dein neuer Freund Liutward. Ich musste grinsen. Ratwin war gut informiert. Jemand musste ihm berichtet haben, dass ich dem Bischof auf den Kirchturm gefolgt war.

Ratwin winkte uns, ihm zu folgen, und ging in den hinteren Teil der Spinnerei, der von einer Wand aus aufgestapelten Säcken verborgen war.

Vor der Rückwand war zwischen Kisten und Fässern der nackte Körper eines Mannes zu erkennen. Er hockte auf den Knien, aber sein Oberkörper war so weit nach vorn gesackt, dass der Kopf auf dem Boden ruhte. Die Hände waren hinter dem Rücken zusammengebunden, und die Arme standen unnatürlich weit vom Körper ab. Von der Fessel führte ein straff gespanntes Seil unter die Decke, lief dort durch einen Haken und dann zur Wand, wo das Ende an einem weiteren Haken festgeknotet war. Ich begriff sofort, warum er in dieser Position verharrte: Wenn er sich ganz zu Boden sinken ließ, würden ihm die Schultern ausgekugelt, aber zum Stehen fehlte ihm die Kraft. Es war die unbequemste Position, die man sich vorstellen konnte. Ratwin hatte offenbar seine Foltertechnik verfeinert und Schlafentzug mit Schmerzen kombiniert.

«Na, na!», rief Ratwin streng, während er mit schnellen Schritten auf den Gefangenen zuging. «Wir wollen doch wohl nicht schlafen? Sitz gefälligst gerade, wenn Besuch kommt! Was sollen die Leute denken?»

Er griff sich einen Eimer und schüttete dem Kauernden einen Schwall Wasser über den Rücken. Der Mann zuckte einmal, ohne seine Haltung zu ändern. Ratwin griff nach dem Seil und ruckte daran. Diesmal bliebt die Wirkung nicht aus: Mit einem Schrei bäumte der Gefangene sich auf, bis er kerzengerade vor uns kniete. Seine Handgelenke wurden von der Fessel mit dem Seil auf Höhe des Kopfes gehalten. Es sah aus, als wären seine Arme nach hinten aus dem Rücken herausgewachsen. Er stöhnte. Hinter dem dichten Bart und den wirren Haaren, die ihm auf der Stirn klebten, war kaum ein Gesicht zu erkennen. Ein stumpfer Blick traf mich, dann fielen die Augen wieder zu.

«Geht doch», sagte Ratwin mitleidlos und befestigte das Seil so, dass der Gefangene nicht wieder umsinken konnte. Erik verzog das Gesicht, als würden ihm selbst die Schultern ausgekugelt.

«Das hier ist unser Freund Thorgaut», erklärte Ratwin leutselig. «Thorgaut möchte uns etwas erzählen. Erik, bitte.»

Während Erik auf Dänisch auf den Gefangenen einredete, erklärte Ratwin mir halblaut: «Wenn Arnulf mir die Gefangenen anvertraut, dann kann ich sie ja wohl auch befragen.» Er machte eine verächtliche Kopfbewegung in Richtung des Dänen. «Und was der hier uns gleich erzählen wird, das muss nicht gleich der ganze Rat hören.»

Ratwin ging zur Wand und nahm lächelnd das Seil in die Hand, ohne daran zu ziehen. Der Blick des Dänen folgte ihm. Es fiel ihm sichtlich schwer, die Augen offen zu halten, aber er wusste, was passieren würde, wenn er wieder einschlief, also begann er, leise und schleppend zu reden.

Erik übersetzte: Vor rund zehn Tagen hatten die Mannschaften der von Asselt abgezogenen Schiffe zwei Tagesmärsche nördlich von Roermond am Flussufer gelagert. Thorgaut hatte vor dem Zelt von Sven Knurhår Wache gehalten, als einer von dessen Männern, die die Sprache der Christen beherrschten, am späten Abend in Begleitung eines Reiters erschienen war. Thorgaut hatte die beiden eingelassen und dann weiter Wache gehalten. Dabei hatte er das eine oder andere Wort gehört. Nein, nicht gelauscht. Aufgeschnappt. Der Unbekannte hatte Sven Knurhår eine Auskunft angeboten, die ihn angeblich nichts kosten würde, was natürlich zunächst einmal für großes Misstrauen gesorgt hatte. In einer der kommenden Nächte, so hatte der Fremde über den Dolmetscher erklärt, werde jemand vom Westufer aus auf die Insel geschlichen kommen, um mit den Gefangenen zu sprechen. Vielleicht werde er versuchen, sie zu befreien. Sven Knurhår solle nun selbst entscheiden, was er mit dieser Auskunft anzufangen gedenke. Anschließend war der Fremde wieder aus dem Zelt gekommen, aufs Pferd gestiegen und verschwunden.

Während Erik zu Ende übersetzte, sackte dem Gefangenen der Kopf auf die Brust. Ich starrte ihn fassungslos an. Meine Ahnung, dass die vier Dänen in der Nacht meines Besuchs auf der Insel nicht ohne Grund hinter dem Busch gesessen hatten, hatte mich nicht getrogen. Sie hatten mir aufgelauert. Ich war verraten worden.

Ratwin blickte mich grimmig an und nickte, als hätte sich gerade etwas bestätigt, was er schon immer gewusst hatte.

«Wie sah der Mann aus?», fragte ich. «Wie alt war er?»

Ratwin zog am Seil. Der Gefangene stöhnte auf, straffte sich und öffnete ein Auge.

Erik übersetzte, Thorgaut antwortete, Erik übersetzte: Das Gesicht hatte Thorgaut nicht sehen können, weil der Fremde einen weiten Mantel mit Kapuze getragen hatte. Auch sonst war Thorgaut nichts aufgefallen, was irgendwie dazu taugte, den Besucher wiederzuerkennen: mittelgroß, gerade Haltung, unauffälliger Gang, soweit er das anhand der paar Schritte vom Pferd bis zum Zelt überhaupt hatte beurteilen können.

«Das Pferd», sagte ich. «Wie sah das Pferd aus?»

Erik übersetzte. Thorgaut mühte sich mit der Antwort ab, versuchte offenbar, etwas schwer zu Beschreibendes in Worte zu fassen, und hätte wahrscheinlich gern seine Hände benutzt. Immer wieder fiel ein Wort, das wie Sommervogel klang. Erik versuchte, ihm auf die Sprünge zu helfen, ließ sich etwas bestätigen und fasste die mühsam erkämpfte Antwort schließlich für mich zusammen, während Thorgaut schon wieder die Augen schloss: Das Pferd war ein Schecke mit einer auffälligen Zeichnung auf dem Hals gewesen. Wie ein Schmetterling.

Mit einem Schlag war mir alles klar. Dieses Pferd hatte ich in der Schlacht von Remich gesehen. Sein Reiter hatte sich gegen eine Übermacht von Dänen zur Wehr gesetzt, bevor ich ihm zur Seite gesprungen war. Ich hatte meinem Halbbruder Gerold das Leben gerettet, und jetzt hatte er mich verraten.

14

Dass er so weit gehen würde, hätte ich nicht gedacht», sagte ich, als wir eine halbe Stunde später in Ratwins großem Zelt saßen. «Gerold hat nicht nur mich verraten, sondern die ganze Unternehmung. Im Grunde hat er den Kaiser verraten.»

Ratwin schüttelte den Kopf. Er war genauso wütend wie ich, aber sein klarer Verstand war ihm nicht abhandengekommen. «So leid es mir für dich tut, das hat er nicht», sagte er. «Er wollte dich ans Messer liefern, aber am Verlauf der Belagerung hätte es nichts geändert. Gerold hat noch nicht einmal die Befreiung der Gefangenen vereitelt, denn die wäre ohnehin nicht gelungen. Verrat am Kaiser hat er nicht begangen.»

«Was glaubst du, wie der Kaiser das aufnehmen wird?», fragte ich.

«Die Frage ist, ob er es überhaupt erfahren sollte», sagte Ratwin nachdenklich. «Gerold wird den Vorwurf natürlich abstreiten und behaupten, jemand anders habe sein Pferd genommen. Die Sache wird für reichlich Unfrieden sorgen, und am Ende kommt nichts dabei heraus. Wir sollten uns gut überlegen, ob wir Vorwürfe gegen Gerold erheben, die wir nicht beweisen können. Ich schlage vor, wir warten ab.»

«Was warten wir ab?», fragte ich gereizt. «Dass er mich im Schlaf ersticht? Er trachtet mir nach dem Leben und ist bereit, dafür mit den Feinden des Kaisers zu paktieren.»

«Er paktiert nicht mit ihnen. Er hat genauso ein Interesse wie du, dass sie verschwinden. Schließlich bedrohen sie seine Besitzungen.»

Ich sprang auf. «Seine?»

«Setz dich wieder», sagte Ratwin ruhig. «Für ihn sind es seine.»

«Nicht mehr lange», knurrte ich. Ich wusste, dass Ratwin das nicht gesagt hatte, um mir in den Rücken zu fallen, sondern um mir klarzumachen, wie mein Gegner dachte. Es war gut, einen Freund zu haben, der die Besonnenheit nicht verlor.

«Man kann Gerold nicht trauen», sagte ich schwach.

Ratwin lachte voller Spott auf. «Wollen wir mal den ganzen Kriegsrat durchgehen, und du sagst mir, wem man trauen kann? Liutward? Arnulf? Heinrich? Soll ich weitermachen?»

Ich wusste, dass er recht hatte.

«Sieh es doch mal so», sagte Ratwin. «Er hat einen Anschlag auf dich versucht und ist damit gescheitert. Du bist gewarnt und weißt, dass er zu allem bereit ist. Und du stehst besser da als vorher. Seit du vor der Nase von Gorm aus dem Fenster gesprungen bist, halten dich alle für einen Teufelskerl. Im Grunde hat Gerold dir einen Gefallen getan. Und er weiß nicht, dass wir ihn durchschaut haben. Wir sind gewarnt, er nicht.»

Ärgerlicherweise hatte er auch damit recht. Die Selbstverständlichkeit, mit der Ratwin meine Sache zu seiner eigenen machte, versöhnte mich ein bisschen. Es hatte keinen Sinn, Gerold im Kriegsrat anzuschwärzen. Genau wie bei Uta würde ich meinen Gegenschlag in Ruhe planen und bis dahin auf der Hut bleiben müssen.

«Eine Frage haben wir uns noch gar nicht gestellt», sagte Ratwin jetzt.

«Nämlich?»

«Sven Knurhår war bei der Flotte, als Gerold ihn über deinen geplanten Ausflug zur Insel informiert hat. Wie haben sie es in der Festung erfahren?»

In der Tat war das eine interessante Frage. Offenbar hatten die Dänen noch immer Möglichkeiten, Boten an unseren Spähern und Wachen vorbeizuschicken. Gerold hatte einen weiten Umweg in Kauf genommen, um nicht dabei beobachtet zu werden, wie er Kontakt mit den Dänen aufnahm. Er musste sicher gewesen sein, dass die Nachricht rechtzeitig nach Asselt gelangen würde.

«Wir sollten ihn fragen, bevor er einschläft», sagte ich.

«Keine Sorge», sagte Ratwin. «Mit Schmerzen kann man sie immer wecken.»

Als wir eine halbe Stunde später zur Spinnerei kamen, stand der Wächter nicht mehr davor. Wir traten ein, und wieder brauchten meine Augen eine Weile, um sich an das Halbdunkel zu gewöhnen. Doch als ich hinter die aufgestapelten Säcke blickte, sah ich genug, um zu erkennen, dass Thorgaut tot war. Er hing mit aufgerissenen Augen und heraushängender Zunge an der Decke. Jemand hatte ihm das Seil, mit dem seine Hände immer noch gefesselt waren, ein paarmal um den Hals geschlungen und ihn daran hochgezogen.

«Den weckst du auch mit Schmerzen nicht mehr», sagte ich.

Ich ertränkte meinen Ärger mit Bier. Lupus hatte ein kleines Fass und ein paar verschrumpelte Äpfel aufgetrieben, mit denen er Jonglieren übte, während wir direkt am Fluss auf einem der Steinhaufen saßen, die ein Stück südlich des Lagers aufgestapelt worden waren. Immer noch wurden Felsbrocken, Schotter und Erdschollen versenkt, um den Damm zu vervollständigen. Die Rufe der Arbeiter und das regelmäßige Platschen der Steine schallte zu uns herüber. Der Bau der Palisaden auf den Wällen des Lagers war weit vorangeschritten, und an den Ecken wuchsen jetzt auch die Türme in die Höhe.

Natürlich hatte niemand gesehen, dass jemand die Spinnerei betreten hatte. Der Wächter war kurz austreten gewesen, jedenfalls hatte er das behauptet, während seine Füße in der Luft gebaumelt hatten, weil Ratwin ihn an der Gurgel gepackt und ein Stück angehoben hatte.

Es änderte ohnehin nicht viel. Ich wusste, was ich von Gerold zu halten hatte, und wenn ich ehrlich war, hatte ich ohnehin nicht geglaubt, ihn zur Strecke bringen zu können, indem ich ihn wegen einer Sache anschwärzte, die ich noch nicht einmal beweisen konnte. Der Kampf zwischen uns würde anders entschieden werden.

«Warum weiß man bei den dänischen Schiffen nie, wo vorne und hinten ist?», fragte Lupus plötzlich.

«Damit sie schneller vom Strand aus in See stechen können», antwortete ich. «Sie fahren vorwärts rauf und rückwärts wieder runter, und dann setzen die Ruderer sich einfach andersrum hin und rudern weiter. Sie müssen die Schiffe nicht umdrehen.»

«Was soll denn daran lustig sein?»

«Nichts», sagte ich. «Das ist der Grund.»

Lupus blickte mich entgeistert an. «Daraus lässt sich doch kein Witz machen.»

«Ich wollte ja auch gar keinen Witz machen.»

«Du bist heute ganz schön unlustig.»

Wir tranken, und nach und nach besserte sich meine Laune

schließlich doch. Ich erzählte Lupus, was sich in den letzten beiden Tagen ereignet hatte.

«Was ist Schönheit denn für dich?», fragte ich, nachdem ich das Gespräch mit den Iren zusammengefasst hatte.

«Schönheit ist, wenn man einfach mal die Klappe halten kann», sagte Lupus trocken.

«Das ist nicht schön, sondern maulfaul. Schönheit ist die Anwesenheit von etwas Sichtbarem, nicht die Abwesenheit von etwas Hörbarem.»

Lupus drehte mir ganz langsam das Gesicht zu und zog eine Augenbraue hoch. «Merkst du was?»

Danach schwiegen wir tatsächlich eine ganze Weile.

«Wieso eigentlich dieser ganze Umweg über Franco?», fragte Lupus auf einmal. «Wie wahrscheinlich ist es denn, dass du dir einen von diesen Häuptlingen schnappst? Die einen sitzen da drüben auf der Insel, und die anderen liegen irgendwo im Norden am Strand herum.»

Damit hatte er recht. Es war nicht sehr wahrscheinlich, dass mir das gelang, schon gar nicht allein. Und selbst wenn, dann würde ich nicht eigenmächtig und unbemerkt einen Austausch einfädeln können, der nur Franco und mir etwas nützte. Ich hatte dem Bischof den Vorschlag nur gemacht, um nicht mit leeren Händen dazustehen, nachdem die Befreiung der Gefangenen missglückt war.

«Und angenommen, Franco hält sein Versprechen und hebt das Urteil auf», dachte Lupus laut weiter. «Dann musst du dich trotzdem noch mit Gerold herumschlagen. Oder glaubst du, dass er sich dem Urteil beugen wird? Natürlich wird er das nicht tun. Was wird überhaupt mit ihm passieren, wenn du es schaffst, ihn zu verdrängen?»

«Er wird geschoren und landet im Kloster», sagte ich. «Was sonst?»

«Von da sollen sie ja manchmal wiederkommen», sagte Lupus mit einem Seitenblick zu mir. Dann schüttelte er den Kopf, legte mir einen Arm um die Schultern und sagte: «Ich bin ja nicht so schlau wie du, Tankred, also korrigier mich bitte, wenn ich das jetzt falsch zusammenfasse. Du sollst eine fast unlösbare Aufgabe erledigen, damit ein altes Pergament korrigiert wird, das niemanden interessiert. Dann musst du einen Kampf gegen jemanden ausfechten, der sich nicht um die Regeln schert, und wenn du gewinnst, steht er nach ein paar Jahren wieder vor der Tür, und der ganze Ärger beginnt von vorn.»

Leider war das eine ziemlich korrekte Zusammenfassung der Lage. Eine Weile starrte ich auf den Damm und das Wasser, das an seinem äußersten Ende vorbeirauschte.

«Und was soll ich deiner Ansicht nach stattdessen tun?», fragte ich verdrossen.

«Bring Gerold um, und deine Probleme sind alle auf einmal gelöst.»

«Indem ich mich anschleiche und ihn von hinten ersteche? Das wäre nicht meine Art.»

«Erstich ihn halt von vorn, wenn du dich dann besser fühlst. Von rechts, von links, von unten, von oben. Herrgott!»

«Einen Mörder würde der Adel nicht akzeptieren. Schon gar nicht in dieser Lage. Wir müssen die Dänen vertreiben, anstatt uns untereinander umzubringen.»

Lupus schielte zum Himmel. «Ihr mit eurer dämlichen Ehre.» Er nahm einen Schluck Bier, dachte eine Weile nach, dann sagte er: «Ehre ist vielleicht doch nicht so schlecht.

Zwing ihn, dich zum Zweikampf zu fordern. Spann ihm die Frau aus. Hat er eine?»

«Keine Ahnung.»

Wieder verdrehte Lupus die Augen. «Du weißt erschreckend schlecht Bescheid über deinen Gegner.»

Damit hatte er leider schon wieder recht. Da inzwischen ohnehin jeder wusste, wer ich war, gab es keinen Grund, mich nicht ein bisschen umzuhören. Nicht dass ich die Absicht hatte, mich tatsächlich an Gerolds Frau, Verlobte oder Geliebte heranzumachen; ihn auf so durchschaubare Weise zu provozieren, wäre unter meiner Würde gewesen. Aber etwas mehr zu wissen, konnte nicht schaden. Bei unserer Begegnung auf dem Schlachtfeld von Remich hatte Gerold gesagt, dass es meinem Vater nicht gut ging. Und er hatte noch etwas gesagt: *Du wirst es vielleicht nicht glauben, aber in der letzten Zeit hat er gelegentlich von dir geredet. Du warst sein Liebling*. Wahrscheinlich würde er sich inzwischen lieber die Zunge abbeißen, als diese Worte zu wiederholen. Aber er hatte sie ausgesprochen. Warum war ich eigentlich in der ganzen Zeit nicht auf die Idee gekommen, mich nach meinem Vater zu erkundigen?

Der größte Teil des lotharingischen Kontingents war in den Dörfern um Roermond einquartiert. Ich kannte inzwischen ihren Anführer: ein junger Graf aus Brabant, der zur Zeit meiner Verurteilung noch ein Kind gewesen war und auf den Besprechungen kein Wort gesagt hatte. Viel mehr wusste ich nicht. Ich hatte mich von den Lotharingiern ferngehalten, um Gerold nicht aufzuscheuchen. Aber vielleicht war das ein Fehler gewesen, denn die Fronten waren ohnehin klar.

«Apropos Frauen», sagte Lupus, der offenbar zu dem Schluss gekommen war, dass er mich auf den richtigen Gedanken gebracht hatte und jetzt das Thema wechseln konnte. «Wie geht's eigentlich Fidis?»

«Gut», sagte ich, nicht ohne mich ein bisschen schuldig zu fühlen. Ich hatte sie wochenlang nicht gesehen. Eigentlich hatte ich mir vorgenommen, noch einmal nach Aachen zu reiten, bevor wir bereit zum Angriff auf Asselt waren. Stattdessen hatte ich mich gestern mit den Iren betrunken, und heute betrank ich mich mit Lupus, während Fidis auf mich wartete, in einer Stadt, in der sie außer Judith und Folchar niemanden kannte. Eigentlich wusste ich gar nicht, wie es ihr ging.

«Wenn ich nicht Trauzeuge werde, rede ich kein Wort mehr mit dir», sagte Lupus.

«So weit sind wir noch nicht», erwiderte ich. «Erst muss ich die Familienangelegenheiten regeln.»

«Dann pass mal schön auf, dass sie nicht vorher schwanger wird», sagte Lupus. «Sonst hat dein Sohn in zwanzig Jahren die gleichen Probleme wie du.»

«Wieso mein Sohn?»

«Weil Fidis temperamentvoll und lebenslustig ist. Solche Frauen kriegen fast immer Söhne.»

«Was für ein Blödsinn.»

«Kein Blödsinn. Hat meine Großmutter gesagt, die musste es wissen, die war Hebamme. Es sei denn, du kneifst dir bei der Zeugung ins rechte Ei. Hast du das gemacht?»

«Natürlich nicht.»

«Na also. Apropos Eier: Wie viele Dänen braucht man, um einen Schafbock zu kastrieren?»

«Genauso viele, wie man braucht, um dich ins Wasser zu werfen», sagte ich, zog ihn am Kragen hoch und gab ihm einen Tritt in den Hintern, dass er im hohen Bogen in die Maas flog.

Vier Tage später hatte der obere Damm die Spitze der Insel erreicht. Die Arbeiter wurden die ganze Zeit über von einem Dutzend Bogenschützen gedeckt, aber die hatten nicht viel zu tun, denn die Dänen wagten keinen einzigen Ausfall. Auch die Abdichtung mit Schotter und Grassoden schritt zügig voran. Noch ein paar Tage, und wir würden auch den zweiten Damm weiter flussabwärts fertigstellen. Alles in allem war es erheblich schneller gegangen, als ich berechnet hatte.

Von Ratwin hatte ich erfahren, dass Heriger, ein Onkel meiner Mutter, mit ein paar Reitern in einem der Dörfer nordwestlich von Roermond einquartiert war. Heriger hatte mich im Prozess gegen Uta unterstützt und mir das Leben gerettet, indem er das Wergeld für den Eideshelfer meines Vaters bezahlt hatte, den ich in meiner Unbeherrschtheit erstochen hatte. Danach hatte ich nichts mehr von ihm gehört. Ich wusste, dass er wütend auf mich gewesen war, weil der scheinbare Beweis von Utas Unschuld seinem Ruf geschadet hatte, auch wenn ich sicher war, dass er mir geglaubt hatte. Heriger musste über siebzig Jahre alt sein, und es erstaunte mich, dass er sich noch immer an Kriegszügen beteiligte, aber das passte zu ihm. Er war immer schon ein alter Haudegen gewesen, aufrecht und unverwüstlich. Wenn jemand mir Auskünfte über die Lage in Maastricht geben würde, dann er. Vor allem aber war ich sicher, dass ich mich auf seine Verschwiegenheit verlassen konnte. Am Abend des Tages, an dem das Sperrwerk geschlossen worden war, machte ich mich auf den Weg.

Das Dorf war nicht mehr als eine Ansammlung von drei Bauernhöfen mit einer Kapelle, eine Stunde von Asselt entfernt. Als ich mich näherte, ging gerade die Sonne unter. Der Horizont im Westen strahlte in flammendem Orange. Schwalben schossen über den strohgedeckten Dächern lautlos hin und her. Der Boden strahlte die Wärme des Tages ab. Es war völlig windstill. Auf den Weiden stand kniehoch das Gras, und ein paar Kühe hoben sich als Farbkleckse hinter den Zäunen ab.

Der größte der drei Höfe lag etwas abseits von den beiden anderen; Haupthaus Scheune und Stall waren hufeisenförmig angeordnet, dahinter lagen ein paar Grubenhäuser, ein Misthaufen und ein Hühnerstall.

Als ich durch das Tor ritt, ertönte aus dem Wipfel einer Rotbuche ein leiser Pfiff. Kurz darauf öffnete sich im Haupthaus eine Tür, und eine große Gestalt erschien. Ich erkannte Heriger, ohne sein Gesicht zu sehen. Sein Kopf hatte über dem massigen Körper immer ein wenig zu klein gewirkt. Er stand da, ohne sich zu rühren, etwas zerzaust, als hätte er sich schon hingelegt, aber geschlafen hatte er offenbar noch nicht, sonst wäre er nach dem Pfiff nicht so schnell auf den Beinen gewesen. Er war unbewaffnet. Angst vor umherstreifenden Dänen schien er nicht zu haben.

«Wurde auch Zeit, dass du dich mal blicken lässt», sagte er zur Begrüßung. Seine Umarmung erdrückte mich fast. «Von dir hört man ja die tollsten Sachen.»

Es ist schwer zu beschreiben, wie gut mir das tat. Ich hatte in den letzten Monaten viele neue Verbündete und sogar Freunde gewonnen. Aber Herigers Begrüßung war wie ein Ritual, mit dem ich wieder in die Familie aufgenommen wurde. Das hier war eine andere Art von Vertrautheit als die, die mich mit Lupus oder Ratwin verband, ein Gefühl von Zugehörigkeit, das tief in mir verschüttet gewesen war und nun freigelegt wurde wie ein Goldschatz. Fast war es, als hätte uns meine

Mutter aus dem Himmel heraus wieder zusammengeführt, als lebte ein Teil von ihr in Heriger weiter.

Er führte mich durch eine von einer Öllampe schwach erhellte Diele in einen großen Raum, in dem mehrere Kerzenleuchter brannten. Die Wände waren mit Schädeln von Hirschen und Ebern geschmückt. Geweihe und Hauer warfen unruhige Schatten in alle Richtungen. Das hier war kein Bauernhof. Es war das Herrenhaus eines Adligen.

Über der Glut im Kamin ruhte in zwei Halterungen aus Eisen ein drehbarer Spieß mit einer Hammelkeule. Es duftete nach stark gewürztem Braten. Ab und zu tropfte zischend Fett in die Glut und ließ hektische Flammen aufleuchten.

«Du kommst gerade recht», sagte Heriger. «Allein schaffe ich das gar nicht.»

Das war genau das, was ich jetzt brauchte. Während Heriger die Hammelkeule vom Spieß zog und auf einem Holzbrett zerteilte, rückte ich eine Bank vor den Kamin, setzte mich und beobachtete ihn. Ohne die grauen Haare und das grimmige und zerfurchte Gesicht hätte er auch zwanzig Jahre jünger sein können. Seine Statur verriet, dass er sich nach wie vor körperlich betätigte. Wahrscheinlich verging kein Tag ohne Ausritte und Übungskämpfe, bei denen er Leute aus seinem Gefolge mit dem Schwert über den Hof trieb, ihre Schilde zu Kleinholz hackte und über die verweichlichte Jugend spottete.

«Wenn du nicht von selbst gekommen wärst, hätte ich dich morgen holen lassen», sagte Heriger, während er an der Keule herumsäbelte.

Bevor ich nachfragen konnte, steckte er ein triefendes Stück Fleisch auf einen kleineren Spieß mit Holzgriff und reichte es mir zusammen mit einem Becher Wein. Dann bediente er sich selbst und ließ sich mit einem gepressten Ächzen neben mir auf die Bank fallen.

«Die verdammten Gelenke», sagte er. «Wenn das so weitergeht, stoßen die Jungbullen mich bald zur Seite. Aber vorher zeige ich ihnen noch mal, wo der Stier die Hörner hat. Vielleicht wird das mein letzter Krieg, aber einmal komme ich die Leiter noch hoch.»

Während wir aßen, fragte er mich über die vergangenen zwölf Jahre aus. Ich berichtete vom Klosterleben, von meiner Beförderung zum Bibliothekar, von den Reibereien mit dem ignoranten Prior, meiner Arbeit mit den Büchern und schließlich vom Überfall der Dänen und von meiner Flucht durch die verschneiten Wälder.

Er musterte mich amüsiert von der Seite, während er weiterkaute. «Du hast ja als Kind auch schon immer dieses schlaue Zeug gelesen. Aber dass aus dir mal so ein Buchstabenfuchser werden würde, hätte man damals trotzdem nicht gedacht. Du hast mal im vollen Galopp eine Kuh in zwei Hälften gehauen, weißt du das noch?»

«Es war ein Schaf», korrigierte ich. Mein Vater hatte mich damals ausgeschimpft, und ich hatte zurückgeschimpft, er sollte mir endlich einen richtigen Krieg geben.

«Aber dass sie dich nicht kleinkriegen würden, das war mir damals schon klar», sagte Heriger. «Ich war immer sicher, dass wir dich eines Tages wiedersehen würden. Hier erzählt man sich, dass du bei Remich einen der dänischen Anführer mit bloßen Händen aus dem Sattel gezerrt und erwürgt hättest.»

«Ganz so war es nicht», sagte ich. «Er war zu Fuß und hat sich gewehrt.»

Heriger brummte. «Abgesessen kämpfen war noch nie was

für mich.» Dann hörte er auf zu kauen und betrachtete mich aufmerksam, als wollte er meine Reaktion auf das prüfen, was nun folgen würde. «Anschließend hast du ein Mädchen aus einem brennenden Schiff gerettet, heißt es.»

Ich spürte, dass er mehr wusste. Aber er wollte es von mir hören. Und als ich nichts sagte, ergänzte er mit leiser Stimme: «Das war nicht irgendein Mädchen, oder?»

«Nein», sagte ich nach einer Weile.

Sein Blick ruhte weiter auf mir. «Es war deine Schwester. Oder liege ich falsch?»

«Du liegst richtig», sagte ich. «Es war Judith.»

«Komisch», sagte Heriger. «Als ich hörte, dass du diesem Dänen drei Monate lang nachgejagt bist, da beschlich mich so ein Verdacht. Aber erst als du vorhin hier auf den Hof geritten kamst, da war ich sicher. Frag mich nicht, warum.»

«Hast du mit irgendjemandem darüber gesprochen?»

«Nein. Ich wollte mit dir selbst reden.»

«Und niemand anders ist auf die Idee gekommen, dass es Judith sein könnte?»

Heriger schüttelte den Kopf. «Merkwürdigerweise nicht. Man erzählt sich hier die wildesten Geschichten, warum du es so auf dieses Mädchen abgesehen hattest. Einige behaupteten, sie wäre deine Tochter, andere hielten sie für ein Bauernmädchen, mit dem du im Kloster was gehabt hast. Auf die Wahrheit ist niemand gekommen. Warum hast du damals beim Prozess überhaupt gelogen?»

«Weil ich Uta sonst nicht hätte anklagen können.»

«Und was ist wirklich passiert?», fragte er.

«Uta hat versucht, Judith zu ertränken. Der Körper ist ihr entglitten und wurde fortgespült. Ich habe sie aus dem Wasser gezogen und in Sicherheit gebracht. Uta dachte, das Kind sei tot. Die Kinderleiche, die später im Grab gefunden wurde, muss sie sich irgendwo besorgt haben, damit sie behaupten konnte, ihre Tochter wäre am Fieber gestorben. Der Priester, der beim Prozess aussagte, er habe das Kind bestattet, hat noch nicht einmal gelogen.»

Heriger schwieg lange. «Mir hättest du die Wahrheit sagen können», sagte er vorwurfsvoll. «Du hättest wissen müssen, dass ich dir trotzdem helfen würde.»

Seine Enttäuschung über mein mangelndes Vertrauen berührte mich. Er hatte recht. Aber ich hatte damals beschlossen, es niemandem zu sagen. Vielleicht hatte ich geglaubt, dass seine Unterstützung nur halbherzig ausfallen würde, wenn die ganze Anklage auf einer Lüge beruhte. Ich hatte ihm unrecht getan.

«Wo hast du sie hingebracht?», fragte Heriger fast beiläufig. Ganz kurz spürte ich einen leichten Widerstand, seine Frage zu beantworten. Wenn Heriger darauf gekommen war, dass Judith noch lebte, dann hatte vielleicht auch jemand anders diese Idee gehabt. Und wenn so ein Gerücht erst einmal in der Welt war, dann wäre seine Verbreitung nicht mehr aufzuhalten, und es würde nicht lange dauern, bis in Aachen jemandem das Mädchen mit dem grünen und dem braunen Auge auffiel. Je weniger Menschen wussten, dass sie lebte, desto besser war es für sie. Doch Heriger würde schweigen, und wenn ich ihm die Antwort verweigerte, würde ich ihn vor den Kopf stoßen.

«Nach Aachen», sagte ich. «Sie war die ganze Zeit dort.»

«Das wird nicht ewig geheim bleiben.»

«Es muss ja auch nur so lange geheim bleiben, bis Uta erledigt ist.»

«Und Gerold», ergänzte Heriger, dann zögerte er kurz und blickte zum Feuer, als suchte er nach den richtigen Worten für das, was nun kommen würde. Schließlich sagte er: «Und das ist auch der Grund, warum ich dich rufen lassen wollte. Mir ist heute eine Nachricht zu Ohren gekommen, die dich interessieren wird.»

Ich sah ihn an. Was kam denn jetzt?

«Dein Vater liegt im Sterben.»

Seine Worte trafen mich wie ein Schlag. Ich wusste längst, dass mein Vater krank war. Mir war klar gewesen, dass es irgendwann zu Ende gehen würde. Angesichts dessen, was er meiner Mutter, meinem Bruder und mir angetan hatte, war seine Krankheit, welche auch immer es war, mir eher wie eine gerechte Strafe vorgekommen, und beim Gedanken an seinen möglichen Tod hatte ich kaum mehr als bittere Gleichgültigkeit gespürt. Aber jetzt, wo es plötzlich so weit war, kamen unwillkürlich ältere Bilder von ihm hoch: Mein Vater, der mir alte Kriegslieder vorsang, während ich auf seinen Schultern saß; mein Vater, der mich auf mein erstes eigenes Pferd hob; mein Vater, der mir den Kinnriemen meines Kinderhelms festzog; mein Vater, der sich lachend geschlagen gab, nachdem ich ihn mit einem Holzschwert besiegt hatte. Eine maßlose Traurigkeit überkam mich – nicht über seinen bevorstehenden Tod, sondern über die Erkenntnis, dass dieser Mensch schon vor Jahren gestorben war. Wie würden wir heute zueinander stehen, wenn die verfluchte Uta nicht dazwischengekommen wäre?

Obwohl Heriger meinen Vater genauso hasste wie ich selbst, verbiss er sich jeden feindseligen Kommentar. Stattdessen überließ er mich eine Weile meinen Gedanken, bevor er sagte: «Du weißt, was das bedeutet.»

«Gerold wird das Erbe antreten», sagte ich. «Ist er schon dort?»

«Ja. Und er wird dafür sorgen, dass der ganze Maasgau ihm so schnell wie möglich huldigt, bevor der Kaiser sich auf irgendwelche alten Ernennungsrechte besinnt, um die sich ohnehin niemand mehr schert.»

«Aber er wird ihn bestätigen müssen», sagte ich.

Heriger lachte spöttisch auf. «Glaubst du, dass er damit zögern wird? Rechtlich ist die Frage eindeutig, solange Gerold als einziger ehelicher Sohn deines Vaters gilt. Der Kaiser will die Sache vom Tisch haben. Das Letzte, was er jetzt gebrauchen kann, sind Fehden innerhalb des Heeres. Er ist überzeugt, dass er erst einmal genug für dich getan hat. Er hat dich begnadigt, nicht deine Mutter rehabilitiert. Und selbst wenn er das wollte, könnte er es gar nicht. Das ist Sache des Bischofs von Lüttich.»

Ich wusste, dass Heriger recht hatte, aber die Vorstellung, dass mein Vater vielleicht in dieser Nacht in Maastricht sterben würde, während ich in ein paar Stunden entfernt in Asselt herumsaß, war unerträglich. Mir war klar, dass ich nichts unternehmen konnte, aber ich wollte zumindest mitbekommen, was dort geschah.

Ich sprang auf.

«Mach keine Dummheiten», warnte mich Heriger.

Ein Heer wäre von dem Bauernhof, in dem Heriger einquartiert war, zwei Tage lang bis nach Maastricht marschiert. Ein Wanderer hätte einen Tag gebraucht, ein Reiter einen halben. Ich schaffte es in drei Stunden. Als die Türme von Maastricht im fahlen bläulichen Licht des Vollmonds auftauchten, zeigte sich noch kein Morgenrot am Himmel. In der Nacht hatte die Luft sich abgekühlt, es war angenehm frisch.

Ich umrundete Maastricht und traf südlich der Stadt wieder auf die Uferstraße, die sich kurz vor dem Anwesen meines Vaters ein Stück vom Wasser entfernte, sodass der Hof zwischen Straße und Fluss lag. Schon aus der Ferne sah ich, dass vor dem Zugang mehrere Männer standen. Mein Vater hatte sein Anwesen nie bewachen lassen. Hatte Gerold seine Leute aus Asselt mitgebracht, um sich als neuer Graf gleich mit einem angemessenen Gefolge zu zeigen, sobald sein Vater gestorben war? Oder fürchtete er, dass ihm jemand nach dem Leben trachtete?

Um sie nicht auf mich aufmerksam zu machen, saß ich ab, führte das Pferd in ein Wäldchen rechts der Straße und band es an einen Baum. Dann schlich ich weiter zwischen den Bäumen hindurch bis zu einer Stelle, an der mich nur noch eine schmale Weide von den Wachen trennte. Ich ging in die Hocke und kroch hinter einen Weißdornstrauch.

Die Wachen sprachen miteinander, aber was sie sagten, war nicht zu verstehen. Zwei weitere kamen von irgendwoher dazu. Die Gebäude lagen hinter Bäumen und Büschen verborgen, es war noch nicht einmal zu erkennen, ob irgendwo Licht brannte. Aber dass dort etwas vor sich ging, war offensichtlich.

Während ich hinter dem Strauch hockte, fragte ich mich, was ich eigentlich hier wollte. Zuschauen, wie sie die Leiche meines Vaters aus dem Haus trugen? Irgendetwas verhindern? Gerold zur Rede stellen? Uta gegenübertreten und ihr Rache schwören? Eigentlich wusste ich nur eins: Ich würde nicht untätig hier sitzen bleiben, sondern mir die Sache aus der Nähe ansehen.

Da es unmöglich war, an den Wachen vorbeizukommen,

beschloss ich, es von der Seite her zu versuchen. Direkt neben dem Hof meines Vaters befand sich ein zweites Anwesen am Fluss, das er meiner Mutter nach der Scheidung überlassen hatte. Nach ihrem Tod hatte ich dort mit meinem Bruder bis zu unserer Verurteilung gelebt.

Ich schlich zurück durch den Wald, bis ich außerhalb der Sichtweite der Wachen war. Auf der Höhe der von Gestrüpp überwucherten Zufahrt huschte ich über die Straße. Das Tor hing schief und halb verrottet in den Angeln. Junge Birken und Ahornbäume wuchsen mitten auf dem Weg, der kaum noch zu erkennen war. Hier lebte schon lange niemand mehr. Offenbar hatte man das ganze Gelände sich selbst überlassen. Wahrscheinlich wurden die zugehörigen Ländereien jetzt vom Hof meines Vaters aus verwaltet, während hier die Ställe und Scheunen leer standen. Als ich mich durch das Gestrüpp vorankämpfte, wurde mir klar, dass ich mich auf meinem eigenen Besitz befand. Die Übertragung an meine Mutter hatte ich selbst bezeugt. Wenn ich beschließen würde, morgen hier einzuziehen, würden weder Gerold noch Uta mich daran hindern können. Bei der Vorstellung, dass wir nach all den Jahren wieder Nachbarn sein würden, musste ich fast lachen. Doch es wäre ein schaler Triumph gewesen. Ich wollte nicht den Hof, auf den sie meine Mutter abgeschoben hatten. Ich wolle alles, was mir zustand.

Die Hofanlage erschien hinter ein paar Bäumen im Mondlicht. Die Dächer bogen sich nach unten durch, als wäre das Balkenwerk aufgeweicht. An mehreren Stellen waren die Triebe junger Bäume durchgebrochen. Von den Wänden war der Lehmbewurf abgebröckelt und hatte das Flechtwerk freigegeben wie die Rippen großer halb verwester Tiere.

In der Mitte des Hofes steckte noch die Stange im Boden, an der ich die Strohpuppen für meine Schwertübungen befestigt hatte. Türen und Fensterläden im Haupthaus fehlten, wahrscheinlich hatte irgendjemand sie herausgerissen, um Brennholz daraus zu machen. Ich konnte dem Drang nicht widerstehen, mich kurz umzusehen. Um durch die Tür zu kommen, musste ich hüfthohes Gestrüpp beiseiteschieben.

Im schwachen Mondlicht, das durch die Fensteröffnungen hereinfiel, bot sich mir eine gespenstische Szenerie: Der Tisch, an dem ich meine letzte Mahlzeit vor dem Prozess gegen Uta eingenommen hatte, befand sich immer noch an derselben Stelle, sogar die Holzschüssel stand noch da. Von meinem Bett war ein vermodertes Holzgestell geblieben. Zwei Jahre lang hatte ich hier geschlafen, zuerst allein, dann manchmal mit Fidis, dann wieder allein. Beim Anblick des Bettes überwältigten mich Erinnerungen an kurze Momente der Unbeschwertheit in einem ansonsten von Trostlosigkeit und Wut beherrschten Dasein.

Als ich genug gesehen hatte, verließ ich das Haus und schlich zum Ufer. Der Mond stand hoch, und sein Spiegelbild schillerte auf der still dahinziehenden Maas. Bis auf das Plätschern des Wassers zwischen den Steinen am Ufer war kein Laut zu hören.

Ich näherte mich dem Gebüsch, von dem aus ich Uta vor über zwölf Jahren beim Mordversuch an der kleinen Judith beobachtet hatte, und beim Anblick der Stelle überkam mich erneut die Lust, sie an den Haaren herzuschleifen und zu ertränken.

Auf dem Nachbargrundstück regte sich nichts. Gerold hatte seine Männer offenbar alle am Tor postiert und die Flussseite unbewacht gelassen. Ich ging auf die Knie und kroch durch das Gebüsch. Von diesem Augenblick an war ich ein Eindringling, und genau so würden sie mich behandeln, wenn sie mich erwischten. Gerold trachtete mir nach dem Leben, und wenn sich ihm heute Nacht die Gelegenheit bot, mich ohne Zeugen aus dem Weg zu räumen, dann würde er es tun und meine Leiche irgendwo vergraben, den Schweinen zum Fraß vorwerfen oder im Fluss versenken. Genau das hatte mir mein Vater einmal für den Fall angedroht, dass ich meine Verdächtigung gegen Uta an die große Glocke hängen würde: *Und ein Grab wirst du nicht bekommen, weil dich die Fische fressen werden.* Seine hasserfüllten Worte klangen mir immer noch im Ohr.

Es war nicht klug, ihnen eine solche Gelegenheit zu geben, aber ich konnte nicht anders. Ich schlich weiter, unter Obstbäumen hindurch an Gemüsebeeten vorbei bis zum Hühnerstall, hinter dem ich in Deckung ging und wartete, ob sich etwas tun würde.

Nichts war zu hören. Ich spähte um die Ecke des Verschlages und sah zwischen den Kastanienbäumen das Haupthaus im Mondlicht liegen, dahinter hob sich die Kapelle als wuchtiger Schatten ab. Immer noch war kein Mensch zu sehen. Schliefen sie wirklich alle? Lag mein Vater noch dort und kämpfte allein mit dem Tod?

Ich huschte weiter bis zu einem Baumstamm. Aus einem der zum Fluss hin gelegenen Fenster drang ein schwacher Lichtschein. Die Läden waren geöffnet, während alle anderen Fenster im Haus geschlossen waren.

In diesem Augenblick wusste ich, dass mein Vater dort lag. Entweder sie hatten die Läden aufgelassen, um ihm den Todeskampf in dem stickigen Zimmer zu erleichtern, oder er war schon tot, und sie hatten ihn dort aufgebahrt und die Läden geöffnet, damit die frische Luft den Gestank der beginnenden Verwesung vertrieb, die in der Hitze des Sommers unweigerlich schon nach wenigen Stunden einsetzen würde. Aber warum hatten sie ihn nicht in die Kapelle geschafft, wie die Gepflogenheiten es verlangten?

Immer noch zeigte sich keine Menschenseele. Ganz schwach waren von der Zufahrt her die Stimmen der Wachen zu vernehmen, dann verhaltenes Lachen, als hätte jemand einen Witz gemacht. Besonders wachsam schienen sie nicht zu sein. Entweder Gerold hatte es versäumt, regelmäßige Kontrollrunden anzuordnen, oder sie waren zu faul dazu. Ich lauschte noch eine Weile auf das unverständliche Geplauder, dann siegte die Neugier über die Vorsicht. Ich huschte zum Fenster und kauerte mich an die Wand. Von drinnen war kein Laut zu hören. Ich richtete mich auf und spähte hinein. Eine einsame Kerze brannte auf einem schlichten Leuchter. An der Wand hing ein Kreuz. Das einzige Möbelstück im Zimmer war ein Bett.

Und da lag er. Sein Kopf ruhte auf einem dicken Kissen. Zuerst dachte ich, er wäre tot, denn die geöffneten Augen waren auf die Decke gerichtet. Doch dann blinzelte er.

Sie hatten das Bett direkt unter das Fenster gestellt, und unter dem dünnen Laken zeichnete sich ein ausgezehrter Körper ab. Vor zwölf Jahren, bei unserer letzten Begegnung, war mein Vater von kräftiger Statur gewesen. Der Lederpanzer hatte seinen breiten Oberkörper noch mächtiger erscheinen lassen, und in den Sporenstiefeln hatte er gestanden wie ein Baum. Jetzt lag er da, die Beine beulten wie zwei dürre Äste das Laken aus, unter dem knochige Füße hervorschauten. Seine Brust war so mager, dass ich glaubte, die Rippen unter dem Stoff zu sehen; die Hände hingen schlaff zu beiden Seiten des Bettes herab. Am schlimmsten sah sein Gesicht aus. Er hatte keine Zähne mehr, sodass seine bleichen Lippen den Mund wie eine trockene Höhle umschlossen; der Unterkiefer war heruntergesackt, die Augen eingefallen und die Wangen so hohl, dass die Nase wie ein Schnabel hervorstand. Das war es also, was von meinem Vater übrig geblieben war. Ich spürte keine Genugtuung, nur eine große Traurigkeit.

Nahm er noch etwas wahr? Er schien mich nicht bemerkt zu haben, und auch als ich mich zu voller Größe aufrichtete, reagierte er nicht, sondern starrte weiter an die Decke. Als ich ihn so sah, überkam mich gegen meinen Willen das Mitleid. All die Jahre über hatte ich ihm die Pestilenz an den Hals gewünscht, aber seine Wehrlosigkeit machte es mir in diesem Augenblick unmöglich, ihn zu hassen – seine Wehrlosigkeit und die Einsamkeit, in der man ihn hier im Licht einer armseligen Kerze liegen ließ. Uta hatte noch nicht einmal den Anstand, dem Mann, der seine Familie für sie ruiniert hatte, in seinen letzten Stunden Beistand zu leisten. War das jetzt also meine Aufgabe? Sollte ich alles vergessen, was vorgefallen war, ihn auf dem letzten Stück seines Weges an die Hand nehmen und ihn zu seinem Schöpfer begleiten, damit er dort Rechenschaft ablegen konnte?

Ich lauschte ins Haus hinein, aber bis auf das flache Atmen meines Vaters war es still. Also schnallte ich mein Schwert ab, stieg mit der Waffe in der Hand auf das Fensterbrett, trat auf das Bett und kniete im nächsten Augenblick auf dem Boden neben ihm. Mein Stiefel hatte einen schmutzigen Abdruck zwischen seinen Beinen hinterlassen. Ich fegte die Erdkrümel weg und zog das Laken glatt, als gälte es, eine Spur zu verwischen.

Dann hielt ich zum ersten Mal seit mindestens fünfzehn

Jahren wieder die Hand meines Vaters. Sie war hart und kalt. Über den Gelenken spannte sich die Haut wie feines Pergament. Und erst jetzt schien er zu bemerken, dass er nicht mehr allein im Raum war. Seine Finger schlossen sich in einem überraschend kraftvollen Griff. Es war, als wollte er mich an sich fesseln. Dann drehte er mir langsam das Gesicht zu.

Ich hatte es im Kloster mehrfach erlebt, dass Menschen in ihrer letzten Stunde auch nach langem Siechtum für einen kurzen Moment wieder klar im Kopf werden. Es ist, als hätten sie die Worte mühsam gesammelt und aufbewahrt, um sie im Angesicht des Todes alle auf einmal abzuwerfen, damit sie ohne diesen Ballast gehen können. Als ich in die grauen Augen meines Vaters sah, wusste ich, dass er mich erkannte. Sein Blick war von einer merkwürdigen, fast verzweifelten Entschlossenheit. Ich spürte, dass er seine Kräfte sammelte, um zu sagen, was seiner Meinung nach noch zu sagen war, als hätte er nur deshalb am Leben festgehalten, weil er gewusst hatte, dass ich irgendwann kommen würde.

«Tankred», flüsterte er und drückte meine Hand fester. «Ich habe nie gewollt, dass es so endet.»

Es war offensichtlich, dass er Versöhnung suchte, vielleicht Vergebung. Meine ganze Kindheit über hatte ich diesen Mann vergöttert, und ein Teil von mir sehnte sich danach, endlich Frieden schließen und ohne Vorbehalte wieder sein Sohn sein zu können. Doch mit einem selbstmitleidigen Bekenntnis war es für mich nicht getan, und weil ich spürte, dass seine Kräfte noch nicht vollständig erloschen waren, widerstrebte es mir, ihn so leicht davonkommen zu lassen. Es kostete mich viel Überwindung, hart zu bleiben, aber auch ich hatte noch Dinge zu sagen, die sonst für immer ungesagt geblieben wären.

«Nein», sagte ich. «Das wolltest du nicht. Du wolltest, dass deine Frau und deine Söhne sich von dir verstoßen und enterben lassen, ohne dass das irgendwelche Folgen für dich hat. Du wolltest, dass wir unser Verderben hinnehmen und am Ende alle zusammen an deinem Grab stehen, nachdem du mit dem Schwert in der Hand beim Einbrechen in eine feindliche Schlachtreihe gestorben bist. Das wäre ein Ende gewesen, das dir gefallen hätte. Und vielleicht hättest du dieses Ende sogar bekommen, wenn du Uta vor fünfzehn Jahren zum Teufel gejagt hättest, anstatt dich von ihr beschwatzen zu lassen, das Gericht anzulügen.»

«Ich wäre gern mit dir in den Krieg gezogen», flüsterte er.

«Stattdessen bist du gegen mich in den Krieg gezogen», sagte ich mit einer Kälte, die mich selbst überraschte. «Und du wirst ihn verlieren, auch wenn du die Niederlage nicht mehr miterlebst.»

Meine Worte waren unversöhnlicher gewesen als beabsichtigt. Ich hatte ihm lediglich das Unrecht vorhalten wollen, das er uns angetan hatte, aber der letzte Satz hatte geklungen wie ein billiger Triumph über seine Machtlosigkeit.

Doch statt in die Verbitterung zurückzusinken, tat mein Vater etwas, was mich sprachlos machte: Er verzog seinen zahnlosen Mund zu einem Lächeln, und dann drückte er meine Hand noch fester. Ich dachte zuerst, er hätte mich nicht verstanden. Doch dann begriff ich: Er lächelte, weil er erkannt hatte, dass ich der geworden war, den er aus mir hatte machen wollen – willensstark, unnachgiebig, kampfbereit, siegesgewiss. Wieder sah ich ihn vor mir, wie er mich nach jedem Sturz vom Pferd wieder in den Sattel gesetzt und mir auf der Jagd die größten und wildesten Keiler zugetrieben hatte. Ich war wie er, und diese Erkenntnis trug mehr als alles andere dazu bei, dass er seinen Frieden mit dem Tod machen konnte. Ich war sein Liebling gewesen, und ich war es immer noch. Und obwohl sich alles in mir dagegen sträubte, fühlte ich in diesem Augenblick den gleichen Stolz, den ich als Kind empfunden hatte, wenn er mich für einen im Galopp mit der Lanze erlegten Keiler gelobt hatte.

«Du wirst es nicht glauben, aber es tut mir leid», flüsterte er.

Doch, ich glaubte ihm. Aber die Reue kostete ihn nichts. Er hatte mehr als fünfzehn Jahre gehabt, um seinen Fehler zu korrigieren, und er hatte es nicht getan.

«Warum bist du gekommen?», fragte er. «Um mir beim Sterben zuzuschauen?»

«Nein», sagte ich. Aber warum ich gekommen war, das wusste ich nicht. War es am Ende doch der uneingestandene Wunsch, meinen Frieden mit ihm zu machen?

Mit einem leisen Stöhnen wandte er mir das Gesicht noch ein Stück weiter zu. Seine trüben Augen suchten meinen Blick und hielten ihn fest. Und ich wusste, was er als Nächstes fragen würde. Denn egal wie selbstgerecht und rücksichtslos er uns gegenüber gewesen war – eine Sache gab es, die ihm all die Jahre über mit Sicherheit keine Ruhe gelassen hatte.

«Hast du Uta damals zu Recht beschuldigt?», fragte er.

«Ja», sagte ich. Es war nur die halbe Wahrheit, aber ich wollte sehen, wie die Erkenntnis ihre Wirkung tat. Wenn mein Vater reinen Tisch machen wollte, dann sollte er auch erfahren, was für ein Mensch das war, für den er seine Familie ins Unglück gestürzt hatte.

Seine Augen füllten sich mit Tränen, und ein Zittern ging

durch seinen mageren Körper. «Uta hat meine Tochter getötet? Mein kleines Mädchen?»

«Sie hat es versucht», sagte ich. «Ich habe es verhindert.»

Seine Augen weiteten sich. «Sie lebt?»

«Ja.»

Es war nur ein einziges Wort, aber es fasste alles zusammen, was noch zu sagen war. Er konnte gehen. Und er ging mit der schmerzlichen Einsicht in seinen Fehler und der tröstlichen Erkenntnis, dass ausgerechnet ich es gewesen war, der dafür gesorgt hatte, dass die Folgen dieses Fehlers korrigiert worden waren, ich, sein Liebling. Es war das Ende, das er verdient hatte, ein Ende nach Maß wie eine gute Rüstung: Reue und Erlösung. Er wandte das Gesicht wieder der Decke zu. Eine Träne rann über seine Wange und tropfte auf das Kissen. Und auch ich begann zu weinen. Jahrelang aufgestaute Bitterkeit und der Wunsch nach Versöhnung trugen einen stillen Kampf in mir aus.

In dem Schweigen zwischen uns begann sein Atem, schneller zu gehen, und wurde dann unregelmäßig und schnappend.

«Reich mir das Kreuz», flüsterte er.

Ich entzog ihm meine Hand, ging leise zur Wand, nahm das Kruzifix herunter, schlich zurück und legte es auf die Decke. Dann nahm ich seine Hände und schloss die Finger um das Kreuz. Nach ein paar letzten, fast unhörbaren Atemzügen lag er still. Ich lauschte noch eine Weile, wartete auf ein weiteres Lebenszeichen, als wäre das Sterben kein Schnitt, sondern lediglich eine stetige Verlangsamung der Zeit, als könnte der Tod das Leben niemals einholen, weil doch auf jeden Atemzug immer noch ein weiterer folgen muss, wie im Gleichnis von Achilles und der Schildkröte, die immer schon wieder einen kleinen Schritt weitergekrochen ist, wenn der Läufer sie eingeholt hat.

Doch es kam kein Atemzug mehr, kein Blinzeln und kein Zucken. Mein Vater war tot. Er starrte wieder zur Decke, und ich blickte auf das Kreuz in seinen gefalteten Händen und fragte mich, ob es am Ende die Dämonen oder die Engel gewesen waren, die seine Seele geholt hatten.

Und während die Versöhnung in meinem Herzen ganz langsam die Oberhand über die Verbitterung gewann und ich gerade die Hände für ein Vaterunser falten wollte, hörte ich draußen vor der Tür leise Stimmen.

Die Klinke wurde gedrückt. Es war keine Zeit mehr, ungesehen durch das Fenster zu fliehen, also ließ ich mich unter das Bett gleiten und zog das Schwert an mich. Im gleichen Augenblick wurde die Tür geöffnet. Vier nackte Frauenfüße erschienen. Ein schlankes gepflegtes Paar und ein dickes ungepflegtes. Uta und eine Dienerin?

Die beiden blieben kurz in der geöffneten Tür stehen, dann sagte die eine: «Er ist tot.»

«Ja», sagte die andere, und dann: «Endlich.»

Das war Uta. Sie hatte immer noch eine angenehme, weiche Stimme, und ich war sicher, dass sie sich auch äußerlich nicht verändert hatte. Ich war vielleicht fünf Jahre alt gewesen, als ich sie zum ersten Mal gesehen hatte, und in den langen Jahren bis zu meiner Verurteilung schien sie um keinen Tag gealtert zu sein: strahlend blaue Augen, glänzende schwarze Haare und eine Haut wie ein Mädchen. Es war, als versorgte der Teufel sie mit irgendwelchen Elixieren, um es ihr leichter zu machen, einfältige Männer mit ihren Reizen in seinem Auftrag gefügig zu machen. Auch dafür hasste ich sie.

«Hast du ihm das Kreuz zwischen die Hände gesteckt?», fragte Uta jetzt beunruhigt.

«Nein», sagte die andere. «Das muss er sich selbst geholt haben.»

«Er war gelähmt, du dumme Gans», sagte Uta, jetzt hörbar aufgeregt. «War irgendjemand bei ihm?»

«Nein», sagte die Dienerin schnell. Sie klang ängstlich. Wahrscheinlich hatte sie draußen Wache halten sollen, war dabei eingeschlafen und fürchtete jetzt die Bestrafung.

«Dann müssen es die Dämonen gewesen sein», flüsterte Uta entsetzt. Auf die Idee, dass jemand das Zimmer betreten hatte, kam sie offenbar gar nicht. Zum Glück hatte ich meinen Stiefelabdruck auf dem Bett verwischt, aber wahrscheinlich hätte sie selbst den für einen Beweis des Wirkens überirdischer Mächte gehalten. Wer wusste schon, ob Dämonen nicht auch manchmal in Stiefeln herangestapft kamen, anstatt immer nur zu fliegen?

«Die Dämonen legen den Toten keine Kreuze in die Hände», widersprach die Dienerin. «Sie hätten es ihm ins Herz gerammt oder in Flammen aufgehen lassen. Es müssen die Engel gewesen sein.»

«Sei still, davon hast du keine Ahnung!», schnauzte Uta sie an. «Sie machen das, um uns zu täuschen, damit wir keine Vorkehrungen treffen. Und jetzt schließ ihm die Augen, das sieht ja schrecklich aus!»

Die dicken Füße näherten sich zögernd dem Bett. Es raschelte, als sie sich aufstützte, und kurz darauf erklang ein unterdrückter Schrei.

«Es geht nicht! Er macht sie immer wieder auf!»

«Da haben wir's!», rief Uta panisch. «Stopf ihm Mund, Nase

und Ohren mit der Wolle aus dem Kissen zu, dann reiß ein Stück vom Laken ab und leg es über seine Augen! Alle Öffnungen müssen verschlossen werden, sonst fährt der Satan in seinen Körper, und er kommt zurück!» Sie schrie ihre Befehle heraus wie ein Burgherr, der einen Überraschungsangriff abwehren muss.

Über mir hörte ich rupfende und reißende Geräusche, dann wackelte das ganze Bett, als die Dienerin sich an dem Toten zu schaffen machte. Wenn ich noch einen Beweis dafür gebraucht hätte, dass Utas Wahnsinn in den Jahren meiner Abwesenheit nicht nachgelassen hatte, dann hatte ich ihn jetzt.

«Alle Öffnungen!», befahl Uta.

«Du meinst ...», begann die Dienerin mit angewiderter Stimme.

«Natürlich, die erst recht! Der Satan ist heimtückisch. Er nähert sich uns am liebsten von hinten.»

Trotz ihrer Panik war Uta sich offenbar immer noch zu fein, selbst mit Hand anzulegen, also wälzte die Dienerin den Leichnam allein zur Seite und tat, was getan werden musste. Uta begann derweil, ein unverständliches Kauderwelsch zu murmeln, ein Gemisch aus Latein, Griechisch und Hebräisch, aus dem die verballhornten Namen von Engeln herauszuhören waren: Ariok, Sabakuel, Tubuin und Ähnliches. Wahrscheinlich hatte sie es in irgendeinem verbotenen Zauberbuch voller Teufelsfratzen, Pentagramme und Fantasiebuchstaben gelesen, das ihr ein durchreisender Händler für teures Geld angedreht hatte.

«Fertig», sagte die Dienerin und trat zwei Schritte vom Bett zurück.

«Jetzt hol Hunfried. Er soll eine Axt mitbringen. Und dann deckst du den Tisch für die Nachtfrauen.»

«Sollten wir nicht Gerold …?»

«Tu, was ich dir sage!» Uta kreischte fast. Die Dienerin verschwand im Laufschritt.

Während die beiden die Leiche meines Vaters gegen das Eindringen des Satans abgedichtet hatten, hatte ich regungslos unter dem Bett gelegen und inständig gehofft, dass die groteske Zeremonie keine Handgriffe erforderte, die unter dem Bett zu verrichten waren. Was sollte dieser Hunfried eigentlich mit der Axt anstellen? Das Bettgestell zerhacken? Dem Toten den Kopf abschlagen?

Utas gepflegte Füße standen bei der Tür und bewegten sich nicht. Ich überlegte kurz, ob ich es wagen sollte, einfach hervorzuspringen und aus dem Fenster zu verschwinden. Durch den Garten würde ich wahrscheinlich entkommen, bevor die Wachen zur Stelle waren. Aber ich wollte nicht, dass Uta sah, wie ich vor ihr floh. Sie sollte vor mir fliehen. Die Versuchung war groß, mit verstellter Stimme eine Drohung aus dem Jenseits zu knurren.

Doch da näherten sich auch schon schwere Schritte. Meine Muskeln spannten sich an. Wie ein Krieger im Grab lag ich auf dem Rücken, das Schwert auf der Brust, den Griff umklammert. Mit diesem Hunfried würde ich fertigwerden, falls es nötig war. Ich hatte die Überraschung auf meiner Seite.

Stiefel traten an das Bett. «Gott sei seiner Seele gnädig», sagte eine tiefe Stimme.

«Fang an», sagte Uta ungeduldig.

Offenbar war Hunfried schon im Voraus instruiert worden, denn er wusste, was zu tun war. Auf das, was nun folgte, war ich nicht gefasst: Dicht neben meinem Kopf krachte es, dann prasselten Lehmbrocken auf den Boden. Ich fuhr zusammen und schielte zum Kopfende des Bettes. Und dann begriff ich, was hier geschah. Ich erinnerte mich an den in Bußbüchern geschilderten heidnischen Aberglauben, dass Verstorbene durch Löcher in der Wand oder unter der Türschwelle geschaufelte Gruben aus dem Sterbezimmer befördert werden mussten, wenn man befürchtete, dass sie zurückkehrten und die Hinterbliebenen heimsuchten. Wenn man Löcher und Gruben hinterher wieder zumauerte oder verfüllte, kamen die Wiedergänger nicht mehr ins Haus. Für derartigen Blödsinn bezahlte man üblicherweise mit Bußübungen, Fasten, Gebeten und dem jahrelangen Ausschluss von den Sakramenten.

Wieder krachte es, gefolgt von splitterndem Holz. Die Wand bestand aus Flechtwerk mit Lehmputz, und mit einem schweren Werkzeug würde es nicht lange dauern, bis ein ausreichend großes Loch hineingeschlagen wäre.

Wieder krachte und splitterte es, und tatsächlich war Hunfried nach einem Dutzend Hieben fertig. Ich hörte, wie die Axt abgestellt wurde.

«Schaff ihn raus», sagte Uta. «Und dann verschließ das Loch.»

Sie sprach, als handele es sich um einen Tierkadaver, und ich wusste nicht, was mich daran mehr empörte: dass sie so über einen toten Menschen sprach oder dass sie so von meinem Vater sprach.

Hunfried trat ans Bett, das kurz darauf zu ruckeln begann. «So schwer sieht er gar nicht aus», sagte er ächzend. Dann stapfte er zum Kopfende. Seine Knie erschienen, als er in die Hocke ging, dann fiel eine Hand des Toten herab.

«Ich hab's dir doch gesagt», sagte Uta. «Die Dämonen machen den Leichnam schwer, weil sie nicht wollen, dass er weggebracht wird. Am Ort des Todes ist ihre Macht über ihn größer.»

Es war nicht ersichtlich, ob Hunfried diesen Unfug glaubte oder ob Loyalität gegenüber seiner Herrin ihn widerspruchslos mitspielen ließ. Er mühte sich weiter ab. Ein Fuß meines Vaters erschien.

«Er passt nicht», presste er hervor. «Machen die Dämonen die Leichen auch dicker oder sperriger?»

«Vielleicht kann man ihn irgendwie zusammenfalten», sagte Uta.

«Warte», sagte Hunfried. «Ich ziehe ihn von außen raus.»

Der Leichnam meines Vaters fiel zu Boden. Er trug ein weißes Nachthemd aus Leinen, das Gesicht war unter einem Tuch verborgen, das die Dienerin am Hals zusammengeknotet hatte. Es war schwer zu ertragen, bei diesem würdelosen Schauspiel zuschauen zu müssen.

Das Bett knarrte, als Hunfried mit einem großen Schritt über das Gestell aus dem Fenster sprang. Bevor Uta ihm helfen konnte, packten kräftige Hände meinen Vater unter den Achseln und zerrten ihn durch das Loch aus dem Zimmer.

«Wo soll er hin?», fragte Hunfried von draußen.

«In die Kapelle!», donnerte es von der Tür her. «Und nirgendwohin sonst!»

Es war Gerold. Er trug ebenfalls Stiefel.

«Er wird dort aufgebahrt, der Priester ist unterwegs!», rief er Hunfried hinterher. Dann herrschte er seine Mutter an: «Was soll das? Hast du den Verstand verloren?»

«Es musste sein», sagte sie ungerührt. «Er ist in letzter

Zeit immer unruhiger geworden. Hat nur noch von Tankred gesprochen. Ich will nicht, dass er mich auch noch als Toter heimsucht.»

Ihre Kaltschnäuzigkeit wunderte mich nicht, aber sie befremdete mich dennoch. Kam eigentlich keiner von beiden auf die Idee, ein Gebet für den Verstorbenen zu sprechen?

«Um Tankred kümmere ich mich», sagte Gerold. «Aber dieser Hokuspokus muss aufhören. Tote kehren nicht zurück. Sie kommen in den Himmel oder in die Hölle.»

Ich kann meine Anspannung kaum beschreiben. Hatte er schon den nächsten Plan, um mich aus dem Weg zu schaffen?

Uta holte Luft und schien noch etwas sagen zu wollen, aber dann schwieg sie doch. Ich spürte ihre Verstocktheit bis unter das Bett, ohne dass ich sie sah oder hörte.

«Er hat in letzter Zeit übrigens auch viel von Judith gesprochen», sagte Gerold jetzt. Es klang lauernd.

«Sie war seine Tochter. Er hat sie vermisst.»

«Sicherlich hat er das», sagte Gerold. «Aber das war es nicht, was ihn beschäftigt hat. Er hat immer wieder gefragt, wie sie gestorben ist. Außer dir war niemand dabei, als es passiert ist. Es ging ja so schnell.» Ein spöttischer Unterton schwang in seiner Stimme mit.

«Bei kleinen Kindern geht das immer schnell», sagte Uta barsch. «Morgens rennen sie fröhlich durch die Gegend, mittags glühen sie vor Fieber, und abends sind sie tot. Das kann jederzeit passieren.»

«Jederzeit», sagte Gerold. «Und bei Judith war es genau der Tag, an dem niemand im Haus war. Wie oft ist so was vorgekommen? Einmal im Jahr?»

«Das war Zufall», sagte Uta trotzig.

Gerold lachte laut auf. «Seit wann glaubst du denn an den Zufall? Du glaubst an jeden Blödsinn, aber sicherlich nicht an den Zufall. Wenn die Milch sauer wird, haben die Dämonen sie verhext. Wenn ein Bauer von der Leiter fällt, hat der Satan ihn heruntergeschubst. Und wenn die Hunde die Teller leer fressen, die du für deine Nachtfrauen hingestellt hast, dann sind die Nachtfrauen eben in die Hunde gefahren.»

«Was willst du mir eigentlich unterstellen?», fragte sie angriffslustig.

«Ich habe Tankred beobachtet, als sie die Leiche ausgegraben haben. Er war bis zum letzten Augenblick sicher, dass das Grab leer sein würde. Das war nicht gespielt. Und nach der Schlacht vor drei Monaten habe ich ihn gefragt. Er hat etwas gesehen.»

«Du glaubst deinem verlogenen Bruder mehr als deiner eigenen Mutter?»

Wieder lachte er auf. «Komm mir nicht so. Im Lügen macht dir keiner was vor. Und wenn ich irgendwann erfahren sollte, dass Tankred die Wahrheit gesagt hat, dann schleife ich dich eigenhändig zum Fluss und werfe dich hinterher.»

Seine Schritte entfernten sich, dann blieb er noch einmal stehen. «Mein Vater ist tot. Wir bringen ihn jetzt unter die Erde, wie sich das gehört, ohne gezackte Furchen auf dem Boden, ohne irgendwelche eingeritzten Zeichen im Sarg, ohne Geisterbeschwörungen oder anderen Mummenschanz. Ab jetzt habe ich hier das Sagen. Der Hokuspokus hört auf, und um Tankred kümmere ich mich selbst.»

«Tankred ist vom Satan besessen.»

«Ich glaube, von diesen Dingen versteht er nach zwölf Jahren im Kloster mehr als wir alle zusammen. Deine ganzen idiotischen Verwünschungen haben nur das Gegenteil bewirkt. Er ist wieder da, und er will sich sein Erbe zurückholen. Und ich habe mich dummerweise dazu hinreißen lassen, etwas ganz und gar Unehrenhaftes zu tun, um ihn daran zu hindern. Das wird nicht noch einmal passieren. Wenn es sein muss, stoße ich ihm das Schwert in den Bauch, aber nicht den Dolch in den Rücken. Und ich weiß auch schon, wie ich es anstellen werde.»

Uta antwortete nicht und fragte auch nicht weiter nach. Gerold stapfte hinaus. Im Weggehen sagte er laut: «Zieh dir was an und komm in einer Stunde zur Aussegnung in die Kapelle. Ich hole den Priester und schicke die Boten los.»

Uta rührte sich nicht. Als Gerolds Schritte verklungen waren, murmelte sie noch ein paar trotzige Beschwörungen, dann verließ auch sie das Zimmer.

Zitternd kroch ich unter dem Bett hervor, nahm das Schwert und kletterte aus dem Fenster, diesmal ohne auf das Bett zu treten.

Draußen war es kühl. Im Westen zeigte sich die erste Morgenröte. Von Weitem waren Stimmen zu hören. Jemand rief ein paar Befehle, eine Stalltür quietschte, ein Pferd schnaubte. Es war Zeit zu verschwinden.

Ich schlich zur Ecke des Hauses und spähte auf den Hof. Bei der Kapelle war niemand zu sehen. Offenbar waren alle damit beschäftigt, sich im Haus für die Totenmesse vorzubereiten oder in den Ställen die Pferde zu satteln. Und dann kam mir eine Idee. Ich wusste, dass es riskant war, aber die Versuchung, Uta noch einen Abschiedsgruß zu hinterlassen, war einfach zu groß. Im Dämmerlicht huschte ich zur Kapelle.

15

Ich ritt fast ohne Unterbrechung den ganzen Morgen hindurch. Als ich im Lager ankam, war meine Müdigkeit einer merkwürdigen Hochstimmung gewichen, wie sie mich auch im Kloster manchmal nach Nächten übermannt hatte, die ich über neuen Büchern verbracht hatte. Wenn man den Tiefpunkt überwunden hat, setzt der Körper plötzlich neue Kräfte frei, der Geist ist völlig klar, und man hat das Gefühl, ein Stück über dem Boden zu schweben.

Ich fühlte mich unbesiegbar, als ich zwischen den arbeitenden Männern hindurchritt, die wie schon seit Wochen Steine schleppten, Eimer füllten, Balken zurechthauten, Bohlen spalteten, Pfostenlöcher gruben, Erdschollen abstachen und sie in langen Ketten weiterreichten, um sie im Fluss zu versenken. Mein Plan ging auf. Bald würden wir die Festung stürmen und die Dänen zum Teufel jagen, und es würde mein Verdienst sein.

Und so nahm ich die Arbeit wieder auf, ohne mich noch einmal hinzulegen. Ich hatte noch nicht einmal Hunger. Die Hammelkeule bei Heriger am Abend zuvor war meine letzte Mahlzeit gewesen, und doch kam es mir vor, als läge der Besuch bei ihm Monate zurück.

Selbst die Ereignisse in Maastricht wirkten wie durch einen Schleier verborgen, der mich vor den Gefühlen abschirmte, die mich eigentlich hätten überwältigen müssen: Ich hatte meinem sterbenden Vater die Hand gehalten, und wir waren uns auf eine besondere Art noch einmal nah gewesen. Nicht einmal die Frage, ob ich ihm eigentlich vergeben hatte oder nicht, stellte ich mir. Der Anblick des Toten mit dem Kreuz in den Händen hatte mir einen Frieden eingeflößt, der stärker und größer war als der jahrelange Groll. Es war, als wäre ein Gift aus meinem Körper gesaugt worden. Ich war froh, dass er mit dem versöhnlichen Wissen gestorben war, dass seine Tochter noch lebte. Und ich wehrte mich nicht mehr gegen den Stolz, den ich bei seinem Lächeln gespürt hatte. Uta, die ihrem Wahn verfallen war, und Gerold, der immerhin so etwas wie Anstand bewiesen hatte, waren nur Randfiguren gewesen, mit denen ich mich beschäftigen würde, wenn die Zeit gekommen war.

Ich verbrachte den Tag damit, zwischen den beiden Sperrwerken hin und her zu reiten und Anweisungen zu geben. Am späten Nachmittag ritt ich aus reinem Übermut über den oberen Damm, dessen Krone inzwischen mit festgestampfter Erde bedeckt war, setzte hinüber auf die Insel, riss das Schwert aus der Scheide und brüllte ein paar Beleidigungen zu den Dänen auf den Türmen und hinter den Zinnen der Festung hinauf, während die Arbeiter auf dem Damm und die Männer auf den Wällen unserer Lager mich anfeuerten. Wenn ich heute an das Bild denke, das ich dabei abgegeben haben muss, dann kommt es mir vor wie ein kurzer und rauschhafter Rückfall in ungestüme Jugendzeiten. Ein paar Pfeile schwirrten heran, trafen mich aber nicht. Am liebsten wäre ich einmal im Galopp um die ganze Festung herumgeritten, aber an den Längsseiten der Insel lagen die Ufer zu nah an den Mauern, sodass ein gut gezielter Schuss mich vielleicht vom Pferd geholt hätte. Also begnügte ich mich damit, abzusitzen, einen der Pfeile aus der Erde zu ziehen und so zu tun, als würde ich ihn mir in den Hintern stecken. Und genau dahin, dachte ich, kannst du dir auch das Erbe unseres Vaters stecken, Gerold.

Am Abend stieg ich ein letztes Mal auf einen unserer Lagertürme, um mir das Werk von oben anzusehen. Der östliche Seitenarm floss nicht mehr, er war zu einem lang gestreckten Tümpel geworden. Im westlichen Seitenarm dagegen strömte der Fluss nun umso schneller dahin.

In ein paar Tagen würden wir das Wasser ablaufen lassen, und dann würde Asselt innerhalb von wenigen Stunden eine Festung ohne Graben sein. Die Zimmerleute hatten Palisaden und Türme fertiggestellt und waren nun damit beschäftigt, Schilde, Sturmleitern und einen Rammbock anzufertigen. Vor meinem inneren Auge sah ich uns schon gegen das Tor anrennen und die Mauern erklimmen.

Als ich wieder herunterstieg, erwartete mich Ratwin am Fuß der Leiter.

«Weißt du es schon?», fragte er.

«Ja», sagte ich. «Mein Vater ist tot.»

«Gerold verleibt sich gerade dein Erbe ein», sagte Ratwin und sah mich an, als wollte er meine Reaktion prüfen. «Er macht die Runde im Gau und lässt sich huldigen. Jedenfalls bei dem Teil des Adels, der nicht hier ist.»

«Soll er doch. Lange wird er keine Freude daran haben.»

Ratwin lächelte wohlwollend, dann verfinsterte sich sein Gesicht. «In dieser Nacht sind merkwürdige Dinge passiert», sagte er.

«Ach ja?» Ich verkniff mir ein Grinsen. «Was denn für Dinge?»

«Als der Tote in der Kapelle aufgebahrt war, begann die Glocke zu läuten. Dreizehn Mal. Und als jemand nachschauen ging, fehlte der Glockenschwengel, aber die Glocke baumelte noch. Deine Stiefmutter war völlig außer sich. Man erzählt sich die tollsten Dinge, was sie alles angestellt hat, um die Dämonen zu bannen, die das getan haben.»

«Ich bringe den Schwengel zurück und hänge ihn eigenhändig wieder in die Glocke, wenn ich sie damit erschlagen habe», versprach ich.

Drei Tage später war der zweite Damm fertig abgedichtet. Der Kanal, über den der Seitenarm ablaufen sollte, war an der zum Fluss hin gelegenen Seite so tief, dass ein in der Grabensohle stehender Mann gerade über den Rand schauen konnte. Vor allem in der Nähe des Flussbettes sickerte beständig Grundwasser hinein und lief als kleiner Bach in Richtung der Senke, als wollte es einen Vorgeschmack auf den reißenden Strom geben, der bald folgen würde.

Fast das gesamte Heer war angetreten, um dem Durchstich beizuwohnen; keiner wollte sich entgehen lassen, wie der mächtige Fluss sich dem menschlichen Willen beugte. Die Leute, die im Lager auf der Westseite der Maas und in Roermond bleiben mussten, um die Vorräte zu bewachen und Überfälle zu verhindern, hatten wir auslosen müssen. Die anderen, mehr als dreitausend Männer, standen in der Julihitze auf den Wällen und Türmen des Hauptlagers, am Ufer des Flusses und zu beiden Seiten des Kanals aufgereiht. Krüge wurden durchgereicht, und aus dem Lager wehte der Geruch von Gebratenem über den Fluss. Es herrschte Feierstimmung.

Ich muss zugeben, dass ich aufgeregt war. Die Arbeiten waren schneller vorangekommen, als ich es berechnet hatte, und nun fragte ich mich, ob ich irgendetwas übersehen hatte. War der obere Damm stabil genug? Würde er standhalten, wenn der Gegendruck von der anderen Seite nachließ? Waren beide Dämme dicht genug?

Auf einem der Lagertürme stand der Kaiser, der eigens von Lüttich aus angereist war. An seiner Seite waren Liutward von Vercelli und Bertolf von Trier, außerdem Arnulf, Heinrich und die anderen Anführer der Kontingente, die ich aus dem Kriegsrat kannte. Kurz dachte ich daran, ob ein überraschender Ausfall der Dänen durch das Flussbett den Kaiser und sein Gefolge in Gefahr bringen konnte, aber unsere Männer standen wie eine zweite Wand hinter der Palisade, und davor waren mindestens zweihundert Reiter aufgezogen. Falls die Dänen es versuchten, würde es in einem Gemetzel enden, an dessen Ende wahrscheinlich kaum noch jemand übrig wäre, um die Mauern von Asselt zu verteidigen, wenn wir zum Gegenschlag übergingen. Trotzdem fragte ich mich, ob sie irgendeinen Plan hatten, von dem wir nichts ahnten. Unsere Melder hatten zwar keine Schiffe auf dem Fluss gesehen, aber die Tatsache, dass sie in den letzten Wochen keinen einzigen Versuch unternommen hatten, den Dammbau zu stören, war beunruhigend.

Natürlich hatten sie gemerkt, dass es ernst wurde. Auf den Türmen und zwischen den Zinnen hatten sie ihre Schilde aufgehängt, dahinter dicht an dicht Gesichter. Paradoxerweise waren sie es, die von da oben aus den besten Blick auf das Schauspiel hatten, das ihren Untergang einleiten sollte.

Mehr als hundert besonders kräftige Arbeiter waren angetreten, um die letzten Spatenstiche am Steg zwischen Fluss und Kanal zu tätigen, der in den vergangenen Tagen noch schmaler geworden war. Ich hatte angeordnet, dass von der Mitte nach außen gegraben werden sollte: Wenn der Wasserschwall erst zu fließen begonnen hatte, würde der Druck der Strömung den Durchstich wahrscheinlich von selbst vergrößern und dabei immer mehr Erdreich mitreißen, sodass nur noch die Ränder verbreitert werden mussten.

Als die Sonne ihren höchsten Stand erreicht hatte, war alles bereit. Ich schritt die Reihe der Arbeiter ab wie einen Schildwall vor der Schlacht, blickte in entschlossene Gesichter, muskelbepackte und gebräunte Arme hielten die Schäfte von Hacken und Schaufeln. Sie standen da wie eine Meute von Jagdhunden, die darauf wartet, dass der Ausbilder mit dem Schleppkadaver losgaloppiert. Die Arbeit von mehr als einem Monat harrte ihrer Vollendung.

Als ich auf das Lager zuging, öffnete sich wie von selbst eine Gasse zwischen den Männern. Ich trug mein Kettenhemd und einen Spangenhelm, hatte das Schwert an der Seite und den Schild auf dem Rücken. Auch alle anderen waren in voller Bewaffnung angetreten. Nicht dass wir damit rechneten, dass es an diesem Tag zu einem Kampf kommen würde. Es ging darum, den Dänen zu zeigen, mit wem sie es zu tun hatten. Die Umleitung des Flusses war eine Kriegshandlung und die Versammlung eine Heerschau.

Aufmunternde Rufe und geballte Fäuste begleiteten mich, und einige klopften mir auf die Schultern, als wäre ich auf dem Weg zu einem Zweikampf. Einer reichte mir einen vollen Krug mit Bier, ich leerte ihn im Gehen, ein anderer nahm ihn mir wieder ab. Falls Arnulf gehofft hatte, dass irgendjemand im Heer den Dammbau für seine Idee hielt, dann musste er diese Hoffnung spätestens in diesem Augenblick fahren lassen.

Was hier geschah, war mein Werk, und alle wussten es. Mein Weg zu dem Turm, auf dem der Kaiser stand, glich dem Einzug eines Gladiators in die Arena. Und unwillkürlich ertappte ich mich bei dem halb von Stolz und halb von Trotz genährten Wunsch, dass mein Vater mich an diesem Tag sehen könnte.

Zwei Leibwächter des Kaisers standen rechts und links der Leiter, die auf den Turm führte. Sprosse um Sprosse stieg ich hinauf. Der Anblick, der sich mir bot, war überwältigend: Wohin ich auch sah, glitzerten Helme, Rüstungen und Klingen. Das Heer wirkte so gewaltig, dass man meinen konnte, die schiere Masse der Männer wäre in der Lage, die Mauern der Festung in einem einzigen Ansturm einfach einzudrücken.

Zehn Gesichter blickten mir entgegen, als ich die überdachte Plattform des Turms erreichte. Die Brüstung war mit Schilden behängt, die eher der Dekoration dienten als der Verteidigung. Es roch nach frisch gesägtem Holz und Harz.

Alle, auch die beiden Geistlichen, trugen Rüstungen. Das Kettenhemd des Kaisers reichte bis zu den Knien, und sein purpurroter Helmbusch berührte fast die niedrige Decke. Er begrüßte mich mit einer leichten Neigung des Kopfes. Sein Blick war entschlossen, aber er blinzelte nervös, und ich hatte den Eindruck, dass er sich, so eng umstanden von den anderen Männern, unwohl fühlte.

«Gute Arbeit, Bub», sagte Arnulf von Kärnten herablassend. Er hatte sich in den letzten Tagen kaum noch bei den Dämmen blicken lassen und mir vollständig das Feld überlassen. Wahrscheinlich hatte es ihn gewurmt, dass die Arbeiter mit allen Fragen immer zu mir gekommen waren und nicht zu ihm.

«Warten wir ab, ob es klappt», sagte Heinrich von Babenberg säuerlich.

«Wer gibt das Signal?», fragte Liutward von Vercelli scheinbar beiläufig und hielt ein Horn hoch. Natürlich stand dieses Vorrecht dem Kaiser zu, aber der hatte sich inzwischen abgewandt und blickte gedankenverloren zu den Mauern von Asselt hinüber. Und wieder zeigte sich, wie meisterhaft Liutward die feinen Zwischentöne der Macht beherrschte. Er nutzte die Unaufmerksamkeit des Kaisers, um Arnulf eine kleine Demütigung zu verpassen. An der steilen Falte auf Arnulfs Stirn sah ich, wie er sich ärgerte. Liutward machte keine Anstalten, Karl das Horn anzubieten, aber Arnulf konnte schlecht danach greifen, ohne den Kaiser zu übergehen. Gleichzeitig fürchtete er, dass Heinrich ihm zuvorkommen und ihn seinerseits vor den versammelten Anführern zurücksetzen könnte.

Mit einem feinen Lächeln senkte Liutward die Hand mit dem Horn so, dass es zwischen Arnulf und Heinrich schwebte. Und wie zwei Fische, die nicht anders können, als nach dem Köder zu schnappen, griffen sie zu. Während beide schnaufend an dem Horn zogen, musste ihnen die Lächerlichkeit des Schauspiels bewusst werden, aber jetzt konnte erst recht keiner mehr nachgeben, also zerrten sie weiter, zuerst mit einer, dann mit beiden Händen.

«Widerlicher Rindsbimbl!», zischte Heinrich.

«Sauhund, hinterfotziger!», knurrte Arnulf.

Liutward lächelte, die anderen Anwesenden blickten peinlich berührt zur Seite. Und dann drehte sich endlich der Kaiser um, und gerade noch rechtzeitig, bevor sie sich gegenseitig an die Gurgel gingen, entwand er ihnen mit einem würdevollen Griff das Horn, hob es ohne weitere Umschweife an die Lippen und blies hinein. Das ohrenbetäubende Tuten schallte über das Lager, das Ufer und den Fluss.

Von diesem Augenblick an achtete niemand mehr auf Arnulf und Heinrich, die voneinander abließen und sich in die entgegengesetzten Ecken der Plattform zurückzogen. Denn nun begann das große, seit Wochen vorbereitete Spektakel.

Ein Raunen ging durch das Heer. Ein Geschiebe und Gedränge setzte ein, Helme gerieten in Bewegung, alle streckten sich, um besser sehen zu können. Die Arbeiter auf dem Steg zwischen Fluss und Kanal begannen, Hacken und Schaufeln zu schwingen. Erdbrocken, Steine, Grünzeug und Sand flogen in Kaskaden durch die Luft und prasselten rechts und links zu Boden. Eine Rinne entstand in der Mitte des Steges. Das Wasser leckte über die freigelegte sandige Erde, ein kleiner Sturzbach ergoss sich in den Kanal und wurde schnell breiter. Die Arbeiter in der Mitte des Steges standen bald knöcheltief im Strom, der immer fordernder vorandrängte. Bald war das Rauschen bis auf den Turm zu hören, und immer noch hackten und schaufelten die Männer weiter. Als das Wasser ihre Knie erreicht hatte, geriet der Erste ins Straucheln, fiel hin, wurde mitgerissen und stürzte mit dem Wasserschwall in den Kanal, wo er sich unter großem Gelächter aus dreitausend Kehlen aufrappelte, sich seinen Spaten griff und herauskletterte. Bald wurde der Zweite hinterhergespült, dann der Dritte.

Wie eine riesige mit Schaum bedeckte Zunge schob sich das Wasser durch den Kanal auf die Senke zu. Der Durchbruch in der Mitte des Stegs war nach wenigen Minuten so tief, dass niemand mehr dort stehen konnte, ohne fortgerissen zu werden, also zogen sich die Arbeiter zu den Rändern zurück, ohne in ihrer Anstrengung nachzulassen. Je breiter die Lücke wurde, desto reißender wurde der Wasserfall. Meine Annahme, dass der Wasserdruck den Durchstich von selbst erweitern würde, bewahrheitete sich: Im Wirbeln und Schäumen des niederstürzenden Flusses sah man immer wieder mitgerissene Steine aufblitzen, und das Wasser im Kanal war braun verfärbt von weggewaschener Erde und Sand. Weit hinten in der Senke sammelte es sich und bildete einen flachen See, der sich rasch ausbreitete. Ein unbändiger Triumph erfüllte mich, aber ich versuchte, mir nichts anmerken zu lassen.

So ging es für längere Zeit weiter: Die braune Brühe rauschte durch den Kanal, die Senke füllte sich, und der Wasserspiegel im Flussbett sank, unmerklich zuerst, dann deutlich sichtbar. Es war, als wüchsen die beiden Ufer auf die Flussmitte zu. Steine und versunkene Äste tauchten auf, und wo eben noch Wasser gewesen war, glänzten nun feuchter Schlamm und Sand in der Mittagssonne. Das Gerippe eines untergegangenen Kahns erschien. Hier und da sprangen Fische. Ich fragte mich, was der Fluss noch so alles freigeben würde.

Nachdem die Männer eine Stunde lang unermüdlich gehackt und geschaufelt hatten, wurden sie abgelöst. Der Wasserschwall hatte etwas nachgelassen, und jetzt rückte die Kette der Arbeiter weiter in das Flussbett vor, um die Rinne auch in die tiefer gelegenen Bereiche vorzutreiben. Ich schätzte, dass mir das Wasser an der tiefsten Stelle höchstens noch bis zum Bauchnabel reichte. Am Ende des Tages würde man durch den östlichen Seitenarm der Maas waten können wie durch einen Bach.

Nachdem das Gefolge des Kaisers den Durchstich vom Turm aus zunächst in fasziniertem Schweigen verfolgt hatte, begannen bald alle durcheinanderzureden. Und natürlich war jeder von ihnen schon von Anfang an für das Dammbauprojekt gewesen; sie faselten daher, als hätten sie selbst die Berechnungen angestellt, versuchten, den Kaiser zu beeindrucken, und bewiesen doch mit jedem Wort, dass sie keine Ahnung von der Sache hatten. Nur Liutward von Vercelli hielt sich zurück, ließ die anderen reden und amüsierte sich still über das ignorante und schmeichlerische Geschwätz. In seinem heiteren Gesicht las ich Befriedigung darüber, dass er mit mir auf das richtige Pferd gesetzt hatte. Ab und zu lächelte er mir verschwörerisch zu. Trotz Ratwins Warnung vor Liutwards Verschlagenheit war ich froh, ihn auf meiner Seite zu haben.

Unten am Fluss ging die Versammlung des Heeres schon wieder in ein Fest unter freiem Himmel über, als hätten wir den Sieg bereits errungen. Spanferkel, Kaninchen und Hühner wurden auf Spieße gesteckt und Fässer angestochen. Die Arbeiter hackten und schaufelten immer noch, wenn auch nicht mehr mit ganz so viel Eifer wie zu Anfang. Die Schaulustigen standen jetzt nicht mehr dicht an dicht in langen Reihen am Ufer und am Kanal, sondern gingen in kleinen Gruppen umher und begutachteten das Werk. Einige wateten durch das nun schon zur Hälfte leer gelaufene Flussbett, hoben Gegenstände auf, polierten sie neugierig, warfen sie wieder weg oder steckten sie ein. Ein paar ganz Mutige wateten auf die Insel und schrien dänische Beschimpfungen zu den Mauern hinauf oder das, was sie dafür hielten.

«Høsenscheißer!»

«Fischfræsser!»

«Årschficker!»

Die Dänen beobachteten uns weiter, aber es waren nicht mehr ganz so viele Gesichter auf der Mauer zu sehen, dafür wieder einige nackte Hinterteile.

Ich fand, dass ich mir jetzt auch ein paar Bier verdient hatte, stieg vom Turm und ging durch das Lager, um Lupus zu suchen. Keiner der Herren beachtete mich, und es folgte mir auch keiner. Später erfuhr ich, dass Arnulf und Heinrich die anderen unnötig lange aufgehalten hatten, weil sie sich nicht hatten einigen können, wem auf der Leiter der Vortritt gebührte. Schließlich hatte Heinrich zitternd vor Wut eingelenkt, nachdem Arnulf, der von breiterer Statur war, glaubhaft angedroht hatte, Heinrich im hohen Bogen vom Turm zu werfen, und dann habe er seinen Vortritt.

Überall begleitete mich Applaus. Zwei große Thüringer hoben mich hoch und trugen mich ein Stück auf ihren Schultern über die Lagerstraße. Man reichte mir Krüge und Humpen, stieß mit mir an, klopfte mir auf den Rücken und schüttelte meine Hände. Einer bot mir seine Tochter zur Frau an, ein anderer seine Schwester und ein dritter, der offenbar weder Tochter noch Schwester hatte, seine Mutter.

«Die verschrumpelte Alte kannst du selber besteigen!», schrie einer von weiter hinten.

«Apropos besteigen», krakeelte jemand anders dazwischen. «Wie nennt man einen Dänen, der zwei Schafe hat?»

«Bigamist!», rief einer, der sich gerade neben einem der Zelte in einen Futtertrog erleichterte. «Der hat schon so einen Bart!» Und er deutete mit der freien Hand eine Bartlänge an, die jeden Propheten des Alten Testaments vor Neid hätte erblassen lassen.

Ich fand Lupus schließlich auf dem Wall vor der Palisade mit Blick auf den Kanal, durch den immer noch das Wasser rauschte. Er jonglierte wieder mit Äpfeln, und ich fragte mich, wo er die um diese Jahreszeit eigentlich aufgetrieben hatte.

Seufzend nahm ich den Helm ab und ließ ich mich mit meinem Krug neben ihn fallen. Das Bier schwappte über meine Hose.

«Du hast es gut», sagte er und legte die Äpfel weg. «Lebenslang Freibier.»

Ich verstand die Aufforderung, reichte ihm den Krug, und er trank einen Schluck, gab ihn mir zurück und jonglierte weiter. Offenbar hatte er in der Zwischenzeit geübt, denn er schaffte es jetzt schon mit vier Äpfeln.

«Ich hab mir was überlegt», sagte er, während sein konzentrierter Blick zwischen dem wirbelnden Obst hin und her sprang. «Wir könnten die Nummer mit dem Tanzbären noch etwas ausbauen und hier im Lager auftreten. Stell dich mal hin. Und nicht wackeln.»

Ich tat wie geheißen. Er stellte sich vor mich und begann wieder zu jonglieren. Plötzlich schoss seine Hand vor, griff in die Luft, schnappte sich einen Apfel mitten im Flug und legte ihn mir mit einer schnellen Bewegung auf den Kopf. Anschließend jonglierte er mit den drei verbliebenen Äpfeln eine Weile weiter, bis erneut die Hand vorschoss, den Apfel von meinem Kopf schnappte und in die fliegende Kaskade einreihte.

«Gut, oder? Ich dachte mir, dass du das Kostüm trägst und ich dabei Dänenwitze erzähle.»

Ich verdrehte die Augen. Es war offensichtlich, dass er mich wieder mal aufziehen wollte.

Wieder schoss die Hand vor, wieder hatte ich einen Apfel auf dem Kopf.

«Wie viele Dänen braucht man, um einen Schafbock zu kastrieren?», fragte Lupus.

«Keine Ahnung», sagte ich, bemüht, den Kopf dabei still zu halten. «Das hast du mich schon zweimal gefragt.»

«Drei», sagte Lupus. «Der Erste ...»

Weiter kam er nicht. Wie aus dem Nichts schoss etwas mit scharfem Zischen heran und riss mir den Apfel vom Kopf. Im gleichen Augenblick war direkt neben mir ein trockenes Klacken zu hören. Lupus riss die Augen auf und ließ die drei anderen Äpfel fallen. Ich fuhr herum.

Direkt neben meinem Kopf steckte ein Pfeil in der Palisade. Er hatte den Apfel in der Mitte durchbohrt und wie Bratobst aufgespießt.

Es gab nur einen Menschen, der so schießen konnte.

Gauzbert.

16

Gauzbert war immer noch so blass und mager wie an dem Tag, als ich ihn in einer kleinen Dorfkirche unweit von Prüm kennengelernt hatte. Er hatte in einem Sarg gelegen und einen toten Heiligen gespielt, und dann hatte er die Dänen, die gerade die Kirche plündern wollten, durch seine plötzliche Wiederauferstehung in die Flucht geschlagen. Von da an war er mir mehrere Monate lang nicht von der Seite gewichen – bis zu dem Tag, an dem ein dänischer Pfeil ihn im Bauch getroffen hatte und ich ohne ihn hatte aufbrechen müssen.

Er ließ den Bogen sinken und grinste. Einen Augenblick später lagen wir uns lachend und weinend in den Armen.

«Du darfst mich nie wieder verlassen», kommentierte Lupus mit Fistelstimme.

«Als ich hörte, dass du in Inda nach mir gefragt hast, hatte ich plötzlich keine Lust mehr auf die Schreinerei und auf die Mönche mit ihrem Gesinge», sagte Gauzbert. «Also dachte ich mir: Vielleicht könnt ihr hier jemanden gebrauchen, der ein bisschen schießen kann.» Er blickte hinüber zur Insel. «Wann geht's los?»

«In den nächsten Tagen», sagte ich. Genau wusste ich es nicht, aber ich konnte mir nicht vorstellen, dass der ungeduldige Arnulf noch mehr Zeit verlieren wollte, und eine Fortsetzung der Belagerung hatte keinen Sinn, jetzt, wo die Festung ohne den schützenden Fluss vor uns lag. Alle wollten stürmen und die Sache zu Ende bringen, bevor die Dänen über den Fluss Verstärkung heranbrachten oder doch noch einen Weg fanden, den Damm zu zerstören. Es lag eine solche Kampfstimmung in der Luft, dass es dumm gewesen wäre, diesen Schwung durch weiteres Abwarten zu vergeuden.

Während ich Gauzbert half, sein Gepäck in mein Zelt zu bringen, ging Lupus ins Lager, um Bier und Essen für uns zu besorgen. Anschließend suchten wir uns einen Platz am Kanal und machten es uns bequem. Das Wasser rauschte nicht mehr, sondern zog stetig dahin. Die Arbeiter schaufelten immer noch, aber sie hackten nicht mehr wie die Besessenen, sondern beschränkten sich darauf, die Öffnung zu vertiefen und den mitgespülten Sand zu entfernen, der sich immer wieder vor dem Durchstich staute. Weiter unten war die Senke hüfttief mit Wasser gefüllt. Hunderte von Männern hatten sich dort eingefunden und nutzten sie als Badesee. Sie lagen am Ufer und im Wasser, tranken Bier und schubsten sich gegenseitig hinein. Ab und zu ließ sich einer von den Anführern dort blicken und scheuchte ein paar Dutzend Leute mit Pfiffen zur Lagerwache.

Ich erzählte Gauzbert, was sich in den letzten Monaten ereignet hatte. Vieles davon wusste er schon vom Hörensagen oder in Form von unwahren oder halb wahren Anekdoten. Am besten gefiel ihm die Geschichte meiner Einlage als Tanzbär beim Fest der Dänen. Spektakel und Budenzauber: klar, dass das nach Gauzberts Geschmack war.

«Dansebjørn!», kreischte er und wäre vor Lachen fast in den Kanal gefallen.

Und natürlich gelang es Lupus sofort, Gauzbert für seine

Idee des gemeinsamen Auftritts zu begeistern. Die beiden verstanden sich auf Anhieb und verbündeten sich, um mich fortwährend aufzuziehen. Vergeblich versuchte ich, ihnen zu erklären, dass ich inzwischen in einer Position war, in der ich mir einen solchen Mummenschanz nicht mehr erlauben konnte.

«Der Herr ist jetzt Berater des Kaisers», spottete Gauzbert.

«Darum soll er ja das Bärenkostüm tragen», sagte Lupus. «Dann erkennt ihn keiner. Wo ist das Problem?»

Dann zeigte Gauzbert uns seine Narbe. Sigibert hatte gute Arbeit geleistet: Die Wunde hatte nur einen wulstigen Buckel knapp über der Leiste hinterlassen. Und noch eine gute Nachricht hatte Gauzbert für mich; der Abt von Inda hatte es von irgendjemandem gehört, der er es wiederum irgendwo aufgeschnappt hatte: Wolfhelm hatte die Strapazen der Flucht tatsächlich überstanden und war nach Prüm zurückgebracht worden.

«Und was ist mit den Büchern?», fragte ich.

«Die sind weg», antwortete Gauzbert. «Beide Glockentürme sind abgebrannt. Aber nicht bei der Plünderung, sondern hinterher. Einer der Arbeiter, die das Kirchendach reparieren sollten, hat im Gebälk eine Lampe brennen lassen.»

Es konnte nicht wahr sein. Ich hatte die Bücher in die Glocken gehängt, um sie vor den Dänen zu retten, und nun hatte irgendein Idiot die unschätzbaren Werte aus reiner Nachlässigkeit der Vernichtung preisgegeben. Doch die Nachricht, dass der alte Wolfhelm immer noch lebte, wog meinen Ärger auf. Es war, als lebten die Bücher mit ihm weiter.

«Du kanntest die doch sowieso alle auswendig», kommentierte Lupus.

Später wurde er auf einem der Türme zur Wache eingeteilt, und wir leisteten ihm Gesellschaft. Bei den Dänen brannten wie in jeder Nacht die Fackeln und spiegelten sich schwach auf dem Wasser des schmalen Tümpels, der vom rechten Seitenarm der Maas übrig geblieben war, während unten an den Feuern in unserem Lager einfach weitergefeiert wurde. Unablässig wurden wir von Mücken umschwirrt. Seit der Fluss auf unserer Seite durch den Damm zu einem stehenden Gewässer erstarrt war, hatten sich die Insekten zu einer Plage entwickelt, die schlimmer war als die Dänen. Schließlich hatten die uns schon seit geraumer Zeit nicht mehr belästigt.

«Wir werden da reinstürmen wie die Füchse in den Hühnerstall», prophezeite Lupus.

«Wie die Bären in die Schafherde», korrigierte Gauzbert.

Der Kaiser hatte zwischenzeitlich erneut in Gerwins Haus in Roermond Quartier bezogen. Schon am nächsten Tag wurde im Rat, der wieder in der Kirche tagte, beschlossen, dass der Angriff am kommenden Samstag durchgeführt werden sollte, also drei Tage später. Arnulf und Heinrich hatten sich wieder zusammengerauft und gaben sich sichtlich Mühe, das erbärmliche Gerangel um das Signalhorn vergessen zu machen.

Viel zu streiten gab es ohnehin nicht: Der Sturm konnte nur durch den trockengelegten Seitenarm vorgetragen werden, und er musste zur gleichen Zeit von allen Seiten erfolgen, um die Verteidiger überall zu beschäftigen. Die Breite des Flussbettes ermöglichte es, alle Männer gleichzeitig voranstürmen zu lassen, und durch die lang gestreckte Form der Insel konnte ein Teil von ihnen mit Leitern außerhalb der Reichweite der dänischen Bogenschützen entlang der Schmalseiten der Festung schnell auf die Westseite gelangen. Unsere eigenen Bogenschützen sollten derweil versuchen, die hölzernen Turmaufbauten in Brand zu schießen, um Verwirrung zu stiften.

Leider wussten wir nicht, ob und wie die Dänen die Tore von innen gesichert hatten. Da es offensichtlich war, von welcher Seite wir kommen würden, hatten sie sich dabei wahrscheinlich auf das Tor auf der Ostseite konzentriert, und Heinrich meinte, dass es sich lohnen könnte, den Rammbock auf die Westseite zu schaffen, weil das Tor dort im Zweifelsfall leichter einzuschlagen sein würde. Arnulf lobte den Vorschlag pflichtschuldig, gab dann aber zu bedenken, dass der Transport des Rammbocks zu lange dauern würde und dem Angriff seinen Schwung nehmen könnte. In erzwungener Ehrerbietung tauschten sie ihre Argumente aus, dann brachte der Kaiser sie mit der Frage aus dem Konzept, warum denn eigentlich nicht zwei Rammböcke gebaut worden seien. Eine Weile schoben sie sich gegenseitig die Verantwortung für das Versäumnis zu, und die Stimmung drohte schon wieder zu kippen, doch dann besann Arnulf sich darauf, dass Poppo, der junge Anführer des lotharingischen Kontingents, dafür zuständig gewesen war, und Heinrich nahm den Ball dankbar auf, sodass sie eine Weile auf Poppo herumhackten. Der geriet gehörig ins Stottern, traute sich aber nicht, die Schuld nach oben zurückzureichen, und bot stattdessen demütig an, in den nächsten Tagen einen zweiten Rammbock bauen zu lassen. Doch Arnulf und Heinrich lehnten den Vorschlag in seltener Einigkeit und mit genüsslicher Unbarmherzigkeit ab. Vielleicht erkannten sie die Gelegenheit, Poppo als Sündenbock aufzubauen und ihm später die ganze Schuld zuzuschieben, falls etwas schiefgehen sollte.

Mit grimmiger Miene entließ uns der Kaiser. Die etwa dreißig Anwesenden zerstreuten sich. Nur Liutward ging nach vorn und verharrte mit gefalteten Händen vor dem Altar. Er warf mir einen Blick zu und bedeutete mir durch eine kaum merkliche Kopfbewegung, mich zu ihm zu gesellen.

«Lass uns beten», sagte er, als ich neben ihn trat. Hinter uns verließen ein paar Nachzügler die Kirche. Mit einem Krachen fiel die Tür zu.

«Vater unser im Himmel», murmelte ich.

«Ich bezweifle, dass euer Vater im Himmel ist», sagte Liutward mit einem kühlen Lächeln. «Kann es übrigens sein, dass du noch mal bei ihm warst, bevor er gestorben ist?»

Woher wusste er das? War ich gesehen worden? Hatte Heriger irgendjemandem von meinem überstürzten Aufbruch erzählt? Hatte Liutward die richtigen Schlüsse aus den Gerüchten über die Vorkommnisse in der Todesnacht meines Vaters gezogen? Oder schoss er einfach nur einen Pfeil ins Blaue ab? Es schien wirklich unmöglich, vor diesem Mann irgendetwas geheim zu halten. Ich beschloss, bei der Wahrheit zu bleiben, denn falls er wirklich Bescheid wusste, würde ich sein Vertrauen verspielen, wenn ich ihn anlog.

«Ja, ich war bei ihm.»

«Geheiligt werde dein Name», sagte er. Es war fast schon Blasphemie, wie Liutward das Vaterunser mit seinem ironischen Lächeln in unser Gespräch einflocht. «War Gerold auch da?»

Ich beschloss, das Spiel mitzuspielen. «Dein Reich komme», betete ich. «Ja.»

«Dein Wille geschehe. Ich habe etwas über Gerold erfahren, was du nicht weißt.»

Ich spürte, wie mein Herz schneller zu schlagen begann. «Wie im Himmel, so auf Erden», sagte ich rasch. «Was?»

«Unser tägliches Brot gib uns heute. Gerold hat eine Vereinbarung mit Franco von Lüttich.»

Mir wäre vor Überraschung fast der nächste Satz des Vaterunsers entfallen. «Und vergib uns unsere Schuld. Er hat was?»

«Wie auch wir vergeben unseren Schuldigern. Er hat Gerold vor ein paar Tagen empfangen und ihm einen Handel angeboten.»

«Und führe uns nicht in Versuchung. Was für einen Handel denn?» Ich hätte den Bischof am liebsten gepackt und geschüttelt.

«Sondern erlöse uns von dem Bösen», betete er seelenruhig weiter. «Gerold soll Osmund befreien. Und wenn ihm das gelingt, lässt Franco dich fallen.»

«Das kann doch wohl nicht wahr sein!», entfuhr es mir. Ein halb strenger und halb belustigter Blick traf mich. «Denn dein ist das Reich …», schob ich hinterher.

«… und die Herrlichkeit. Es ist aber wahr. Und wer könnte es ihm verdenken. Doppelt hält besser.»

Ich war fassungslos. Franco spielte Gerold und mich gegeneinander aus. Wahrscheinlich hatte er Gerold zu sich gerufen, nachdem ich ihn in Tongern besucht hatte, ohne Ergebnisse vorweisen zu können. Wenn Gerold vorher bei ihm gewesen wäre, hätten die Iren es wahrscheinlich gewusst und mir hinterbracht. Das also hatte Gerold gemeint, als er zu Uta gesagt hatte, er wisse schon, wie er mit mir fertigwerden könne.

Liutward stieß mich an.

«… und die Kraft …», murmelte ich, während meine Gedanken weiterrasten. «Woher weißt du das?»

«… und die Herrlichkeit. Ich habe meine Ohren überall. Ich wollte nur, dass du es auch weißt. Ich bin auf deiner Seite.»

«In Ewigkeit. Danke.»

«Amen.»

«Amen.»

Drei Tage später war es so weit. Der Tag der Entscheidung war gekommen. Wenn alles so lief wie geplant, würden wir das dänische Geschwür aus dem Land herausschneiden. Und nicht nur das: Vielleicht würde auch mein Weg an diesem Tag eine entscheidende Wendung nehmen.

Als ich kurz nach Sonnenaufgang aus dem Zelt trat, war bereits die Hälfte der Männer in voller Bewaffnung auf den Beinen. Sie frühstückten an den heruntergebrannten Feuern, gingen unruhig betend auf und ab oder standen in Gruppen herum und überboten sich in der Ankündigung der Heldentaten, die sie an diesem Tag begehen würden. Ich sah ängstliche und entschlossene Gesichter und auch manche, auf denen sich beide Empfindungen mischten. Einige schliffen noch einmal die Klingen von Schwertern und Speeren. Die erwartungsvolle Unruhe übertrug sich sogar auf die Pferde, die an ihren Pflöcken standen und im sandigen Boden scharrten oder mit angelegten Ohren nach Fliegen schlugen.

Es war ein schwüler und bedeckter Tag, vielleicht würde es später noch ein Gewitter geben. Ich fragte mich, wie ein solches Unwetter gedeutet werden würde. Wenn wir siegten, würden die Priester wohl erklären, Gott habe uns geholfen, die Feinde der Christenheit zu zerschmettern; wenn nicht, würden sie behaupten, das Gewitter sei die Strafe für unsere mangelnde Standfestigkeit im Glauben. Und genau wie wir würden auch die Dänen in einem solchen Unwetter wahrscheinlich das Eingreifen göttlicher Mächte sehen und sich im Fall einer Niederlage taufen lassen, um auf der Seite des stärkeren Gottes zu sein und dann bei der ersten Gelegenheit wieder rückfällig zu werden. Ich musste an die spöttische Frage des Lukrez denken, warum denn die Blitze der Götter nie die Frevler träfen – eine Frage, die, wenn man es genau nahm, für beide Seiten gleich unbequem war.

Ich hatte in den vergangenen Tagen viel über das nachgedacht, was Liutward mir in der Kirche beim Vaterunser eröffnet hatte. Es bestätigte, was Connor mir schon bei meinem ersten Besuch in Lüttich prophezeit hatte: Gerold und ich würden nicht nur gegen die Dänen antreten, sondern auch gegeneinander.

Gerold war erst am Vortag wieder aufgetaucht. Wie erwartet, hatte er sich nach der Bestattung unseres Vaters von den daheimgebliebenen Herren des Maasgaus huldigen lassen, aber das bedeutete noch nicht viel, denn die, auf die es ankam, waren mit ihren Gefolgschaften in Asselt. Alle wussten inzwischen, wie es zwischen uns stand, und allen war klar, dass unsere Leistungen beim Angriff auf Asselt in die Waagschale geworfen werden würden. Schließlich war es ja auch denkbar, dass einer von uns ums Leben kommen würde, und so wollte sich niemand aus der Deckung wagen, bevor der Kampf entschieden war. Ich fragte mich, ob außer Liutward und seinen Zuträgern, wer auch immer sie waren, noch jemand von Francos doppeltem Spiel wusste.

Die Dänen hatten auch in den vergangenen Tagen keine Anstalten gemacht, unsere Vorbereitungen zu stören. Die Tore von Asselt waren verschlossen geblieben, die Fenster des Saalbaus auf der Westseite der Pfalz waren zugemauert worden, und die Schiffe lagen nach wie vor bei der Maasmündung auf dem Strand, obwohl den Dänen nicht entgangen sein konnte, dass der Tag der Entscheidung bevorstand.

Ich frühstückte mit Lupus und Gauzbert auf dem Wall vor der Palisade unter dem Turm, von dem aus ich mit dem Gefolge des Kaisers den Durchstich beobachtet hatte. Karl selbst war noch nicht eingetroffen, doch ein stetiges Hin und Her von Reitern verriet, dass etwas im Gange war.

Meine beiden Freunde redeten nicht viel, aber sie wirkten eher konzentriert als besorgt. Lupus, der wieder seinen nietenbesetzten schwarzen Lederpanzer trug, jonglierte kauend mit seinen verschrumpelten Äpfeln herum; Gauzbert sortierte seine Pfeile und machte ein paar Zielübungen auf die Pfosten des Turms. Angst schien er gar nicht zu kennen, obwohl der Krieg nicht sein Geschäft war. An der Hüfte sah man noch das Loch in seinem Kettenhemd, das der dänische Pfeil in Koblenz durchschlagen hatte. Seine Gelassenheit war nicht aufgesetzt. Die von Lupus schon gar nicht. Wahrscheinlich war ich am Ende der Unruhigste von uns dreien, weil für mich am meisten auf dem Spiel stand.

Ich bereute meinen Entschluss, nicht noch einmal nach Aachen zu reiten. Mir war klar, dass Fidis auf Nachrichten von mir wartete, aber die Ereignisse der letzten Zeit hatten mich so sehr beschäftigt, dass ich das Gefühl gehabt hatte, zunächst einmal alles mit mir selbst ausmachen zu müssen. Außerdem hatte ich nicht gewollt, dass mein Besuch wie ein möglicher Abschied für immer gewirkt hätte. Obwohl mir klar war, dass ich in wenigen Stunden mein Leben aufs Spiel setzen würde, war ich wie schon vor der Schlacht bei Remich sicher, dass ich unbeschadet aus dem Kampf hervorgehen würde. Woher nahm ich eigentlich diese Gewissheit? Aus der Überzeugung, dass mein Aufstieg vom rechtlosen Klosterhäftling zum Berater des Kaisers einen Sinn gehabt haben musste?

So verbrachten wir mehrere Stunden, während die Anspannung um uns herum immer größer wurde. Die Wolken wurden dichter und dunkler, als senkte sich der Himmel herab. Ein leichter Wind kam auf.

Bald waren erste Unmutsäußerungen zu hören. Hinter der Palisade schrie jemand nach Bier und wurde sofort zurechtgewiesen, dass vor dem Sieg nichts ausgeschenkt würde.

«Du sollst nicht so viel saufen, sonst schießt du daneben.»

«Und du sollst nicht so viel fressen, sonst kommst du die Leiter nicht mehr hoch.»

Zwei weitere Stunden vergingen. Der Kaiser kam und kam nicht. Die Wachen hinter der Palisade gingen nervös auf und ab. Helme wurden abgenommen und wieder aufgesetzt. Immer wieder kamen Männer aus dem Tor, gingen am Strand auf und ab, warfen Steine in die seichte Brühe in der Mitte des Flussbettes und spähten zur Festung hinüber. Hinter den Zinnen stand ein unbewegliches Spalier aus Helmen. Fast hätte man meinen können, die Dänen hätten Attrappen aufgestellt. Im Flussbett hatten unsere Arbeiter in den letzten Tagen auf der Höhe des Tors der Festung einen Knüppeldamm angelegt, damit der Rammbock auf dem sandigen Untergrund nicht stecken blieb. Wo noch Wasser stand, war Schotter angeschüttet worden.

«Der Angriff wird abgeblasen», erscholl eine Stimme aus dem Lager.

«Blödsinn», antwortete eine andere Stimme. «Der Kaiser ist unterwegs.»

Und dann, endlich, kam er tatsächlich. Wie eine Flutwelle brandeten die Jubelrufe heran und pflanzten sich durch das Lager fort. Es war wie ein Befreiungsschlag, und die Erleichterung darüber, dass das Warten ein Ende hatte, ergriff auch mich.

«Na los», sagte ich. «Gehen wir rein.»

Im Lager standen die Männer dicht an dicht, um Karl zu begrüßen. Alle Lagerstraßen waren verstopft. Es roch nach Schweiß und Leder. Auf den Wällen zogen sich Perlenketten aus Helmen hin, und selbst auf den Leitern der Ecktürme standen sie festgeklammert wie die Eichhörnchen an einem Baumstamm. Lupus, Gauzbert und ich kämpften uns durch die Menge, und meine Bekanntheit sorgte dafür, dass alle zur Seite traten, sodass wir einen Platz in der ersten Reihe an der Kreuzung der beiden Hauptstraßen des Lagers fanden.

Der Helmbusch des Kaisers ragte aus der Gruppe seiner berittenen Leibwächter auf wie eine Standarte. Hinter ihm folgten die Anführer der Kontingente in einer Reihe bis auf die ersten beiden: Arnulf von Kärnten und Heinrich von Babenberg ritten nebeneinander und warfen sich argwöhnische Blicke zu. Sobald einer von ihnen ein bisschen beschleunigte, zog der andere nach.

Der Zug hielt direkt vor uns an. Vier Priester in weißen Gewändern mit prachtvoller Stickerei traten vor. Ein Tragaltar wurde abgesetzt.

Als ranghöchster Geistlicher war es Bertolf von Trier, der die Messe las. Die Priester sangen, wir beteten, Bertolf predigte. Obwohl er sich kurzfasste, bekam ich fast nichts von seinen

Worten mit. In Gedanken spielte ich schon den Angriff durch. Vielleicht gab es eine Möglichkeit, vor allen anderen zu den Gefangenen zu gelangen, nachdem wir das Tor aufgebrochen hatten. Ich sah mich schon mit Gerold um die Wette rennen. Vor meinem inneren Auge streckte ihn direkt vor der Kellertür ein Pfeil nieder, während ich ein paar verzweifelte Dänen in die Flucht schlug, in den Keller stürmte und mir Osmund schnappte.

Lupus stupste mich von der Seite an. «Hände falten», raunte er.

Stille trat ein. Zuerst stimmte einer der Priester ein Bittgebet an, dann folgte Liutward mit dem Vaterunser. Tausende von Männern sprachen mit, sodass das Gebet wie eine schwer verständliche Wolke aus Gebrumm zum bedeckten Himmel aufstieg.

Nach dem Segen trat der Kaiser vor. Er trug wieder das lange Kettenhemd und einen prachtvollen purpurfarbenen Überwurf, mit dem er an einen römischen Imperator erinnerte. Er hatte den Helm unter den linken Arm geklemmt und gebot mit der erhobenen Rechten Ruhe. Die Haare klebten ihm am Kopf, und der schwarze Bartschatten gab seinem Gesicht einen wilden Zug, der ihm gerade an diesem Tag besser stand als die glatt rasierten Wangen mit den rötlichen Flecken.

Als er zu reden anfing, wurde es vollständig still. Der leichte Westwind trug seine Stimme in die hintersten Winkel des Lagers. Er beschwor noch einmal den Heiligen Geist, den Erlöser und die Muttergottes, die allesamt auf unserer Seite kämpfen würden, und dann erläuterte er mit fester Stimme den Angriffsplan, den inzwischen alle kannten, wenngleich die Wiederholung durch den obersten Befehlshaber ihm eine abschließende Gültigkeit verlieh: Das gesamte Heer würde auf der ganzen Breite des Flusses in dichten Reihen auf die Insel vorrücken und dann außerhalb der Schussweite der Dänen ausschwärmen. Friesen, Thüringer und Sachsen würden die Festung umrunden, sodass sie eingekreist wäre, alle anderen würden sich am Ostufer der Insel bereithalten. Auf ein Hornsignal hin würden wir von allen Seiten gegen die Mauern anstürmen und die Leitern anlegen. Die Bogenschützen würden, von Schildträgern gedeckt, die Mauerkrone unter Beschuss nehmen, um die Verteidiger hinter die Zinnen zu zwingen, und die Türme mit Brandpfeilen beschießen. Die anderen würden über die Leitern auf den Wehrgang steigen und sich dort festsetzen, während der Rammbock gegen das Tor auf der Ostseite geführt würde. Wenn alles nach Plan lief, würden wir den Mauerbereich über dem Tor bereits gesichert haben, wenn das Holz unter der Wucht des eisenbewehrten Eichenstamms nachgab. Anschließend würden die hinteren Reihen unserer Formation vorstürmen und zusammen mit den restlichen Bogenschützen eindringen, die dann die ungedeckten Dänen auf dem Wehrgang vom Hof aus beschießen könnten, während eine zweite Angriffswelle über die Leitern nachstürmte. Angesichts unserer erdrückenden Übermacht konnte dabei eigentlich nichts schiefgehen, zumal die Späher am Fluss auch an diesem Morgen keine Schiffe gesichtet hatten.

«Gott ist mit uns!», rief Karl zum Abschluss seiner Ansprache, zog sein Schwert und reckte es in die Höhe. Ein tausendfaches Echo schallte zurück und ließ die schwüle Luft erzittern. Das ganze Lager war ein Wald aus erhobenen Klingen. In immer schnellerem Takt schlugen die Männer ihre Schwertknäufe auf die Schildränder. Der Boden bebte. Es hätte mich kaum gewundert, wenn die Mauern von Asselt bei diesem Gedröhn von selbst in sich zusammengefallen wären.

Es dauerte eine weitere halbe Stunde, bis die Formationen ausgerückt waren und vor dem Lager Aufstellung genommen hatten. Lupus, Gauzbert und ich hielten uns an Ratwin, dessen hundert Männer in der vordersten Reihe am Flussufer standen und auf den Befehl zum Vorrücken warteten, während seine zwanzig Berittenen sich zusammen mit anderen Reitern an den äußersten Flanken bereithielten, um bei einem Ausfall der Dänen einzugreifen. In der Zwischenzeit hatte die Wolkendecke sich weiter verdunkelt, und auch der Wind hatte aufgefrischt. Im Westen ragte eine dunkelgraue Mauer vor dem Horizont auf. Regengeruch lag in der Luft, doch selbst wenn der Himmel in diesem Augenblick seine Schleusen geöffnet hätte, wäre niemand auf die Idee gekommen, den Sturm auf Asselt abzublasen. Im Gegenteil: Das heraufziehende Unwetter wirkte wie ein zweites Heer, das die Festung von der anderen Seite aus angreifen und so endlich den Untergang der Dänen besiegeln würde, die seit Jahren das ganze Land in Angst und Schrecken versetzten. Ein unglaublicher Sog ging von diesem Schauspiel am Himmel aus, und auch ich wünschte mir in diesem Augenblick nichts anderes, als dass es endlich losging.

Links von uns wurde der Rammbock vorgeschoben, ein Ungetüm mit acht massiven Holzrädern, die zur besseren Verteilung des Gewichts jeweils zwei Spannen breit waren, damit das Gefährt den Knüppeldamm nicht zerbrach oder sich im schlammigen Sand festfraß. An einem gerüstartigen Aufbau über dem Gestell hing an Ketten ein Eichenstamm, dessen Spitze mit einer kegelförmigen Eisenkappe bewehrt war. Darüber dehnte sich ein zeltartiges Dach aus Holz, das zum

Schutz vor Brandpfeilen mit nassem Leder bespannt und so ausladend war, dass auch die vierzig Männer, die den Rammbock an das Tor schieben würden, vor dem Beschuss von oben geschützt waren. Ich dachte an den Bock, den die Dänen beim Sturm auf Koblenz eingesetzt hatten. Er hatte das Tor stark beschädigt, und wenn wir den Angriff nicht von den Mauern aus abgeschlagen hätten, dann hätte es nach ein paar weiteren Stößen wahrscheinlich nachgegeben. Dieser hier war mindestens dreimal so schwer. Dass das Tor von Asselt ihm auf Dauer standhalten würde, war unvorstellbar.

Das erste Hornsignal ertönte. Wir nickten uns zu und setzten uns in Bewegung. Ratwin hatte seine Leute fünf Reihen tief gestaffelt, sodass immer etwa zwanzig Männer nebeneinandergingen. Sechs lange Leitern wurden von jeweils drei Männern getragen. Und wie schon bei Remich erfasste mich in diesem Augenblick eine fast unwirkliche Ruhe. Wie ein Stampfwerk schritt ich voran.

Rechts und links von uns rückten weitere Abteilungen vor wie eine träge, aber unaufhaltsame Brandungswelle. Insgesamt waren gut und gern zwei Drittel des gesamten Heeres angetreten, der Rest war zur Bewachung der Lager und zur Sicherung von Roermond zurückgeblieben. Für den Angriff hatten wir mindestens eine vierfache Übermacht. In einer Stunde würde es wahrscheinlich vorbei sein. Überall sah ich entschlossene und siegessichere Gesichter. Die Walze hatte sich in Bewegung gesetzt und war durch nichts mehr zu bremsen.

Während wir mit dem Lager im Rücken auf das Flussbett zumarschierten, war mein Kopf leer. Ich sah nur noch die Mauer, so als wäre die Eroberung dieser Festung das einzige

Ziel, das ich im Leben noch erreichen musste. Ich sah zu Lupus hinüber, der mir unter seinem Helm zugrinste. Er trug wieder seinen schwarzen Lederpanzer mit den Nieten. Seine nackten Arme wirkten für seinen drahtigen Körper zu dick. Er zeigte seine Muskeln ganz gern.

So zog ich also zum dritten Mal seit meiner Flucht aus dem Kloster mit einem Heer in den Kampf. Beim ersten Mal hatte ich eine Stadt gegen die Dänen verteidigt, beim zweiten Mal war ich ihnen im offenen Feld gegenübergetreten. Während wir vorrückten, ging mir auf, dass die Situation fast die gleiche war wie in Koblenz, mit dem einzigen Unterschied, dass wir es nun waren, die mit Rammbock und Leitern gegen eine Befestigung anrannten. Ich war sicher, dass uns an diesem Tag gelingen würde, was sie damals nicht geschafft hatten, doch mir war auch klar, dass es kein Kinderspiel werden würde. Die Befestigungen von Asselt waren noch eine Manneslänge höher als die Römermauer von Koblenz. Und in der Überzahl waren sie damals auch gewesen. War es wirklich vorstellbar, dass wir heute zurückgeschlagen würden?

Als wir das Flussbett erreichten, hielten wir an, um den Rammbock aufschließen zu lassen. Trotz des Gefälles zum Ufer hin kam er wegen des unebenen Untergrundes nur langsam voran. Es würde mühselig werden, ihn auf der anderen Seite zum Tor hochzuschieben, während von oben die Pfeile heranschwirrten. Man konnte nur hoffen, dass keine Achse brechen würde.

Die Unwetterwand schob sich derweil weiter auf uns zu. Der Himmel im Westen war inzwischen fast schwarz. Windböen gingen über uns hinweg und kräuselten die Wasseroberfläche des flachen Tümpels vor uns.

Auf der Mauer hatten die Dänen sich inzwischen für den Kampf bereitgemacht. Zwischen den Zinnen sah man nur noch Schilde, hinter denen Speere, Schwerter und die Köpfe der Verteidiger aufragten. Die Ecktürme waren dicht besetzt, wahrscheinlich mit Bogenschützen.

Der Rammbock erreichte den Knüppeldamm. Die Männer, die sich unter dem Schutzdach gegen die seitlich angebrachten Holme stemmten, stöhnten und ächzten, es knackte und rumpelte, aber die im Boden festgestampften Hölzer gaben nicht nach. Barsche Kommandos erschollen von irgendwoher, ansonsten war es fast unheimlich still. Als wir die Dänen bei Remich angegriffen hatten, hatte die Luft über dem Feld vom Rhythmus unserer immer schnelleren Schritte gezittert. Hier dagegen schlichen wir fast, und der sandige Boden schluckte die Geräusche unserer Stiefel. Wie alle anderen spürte ich den Drang, voranzustürmen und die Sache endlich zur Entscheidung zu bringen, aber wir hätten einen entscheidenden Vorteil verschenkt, wenn wir die Leitern angelegt hätten, ohne gleichzeitig das Tor aufzurammen. Also hielten wir uns zurück.

Der Rammbock mühte sich auf dem Knüppeldamm ab, erreichte den Tümpel und rollte knirschend über das Schotterbett. Gleichzeitig erreichte unsere erste Reihe das Wasser. Ich spürte, wie es mir lauwarm in die Stiefel sickerte. Ich umklammerte das Schwert. Der Schild wippte mit jedem Schritt schwer auf meinem Rücken.

Es schäumte und rauschte, als das Heer fast auf der ganzen Breite der Insel zwischen den beiden Dämmen durch das Flussbett vorrückte. Die Anführer der einzelnen Abteilungen schritten voran. Weit rechts von mir glaubte ich Gerold zu erkennen.

Links von uns öffnete sich jetzt eine Lücke in der Reihe, und zwei Reiter auf Schimmeln galoppierten vor. Es waren Arnulf und Heinrich, wie immer im Wettstreit um Sichtbarkeit. Wenn einer von ihnen auf die Idee kam, vor allen anderen auf eine der Leitern zu steigen, würde der andere nicht zurückbleiben können. Der Kaiser dagegen war nicht zu sehen. Ohne Zweifel hätte er sein Ansehen steigern können, indem er in der ersten Reihe marschierte, aber wie ich Liutward einschätzte, hatte er Karl davon abgeraten. Das Leben des Kaisers war zu wertvoll, um es zu opfern, bevor die Nachfolge in Liutwards Sinn geregelt war. Ich dachte an Remich, wo Bischof Wala von Metz, ebenfalls mit leuchtend rotem Helmbusch, mitten ins Schlachtgetümmel gesprengt war, um eine Lücke zu schließen, die die Dänen gerissen hatten. Nachdem er vom Pferd gestürzt war, hatte er zu Fuß weitergekämpft, bis eine dänische Klinge seinem Leben ein Ende bereitet hatte. Ein solches Risiko konnte der Kaiser hier nicht eingehen, zumal er nicht wirkte wie jemand, der mit dem Schwert wirklich umzugehen verstand.

Arnulf und Heinrich galoppierten durch das Flussbett, dass das Wasser in alle Richtungen spritzte. Auf der Insel wendeten sie ihre Pferde. Arnulf riss sein Schwert aus der Scheide und brüllte dem vorrückenden Heer etwas entgegen. Und tatsächlich verdoppelten die Männer mit dem Rammbock ihre Anstrengungen, überwanden das zweite Stück des Knüppeldamms und erreichten das Ufer.

Wenige Minuten später standen die Fußtruppen vor der Festung. In der Ferne rückten jetzt mehrere Hundert Reiter über die beiden Dämme vor und sammelten sich am Ufer der Insel. Gleichzeitig schwärmten die Formationen an den Enden der Schlachtreihe aus und umrundeten die Festung, schleppten

Leitern und Eimer mit loderndem Pech, an dem die Brandpfeile entzündet werden sollten. Alles war bereit, nur der Rammbock hatte Schwierigkeiten mit der Steigung. Unendlich langsam ging es voran, und bald war klar, dass die Trägheit dieses schildkrötenartigen Ungetüms unsere größte Schwierigkeit sein würde: Wenn wir den Rammbock ungedeckt vor das Tor rücken ließen, würden die Dänen ihn in einem immer stumpferen Winkel von den Seiten her beschießen können, sodass das Dach kaum noch Schutz bieten würde. Rückten wir dagegen alle gemeinsam vor, wäre die gesamte Schlachtreihe unnötig lange dem zermürbenden Beschuss ausgesetzt, und der Schwung für den Angriff mit den Leitern ging verloren.

Auch Arnulf hatte dieses Problem erkannt. Er löste sich von Heinrich und kam herangesprengt.

«Scheißklumpverreckts!», schrie er. «Habt ihr Sauhunde nichts in den Armen?»

Arnulf sprang vom Pferd, rannte zum Rammbock und stemmte sich fluchend von hinten dagegen. Sein persönliches Eingreifen spornte die Männer an, und vielleicht kam ihm an dieser Stelle auch eine geringfügige Abnahme der Steigung zu Hilfe – jedenfalls ruckte der Rammbock spürbar an und rumpelte nun etwas schneller auf das Tor zu. Für die Männer in der Schlachtreihe musste es so aussehen, als hätte Arnulf allein durch seine Bärenkräfte bewirkt, dass das Monstrum wieder Fahrt aufnahm. Ein Jubelschrei lief durch die Reihen. Der Himmel war inzwischen zur Hälfte schwarz. Der Wind war zum Sturm angeschwollen.

Nachdem wir etwa zwanzig Schritte zurückgelegt hatten, setzte der Beschuss von den Mauern aus ein.

«Schilde hoch!», schrie Ratwin.

Zuerst flogen nur vereinzelte Pfeile heran, als wollten die Dänen die Reichweite ihrer Bögen erproben, dann prasselten die Geschosse immer dichter auf uns herab. Wir duckten uns hinter die Schilde und krochen fast kniend voran, ohne innezuhalten. Lupus und ich nahmen Gauzbert in die Mitte. Statt seinen eigenen Schild vom Rücken zu wuchten, nahm dieser seinen Bogen, legte einen Pfeil ein und spannte.

«Jetzt!», rief er. Wir öffneten einen Spalt zwischen den Schilden, Gauzbert stand auf, schoss, und wir schlossen die Lücke gerade noch rechtzeitig, bevor ein von der Mauer abgeschossener Pfeil sich in meinen Schild bohrte. Hinter uns war das Klackern von Einschlägen zu hören, auch Ratwins Schild bekam zwei Treffer ab, und im Schutzdach des Rammbocks steckten schon jetzt mindestens ein Dutzend Pfeile.

Ich blickte mich um. Bisher war noch keiner von uns getroffen worden. Durch das langsame Vorrücken der Schlachtreihe konnten wir uns so tief ducken, dass wir fast vollständig geschützt waren. Der Pfeilhagel hatte uns nicht aufgehalten, eher im Gegenteil: Die Wut der Männer war angestachelt worden und hatte weitere Kräfte freigesetzt.

Nachdem die erste Salve über uns niedergegangen war, gab es eine Pause. Ein Blitz zuckte hinter der Festung über den Himmel, kurz darauf krachte der Donner. Ratwin brüllte ein Kommando, und ein Schwarm von Pfeilen zischte über unsere Köpfe. Die meisten trafen die Mauer oder flogen darüber hinweg, nur wenige schlugen zwischen den Zinnen in die Schilde ein. Es war nicht auszumachen, ob überhaupt einer der Dänen getroffen worden war, die Pfeile bewirkten lediglich, dass sie in Deckung gehen mussten und nicht gleich die nächste Salve abschießen konnten.

Wir hatten inzwischen die Hälfte der Strecke zwischen dem Strand und der Böschung zurückgelegt. Das Gelände wurde flacher, sodass der Rammbock, hinter dem Arnulf sich nach wie vor demonstrativ fluchend abmühte, noch schneller vorankam. Sein Schimmel war von einem Pfeil in die Flanke getroffen worden und galoppierte wiehernd vor der Schlachtreihe entlang, während der nächste Blitz über den Himmel zuckte und die Spitzen der Pfeile, die in immer dichteren Salven von der Mauer herunterhagelten, kurz aufleuchten ließ wie Funken. Es war ein Bild des Irrsinns. Und das war erst der Anfang.

Die zweite Salve schoss heran. Wieder duckten sich alle hinter die Schilde, wieder klackte es dutzendfach, doch diesmal mischten sich auch Schreie unter den Donner, der über den Himmel heranrollte.

Und dann ertönte von weit hinten das tiefe und lange Tuten des Angriffssignals. Wahrscheinlich hatte Heinrich, der nicht mehr auf dem Strand zu sehen war, den Befehl dazu gegeben. Von diesem Augenblick an gab es kein Halten mehr.

«Das war zu früh, du Depp!», brüllte Arnulf. Doch es war, als wollte er einer Flutwelle Einhalt gebieten.

Auf das Signal hin erhob sich ein unbeschreibliches Gebrüll. Die langsam vorrückenden Formationen fielen in Laufschritt. Ohne die nächste Pfeilsalve abzuwarten, stürmte das ganze Heer los wie eine Büffelherde. Wir ließen den Rammbock hinter uns und stürmten auf die Mauer zu, auf der nun einzelne Gesichter zu erkennen waren. Unsere Leiterträger, die sich im Laufen mit den Schilden zu decken versuchten, kamen kaum hinterher, und so waren wir mit der ersten Reihe schon vor der Mauerböschung angekommen, als die Dänen, die ebenfalls zu brüllen begonnen hatten, von oben eine weitere Salve losschickten. Diesmal schossen sie nicht auf die voranstürmenden Angreifer, sondern zielten seitlich unter den Rammbock, um die Mannschaft zu dezimieren, die ihn vorwärtsschob. Auf unserer Seite wurden drei Männer getroffen, doch es reichte nicht, um den Koloss zum Stehen zu bringen. Stattdessen flogen nun Speere und Steine auf die Leiterträger; auch hier gingen einige zu Boden, aber sofort sprangen andere ein, nahmen die Leitern auf und stürmten weiter. Bald drängelte sich alles an der Mauerböschung. Während Gruppen von fünf oder sechs Männern die Leitern aufrichteten, gaben die anderen jeweils zu zweit den Bogenschützen mit ihren Schilden Deckung. Sie waren gut eingespielt: Immer wieder öffneten sich für einen Augenblick Spalte zwischen den Schilden, und die Pfeile zischten heraus, während die Dänen sich über die Brüstung beugen mussten, um überhaupt schießen zu können, womit sie zur leichten Beute wurden. Einige stürzten getroffen vom Wehrgang und krachten zwischen unseren Leuten zu Boden.

Bald standen die ersten Leitern in einer unregelmäßigen Reihe an die Mauer gelehnt. Im Gewühl entdeckte ich Ratwin, der mit der linken Hand seinen Schild wie ein Dach über seinen Kopf hielt, während er mit dem Schwert seine Männer dirigierte.

«Nicht zu steil anlegen!», brüllte er, doch schon erschienen Stangen und Lanzen über der Brüstung, mit denen die Verteidiger versuchten, die Leitern zum Umkippen zu bringen, was bei einigen auch gelang. Während die Männer die umgefallenen Leitern im Geschosshagel erneut aufrichteten, traf ein Speer Ratwins Schild mit voller Wucht, sodass er ihm fast aus der Hand gerissen wurde. Ratwin machte einen Satz zur

Seite, und im selben Augenblick bohrte sich ein zweiter Speer an der Stelle in den Boden, an der er gerade noch gestanden hatte. Wieder zuckte ein Blitz auf. Der folgende Donner war so laut, dass er das Gebrüll übertönte.

Mein Herz raste wie wild. Ich blickte mich um. Hinter dem Gewimmel der anrennenden Männer sah ich am Ufer die Leibwächter des Kaisers. Sein roter Helmbusch ragte aus der Gruppe heraus. Mehr war nicht zu erkennen, zumal die Gewitterfront inzwischen fast über uns war und den Himmel zu beinahe zwei Dritteln verdüsterte. Die ganze Szenerie war in ein bleiernes Licht getaucht. Links und rechts flogen Brandpfeile in Richtung der Türme und zogen Spuren aus Funken in der Luft hinter sich her. Inzwischen lehnten allein an unserer Seite um die vierzig Leitern über die gesamte Flanke der Festung an der Mauer.

Der Rammbock hatte das Tor erreicht. Unter dem Schutz ihrer Schilde sprangen Männer hervor und schoben Keile unter die Räder, dann begannen sie, den Stamm in eine Pendelbewegung zu versetzen, während die Ersten, Schwerter und Äxte in den Händen und Schilde auf dem Rücken, Sprosse um Sprosse zur Mauerkrone hinaufstiegen. Immer noch versuchten die Dänen, die Leitern umzustürzen, doch das Gewicht der Kletternden erschwerte das Vorhaben, und immer wieder beugten sich einige so weit heraus, dass sie von unseren Pfeilen getroffen wurden.

Und dann begann es, von einem Augenblick auf den anderen auch noch zu hageln. Erbsengroße Körner prasselten auf die Schilde, auf das Schutzdach des Rammbocks und auf den Boden und hüpften dort in einem flimmernden Gewimmel und Gesprenkel umher. Mit einem schnellen Blick nach rechts und links versuchte ich ein letztes Mal, Gerold in der vorstürmenden Menge zu entdecken, doch es war aussichtslos: Der Hagel nahm mir die Sicht, und in der wogenden Masse waren ohnehin keine Gesichter zu erkennen.

Ein paar Schritte von uns entfernt wurde ein Bogenschütze von einem Speer getroffen, weil der Spalt zwischen den Schilden nicht schnell genug geschlossen worden war. Von oben erklangen jetzt Kampfgeschrei und das Klirren von Schwertern.

Ich stieß Gauzbert mit dem Ellbogen an und wies mit dem Schwert auf die beiden Schildträger neben dem Bogenschützen, der sich schreiend auf dem Boden wälzte. «Da rüber!», schrie ich und dann, zu Lupus gewandt und mit dem Schwert auf die Leiter zeigend: «Da rauf!»

Gauzbert rannte geduckt los, den Bogen in der einen Hand, den nächsten Pfeil in der anderen. Zum Glück begriffen die beiden Schildträger sofort, was er vorhatte, nahmen ihn in die Mitte und schlossen das Schilddach. Es rumste, als der Rammbock zum ersten Mal gegen das Tor schwang.

Lupus stürmte zu der Leiter, die uns am nächsten stand. Nacheinander kletterten wir hinauf, während Ratwin die Leiter neben uns erklomm. Über uns waren noch zwei weitere Männer, sodass die Holme sich unter unserem Gewicht durchbogen. Der Hagel wurde von den Böen hin und her gepeitscht und traf mich von allen Seiten. Die Körner schienen immer größer zu werden.

Wieder knallte der Rammbock gegen das Tor. Das trockene Krachen klang nicht danach, als ob das Holz bald nachgeben würde. Wahrscheinlich hatten sie es von innen mit Metallbeschlägen verstärkt und Steine aufgehäuft, aber ich zweifelte, dass es dem schweren Baumstamm lange widerstehen würde. Dennoch hatte Arnulf recht gehabt: Der Sturm auf die Mauern war zu früh erfolgt.

Auf den Leitern ging es nicht voran. Der Hagel verschaffte den Dänen einen Vorteil, denn wir mussten die Augen zukneifen, und die Körner waren noch dicker geworden. Einige hatten die Größe von Hühnereiern und gingen wie Wurfgeschosse zwischen uns nieder. Es krachte und schepperte, wenn sie auf Helme und Schilde trafen.

Die Männer, die ganz oben auf den Leitern standen, trauten sich kaum an die Mauerkrone heran. Die Bogenschützen der Dänen waren zurückgetreten, damit die sperrigen Bögen die anderen Kämpfer nicht behinderten. Ich blickte in ein Gewoge aus verbissenen Gesichtern, die zwischen den Zinnen und hinter den Schilden auftauchten und wieder verschwanden. Die Klingen von Schwertern und Lanzen hieben auf die Anstürmenden herab wie die Schnäbel von Dutzenden wütender Raubvögel. Der Kampf war ein einziges Inferno aus dem Gebrüll der Männer, dem Rauschen und Trommeln des Hagels und den scharfen Klängen von Klingen, die gegeneinander und auf die Schilde droschen. Der oberste Mann auf unserer Leiter machte ein paar halbherzige Versuche, in die Nähe der Verteidiger zu kommen und einen Treffer mit dem Schwert zu landen, aber er wich immer wieder zurück, sobald sie ihrerseits nach ihm schlugen. Rechts und links sah ich mehrere Körper nach unten fallen. Immerhin brauchten unsere Bogenschützen jetzt keine Deckung mehr. Sie schossen ihre Pfeile nicht mehr auf Kommando in Salven ab, sondern unablässig, und ab und zu trafen sie tatsächlich; allerdings wurden die Lücken immer wieder geschlossen. Ein schneller Blick zu den

Seiten zeigte mir, dass noch keiner von unseren Leuten es geschafft hatte, in den Wehrgang einzubrechen.

Minutenlang ging es so weiter. Hagel, Blitze und Donner von oben, Pfeile und anfeuerndes Gebrüll von unten, dazwischen immer wieder das Krachen des Rammbocks, das nun immerhin von Knirschen und Splittern begleitet wurde. Wenn das Tor endlich aufgebrochen war, würden die Männer der zweiten Welle, die an der Böschung hinter ihren Schilden warteten, voranstürmen, sich in den Hof der Festung ergießen und dort genug Verwirrung stiften, dass die Verteidiger auf der Mauer abgelenkt wären. Ich hoffte nur, dass uns bis dahin der Schwung nicht verloren gehen würde, und kletterte verbissen ein paar Sprossen höher.

Ein weiterer Blitz erhellte den schwarzen Himmel. Der Donner fiel mit dem erneuten Krachen des Rammbocks zusammen. Anfeuerungsrufe schallten von unten herauf. Es konnte nicht mehr lange dauern.

Die Leiter bebte. Ein Hagelkorn traf mich am Jochbein wie ein Keulenschlag. Kurz wurde mir schwarz vor Augen, und ich wäre fast von der Leiter gefallen, doch eine Welle aus Wut kochte in mir hoch und gab mir neue Kräfte. Ich klammerte mich an den Holmen der Leiter fest, und wenn ich in diesem Augenblick schon auf dem Wehrgang gestanden hätte, dann hätte ich wahrscheinlich wie ein Berserker unter den Dänen gewütet. Stattdessen wurde der oberste unserer Männer jetzt von einer Lanze erwischt, deren Klinge ihm die Wange aufschlitzte. Im Fallen hätte er fast seinen Nachfolger mitgerissen, doch der hielt sich zum Glück gut genug fest. Der Körper prallte von seiner Schulter ab und stürzte auf die Böschung. Sofort rückten wir auf. In der Lücke zwischen den Zinnen mühten sich drei Dänen ab, den Nächsten von der Leiter zu reißen, doch einer von ihnen wurde von einem Pfeil getroffen und kippte nach hinten weg; der Mann auf der Leiter stieß nach, erwischte einen der beiden anderen am Hals, aus dem sofort eine Blutfontäne hervorschoss. Mit einem gurgelnden Aufschrei brach der Däne zusammen und hing wie eine Puppe zwischen den Zinnen auf der obersten Sprosse unserer Leiter. Wieder krachte der Rammbock gegen die Torflügel.

Der dritte Däne, ein dicker rothaariger Kerl mit eingeflochtenem Bart, machte jetzt einen Fehler. Anstatt den Toten als Hindernis auf der Mauer liegen zu lassen oder ihn wenigstens über die Brüstung zu wuchten, damit er uns von der Leiter riss, packte er ihn bei den Schultern und zog ihn zu sich nach hinten. Wieselflink kletterte der Mann vor Lupus daraufhin die letzten Sprossen hoch, stieg durch die Lücke und wandte sich dem Dicken zu. Mit ein paar Schwerthieben drängte er ihn nach links hinter die Zinne, sodass er nicht mehr zu sehen war, aber offenbar hatte der Däne es geschafft, sich eine Axt zu greifen. Ich sah die Klinge über der Zinne kreisen. Währenddessen sprang Lupus in die Lücke, bevor einer der Verteidiger sie von der anderen Seite schließen konnte. Sofort wandte er sich nach rechts und verschwand ebenfalls hinter einer Zinne. Ich setzte ihm nach. Am Wackeln der Leiter spürte ich, dass weitere Männer von unten nachdrängten, und mit einem schnellen Blick zu beiden Seiten sah ich, dass auch Ratwin inzwischen an die oberste Stelle der Leiter links von mir vorgerückt war und seine Gegner, von denen ich nur die Schwertklingen sah, mit schnellen Vorstößen in Bedrängnis brachte. Einen Augenblick später war ich oben, sprang in einem Satz über die Brüstung und fand mich mitten im Getümmel auf dem hölzernen Wehrgang wieder, der so schmal war, dass keine zwei Männer nebeneinander kämpfen konnten.

Der Rammbock krachte ein weiteres Mal gegen das Tor, diesmal gefolgt von einem gewaltigen Bersten und Poltern.

Der Mann links von mir hatte sich den Schild vom Rücken gerissen und wehrte die Axthiebe des Dicken ab, und auch Lupus hatte einen Gegner gefunden. Sie schlugen wie die Besessenen aufeinander ein, sodass ich Zeit für einen schnellen Blick in die Runde fand. Überall versuchten unsere Leute, die Verteidiger hinter die Zinnen zu drängen und auf den Wehrgang zu kommen. Der Hof lag voll mit lodernden Brandpfeilen, die die Türme verfehlt hatten; überall schlugen Hagelkörner ein und prasselten auf die Schilde der Bogenschützen, die dort kniend lauerten. Noch schossen sie nicht, aus Angst, ihre eigenen Leute zu treffen, aber sobald wir einzelne Abschnitte der Mauer freigekämpft und uns in größeren Gruppen dort festgesetzt hatten, würden ihre Pfeile uns hinter die Deckung unserer Schilde zwingen, weil der Wehrgang nach innen völlig ungedeckt war. Es kam jetzt darauf an, dass das Tor so schnell wie möglich aufgebrochen wurde, damit die Hereinstürmenden die dänischen Bogenschützen niedermachen konnten.

Ein Krachen links von mir lenkte mich ab. Der Dicke war zum Gegenangriff übergegangen und hatte seine Axt mit solcher Wucht von rechts gegen den Schild seines Gegners geschlagen, dass der von der Mauer geschleudert wurde. Doch bevor der Däne sich mir zuwenden konnte, traf ihn Ratwins Schwert von hinten und schickte ihn hinterher. Hinter meinem Rücken war Lupus noch immer mit seinem eigenen Gegner beschäftigt. Ratwin grinste mich an, dann wandte er sich wieder der linken Seite zu. Hinter ihm war bereits ein zweiter

Mann auf den Wehrgang geklettert und versuchte, den nächsten Dänen zurückzudrängen, um Platz für einen weiteren unserer Männer zu schaffen, dessen Helm schon zwischen den Holmen der Leiter zu sehen war, doch er schaffte es nicht, sondern musste selbst zurückweichen, und es gelang dem Dänen, der die Gefahr erkannt hatte, den Nachrückenden mit einem blitzschnellen seitlichen Schwerthieb von der Leiter zu stoßen. Auf der rechten Seite sah es auch nicht gut aus: Lupus hatte seinen Gegner zwar ein Stück zurückgedrängt, aber in seinem Rücken war es den Dänen gelungen, zwei Leitern mitsamt den Männern, die sich daran festklammerten, mit ihren Lanzen umzustoßen, sodass von dort vorerst keine Gefahr mehr drohte und sie sich mit den Angreifern weiter hinten beschäftigen konnten. Bis zum Eckturm waren es von dort etwa achtzig Schritte, und an keiner Stelle sah ich auch nur einen von unseren Leuten.

Ein wütender Schrei von Ratwin ließ mich herumwirbeln. Und dann sah ich, warum er so entsetzt war: Direkt hinter dem Tor hatten die Dänen über die ganze Breite der Durchfahrt eine mit Brettern ausgekleidete Grube ausgehoben, in der bräunliches Sickerwasser stand. Sie war so tief, dass ein groß gewachsener Mann aus eigener Kraft kaum hätte herausklettern können, und zu allem Überfluss war sie auch noch von einem kleinen rechteckigen Wall umgeben, den die Dänen aus dem ausgehobenen Erdreich aufgeschüttet und mit einer provisorischen Palisade bewehrt hatten. Kein Wunder, dass sie keinen einzigen Ausfall gemacht hatten: Das Tor war eine Falle.

Und genau in diesem Augenblick sprengte der Rammbock es auf. Die letzten Balken und Riegel brachen knirschend und krachend, dann stürzte der rechte Torflügel in die Grube, während der linke schief in den Scharnieren baumelte. Ich hörte den Jubel unserer Männer von außen hereinbranden, und dann geschah das, was zu befürchten gewesen war: Vor lauter Begeisterung über den Durchbruch stürmten sie voran, und das erste halbe Dutzend fiel, von den Nachdrängenden geschoben, übereinander in die Grube, bevor sie weiter hinten überhaupt begriffen, was passiert war.

Die Dänen stießen ein triumphierendes Gebrüll aus. Ich konnte nicht sehen, was beim Rammbock vor dem Tor geschah, dafür hätte ich mich weit über die Mauer beugen müssen, aber die entgeisterten Schreie unserer Männer sagten alles. Die Verwirrung pflanzte sich durch die vor der Mauer auf ihren Einsatz wartenden Leute fort, das entsetzte Geschrei übertönte das Prasseln des Hagels und den Kampflärm auf der Mauer, bevor ein weiterer Blitz vom Himmel fuhr. Für den Bruchteil einer Sekunde stand das gleißend blauviolette Geäder vor der Wolkenwand, dann krachte der Donner nieder und übertönte alles.

Von den Kämpfenden auf der Mauer hatte kaum jemand mitbekommen, was gerade geschehen war. Lupus war immer noch mit seinem Gegner beschäftigt, weiter hinten hatten zwei unserer Leute den Wehrgang erreicht, wurden aber von den Dänen mit Axthieben in den Innenhof befördert. Der Mann, der vor Ratwin kämpfte, wurde ebenfalls getroffen und stürzte in die Tiefe, sodass Ratwin sich nun selbst seiner Haut erwehren musste. Sein Gegner schwang eine große Axt, war damit aber auf dem engen Gang im Nachteil, weil er weit ausholen musste, wobei ihm die Zinnen im Weg waren. Ratwin wich elegant aus, machte dabei aber keinen Schritt rückwärts. Der Hagel prasselte weiter auf uns ein.

Unten in der Grube rappelten sich die Männer auf und versuchten, an der Wand hochzuklettern, um wieder durch das Tor zu gelangen, bevor die Dänen im Hof sie mit Speeren von der Palisade aus aufspießten wie Fische in einem Teich.

Ein weiterer Blick in die Runde zeigte mir, dass wir immer noch kaum Fortschritte gemacht hatten, nur an einer Stelle der nördlichen Schmalseite war hinter dem Schleier aus unzähligen Hagelkörnern ein kleiner Pulk aus einem halben Dutzend Männern zu erkennen, der versuchte, den Weg für die Nachrückenden freizukämpfen, aber die Dänen, die zwei riesige Schwertkämpfer nach vorn gestellt hatten, drängten sie so weit zusammen, dass ihnen jede Bewegungsfreiheit genommen war. An allen anderen Abschnitten der Mauer spielte sich der Kampf immer noch zwischen den Verteidigern auf dem Wehrgang und den Angreifern auf den Leitern ab. Es war unmöglich zu sagen, wie hoch unsere Verluste bereits waren, denn die meisten der Angreifer, die es nicht geschafft hatten, lagen wahrscheinlich um die ganze Festung herum verstreut an der Böschung. Ein schneller Blick nach unten zeigte mir, dass immer noch Hunderte von unseren Leuten darauf warteten, dass sie an der Reihe waren, nach oben zu klettern, während bei den Dänen auf der Mauer alle Männer schon im Einsatz waren. Früher oder später mussten wir sie mit unserer Masse erdrücken, wenn wir nur nicht nachließen.

Lupus hatte seinen Gegner inzwischen durch einen Stich in den Bauch erledigt und mit einem Tritt in den Hof befördert. Sogleich nahm er sich den Nächsten vor. Die Leiter, über die wir gekommen waren, war nicht mehr zu sehen, wahrscheinlich war sie umgestürzt. Aus den Augenwinkeln sah ich, wie einer der Bogenschützen im Hof zielte und schoss, instinktiv riss ich den Schild hoch, und der Pfeil bohrte sich mit solcher Wucht ins Holz, dass die Spitze auf der Innenseite erschien. In diesem Augenblick wurde Ratwin vor mir von der Axt des Dänen, der überraschend von links nach rechts geschlagen hatte, an der Hüfte getroffen, bevor er seinen Schild herumreißen konnte. Ratwin schrie auf. Das Kettenhemd verhinderte, dass die Klinge in seine Seite fuhr, aber die Wucht ließ ihn taumeln; der Däne sprang sofort vor und nutzte Ratwins Benommenheit, um ihn zwischen zwei Zinnen hindurch mit seinem Schild von der Mauer zu stoßen. Geistesgegenwärtig griff Ratwin nach den Holmen einer Leiter und klammerte sich fest, aber der Schwung riss ihn um, und er kippte mitsamt der Leiter zur Seite. Sofort stürzte ich mich auf den Dänen, holte aus und drosch mein Schwert gegen seinen Schild, er parierte, drängte vor und schlug von oben mit der Axt zu. Ich konnte den Schlag abwehren, aber mein Schild brach dabei in zwei Hälften. Ich warf die Trümmer weg und ging in Stellung. Mein Gegner trug ebenfalls ein Kettenhemd und einen Brillenhelm, unter dem blonde Haare hervorschauten. Er grinste und schlug wieder zu, ich wich aus, die Axt grub sich in den hölzernen Boden des Wehrgangs, und es gelang mir, den Stiel der Waffe zu packen, sie ihm zu entreißen und ihm das Schwert in den Oberschenkel zu stoßen, woraufhin er das Gleichgewicht verlor und nur wenige Schritte von der Palisade entfernt in den Hof stürzte. Hinter ihm drängten vier weitere Dänen heran, die keine Gegner hatten und auch keine vor die Klinge bekommen würden, weil wir am Tor keine Leitern angelegt hatten. Ich begriff, dass es gefährlich werden würde, denn wenn ich nur einen dieser Zweikämpfe verlor, würde es um mich geschehen sein. Ein Blick über die Schulter zeigte, dass Lupus ebenfalls zurückgedrängt wurde, sodass wir fast Rücken an Rücken standen und kein Raum für weiteres Zurückweichen blieb.

Mein nächster Gegner war zur Abwechslung jung, schmächtig und unerfahren, und er rannte direkt in mein Schwert. Mit einem kräftigen Tritt stieß ich ihn gegen seinen Nachfolger, einen bulligen Dänen mit braun gebrannter Glatze ohne Helm und ohne Kettenhemd, der das Gleichgewicht verlor und rückwärts auf den Hintern fiel, was mir eine kurze Atempause verschaffte.

Ich warf einen Blick über die Mauer. Der Hagel hatte etwas nachgelassen. Als ich sah, was auf der anderen Seite des Flussbettes vorging, wusste ich, dass dieser Tag, der uns den Triumph hatte bescheren sollen, in einer Katastrophe enden würde.

Die Dänen griffen unser Lager an. Von Osten her stürmten mindestens zweihundert von ihnen über das Feld auf den Wall zu, und im gleichen Augenblick ertönte unser Hornsignal zum Abbruch des Angriffs. Während sich unten vor der Mauer Verwirrung breitmachte, griff der Glatzkopf, der über den Toten vor ihm hinweggestiegen war, mich an. Zum Glück war er langsam und schwerfällig. Ich wich immer wieder aus und stach mit schnellen Ausfallschritten zu, sodass er zurückweichen musste.

«Das Lager wird angegriffen!», schrie jemand von der Leiter aus. Von unten war offenbar schlecht zu sehen, was sich auf der abgewandten Seite des Lagers abspielte, sodass sie dort erst jetzt begriffen, warum das Signal gegeben worden war. Doch der Ruf pflanzte sich rasend schnell von einer Abteilung zur anderen fort, und während ich weitere Axthiebe des Glatzkopfs parierte, sah ich aus den Augenwinkeln, dass unsere Leute zurückzufluten begannen. In Schwärmen rannten sie zum Fluss, um das Lager zu verteidigen. Unsere Reiter, die eigentlich einen Ausfall aus der Festung hatten verhindern sollen, wendeten ihre Pferde und sprengten ebenfalls dorthin.

Jetzt, wo niemand mehr nachrückte, standen wir auf verlorenem Posten. Direkt neben mir ragten die Holme einer Leiter über die Brüstung der Mauer. Sie war unsere einzige Chance zu entkommen. Mit einem Wutschrei sprang ich vor und stieß dem Glatzkopf das Schwert in die Brust, er stöhnte überrascht auf, taumelte zurück und blieb auf der Leiche liegen, die er eben noch überstiegen hatte, um mich anzugreifen.

Ich nutzte den Augenblick, wandte mich um, hob blitzschnell eine am Boden liegende Lanze auf und stach damit dicht an der Schulter von Lupus vorbei dessen Gegner nieder. Hinter ihm kamen weitere Dänen herangestürmt, aber der Verletzte hielt sich an einer Zinne fest und wollte nicht zu Boden gehen, sodass er den Nachdrängenden im Weg war.

«Runter hier!», schrie ich, schwang mich über die Brüstung und landete auf einer der Sprossen, die nachgab, sodass ich ein Stück nach unten fiel und erst auf der nächsten Sprosse wieder Halt fand. Dann begann ich hinabzusteigen. Lupus hatte sofort begriffen. Mit einem Satz war er bei der Leiter, schwang sich über mir hinaus und begann ebenfalls, nach unten zu klettern. Die Gesichter der Dänen erschienen zwischen den Zinnen, einer schrie etwas, und als wir die Leiter etwa zur Hälfte hinuntergestiegen waren, tauchte der Schaft einer Lanze auf und begann, die Leiter von der Mauer wegzuschieben. Wir verloren das Gleichgewicht und kippten um, allerdings so langsam, dass wir uns auf dem mit Hagelkörnern übersäten Boden abrollen konnten, ohne uns die Knochen zu brechen.

Der Hagel hatte aufgehört, und das Gewitter war ein Stück weitergezogen. Von Westen her hellte der Himmel sich auf. Ein Blitz leuchtete im Nordosten, der Donner folgte mit einiger Verspätung.

Der Rammbock stand verlassen und mit Pfeilen übersät vor dem aufgebrochenen Tor. Vor der Mauer lagen mindestens fünfzig Tote verstreut, die meisten Leitern waren umgekippt, einige lehnten noch verlassen an der Mauer.

Kaum hatte ich mich aufgerappelt, da entdeckte ich Ratwin. Nur ein paar Schritte von uns entfernt lag er auf dem Rücken; ich dachte zuerst, er sei auch tot, doch als hätte er meinen Blick gespürt, öffnete er die Augen halb und richtete sich stöhnend auf. Sein rechtes Bein war gebrochen, die Hose unter dem Knie war blutdurchtränkt und zerrissen, und ein bleicher Knochen ragte aus dem Brei aus Haut und Muskeln heraus. Angesichts der Höhe der Mauer war es fast ein Wunder, dass er noch lebte.

Lupus und ich tauschten einen Blick. Mit einem Satz waren wir bei Ratwin. Er hatte sich wieder zurücksinken lassen, sein Gesicht war schmerzverzerrt. Vielleicht hatte der Axthieb ihm auch noch die Hüfte zertrümmert. Es war fraglich, ob er die nächsten Tage überleben würde, und selbst wenn: Auf eine Leiter würde er wohl nie wieder steigen können.

«Das war heute nichts. Morgen probieren wir's noch mal», sagte er und lächelte. So war Ratwin.

Lupus und ich wechselten wieder einen Blick, dann fassten wir Ratwin unter den Achseln, wuchteten ihn hoch und liefen los, weg von der Mauer. Ratwin stöhnte noch einmal vor Schmerzen, dann erschlaffte er, und wir schleiften ihn weiter.

Die Dänen schickten uns einen Wurfspeer als letzten Gruß hinterher, aber er schlug fünf Schritte neben uns ein und blieb im Boden stecken. Als ich zurückblickte, sah ich, wie sie sich zwischen den Zinnen drängelten und in Richtung unseres Lagers starrten, von wo Geschrei und Kampfgeräusche herüberschallten.

Wir waren unter den Letzten, die die Insel verließen, rechts und links humpelten noch ein paar Leichtverletzte mit niedergeschlagenen Gesichtern. Völlig außer Atem legten wir Ratwin auf der zertrampelten Wiese am Ufer ab, wo immer noch Steine herumlagen, die für den Dammbau herangeschafft, aber nicht mehr verwendet worden waren.

Ich war unschlüssig, was ich tun sollte. Einerseits wollte ich Ratwin nicht allein lassen, andererseits war der Gedanke schwer zu ertragen, mich nicht an dem Kampf zu beteiligen, der auf der anderen Seite des Lagers immer noch tobte.

«Nun geht schon», sagte Ratwin matt. «Ich liege hier ganz bequem.»

Lupus nickte mir zu. Ich drückte Ratwin die Hand, und dann rannten wir los. In der Ferne grollte noch der Donner. Auch vor dem Lager war der Boden von Hagelkörnern übersät, die schon zu schmelzen begonnen hatten. Nachdem wir um die erste Ecke gebogen waren, wurde der Kampflärm lauter, doch es klang nicht nach einer großen Schlacht, sondern eher nach vereinzelten Gefechten. Von den Türmen der abgewandten Seite des Lagers flogen Pfeile herunter. Wir hetzten weiter bis zur nächsten Ecke. Noch bevor wir sie erreicht hatten, sahen wir, dass der Kampf, der keine fünf Minuten gedauert hatte, fast vorbei war. Überall lagen Tote und Verwundete verstreut. Einige Dänen verteidigten sich noch in zusammengedrängten Gruppen gegen die Übermacht unserer Leute, die meisten aber flohen kopflos über das Feld auf den Waldrand zu, aus dem sie wahrscheinlich gekommen waren. Unsere Reiter sprengten hinterher und machten einen nach dem anderen nieder. Es gab keinen Grund, dass wir uns an dem Gemetzel noch beteiligten. Erschöpft ließen wir uns auf den Boden fallen und sahen zu, wie die letzten Angreifer umzingelt und unter wütendem Gebrüll abgeschlachtet wurden.

Das Tor an der Ostseite des Lagers war geschlossen, und die Palisade war unversehrt. Es war den Dänen nicht gelungen, in das Lager einzubrechen, aber das war auch gar nicht ihr Ziel gewesen. Wie wir später erfuhren, gehörten sie zu den Schiffsmannschaften, die an der Maasmündung lagerten. Sie hatten sich in den vorherigen Nächten in kleinen Gruppen zu Fuß durch die Wälder geschlichen und tagsüber im Unterholz verborgen gehalten, um durch den Überraschungsangriff auf unser Lager Verwirrung zu stiften und uns im entscheidenden Augenblick von der Insel wegzulocken. Wieder einmal hatten wir die Dänen unterschätzt.

Niedergeschlagen trotteten Lupus und ich zum Ufer zurück. Auf der Insel lag Asselt im Licht der durch die Wolken brechenden Nachmittagssonne da, und ohne die vielen Toten vor den Mauern wäre es ein friedliches Bild gewesen. Das zerborstene Tor stand offen, wie um uns zu verhöhnen.

Ratwin war nicht mehr da.

17

Der Anblick der Stelle, an der Ratwin eben noch gelegen hatte, schnürte mir die Kehle zu. War er tot? Schließlich konnte man nicht wissen, ob er außer seinem Bruch noch weitere Verletzungen davongetragen hatte, die man von außen nicht sah.

Getrieben von der Sorge um meinen Freund eilte ich so schnell zum Lager zurück, dass Lupus kaum hinterherkam. Am Tor herrschte ein heilloses Geschiebe: Die einen drängten hinein, um die auf dem Kampfplatz aufgesammelten Waffen und Helme in ihre Zelte zu schleppen; die anderen strebten heraus, um sich auch noch einen Anteil an der Beute zu sichern. Mitten im Gewühl traf ich mit einem von Ratwins Reitern zusammen, der sein lahmendes Pferd am Zügel führte. Sein Gesicht war mit Blut und Dreck verschmiert, und ich erkannte ihn nur daran, dass er fürchterlich schielte. Er wusste sofort, wer ich war, und er deutete meinen suchenden Blick richtig.

«Ratwin ist in seinem Zelt», sagte er. «Ich war gerade bei ihm, aber der Wundarzt hat mich rausgeschmissen. Er soll erst mal schlafen.»

Ich schickte ein Stoßgebet zum Himmel. Der Reiter schob sich mit einem Nicken an mir vorbei und zog das Pferd hinter sich her aus dem Gedränge.

«Was ist mit Gauzbert?», fragte Lupus, der inzwischen zu mir aufgeschlossen hatte.

Verdammt. In meiner panischen Sorge um Ratwin hatte ich meinen Freund Gauzbert ganz vergessen. Zum letzten Mal hatte ich ihn auf dem Schlachtfeld gesehen, bevor ich die Leiter hochgestiegen war. Hatte er es geschafft, unbeschadet von dort wegzukommen?

«Komm mit», sagte ich zu Lupus. «Wir suchen ihn.»

Kaum hatten wir uns durch das Gewühl am Lagereingang gekämpft, da stand Gauzbert auch schon vor uns. Zum zweiten Mal innerhalb von einer Minute fiel mir ein Stein vom Herzen.

«Mein Gott, du siehst ja schrecklich aus!», rief Gauzbert und zeigte auf mich. Unwillkürlich tastete ich nach meinem Gesicht. Tatsächlich war die ganze rechte Seite eine einzige riesige Beule. Vor lauter Aufregung war mir kaum aufgefallen, dass mein Auge zu einem schmalen Sehschlitz zugeschwollen war.

Die folgenden Stunden verbrachten wir vor meinem Zelt, stillten Durst und Hunger und erzählten uns gegenseitig, wie wir den Sturm erlebt hatten. Gauzbert hatte einen Pfeil nach dem anderen auf die Mauer geschossen, bis der Angriff abgeblasen worden war; dann war er mit den anderen zurückgelaufen. Vor dem Lagerwall hatte er mit seinen letzten beiden Pfeilen noch zwei fliehende Dänen niedergestreckt, dann hatte er sich augenblicklich auf die Suche nach Lupus und mir gemacht.

Trotz des Fehlschlags waren wir in ausgelassener Stimmung. Die Erleichterung darüber, dass wir den Kampf unbeschadet überstanden hatten, ließ uns den Ärger vergessen.

Erst als das Gespräch darauf kam, wie es nun weitergehen sollte, wurden wir wieder ernst. Bald drehte sich alles nur noch darum, wie man trotz der umwehrten Grube durch das Tor gelangen könnte. Gauzbert schlug vor, Bohlen über die Vertiefung zu legen.

«Wie soll das denn gehen?», fragte Lupus. «Die schießen uns von der Palisade aus ab wie die Hasen.»

«Hast du einen besseren Vorschlag?»

«Wir schieben den Rammbock ganz rein und benutzen ihn als Brücke.»

«Bringt überhaupt nichts. Der bleibt an der Kante hängen und versperrt das Tor.»

Stundenlang ging es so hin und her. Schließlich verabschiedete ich mich und machte mich auf den Weg, um endlich nach Ratwin zu sehen.

Im Westen strahlte die Sonne zwischen vereinzelten Wolken aus dem Blau herab, als hätte es nie ein Unwetter gegeben. Angesichts des chaotischen Durcheinanders, in dem unser Angriff nur wenige Stunden zuvor versunken war, erschien es mir, als lachte der Himmel uns aus.

Die Stimmung im Lager war eine Mischung aus Niedergeschlagenheit, Wut und Entschlossenheit und entsprach genau meiner eigenen Gemütslage. Auch ich war maßlos enttäuscht über den Misserfolg, doch beim Gedanken an den Staudamm mischte sich auch ein Gefühl von Stolz unter meine Unzufriedenheit. Mein Werk hatte den Kampf unbeschadet überstanden, und es würde uns auch beim nächsten Angriff unschätzbare Dienste leisten. Sollten Arnulf und Heinrich sich ruhig darüber streiten, wer die Verantwortung für die Schlappe zu tragen hatte. Ohne meinen Staudamm würden wir gar nicht erst bis zur Mauer kommen.

An den Feuern wurde wild debattiert, wie es nun weitergehen sollte. Ans Aufgeben dachte niemand, jedenfalls traute sich niemand, diese Möglichkeit auch nur in Erwägung zu ziehen. Die Vorsichtigeren sprachen sich für das Aushungern aus, aber die meisten der Männer wären am liebsten gleich zum nächsten Angriff angetreten, immerhin waren wir nach wie vor in der Überzahl. Natürlich war das völlig unmöglich. Zuerst mussten wir sicherstellen, dass sich keine weiteren Dänen in der Umgebung herumtrieben, die uns in den Rücken fallen konnten. Dann mussten neue Leitern gezimmert werden. Und schließlich brauchten wir einen Plan, der der neuen Situation gerecht wurde.

«Was braucht's für einen Plan?», fragte einer der Bayern, der gerade eine Schweinshaxe zerteilte. «Rauf auf die Leitern und rein in den Stadel! Wie beim Fensterln!» Es war, als spräche Arnulf aus ihm; er hatte sogar den gleichen ausladenden Kinnbart unter seinem breiten Schädel.

«Beim was?», fragte ein missmutiger Friese, der zusammen mit dem Bayern und acht weiteren Männern am Feuer saß.

Der Bayer lachte laut. «Rauf und rein! So halten wir's jedenfalls bei den Weibern. Ich weiß ja nicht, wie ihr's da oben macht. Aushungern, oder was?»

Schallendes Gelächter aus neun Kehlen war die Antwort.

Direkt neben der Gruppe befand sich ein großes Zelt, in dem Verwundete versorgt wurden. Durch die zurückgeschlagene Plane sah ich drei Reihen von Strohsäcken mit Männern. Schmutzige Lappen, bleiche Gesichter, vereinzeltes Stöhnen. Insgesamt schienen unsere Verluste eher gering zu sein. Die meisten unserer Leute waren noch gar nicht bis auf die Mauer vorgedrungen, als der Sturm abgeblasen wurde. Ohne das Ablenkungsmanöver der Dänen hätten wir weitere Angriffswellen über die Leitern schicken können, um den Wehrgang freizukämpfen und den Hof zu stürmen. Früher oder später hätten wir sie auf diese Weise wahrscheinlich mit unserer Masse erdrückt.

Dass die Idee mit dieser Grube ein genialer Schachzug der Dänen gewesen war, ließ sich nicht leugnen. Niemand war auf den Gedanken gekommen, dass hinter dem Tor eine solche Überraschung auf uns warten würde. Ich kannte einige Traktate über das Kriegswesen, doch nirgendwo war von so etwas die Rede, und selbst wenn – mir wäre im Traum nicht eingefallen, dass ausgerechnet diese Barbaren, deren einzige Taktik das wilde Vorwärtsstürmen zu sein schien, auf einen so einfachen und wirksamen Trick kommen könnten. Wie gesagt, wir hatten sie wieder einmal unterschätzt, so wie wir seit Jahrzehnten ihre Schnelligkeit, ihre Tollkühnheit, ihre Hartnäckigkeit, die Findigkeit ihrer Kundschafter und deren Kenntnisse über unsere Länder und Städte, ihre Fähigkeit, die Schiffe durch seichte Gewässer zu manövrieren, und die Durchtriebenheit ihrer Verhandlungsführer unterschätzten. Sie schafften es immer wieder, uns zu überraschen. Genau darum waren sie immer noch da. Je länger ich darüber nachdachte, desto mehr wuchs mein Respekt. Sie waren unsere Gegner, aber sie waren würdige Gegner.

Auch die Männer im Lager dachten offenbar so. Immer wieder schnappte ich auf, wie sich ihr Zorn weniger gegen die Dänen, sondern vor allem gegen unsere eigenen Wachen entlud, die durch ihre Nachlässigkeit schon zwei Wochen zuvor den Überraschungsangriff auf Roermond ermöglicht hatten. Wie konnte es eigentlich sein, so fragten sie sich an den Feuern, dass zweihundert Gegner unbemerkt und unbehelligt durch das Land gesickert waren, um sich im entscheidenden Augenblick zusammenzuschließen und vor unserer Nase aus dem Wald zu stürmen? Wahrscheinlich hatten die Wachen die ganze Zeit nur auf den Fluss gestarrt und Ausschau nach den Schiffen gehalten, während die Dänen in kleinen Gruppen hinter ihrem Rücken vorbeigehuscht waren. Kontrollierte dort oben eigentlich niemand die Straßen?

Wie zu hören war, hatte Arnulf sich im Rat unmittelbar nach dem gescheiterten Angriff zu einem Tobsuchtsanfall hinreißen lassen, Kerzenleuchter umgetreten, geschworen, jeden einzelnen Wächter zwischen Roermond und der Maasmündung persönlich in Stücke zu hacken und die Teile am Flussufer aufzuhängen, zur Mahnung an alle Blindschleichen und Rindviecher, die jemals wieder mit Wachdiensten betraut werden würden.

Ratwins Zelt lag am anderen Ende des Lagers. Als ich endlich angekommen war, kehrte die Sorge zurück. Doch dann hörte ich von drinnen seine Stimme.

«Wie viele von uns hat's denn erwischt?», fragte er.

«Sechs», sagte eine andere Stimme. Es war Erik, der Dolmetscher, der sich seit seiner Ankunft im Lager meistens in Ratwins Nähe aufhielt. Er war ein Hasenfuß, und Ratwin hatte ihn nicht in die Truppe eingereiht, die er beim Sturm auf Asselt kommandiert hatte. Stattdessen setzte er ihn als Schreiber und Boten ein.

«Alfhelm, Bruno, Cuspert, Dagobert, Erpo und Filimar», zählte Erik auf. Ich war beeindruckt, dass er sich offenbar nicht nur alle Namen der hundertzwanzig Männer von Ratwin gemerkt hatte, sondern die Toten sogar in alphabetischer Reihenfolge aufzählte. Aber vielleicht war das auch Zufall.

«Verwundete?», fragte Ratwin.

«Nur zwei. Sigibold ist beim Sturz von der Leiter auf den Kopf gefallen und kann sich an nichts erinnern.»

«Der Glückliche», kommentierte Ratwin.

«Reginar hat ein Auge verloren», fuhr Erik fort.

«Wer ist das denn?», fragte Ratwin.

«Der Dicke mit den dünnen Beinen und dem Spitzbart, den alle Ziegenbock nennen.»

«Ach der. Schade um das Auge. Das sind alle?»

«Fast. Tankred hat was im Gesicht abbekommen, aber es geht ihm gut.»

«Warum soll's guten Leuten auch schlecht gehen», kommentierte Ratwin.

«Im Gegenteil», sagte ich und trat ein. «Schlechten Leuten geht's immer gut.»

Ratwin lachte über das ganze Gesicht, obwohl er bleich und mitgenommen aussah. Er lag auf seinem mit Fell bezogenen Bett. Das rechte Bein war auf Kissen gelagert. Das Hosenbein war abgeschnitten worden, und das Schienbein war unter einem dicken Verband verborgen. Eine Holzschiene war unterhalb des Knies und oberhalb des Knöchels mit Lederriemen an dem verletzten Bein befestigt.

«Tut's weh?», fragte ich.

«Geht so», antwortete er. «Sie haben mir was eingeflößt, bevor sie den Bruch gerichtet und die Wunde ausgebrannt haben.»

«Was das Eisen nicht heilt, heilt das Feuer, und was das Feuer nicht heilt, ist unheilbar», zitierte ich Hippokrates.

«Dir gehen die schlauen Sprüche wohl nie aus», stellte er fest. «Setz dich.»

Ich setzte mich auf einen Hocker, der neben dem Bett stand. Erik blieb stehen. Seine Kleidung war glatt und sauber. Es war deutlich zu sehen, dass er nicht am Sturmangriff teilgenommen hatte.

«Schöne Scheiße, oder?», fragte Ratwin matt.

«Allerdings», sagte ich. «Und jetzt?»

«Wir belagern sie weiter und stürmen bei der nächsten Gelegenheit wieder. Arnulf wird schon dafür sorgen, dass es nicht zu lange dauert. Wenn es nach ihm geht, schicken wir so lange unsere Männer durch das Tor, bis den Dänen die Pfeile ausgehen oder die Leute auf den Leichen durch die Grube laufen können.»

Wir berieten eine Weile, ob es eine Möglichkeit gab, durch das Tor zu gelangen, aber wir kamen zu keinem Ergebnis. Ratwin war durch den Blutverlust und den Betäubungstrank so ermattet, dass ihm irgendwann die Augen zufielen.

«Nimm dir ein paar Tage frei», murmelte er. «Du hast es dir verdient.» Dann schlief er ein.

Am nächsten Tag brach ich kurz nach Sonnenaufgang auf und ritt mit gemischten Gefühlen nach Aachen. Ich hätte mich freuen müssen, Fidis endlich wiederzusehen, aber die Enttäuschung über den missglückten Angriff, der Ärger über die ungelöste Frage meines Erbes, die Sorge um Ratwin und die ungute Ahnung, dass Gerold meine Abwesenheit irgendwie nutzen könnte, um gegen mich zu intrigieren, überschatteten meine Vorfreude. Es behagte mir nicht, die unerledigten Aufgaben zurückzustellen, und der Besuch in Aachen erschien mir plötzlich wie eine Pflicht, die die Umstände mir auferlegten. Wieder und wieder sagte ich mir, dass es in Asselt zumindest für einige Tage nichts Sinnvolles für mich zu tun gab. Aber meine Gedanken kreisten um die Festung und um die verfluchte Grube hinter dem Tor. Während der monotone Takt der Hufe und das Knarren des Sattels mich einlullten, kamen mir die verrücktesten Ideen: Wagenladungen mit Kies, der über ein Schüttrohr in die Grube geleitet würde, fahrbare Schutzdächer, rollende Brücken und Ähnliches, allesamt unausgegorene Einfälle, deren Tauglichkeit unter ständigem Beschuss äußerst fragwürdig war.

Als die Kuppel der Marienkirche gegen Nachmittag endlich in Sicht kam, war ich nicht weitergekommen. Ich zwang mich, für den Rest des Tages nicht mehr an Asselt zu denken, aber immer wieder sah ich die verdammte Grube vor mir. Wenn es uns nicht gelang, sie zuzuschütten oder zu überwinden, gab es nur den Weg über die Mauer. Oder übersah ich etwas? Was war mit dem Tor auf der anderen Seite der Festung? Dem hatten wir bisher kaum Aufmerksamkeit geschenkt. Ließ es sich leichter einschlagen?

Als ich endlich vor dem Haus stand, das Fidis von Folchar überlassen worden war, hatte ich Mühe, mir ihr Gesicht vorzustellen. Es war, als hätten die vielen aufwühlenden Ereignisse der vergangenen Wochen die Erinnerung an sie verblassen lassen, und ich fürchtete, sie würde das spüren. Vielleicht war sie ohnehin schon ungehalten darüber, dass ich meinen Besuch so lange aufgeschoben hatte. Andererseits: Vor unserer glücklichen Begegnung vor drei Monaten hatte sie über zwölf Jahre auf mich gewartet, ohne dass auch nur die geringste Befangenheit das Wiedersehen getrübt hatte. Schließlich hoffte ich, dass mein übel zugerichtetes Gesicht ihr wenigstens ein bisschen Mitleid oder Erleichterung einflößen würde. Immerhin war ich dem Tod auf der Mauer nur knapp entronnen.

Es war ein heißer Julitag. Ein Turmfalke zog hoch am Himmel seine Runden, ein paar Fußgänger eilten vorbei, ohne mich zu beachten. Auf dem Dach des gegenüberliegenden Hauses stiegen Handwerker herum und besserten irgendetwas aus. Aachen schien sich von der Plünderung erholt zu haben.

Ich klopfte. Nichts. Klopfte noch einmal. Wieder nichts. War sie ausgegangen? Hätte ich einen Boten vorwegschicken sollen? Kurz wallte die Befürchtung in mir auf, Uta hätte sie überfallen oder entführen lassen, und ich bereute es, sie nicht an einem weiter entfernten Ort untergebracht zu haben. Hier wusste inzwischen wahrscheinlich jeder, wer sie war.

Die Tür war nicht verriegelt, und ich trat ein. Das Gebäude war schmal wie die meisten Aachener Häuser in den Straßen rund um das Marienstift, zwei übereinanderliegende Räume und eine Gartenparzelle mit ein paar Kräuterbeeten und einem Brunnen.

Der untere Raum war wohnlich eingerichtet und sauber gefegt. Über dem Herd hing ein Kessel, auf dem Tisch standen eine Karaffe, eine Vase mit frischen Blumen und eine Holzschale mit einem angeschnittenen Brot, bei dessen Anblick mich ein plötzlicher Anfall von Hunger packte, sodass ich zugriff. Das Brot war frisch. Weit konnte sie nicht sein. Beim Kauen spürte ich die Schmerzen in meiner Wange wie langsame dumpfe Schläge.

Kauend rief ich ihren Namen, bekam aber keine Antwort. Die Tür zum Garten stand offen. Das Sonnenlicht beleuchtete die Beete. Ein hellblauer Schmetterling flatterte vorbei. Ich trat ins Freie. Und da war sie. Die Wiedersehensfreude füllte mich aus wie ein warmer Schauer. Doch etwas war merkwürdig.

Sie trug ein helles Leinenkleid und hockte mit dem Rücken zu mir auf allen vieren, den Kopf gesenkt. Im ersten Augenblick dachte ich, sie erntete irgendwelche Kräuter.

«Fidis?»

Langsam drehte sie sich um. Sie sah mitgenommen aus, die verschwitzten Haare klebten ihr am Kopf, und ihr Gesicht war gerötet. Als sie sich erhob, geriet sie kurz ins Straucheln, fing sich wieder, erschrak über den Anblick meines Gesichts, lächelte dann zuerst etwas schief und unsicher, als sei es ihr unangenehm, dass ich sie so vorfand, dann gewann die Wiedersehensfreude die Oberhand. Sie machte ein paar Schritte auf mich zu und fiel mir in die Arme. Während sie sich an mich schmiegte, spürte ich die alte Vertrautheit, als wäre eine zwischenzeitlich verloren gegangene zweite Hälfte wieder an mich angefügt worden, noch bevor überhaupt das erste Wort gefallen war.

Eine Weile hielt sie mich nur fest. «Graf Neunmalklug», murmelte sie, das Gesicht an meine Schulter gedrückt, halb lachend und halb weinend. Wenn sie mich so nannte, konnte es so schlimm nicht sein.

«Hätte ich gewusst, dass du heute kommst, dann hätte ich mich ein bisschen zurechtgemacht», sagte sie. Ich nahm ihren Kopf in beide Hände und schob sie ein Stück von mir weg, um sie zu betrachten. Ein halb amüsierter und halb gequälter Ausdruck trat auf ihr Gesicht, als sie mich aus der Nähe sah, aber ihre Augen strahlten. Hinter ihr flatterte der blaue Schmetterling herum und verschwand über die Mauer zum Nachbargrundstück.

«Haben die Dänen bei deinem Anblick Reißaus genommen?», fragte sie mit einem schwachen Lächeln.

«Leider nicht. Sie sitzen immer noch in Asselt.»

Enttäuschung machte sich auf ihrem Gesicht breit. Natürlich hatte sie gehofft, dass der Krieg vorbei wäre und ich mich keinen weiteren Gefahren würde aussetzen müssen. Ich berichtete ihr in ein paar knappen Sätzen, was am Vortag passiert war. Sie begriff sofort, dass mein Besuch nicht von Dauer sein würde.

«Wann reitest du zurück?»

«Demnächst.»

«Du musst auf dich aufpassen», sagte sie. Zuerst schien es, als wollte sie noch etwas ergänzen, aber dann schwieg sie wieder und zwang sich zu einem Lächeln. «Denken wir nicht daran.»

Wieder betrachtete ich sie. Sie wirkte etwas fülliger als sonst, leicht verändert, wie angetrunken, glücklich und unglücklich zugleich, aufgeladen mit widerstreitenden Gefühlen. Sie wischte sich die verklebten Haare aus dem Gesicht. Etwas war nicht so, wie es sein sollte.

«Was ist los?», fragte ich vorsichtig.

«Mir ist schlecht», sagte sie.

Und plötzlich war mir alles klar. Sie hatte keine Kräuter geerntet. Sie hatte im Garten gehockt, weil sie sich hatte übergeben müssen. Als ich begriff, was das nur bedeuten konnte, wurde mir schwindelig, als ob mir gerade ein Geschenk überreicht worden wäre, das mich überforderte, weil ich seine Tragweite für mein weiteres Leben nicht von einem Augenblick auf den anderen übersehen konnte. Und dennoch war es ein Geschenk, und bevor ich den Gedanken formulieren konnte, spürte ich die Entschlossenheit in mir aufwallen, alle anderen Dinge zu regeln, bevor unser Kind auf der Welt wäre. So merkwürdig es klingt: Trotz der Unwägbarkeiten, die diese neue Lage mir aufbürdete, fühlte ich mich unbesiegbarer als je zuvor. Unser Kind. Plötzlich war da etwas, das uns für immer miteinander verbinden und alles ändern würde. Als ich sie wieder in die Arme nahm, spürte ich es zwischen uns wie ein Kettenglied, das noch gefehlt hatte.

Wir verbrachten den Rest des Nachmittags im Garten. Zwischendurch ging ich ins Haus und bereitete uns etwas zu essen zu. Ich erzählte von den Ereignissen der vergangenen Wochen, von meinem Besuch in Lüttich, von der durchzechten Nacht mit den Iren, von Francos Auftrag, von meinem nächtlichen Besuch auf der Insel, von meiner Gefangennahme und Flucht, von dem Angriff auf Roermond, von meinem Gespräch mit Liutward auf dem Glockenturm, von Arnulf von Kärnten und Heinrich von Babenberg, von Gerolds Verrat und vom Tod meines Vaters, von Gauzberts Erscheinen, vom Dammbau und von unserem katastrophalen Angriff im Hagelsturm. Einiges davon war ihr vom Hörensagen bekannt. Zwischendurch legte ich immer wieder die Hand auf ihren Bauch und glaubte, die Macht zu spüren, die von dem ausging, was dort heranwuchs, obwohl von außen noch gar nichts zu sehen war. Und alle mit dem Schwert begangenen Heldentaten erschienen mir so unbedeutend, dass ich mir fast lächerlich vorkam, überhaupt davon zu berichten.

«Lass uns reingehen», sagte sie schließlich und griff nach meiner Hand. Der Himmel war tiefblau. Eine Glocke läutete. Es war ein friedlicher Abend, und meine Kampflust war wie weggeblasen. Wenn ich in diesem Augenblick hätte entscheiden können, was weiter passieren sollte, dann hätte ich den Kaiser, Liutward, Arnulf, Heinrich und Franco mit ihren Ränkespielen zum Teufel geschickt, den Dänen die Festung und Gerold das Erbe überlassen, Uta meine Rache vor die Füße geworfen und das Schwert in der Abstellkammer verstaut.

Ich wollte nur noch eins: die Zeit anhalten, für immer bei Fidis bleiben und mit Folchar über den Lauf der Gestirne, die Beschaffenheit der Materie und die Lage des Paradieses diskutieren, während das Kind langsam heranwuchs und Geschwister bekam, die einen Vater hatten, von dem sie nicht nur aus Erzählungen wussten. Doch mir war klar, dass ich dieses Leben nicht geschenkt bekommen würde, und ich ahnte, dass Zeiten kommen würden, in denen die Waagschale sich wieder zur anderen Seite neigen würde. Denn auch das gehörte zu mir, auch das war mein Leben. Einen Tagesritt weiter westlich blickten die Dänen jetzt wahrscheinlich von den Festungsmauern auf unsere Lager hinab, Liutward dachte über die Nachfolge für den Thron nach, Arnulf plante den nächsten Angriff, und Heinrich überlegte, wie er das Verdienst für einen Sieg auf sein eigenes Konto buchen und die Verantwortung für eine Niederlage anderen in die Schuhe schieben könnte. Unsere Zimmerleute nagelten schon neue Leitern zusammen, Lupus schärfte sein Schwert, Gauzbert übte sich mit dem Bogen, und Ratwin sammelte seine Kräfte, um beim nächsten Angriff wieder dabei sein zu können.

Das Wunderbare an Fidis war, dass sie mir an diesem Abend die beruhigende Gewissheit gab, diese beiden Leben seien irgendwie vereinbar. Sie schien vollständig in sich zu ruhen und vor nichts Angst zu haben. Obwohl ich wusste, dass sie um mein Leben fürchtete und mich am liebsten nie wieder hätte ziehen lassen, sagte sie nichts, was mir den Abschied schwerer gemacht hätte.

Als wir die Treppe zum oberen Raum hinaufstiegen, während draußen die Dämmerung hereinbrach, fühlte ich mich wie ein vollständiger Mensch, obwohl doch eigentlich wirklich alles an diesem Dasein unvollständig war.

Ich blieb vier Tage lang bei Fidis. Wenn ich meine Hand auf ihren Bauch legte, versuchte ich, mir das kleine Wesen vorzustellen, das dort heranwuchs, und wenn es ein Gesicht hatte, dann war es das von Judith als kleines Mädchen. Weitab von meinesgleichen, wo alle nur in Dynastien, Titeln und Erbfolgen dachten und von morgens bis abends beteten, dass Gott ihnen Söhne schenken möge, schien mir die Vorstellung, eine Tochter statt eines Sohnes zu bekommen, weder unerwünscht noch abwegig. Vielleicht lag es einfach daran, dass ich noch nichts zu vererben hatte.

Natürlich traf ich auch Judith, und es fiel mir schwer, meine Genugtuung darüber zu verbergen, dass Ansgar ihr mit seinen Versuchen, sie zu seiner Dienstmagd zu machen, zusehends auf die Nerven fiel. Sie begann, dagegen aufzubegehren, und seine vollständige Unfähigkeit, ihre Bedürfnisse zu verstehen, machte es mir leicht, ihr großer Bruder zu sein, dem sie sich anvertraute und auf dessen Rat sie hörte. Immer noch begegnete Ansgar mir mit einer Mischung aus Respekt und Misstrauen, denn natürlich wusste in Aachen jeder, was für einen Klang mein Name inzwischen hatte. Ich ahnte, dass ich von diesem Ruf nicht ewig würde zehren können, aber es genügte vorerst, um ihn in die Schranken zu weisen und ihn daran zu erinnern, dass er Judith früher oder später würde ziehen lassen müssen. Ich hätte Ansgar sogar zugetraut, dass er auf die Idee gekommen wäre, sie aus reiner Bequemlichkeit zu heiraten, schließlich waren sie nicht Bruder und Schwester, aber ihm musste natürlich klar sein, dass sie sich niemals darauf eingelassen hätte, ganz abgesehen davon, dass sie ohnehin nicht auf ihn angewiesen war. Er konnte schon froh sein, dass sie überhaupt bei ihm blieb.

Nach drei Tagen gelang es mir nicht mehr, die Gedanken an Asselt beiseitezuschieben. Ich wusste, dass ich mich dort bald wieder würde blicken lassen müssen, konnte mich aber nur schwer losreißen. Am Abend des dritten Tages besuchte ich Folchar. Insgeheim erhoffte ich mir von ihm genau den Tritt in den Hintern, den ich brauchte, um mich wieder den dringenden Aufgaben zu widmen. Denn obwohl Folchar die geistliche Laufbahn eingeschlagen hatte, dachte er wie ein adliges Familienoberhaupt. Nachdem ich auch ihm von den Ereignissen in Asselt berichtet hatte, riet er mir, so schnell wie möglich zurückzureiten.

«Wenn du beim zweiten Sturm nicht dabei bist, wird Gerold das gegen dich verwenden», warnte er mich. «Er wird den ganzen Maasgau auf seine Seite bringen, wenn du dich nicht zeigst. Der Kaiser wird dich vergessen, und Liutward wird sich andere Verbündete suchen. Jeder Tag zählt.»

Er hatte recht. Schweren Herzens verabschiedete ich mich von Judith und Fidis. In der letzten Nacht an der Seite von Fidis tat ich kein Auge zu. Was sollte aus ihr und dem Kind werden, falls ich ums Leben kam? Nie zuvor hatte ich Zeit an einen solchen Gedanken verschwendet. Jetzt, wo ich nicht mehr nur für mich selbst verantwortlich war, erschien er mir plötzlich selbstverständlich.

«Du musst ja nicht unbedingt der Erste sein, der auf die Mauer steigt», sagte Fidis, als sie mich zum Abschied umarmte. «Mir ist ein lebender Heimkehrer lieber als ein toter Sieger.»

Ich aber wollte beides. Das Leben und den Sieg.

Die Ankunft in Asselt fühlte sich an wie eine Heimkehr, wie ich halb erstaunt und halb widerstrebend feststellte, als der Lagerwall mit seinen Türmen wieder in Sicht kam. In den wenigen Wochen, die ich dort verbracht hatte, war der Ort mir merkwürdig vertraut geworden. Und unwillkürlich stellte sich auch der Stolz wieder ein: Stolz auf die beiden Dämme, die mein Werk gewesen waren und den Fluss auch weiterhin im Zaum hielten, sodass das bisschen Sickerwasser, das sich in trüben Rinnsalen seinen Weg in das trockengelegte Flussbett suchte, den Wasserstand nicht weiter als bis auf Kniehöhe ansteigen ließ. Und Stolz auf die Aussicht, bald wieder mit dem Kaiser und seinen Anführern und Beratern an einem Tisch zu sitzen und um meine Einschätzung gebeten zu werden. Alles in Asselt war mir vertraut: die Palisaden, die Wachen, das Hin und Her der Transportwagen, das Hämmern aus den Feldschmieden und der Geruch von Schlacke, Feuer und Gebratenem. Und natürlich die Hintergrundkulisse der Festung mit ihren Türmen, die vor der im Westen stehenden Abendsonne nur als Silhouette zu erkennen war, wie ein Berg, den es zu bezwingen galt.

Nur der kleine Friedhof, den man zwischen Asselt und Roermond angelegt hatte, war neu. Mehrere Reihen von Gräbern waren an den länglichen Erhebungen aus sandiger Erde zu erkennen, und in einigen von ihnen steckten Holzkreuze, hastig zusammengezimmert von Freunden oder Verwandten der Bestatteten. Beim Anblick der Gräber streifte mich kurz der unangenehme Gedanke, dass auch ich so enden konnte.

Wie ich erfuhr, hatte man einen vorübergehenden Waffenstillstand mit den Dänen geschlossen, damit wir unsere Toten vor der Mauer bergen konnten. Die fast zweihundert dänischen Leichen, die nach ihrem Überraschungsangriff vor unserem Lagerwall liegen geblieben waren, waren ihnen im Gegenzug vor das Festungstor geliefert worden, weil Arnulf keine Dänen in die Nähe unseres Lagers lassen wollte. Mich wunderte, dass er den Austausch überhaupt gestattet hatte. Wie ich ihn einschätzte, hätte er es lieber gesehen, die Leichen oder wenigstens ihre Köpfe wie nach dem Angriff auf Roermond auf Pfähle zu stecken und am Ufer aufzureihen. Aber angesichts der Hitze des Sommers hätte der Verwesungsgestank den Männern im Lager wahrscheinlich mehr Verdruss als Genugtuung bereitet.

Dass es überhaupt einen solchen Waffenstillstand gegeben hatte, machte mich stutzig. Offenbar war verhandelt worden, und vielleicht bestand die Aussicht, dass diese Verhandlungen fortgesetzt würden. Wollten die Dänen etwa kapitulieren? Der Gedanke, dass es so einfach sein würde, erschien mir unvorstellbar.

Als Erstes sah ich nach Ratwin und stellte mit großer Erleichterung fest, dass er nicht mehr in Lebensgefahr schwebte. Seine Beinwunde hatte sich in den fünf Tagen nicht entzündet, und die Chancen standen gut, dass er durchkommen würde.

Ratwin war allein. Er saß aufrecht in seinem Bett, dicke Kissen im Rücken und unter dem Bein. Der Verband schien erneuert worden zu sein, jedenfalls sah er sauber aus und war nicht durchgeblutet. Die Blässe in Ratwins Gesicht war einer gesünderen Farbe gewichen. Als ich eintrat, verzehrte er gerade mit großem Appetit ein Hühnerbein, mit dem er auf einen Hocker neben dem Bett wies, dann nagte er das restliche Fleisch herunter, warf den Knochen in einen Eimer am Fußende und wischte sich mit einem Tuch den Mund ab. Ich setzte mich.

«Du siehst gut aus», sagte ich. «Wenn das so weitergeht, kannst du beim nächsten Sturm wieder mit auf die Leiter.»

Er lachte spöttisch auf. «Würde ich ja. Aber es wird keinen nächsten Sturm geben.»

Ich setzte mich kerzengerade auf. «Warum nicht?»

«Sie ziehen ab. Asselt wird übergeben.»

Ratwins Gesichtsausdruck verriet, dass die Sache einen Haken hatte. Während er eine kurze Pause machte und mich prüfend ansah, schwirrten mehrere Gedanken gleichzeitig durch meinen Kopf: Es würde kein weiteres Blutvergießen geben, die Gefangenen würden befreit, und der Kaiser würde die Übergabe als seinen Sieg verkaufen können. Andererseits würde mein Beitrag zu diesem Erfolg verblassen, weil er durch Verhandlungen erzielt worden war, an denen ich nicht beteiligt gewesen war. Weder der Damm- noch der Sturmangriff hatten die Entscheidung herbeigeführt, und auch die Gefangenen würden ohne mein Zutun freigelassen. Und was bedeutete der Abzug der Dänen schon für das Land, wenn sie nicht entscheidend geschwächt waren? Sie würden kurz verschwinden und dann mit Verstärkung zurückkehren, um weiter ihr Unwesen zu treiben.

«Und?», fragte Ratwin. «Wie klingt das?»

«So, wie du es sagst, klingt es nicht gut.»

«Ist es auch nicht. Sie bekommen zweitausend Pfund Silber dafür.»

«Zweitausend Pfund?», fuhr ich auf. «Das sind über eine halbe Million Denare! Mit dem Geld könnte man zehn Festungen bauen!»

«Und vierhundert Pfund Gold obendrauf», ergänzte Ratwin mit genüsslichem Sarkasmus.

«Verstehe ich das richtig? Wir haben sie mit achtfacher Übermacht auf dieser verdammten Insel umzingelt, und jetzt bezahlen wir sie dafür, dass sie ihre Haut retten? Wir sind hier, um sie zu bestrafen, nicht um sie zu belohnen!»

«So sehen das die meisten. Die Männer sind enttäuscht und wütend. Am liebsten würden sie sofort wieder stürmen.»

«Wie in aller Welt ist das möglich?», fragte ich wütend.

«Die dänische Flotte an der Maasmündung hat Verstärkung bekommen und kehrt flussaufwärts zurück. Die Strömung ist schwach, und sie könnten in ein paar Tagen hier sein. Unsere Posten können sie nicht daran hindern. Und weil er keinen zweiten Rückschlag riskieren will, hat der Kaiser entschieden, nicht noch einmal anzugreifen. Stattdessen hat er den Dänen den Abzug gegen Geld angeboten, bevor unsere Position sich verschlechtert.»

«Und wenn schon!», rief ich. «Die Gefahr hat doch von Anfang an bestanden! Wofür haben wir denn die Palisaden um die Lager gezogen?»

«Mir brauchst du das nicht zu sagen.»

«Wenn wir ihnen Geld in den Rachen werfen, halten sie uns für schwach und feige», fuhr ich fort.

«Mir brauchst du das nicht zu sagen», wiederholte Ratwin langsam und mit leicht verändertem Tonfall.

«Und das wird noch mehr von ihnen anlocken.»

«Mir brauchst du das nicht zu sagen.» Diesmal sang er den

Satz wie den Refrain eines Liedes, dessen ständige Wiederholung ihm ein unerbittlicher Lehrer aufgebrummt hatte.

«Sie melken uns wie die Kühe und lachen uns aus!»

«Mir brauchst du das nicht zu sagen», leierte Ratwin mit geschlossenen Augen.

Ich war fassungslos. War der Kaiser wirklich so mutlos und unentschlossen? Oder steckte etwas anderes hinter seiner Entscheidung, den Kampf zu vermeiden?

«Was meinen Arnulf und Heinrich denn dazu?», fragte ich.

«Arnulf hat sich halbherzig für einen Angriff ausgesprochen und dann eingelenkt. Heinrich hat sich bedeckt gehalten.»

Ich konnte es nicht glauben. Arnulf von Kärnten hatte es mit dem Sturm auf die Festung gar nicht schnell genug gehen können, er hatte bei jeder Gelegenheit fürs Draufschlagen geworben und alle Zauderer mit Beschimpfungen überzogen. Und jetzt sah er zu, wie der Kaiser den Schwanz einkniff?

«Warum hat ausgerechnet Arnulf seine Meinung geändert?», fragte ich fassungslos.

«Ich glaube nicht, dass er seine Meinung geändert hat, er sagt sie nur nicht mehr. Er hat plötzlich eine Chance gewittert, den Kaiser zu schwächen, und er hat ihn ins Messer laufen lassen. Hinterher wird er immer sagen können, dass er dagegen war. Was kümmert es ihn, wenn die Nordmänner die Küsten plündern? Bis in seine Berge werden sie nicht kommen. Und bezahlen muss er es auch nicht.»

«Woher kommt denn das Geld?»

«Angeblich aus dem Kirchenschatz von Metz. Seit Walas Tod ist das Bistum vakant. Der Kaiser kann sich bedienen, und die lotharingischen Adligen halten still, solange sie selbst nicht zur Kasse gebeten werden. Bertolf freut sich, dass Metz geschwächt wird. Wenn der Stuhl irgendwann wieder besetzt wird, muss Walas Nachfolger erst mal zusehen, dass die Kasse gefüllt wird, und kommt nicht gleich wieder auf die Idee, Metz aus dem Trierer Metropolitanverbund herauszulösen. Walas altes Projekt. Also hat Bertolf auch nichts gesagt.»

«Und Liutward?»

«Der hat sich als Einziger gegen die Vereinbarung ausgesprochen und den Kaiser gewarnt. Aber er konnte sich nicht durchsetzen.»

«Wie kann das sein?», fragte ich. «Der Kaiser macht doch sonst alles, was Liutward sagt. Wer zum Teufel hat ihm diese Idee eingeflüstert?»

«Seine Beichtväter. Die haben sich auch gleich bereit erklärt, die Verhandlungen zu führen. Sie sind der Ansicht, dass der Hagelsturm ein Zeichen Gottes war.»

Aha, dachte ich. Da haben wir's also.

«Außerdem hat Gottfried angeboten, sich taufen zu lassen. Da waren die Priester ganz aus dem Häuschen vor Begeisterung. Noch ein Fingerzeig des Herrn.»

«Halleluja», murmelte ich missmutig.

«Hosianna», antwortete Ratwin. «Und es kommt noch besser.»

«Was denn noch?»

«Gottfried bekommt Ländereien in Friesland. Roriks altes Lehen.»

Ich schlug mir mit der flachen Hand vor die Stirn angesichts von so viel Unverstand und Blauäugigkeit. Rorik war ein berüchtigter dänischer Anführer gewesen, ein Neffe von Harald Klak und damit der Onkel zweiten Grades von Ratwins Dolmetscher Erik. Rorik hatte vor fast dreißig Jahren von Kaiser

Lothar ein Lehen an der Nordseeküste bekommen, unter der Bedingung, dass er es gegen die anderen Dänen verteidigte, die über das Meer herandrängten. Doch anstatt die Plünderer fernzuhalten, hatte er sie eingeladen und ihnen freie Durchfahrt gewährt. Rorik war kein Verbündeter gewesen, sondern ein Unruhestifter, und es gab keinen Grund anzunehmen, dass Gottfried es in Zukunft anders handhaben würde.

Eine Weile starrten wir schlecht gelaunt vor uns hin.

«Dann ist also alles entschieden?», fragte ich schließlich.

«Mehr oder weniger», antwortete Ratwin. «Sie einigen sich gerade über die Formalitäten. Der Kaiser kratzt sein Geld zusammen, der Bote nach Metz ist unterwegs. Gottfried wird von einem Priester im Glauben unterwiesen, damit es bei der Taufzeremonie nicht allzu peinlich wird. Wenn alles erledigt ist, werden die Festung und die Gefangenen übergeben, und wir marschieren zurück an den Rhein. Das war's. Es ist aus.»

Knapper hätte man es nicht zusammenfassen können. Auch für mich war es aus. Osmund würde mit den anderen Gefangenen freigelassen werden. Franco bekam seinen Sohn zurück, ohne dass er eine Gegenleistung würde erbringen müssen. Unsere Vereinbarung war hinfällig.

Ich sah Ratwin an, wie ungehalten er selbst über die Entwicklung war. Schließlich seufzte er einmal laut und zeigte auf die Weinkaraffe mit den Pokalen, die auf einer der Truhen stand.

«Ich würde sagen, wir genehmigen uns mal einen», sagte er.

Ich goss zwei Pokale voll, und wir tranken uns zu.

«Wie war's in Aachen?», fragte er. «Irgendwelche Neuigkeiten?»

«Kann man wohl sagen», antwortete ich.

18

Tatsächlich war alles entschieden. In den folgenden Tagen sprachen sich die Einzelheiten der Vereinbarung im Lager herum und sorgten für großen Unmut. Gottfried würde das Lehen in Friesland bekommen, Siegfried und die anderen Anführer würden Silber und Gold unter sich aufteilen. Anschließend würden die Festung und die Gefangenen übergeben werden, und die Dänen würden abziehen: Gottfried nach Deventer, das Zentrum seiner neuen Besitzungen, Siegfried, wohin auch immer er wollte. Alle rechneten damit, dass er das Geld benutzen würde, um ein noch größeres Heer aufzustellen und schon im nächsten Jahr neuen Ärger zu machen.

In unseren Lagern und in Roermond wurde geschimpft und geflucht. Natürlich überstieg der riesige Schatz – zweitausend Pfund Silber und vierhundert Pfund Gold, wie Ratwin gesagt hatte – das Vorstellungsvermögen der Männer, aber gerade weil niemand ausrechnen konnte, wie viel Geld das nun eigentlich war, bekam die Summe etwas Ungeheuerliches und Empörendes. Aus reiner Neugier rechnete ich ein bisschen herum, behielt das Ergebnis aber wohlweislich für mich: Wenn die Dänen die Beute gleichmäßig unter sich aufteilten, würde jeder von ihnen so viel bekommen, wie ein Landarbeiter für zehn Jahre Plackerei an Lohn erhielt. Während unsere Männer darauf warteten, dass sie zu ihren Familien zurückkehren konnten, wurde im Land das Getreide knapp. Einige machten sich auf eigene Faust auf den Weg, um zu Hause wenigstens die Ernte einbringen zu können.

Selbstverständlich traute sich niemand, den Kaiser selbst zu beschuldigen. Stattdessen ging das von Arnulf gestreute Gerücht um, Liutward habe sich von den Dänen bestechen lassen, um Karl zum Abschluss des Vertrags zu bewegen – eine dreiste Lüge, die bereitwillig geglaubt wurde, weil Liutward als arroganter, gieriger und intriganter Finsterling galt. Liutward blieb nichts anderes übrig, als den Vertrag wider besseres Wissen als Erfolg darzustellen, immerhin würde Asselt bald von einer kaiserlichen Besatzung übernommen werden. Doch allen war klar, dass der Preis dafür viel zu hoch gewesen war, dazu kam die Schmach, dass man vor einem unterlegenen Gegner eingeknickt war. Und weil Arnulf ein im ganzen Land bekannter Draufgänger war, glaubte man ihm und nicht Liutward. Der Kaiser stand als willenloser Spielball in den Händen eines übelwollenden und selbstsüchtigen Beraters da. Arnulfs Rechnung war aufgegangen. Ich fragte mich, wann er nach der Macht greifen würde.

Die dänische Flotte hatte auf halber Strecke zwischen Maasmündung und Roermond haltgemacht und lag wieder auf dem Strand, misstrauisch beobachtet, aber unbehelligt von unseren Leuten. Um sie vom Plündern abzuhalten, wurden sie auf Befehl des Kaisers mit Lebensmitteln beliefert. Und so mussten sie nichts anderes tun, als sich an den Lagerfeuern die Bäuche vollzuschlagen und abzuwarten, dass sie ihren Anteil an der Beute bekamen. Ich sah den dicken Sven Knurhår vor mir, wie er sich im Kreis seiner Männer vor Lachen den Bauch hielt. Und das hätte ich an seiner Stelle wohl auch getan.

In meiner Familienangelegenheit stand es nicht besser. Gerold war verschwunden. Teile des lotharingischen Kontingents waren schon abgerückt und nach Hause zurückgekehrt, und von Ratwin erfuhr ich, dass Gerold fortfuhr, sich in Maastricht die Treue der Herren des ganzen Gaus zu sichern. Dass er selbst bei der Belagerung und beim Sturmangriff nichts geleistet hatte, interessierte niemanden. Der Wille unseres verstorbenen Vaters wog schwer. Mir waren die Hände gebunden. Ich hatte nicht die Mittel in der Hand, um gegen Gerold vorzugehen, und von Franco war keine Hilfe zu erwarten.

Die Dänen trugen wenig zu unserer Gesichtswahrung bei. Gleich am ersten Tag nach dem Abschluss des Vertrags erschlugen sie nach einem Streit um Nichtigkeiten ein paar Händler, die nach Asselt gekommen waren, um ihre Waren zu verkaufen.

Die meiste Zeit über hielten die Dänen sich auf der Insel auf. Ab und zu passierte eins ihrer Schiffe die Anlage auf dem westlichen Seitenarm der Maas, verschwand in Richtung Maastricht und tauchte irgendwann wieder auf. Es wirkte ein bisschen, als wollten sie erproben, was sie sich erlauben konnten. Zwischenzeitlich kam mir der Verdacht, dass sie irgendeine List planten, um das Geld zu kassieren, ohne die Festung und die Gefangenen herauszugeben.

Die Übergabe sollte mit einem Fest in der Pfalz begangen werden, ein Vorschlag der Dänen, den die kaiserlichen Verhandlungsführer schlecht ausschlagen konnten, ohne zuzugeben, dass es für unsere Seite wenig zu feiern gab. Alle rechneten damit, dass das Festgelage zu einem deprimierenden Spektakel geraten würde, und manch einer fürchtete, dass es zu einer gewaltsamen Eskalation kommen könnte, wenn erst einmal genug Bier geflossen war und irgendjemand ein falsches Wort sagte.

Gottfrieds Taufe wurde im kleinen Kreis in der Kirche von Roermond gefeiert. Der Kaiser selbst übernahm die Patenschaft, Erzbischof Bertolf leitete die Zeremonie. Die Dänen hatten verlangt, dass einer unserer beiden Anführer sich als Geisel nach Asselt begeben sollte. Fürchteten sie wirklich, dass wir ihren sogenannten König vor dem Altar erstechen oder im Taufbecken ersäufen würden, oder ging es nur darum, uns eine weitere kleine Demütigung zu verpassen? In jedem Fall hätten sie einen Heidenspaß gehabt, wenn sie den kindischen Streit mitangesehen hätten, der daraufhin zwischen Arnulf und Heinrich ausgebrochen war. Zuerst lehnten beide es entrüstet ab, sich als Geisel zur Verfügung zu stellen. Dann erklärte sich Heinrich plötzlich doch bereit, und die Sache wäre erledigt gewesen, wenn er sich bloß die süffisante Bemerkung verkniffen hätte, es sei schließlich recht und billig, dass der ranghöchste Führer des einen Heeres für die Sicherheit des ranghöchsten Führers des anderen bürge. Der Streit flammte wieder auf, diesmal wollten beide gehen, aber auf keinen Fall zusammen. Am Ende vermittelte der Kaiser einen Kompromiss: Zuerst sollte sich Heinrich für eine Stunde in die Hände der Dänen begeben, dann Arnulf. Der Austausch fand in der Mitte des Flusses statt. Als Arnulf und Heinrich aneinander vorbeiritten, zischelten sie sich wütende Bemerkungen zu, die niemand verstand. Eine Stunde später kehrte Gottfried als Christ zu seinen Männern zurück und wurde mit großem Beifall empfangen. Er warf den goldenen Kelch, den er als Taufgeschenk vom Kaiser erhalten hatte, in die Menge und sah brüllend vor Lachen zu, wie sie sich darum balgten.

Während die Dänen in aller Ruhe das Fest vorbereiteten, machten sich in unserem Heer Ernüchterung und Langeweile breit. Immer wieder stahlen sich ganze Gruppen bei Nacht und Nebel davon. Wen man erwischte, der wurde zurückgebracht und ausgepeitscht, schließlich bestand immer noch die Gefahr, dass die Dänen auf dumme Gedanken kamen, wenn sie sahen, wie unser Heer zu einem demoralisierten Haufen zusammenschmolz. Immerhin wurde dafür gesorgt, dass der Nachschub an Bier nicht versiegte.

Mit Ratwins Erlaubnis entfernte ich mich für ein paar Tage und leistete Fidis Gesellschaft, und natürlich war sie glücklich, dass ich mich keiner weiteren Lebensgefahr würde aussetzen müssen. Ich dagegen war unausstehlich. Das Wetter war mies, mein Erbe war in weite Ferne gerückt, und die Aussichten auf das Leben in Aachen, das mir nun vielleicht bevorstand, erschienen mir weit weniger verlockend als beim letzten Mal. Während Fidis sich im Garten übergab und ich verdrossen in den Regen starrte, fragte ich mich, ob es wirklich nur meine Familiengeschichte war, die mich so unzufrieden machte. Denn wenn ich ehrlich war, fehlte mir die Welt des kaiserlichen Heerlagers, diese Welt, in der man vom Pferd aus Befehle erteilte, sporenklirrend bei Besprechungen erschien, einander aus silbernen Pokalen zutrank und entschied, von welcher Seite eine Festung angegriffen werden musste.

Und dann dachte ich wieder an Gerold, der wahrscheinlich gerade in diesem Augenblick mit seinen Gefolgsleuten in Maastricht tafelte, nachdem er ihnen die Treueschwüre abgenommen hatte, und eine unbändige Wut überkam mich. «Es ist noch nicht vorbei», sagte ich und hieb mit der Faust gegen einen Fensterrahmen.

«Nein», sagte Fidis und strich sich über den Bauch. «Es fängt gerade erst an.»

Wie recht sie hatte. Und wie gut es tat, zu wissen, dass sie mich verstand.

Eine Woche später war es so weit. Der Übergabe von Asselt waren weitere Verhandlungen vorausgegangen, um das Misstrauen auf beiden Seiten zu dämpfen. Die Verhandlungsführer und ihre Begleiter, die am Gelage der Dänen teilnehmen sollten, hatten strikte Anweisung, sich auf keine Provokationen einzulassen. Alle würden die Waffen abgeben, und die Dänen würden einen ihrer Anführer als Geisel stellen, um für die Sicherheit unserer Männer zu bürgen. Nach der Feier würde die erste Hälfte der vereinbarten Zahlung übergeben werden. Dann würden unsere Leute mit den Gefangenen die Festung verlassen. Sobald die Dänen Asselt vollständig geräumt hatten, würden sie die zweite Hälfte bekommen und flussabwärts verschwinden.

Am Tag vor dem Fest kehrte ich nach Asselt zurück. Ratwin konnte inzwischen wieder die ersten Schritte an Krücken machen. Er humpelte in seinem Zelt auf und ab.

«Gut, dass du wieder da bist», begrüßte er mich. «Ich sterbe hier vor Langeweile. Zum Glück gibt's morgen ein bisschen Abwechslung.»

«Hast du etwa vor, da hinzugehen?», fragte ich.

«Natürlich», sagte er. «Und du begleitest mich. Erwarte aber nicht, dass ich mit dir tanze.»

«Wie viele Leute sind wir denn?»

«So um die siebzig.»

«So viele?», fragte ich.

«Natürlich», antwortete er amüsiert. «Was wäre das denn für ein Fest, wenn der Saal nur halb gefüllt wäre? Außerdem gibt es einiges zu schleppen. Frag doch deine Freunde, ob sie auch mitwollen. Sollen die Dänen halt noch ein paar Gedecke mehr auflegen. Ach nein, die fressen ja immer direkt aus der Schüssel.»

Lupus und Gauzbert klatschten voller Vorfreude in die Hände. Ich brauchte den halben Abend, um Lupus davon zu überzeugen, dass es keine gute Idee war, im Bärenkostüm dort aufzulaufen.

Am folgenden Nachmittag machten wir uns zur Festung auf wie eine Prozession auf dem Weg zur Wallfahrtskirche. Kaum jemand aus dem engsten Kreis der kaiserlichen Berater und Anführer war dabei. Sie wollten die dänischen Gastgeber nicht unnötig aufwerten, und die Bischöfe empfanden es ohnehin als unter ihrer Würde, dem Heidenbesäufnis beizuwohnen und sich dabei die ganze Zeit über Lästereien und Zoten anzuhören. Außer Ratwin und einer Reihe weiterer Grafen sah ich zwei Priester in vollem Ornat, offenbar die Beichtväter des Kaisers, die auch die überstürzten Verhandlungen geführt hatten und um die Teilnahme nicht herumkamen. Ansonsten kannte ich niemanden, aber schon die Statur der Männer verriet, dass man wahrscheinlich die besten Kämpfer aus allen Abteilungen und vielleicht auch aus der Leibwache des Kaisers ausgesucht hatte – nur für den Fall, dass es Ärger geben würde. Wie gesagt, Waffen waren wohlweislich verboten worden, und auch die Dänen hatten zugesagt, keine zu tragen. Es war unwahrscheinlich, dass sie uns einfach so niedermetzeln würden, schließlich hätten sie sonst die zweite Hälfte der Beute nicht bekommen, außerdem war schon am frühen Nachmittag einer ihrer Anführer herübergekommen, um sich, wie vereinbart, als Geisel zur Verfügung zu stellen. Es war Jarl Olaf, der bei meinem Auftritt als Tanzbär auf dem Podest neben den Königen gesessen hatte. Er hockte jetzt unter Bewachung in Roermond und fraß sich durch die kaiserliche Vorratskammer, während irgendein Priester ihn zu bekehren versuchte.

Obwohl es erst Juli war, wirkte der Tag schon etwas herbstlich. Der Wind fegte über das Lager und bauschte die Planen der Zelte. Wolken flogen über den Himmel, und Möwen segelten durch die Böen, als wäre die Meeresküste nicht fern. Sowohl die Palisaden unseres Lagers als auch die Mauern der Festung waren mit neugierigen Gesichtern gespickt.

Die Priester schritten voran. Damit sie sich im knietiefen Wasser des Flussbettes keine nassen Füße holten und um ihrem Auftritt nicht die Würde zu nehmen, war ein Steg aus Planken über das Wasser gelegt worden. Hinter den Priestern gingen ein paar muskelbepackte Kerle in voller Rüstung, dann folgten etwa zwanzig Träger, die zu zweit je eine Kiste schleppten. Die Bohlen bogen sich unter dem Gewicht. Die Kisten waren in Roermond gefüllt und unter schwerster Bewachung in unser Lager gebracht worden. Was sie enthielten, war schätzungsweise der Gegenwert einer ganzen Stadt.

Hinter den Wachen folgten die Grafen und einige andere Herren aus dem Adel, allesamt demonstrativ in Kettenhemden mit aufwendigen Überwürfen. Lupus und ich stützten Ratwin, dessen verletztes Bein mit der Schiene über dem Boden baumelte. Gauzbert und Erik gingen hinter uns, Gauzbert gut gelaunt und in freudiger Erwartung eines bunten Schauspiels, Erik wie immer mit verängstigten Kuhaugen. Den Abschluss bildete eine weitere Gruppe von Männern aus den Kontingenten, die in allen nur denkbaren Mundarten redeten.

Am Tor, das sie in der Zwischenzeit repariert hatten, empfingen uns ein paar grinsende Dänen, wilde Gesellen mit spitz gefeilten Zähnen und ungepflegten Bärten. Gierige Blicke trafen die Kisten.

«Buh!», machte einer, als die beiden Priester den Durchgang passierten. Die Geistlichen zuckten zusammen und zogen die Köpfe ein. Die Dänen, offensichtlich schon angetrunken, stießen sich an, schnitten finstere Grimassen in Richtung der Priester und lachten sich halb tot. Als Vertreter eines Gottes, dessen Zorn das Meer teilen und die Sonne anhalten konnte, machten die Beichtväter des Kaisers keine gute Figur.

Die Grube hinter dem Tor hatten die Dänen mit Sand zugeschüttet und den Wall planiert. Der Rammbock war in den Innenhof gezogen und umgedreht worden. Wie ein ausgestopftes Beutetier stand er da, und zu allem Überfluss hatten sie der Eisenkappe ein Gesicht aufgemalt und ihr einen erbeuteten Helm aufgesetzt. War das die Art von Späßen, die wir für den Rest des Nachmittags über uns würden ergehen lassen müssen?

«Das kann ja heiter werden», murmelte Gauzbert hinter uns.

Durch ein Spalier von mehreren Hundert Dänen überquerten wir den Innenhof. Bärtige und bartlose Gesichter zogen vorbei, blonde und rote Mähnen, zu Zöpfen geflochten, zu Pferdeschwänzen gebunden oder offen auf die Schultern herunterhängend. Polierte Armreifen und Amulette blitzten auf. Die Blicke, die uns trafen, waren nicht feindselig, sondern eher amüsiert und neugierig, doch die meisten starrten ohnehin nur auf die Kisten und verfolgten sie mit ihren Blicken wie

Raubkatzen im Gebüsch ein ahnungslos vorbeihoppelndes Rudel Kaninchen. Überall steckten Fackeln an den Wänden und im Boden, die wahrscheinlich später als Festbeleuchtung angezündet werden würden. Ich fragte mich, wie lange die Veranstaltung wohl dauern sollte.

Am Fuß der Treppe mussten wir die Waffen abgeben. Schwertgehänge wurden abgeschnallt, Messer und Dolche von Gürteln gelöst. Klinge für Klinge wanderte unsere Bewaffnung in eine große Kiste. Widerwillig legte auch ich das Schwert ab. Inmitten der Dänen fühlte ich mich nackt ohne meine Waffe. Immerhin hatten auch sie sich an die Vereinbarung gehalten: Niemand war bewaffnet, nur auf den Mauern standen einige Bogenschützen.

Wir stiegen die Treppe hinauf. Die zugemauerten Fenster des Festsaales waren wieder aufgebrochen worden, sodass die im Westen stehende Sonne hereinschien und die Tische und Bänke beleuchtete. Es duftete nach Braten. Über dem Kohlebecken in der Mitte des Raumes wurden wieder Spanferkel geröstet. Die Luft über dem Spieß waberte. Abtropfendes Fett verzischte in der Glut.

Gottfried und Siegfried standen am Eingang des Saales und blickten uns freundlich entgegen, als wollten sie als Gastgeber den ungehobelten Eindruck wettmachen, den ihre Wachen am Tor hinterlassen hatten. Als Einzige trugen sie noch ihre Schwerter.

Gottfried schien die Wandlung vom heidnischen Räuberhauptmann zum Lehnsmann eines christlichen Kaisers auch durch seine Kleidung zum Ausdruck bringen zu wollen: Über seinem Leinenhemd trug er einen seidenen Überwurf mit Stickereien aus Goldfäden, vielleicht ein umgearbeitetes

Bischofsgewand, das er irgendwo erbeutet hatte; seinen Kopf zierte ein silberner Stirnreif mit Halbedelsteinen, die er wahrscheinlich von einem gestohlenen Altarkreuz abgerissen hatte. Sein Bart, immer noch mit eingeflochtenen Knochenperlen, war gestutzt und gepflegt. Auf seiner kräftigen Brust ruhten zwei Schmuckstücke an einer Kette: ein Thorshammer und ein Kruzifix. Wenn er sich wirklich einbildete, den neuen Gott durch diesen Beweis der Gleichrangigkeit mit dem alten zu ehren, dann musste man die Katechese wohl als gescheitert betrachten. Die Priester registrierten es mit deutlichem Entsetzen. Ich dagegen musste ein Grinsen unterdrücken, als ich daran dachte, wann ich Gottfried das letzte Mal aus der Nähe gesehen hatte. Es verschaffte mir eine diebische Freude, zu wissen, was er nicht wusste.

«Na, wieder Lust auf ein Tänzchen?», fragte Ratwin, als er meinen Blick bemerkte.

Siegfried dagegen war vor allem darauf bedacht, seinen Reichtum zur Schau zu stellen. Er trug einen kurzärmeligen Kittel mit Seidenborte und eine Pluderhose mit Wickelgamaschen aus mit goldenen Nieten beschlagenem Leder. Beide Arme waren von oben bis unten mit silbernen Armreifen geschmückt, an denen Münzen mit arabischer Prägung baumelten, die bei jeder Bewegung klingelten. Seinen Hals umschloss ein fingerdicker, vorn offener Ring aus kordelartig verdrehten Golddrähten. Die Enden liefen in Schlangenköpfe aus, die sich unter seinem Adamsapfel anstarrten. Auch er hatte Perlen im Bart. Seine Haut war ledrig und braun gebrannt, als hätte er monatelang am Bug eines Schiffes im Wind gestanden, und diese Wildheit stand in einem merkwürdigen Kontrast zu dem überreichen Schmuck, den er trug.

«Willkømmen», sagte Gottfried mit einer angedeuteten Verbeugung, als wir eintraten. In seinem Gesicht lag keine Spur von Spott. Er war sichtlich bemüht, seiner neuen Würde gerecht zu werden.

«Mange tak for indbydelse», sagte Ratwin, den Lupus und ich wie einen Betrunkenen in die Mitte genommen hatten. Und mit einem lässigen Blick zu Erik: «War das richtig so?»

Erik nickte schüchtern. Gottfried neigte erfreut den Kopf.

Der Saal war schon zur Hälfte mit Dänen gefüllt. Fast hundert Augenpaare musterten uns aufdringlich, aber nicht angriffslustig. Ich entdeckte ein paar bekannte Gesichter: Sven Knurhår, unübersehbar in seiner Leibesfülle, Jarl Gorm, den ich bei meiner Flucht aus dem Fenster zu Boden gerissen hatte, dann Amelung, den Friesen, und den lockigen Dolmetscher.

«Mist», sagte Lupus. «Keine Frauen.»

Als alle unsere Männer eingetreten waren, wurden die Türen geschlossen und verriegelt, was für Unruhe und irritierte Blicke sorgte. Instinktiv suchte ich einen Tisch, von dem aus ich an einen der Leuchter springen konnte, um die Festung zur Not auf dem gleichen Weg wieder zu verlassen wie beim letzten Mal. Aber wahrscheinlich hatten sie den Saal nur verrammelt, damit die im Hof versammelten Männer keine gierigen Blicke auf die von uns mitgebrachten Schätze werfen konnten, bevor ihre Anführer entschieden hatten, wie sie zu verteilen waren. Offenbar fürchteten sie, dass die Männer beim Anblick von so viel Gold und Silber auf dumme Gedanken kommen könnten.

Auf dem Podest, auf dem beim letzten Fest die Stühle der Könige gestanden hatten, war eine riesige Waage aufgebaut worden. An einem dicken Eichenbalken hingen an Ketten zwei flache Kisten im Gleichgewicht.

Während wir Ratwin auf einer Bank absetzten, damit er sein Bein hochlegen konnte, gingen Gottfried und Siegfried nach vorn und stellten sich nebeneinander vor der Waage auf. Gottfried gebot mit einem scharfen Händeklatschen Ruhe. Sofort verstummten die Gespräche. Dann ergriff er das Wort, um eine Ansprache an seine Männer zu halten. Seine Augen blitzten, die Zustimmung seiner Zuhörer trug ihn wie eine Welle, er steigerte sich in einen Rausch hinein, redete immer schneller und untermalte seine Worte mit beschwörenden Gesten. Nach einem Scherz, bei dem er mit dem Schwert in Richtung der Priester zeigte und der einen Sturm von Gelächter auslöste, wies er unter tosendem Applaus auf das Land jenseits der Fenster. Man musste kein Dänisch beherrschen, um zu verstehen, dass hier nicht der Frieden und die Rückkehr in die Heimat beschworen, sondern die Gier auf Beute und Land angestachelt wurde, als sei das, was ihnen gleich übergeben würde, erst der Anfang. Ich blickte mich um und sah in den Gesichtern unserer Leute, dass sie dasselbe dachten wie ich: Diese Schätze würden keinen Frieden bringen.

Als der Jubel der Dänen sich gelegt hatte, sprang Amelung auf das Podest und wandte sich an uns. Zuerst hieß er alle Gäste im Namen von Gottfried und Siegfried noch einmal willkommen. Die beiden Könige seien glücklich über den schnellen Friedensschluss, nachdem beide Seiten so tapfer gekämpft hätten. Alle Feindschaft solle fortan begraben sein. Man hoffe auf ein entspanntes und ausgelassenes Fest.

«Dass ihr entspannt und ausgelassen seid, bezweifelt keiner», murmelte Ratwin.

Es sei sicherlich im Interesse aller Anwesenden, so fuhr Amelung fort, wenn man zuerst die Formalitäten erledigen und dann zum zwanglosen Teil der Veranstaltung übergehen werde. Weshalb er die Gäste nun auffordere, die Kisten mit – er machte eine kurze Pause, suchte wohl nach einer Bezeichnung, die für uns möglichst wenig demütigend klingen sollte –, mit der Zuwendung nach vorn zu tragen.

Während die Kisten auf das Podest geschleppt und neben der Waage abgestellt wurden, wechselte Amelung ein paar Sätze mit den beiden Königen, dann richtete er erneut das Wort an uns. Man werde nun also den Schatz wiegen, selbstverständlich nicht aus Misstrauen gegenüber dem Kaiser, an dessen Redlichkeit man keinen Zweifel hege, sondern nur um die Übergabe der korrekten Menge an Silber und Gold vor Zeugen zu bestätigen. Um die Prozedur nicht unnötig in die Länge zu ziehen, werde man nur das Gesamtgewicht des Schatzes prüfen. Einer der Männer habe sich bereit erklärt, als Prüfgewicht auf die Waage zu steigen: der allseits bekannte und beliebte Sven Knurhår.

Der Genannte mühte sich auf das Podest, kaum dass sein Name gefallen war. Es war das erste Mal, dass ich ihn aufrecht stehen sah, und dort oben wirkte er noch gewaltiger. Er war nicht nur unglaublich fett, sondern auch unglaublich groß. Die Dänen begleiteten seinen Auftritt mit vereinzelten Pfiffen und Applaus.

Sven Knurhår, fuhr Amelung fort, sei mit seiner Körpermasse von genau vierhundert Pfund einschließlich der Rüstung gewissermaßen ein lebendes Eichmaß. Das korrekte Gesamtgewicht lasse sich auf diese Weise sehr leicht ermitteln: drei Knurhåre gleich dem gesamten Inhalt aller Kisten, ein halber

Knurhår gleich dem Gewicht des Goldes allein. Alle Anwesenden seien nun zum Mitzählen aufgefordert. Um die Zeit nicht zu lang werden zu lassen und die Stimmung zu heben, würde währenddessen Bier ausgeschenkt werden. Vielleicht komme man sich dabei auch ganz zwanglos ein bisschen näher. Für das anschließende Bankett habe man die herrlichsten Köstlichkeiten vorbereitet. Bei Fragen und Wünschen solle man sich, ohne zu zögern, an ihn wenden. Es werde den geschätzten Gästen an nichts fehlen.

«Für eine Dreiviertelmillion Denare würde ich auch nichts anderes erwarten», kommentierte Ratwin.

Amelung forderte nun Sven Knurhår mit einer Geste auf, in die linke Waagschalen zu steigen. Die Waage knarrte und ächzte. Sven Knurhår grinste zufrieden, als wäre ein Körpergewicht von vierhundert Pfund eine besondere Leistung.

Die Könige öffneten nun den Deckel der ersten Kiste und schütteten den Inhalt in die rechte Waagschale. Metallisches Prasseln und Scheppern füllte die Luft. Ein lustvolles Aufstöhnen ging durch den Saal. Im einfallenden Licht glitzerte und funkelte das Silber wie ein verschwenderischer Wasserfall. Ich sah Münzen über Münzen, dazwischen halbe und ganze Barren, Plättchen und Streifen aus Silberblech, Ringe, Ketten, Armreifen, Fibeln, Spangen, Amulette sowie Patenen, Kelche und Kerzenleuchter. Die Dänen johlten und klatschten. Ein paar von ihnen gingen durch die Reihen und verteilten Bier. Gauzbert griff sich gleich fünf Krüge und reichte vier davon an uns weiter.

Eine zweite Kiste wurde ausgeschüttet. Die dritte enthielt Gold und wurde beiseitegestellt, dann folgte die vierte, wieder mit Silber. Als die fünfte Kiste fast geleert war und der blitzende Haufen den Gegenwert einer mittelgroßen Abtei erreicht hatte, hob Sven Knurhår, begleitet von Pfiffen und rhythmischem Händeklatschen, endlich vom Boden ab.

Diese Prozedur wiederholte sich noch zweimal, dann wurde das Gold separat mit Silber aufgewogen und das Gewicht beider Mengen wiederum mithilfe von Sven Knurhår einer Gegenprobe unterzogen. Die beiden Könige standen daneben, Gottfried hatte immer noch sein Schwert in der Hand. Ich musste an die von Titus Livius überlieferte Anekdote vom Keltenkönig Brennus denken, der in einer ganz ähnlichen Situation seine Waffe in die Waagschale geworfen hatte, um die besiegten Römer noch ein bisschen mehr zu erniedrigen. Doch Gottfried steckte sein Schwert in die Scheide und verkündete mit einem Kopfnicken, dass es nichts zu beanstanden gab. Unter abschließendem Jubel wurde der Schatz wieder verstaut. Silber und Gold wurden wie Kies in die Kisten geschaufelt und in einen Nebenraum getragen.

Gauzbert, Lupus und ich waren mittlerweile leicht angetrunken, und das war auch gut so, denn in diesem Zustand ließ sich die Ausgelassenheit unserer Gastgeber besser ertragen. Amelung hatte inzwischen begonnen, unseren Leuten ihre Plätze zuzuweisen. Als er mich entdeckte, strahlte er über das ganze Gesicht. Er stieß seinen Krug gegen meinen.

«Du hier? Ich wusste doch, dass wir uns wieder über den Weg laufen würden.»

Ich konnte ein Grinsen nicht unterdrücken. Er sah mich fragend an, dann wanderte sein Blick zu Lupus, dann wieder zurück zu mir, und er begriff. «Nein, oder? Du warst der Tanzbär?»

Ich nickte, immer noch grinsend.

Amelung lachte laut auf, dann riss er sich zusammen, blickte sich um und beugte sich etwas näher zu mir heran. «Wir reden gleich weiter. Aber es ist besser, wenn Ivars Name dabei nicht fällt.»

Kurz darauf hatten alle Anwesenden Platz genommen. Während die Spanferkel von den Spießen gezogen und aufgeschnitten wurden, trugen Bedienstete Platten, Teller und Schüsseln mit weiteren Köstlichkeiten herein: noch mehr Fleisch, dazu Gemüse, Obst, Brot und fettige Tunken. Weitere Krüge wurden durchgereicht. Amelung hatte Gauzbert, Lupus, Ratwin, Erik und mich an einen Tisch mit Sven Knurhår und ein paar anderen Dänen gesetzt. Ratwin saß am Ende des Tisches, sein Bein ruhte auf einem Schemel.

Auch unsere anderen Begleiter waren in kleinen Gruppen zwischen den Dänen verteilt worden. Entweder sie wollten uns trennen, um uns besser unter Kontrolle zu haben, oder sie hofften darauf, dass es wirklich zur Verbrüderung kommen würde, wenn erst genügend Bier geflossen war.

Tatsächlich lockerten sich die finsteren Mienen ein bisschen. Unsere Priester hatten Ehrenplätze gegenüber den beiden Königen bekommen, und Gottfried und Siegfried nötigten ihnen mithilfe des lockigen Übersetzers ein Gespräch auf. Mit verkniffenen Gesichtern gaben sie Antwort. Als ich das Trinkgefäß von Siegfried sah, stutzte ich: Es war ein goldener Kelch, der zum Klosterschatz von Prüm gehörte. Abt Markward hatte ihn vor dreißig Jahren von einer Pilgerfahrt nach Rom mitgebracht. Und wahrscheinlich würde der Kelch nun früher oder später in einen Schmelzofen gekippt werden, um sich anschließend in einen Halsreif für einen der dänischen Anführer zu verwandeln.

Während wir aßen, trat ein Sänger auf und trug ein paar dänische Weisen vor. Erik übersetzte uns den Text. Er handelte von ihren Göttern und deren Abenteuern: von Thor, der auf einer Hochzeitsfeier als Braut verkleidet zur Verwunderung der Gäste einen ganzen Ochsen verzehrt hatte, von Freya, die sich mit einem Gewand aus Falkenfedern in die Lüfte erheben konnte, und von Loki, der ein Tauziehen mit einer Ziege veranstaltet und sich dafür deren Bart an den Hodensack gebunden hatte – alles in allem ein unterhaltsames Pantheon, doch wie man auf dieser Grundlage eine einigermaßen nachvollziehbare Glaubenslehre aufbauen wollte, war mir ein Rätsel.

Als der Sänger von der Bühne abtrat, richtete Sven Knurhår das Wort an mich. Ich ließ den Redeschwall über mich ergehen, dann sagte Erik: «Er will, dass du ihm von Gott erzählst. Wenn du ihn überzeugst, lässt er sich vielleicht taufen.»

Ich musste lachen. «Das hat er in Aachen auch schon behauptet.»

Sven Knurhår verzichtete darauf, sich meine Worte übersetzen zu lassen, und redete stattdessen weiter auf mich ein. Erik schien froh zu sein, dass es etwas für ihn zu tun gab, und fasste für mich zusammen, was Sven Knurhår sagte.

Den trieb die Kreuzigung um. Ob man diesen Jesus wirklich an den Händen angenagelt habe, wollte er wissen.

«Ja», antwortete ich. «Daran besteht überhaupt kein Zweifel.»

Wie das denn gehalten habe, fragte Sven Knurhår. Er habe in England einmal einen Priester gekreuzigt, um es auszuprobieren. Durch das Körpergewicht seien Haut und Sehnen gerissen, und der Priester sei immer wieder nach vorn gekippt. Eine Riesenschweinerei, als Hinrichtungsmethode völlig ungeeignet. Ob die Römer die Nägel vielleicht doch nicht durch die Hände getrieben hätten, sondern unterhalb des Handwurzelknochens zwischen Elle und Speiche? Bei diesem englischen Priester sei es jedenfalls auf diese Weise schließlich geglückt. Aber vielleicht sei der ja auch einfach nur zu fett gewesen. Ob Jesus übrigens dick oder dünn gewesen sei?

«Eher schlank», sagte ich. Ein beleibter Erlöser schien mir nicht recht zu den Berichten der Evangelien zu passen. Umso besser, wenn sich das auch in Sven Knurhårs Vorstellungen von einer sachgemäß durchgeführten Kreuzigung einfügte.

Der murrte etwas; ein wohlgenährter Jesus wäre ihm wohl lieber gewesen. Doch er ließ es dabei bewenden und fragte stattdessen weiter: ob es denn nun stimme, dass Jesus zuerst tot und nach ein paar Tagen wieder lebendig gewesen sei.

«Darin besteht ja das Wunder der Auferstehung», bestätigte ich.

Dann sei Jesus also ein Untoter gewesen? Und wenn ja, was denn daran so besonders sein solle? Sein Onkel Halfdan Stålorm zum Beispiel sei auch von den Toten auferstanden. Einen Monat lang hätten sie den wandelnden Leichnam mit Blindschleichen und Teichmolchen gefüttert, weil der das so verlangt hatte. Oder Hallbjörn Heringshaut, sein Schwager, der eine Zeit lang jede Nacht ohne Kopf durch den Kamin herabgeschwebt sei. Und er kenne noch mindestens ein Dutzend weitere Fälle dieser Art. Sie seien zurückgekommen, um die Hinterbliebenen zu piesacken, weil ihnen das Grab oder die Beigaben nicht passten, weil ihnen die Sklavin nicht mehr gefiel, mit der sie bestattet worden waren, oder weil sie mit dem Kopf in die falsche Richtung zu liegen gekommen waren. Die einen hätten noch offene Rechnungen mit irgendwelchen

Verwandten, die anderen müssten unbedingt verschlüsselte Botschaften loswerden. Jedenfalls wimmele die Welt von Untoten. Was, bitte schön, sei also so besonders an diesem Jesus?

«Er ist gestorben, um uns von unseren Sünden zu erlösen», sagte ich, und noch während ich es aussprach, war mir schon klar, dass Sven Knurhårs Bekehrung zum Christentum kein so einfaches Unterfangen sein würde.

Was denn das nun schon wieder heißen solle? Wenn er die Priester richtig verstanden habe, dann zählten zu diesen Sünden solche Dinge wie Völlerei, Trunkenheit, Prasserei, Müßiggang und Unkeuschheit, also mehr oder weniger alles, was Freude bereite oder zur Entspannung beitrage. Ob er das mit der Erlösung richtig verstehe? Jesus habe sich kreuzigen lassen, damit seine Anhänger all das ungestraft tun dürften? Und wenn ja, warum er es nicht gleich einfach erlaubt hätte, anstatt sich vorher sinnloserweise an irgendwelche Balken nageln zu lassen?

Die Frage war durchaus berechtigt, aber sie berührte theologische Grundfragen, denen man sich ohne eine tiefere Beschäftigung mit der christlichen Glaubenslehre kaum würde nähern können. Um es möglichst verständlich auszudrücken, sagte ich: «Es geht um das Bekenntnis. Wer seine Sünden aufrichtig bereut, dem werden sie vergeben, ganz gleich, wie viele er begangen hat, wie schwerwiegend sie waren und wann er zu Gott gefunden hat.» Ich dachte, ihm auf diese Weise das Tor zum Glauben öffnen zu können. Doch er verstand es als Einladung, sich durch die Hintertür zu schleichen.

Wirklich? Ganz gleich, wann er bereue? Zur Not auch noch auf dem Totenbett?

Das zu verneinen, hätte bedeutet, einen Grundpfeiler des

Glaubens umzureißen. «Ja», seufzte ich. «Zur Not auch noch auf dem Totenbett.»

Dann sei ja noch Zeit, befand Sven Knurhår. Wenn er jetzt also weiter fresse, saufe, prasse, faulenze und herumhure und das Ganze dann in seiner letzten Stunde bekenne und bereue, dann komme er ins Paradies?

«Grundsätzlich ja», sagte ich zögerlich. Zwölf Jahre lang hatte ich mich mit den größten Gelehrten unserer Zeit brieflich über Vergebung und Erlösung ausgetauscht, und jetzt drängte mich ein Heide, der noch nicht einmal lesen konnte, mit seinen Fragen an die Wand. Seine ungenierte Bauernschläue war bemerkenswert. Und Sven Knurhår machte unerbittlich weiter.

Ob das Paradies so etwas sei wie Walhalla, wollte er wissen. Ob es dort genug zu trinken gebe? Und wie es mit den Weibern stehe? Ob die da in dem körperlichen Zustand angeliefert würden, in dem sie gestorben seien? Oder, schlimmer noch, halb verwest? Oder als klapperige Gerippe?

Es wurde immer komplizierter. Hätte ich ihm jetzt mit Paulus und der Überkleidung und Verklärung des sterblichen Leibes durch den geistigen kommen sollen? Oder mit Augustinus, nach dessen Ansicht die Seele das Abbild des unversehrten Körpers trug und bei der Auferstehung mit diesem wiedervereinigt wurde?

Wen er da überhaupt antreffen werde, im Paradies, drängte Sven weiter. Auf die Gesellschaft von Halfdan Stålorm oder Hallbjörn Heringshaut mit seiner garstigen Alten könne er gern verzichten. Aber sein Bruder Kjeld, der im Kampf gegen die Christen bei Saucourt gefallen sei, mit dem würde er schon gern noch einmal den einen oder anderen Becher leeren. Und sein lieber Cousin Sigurd, der sich beim Eintreten einer Kirchentür in Cambrai an einem Scharnier geschnitten habe, an einer Blutvergiftung gestorben sei und sicherlich keine seiner sogenannten Sünden bereut habe? Der würde dann ja wohl auch nicht im Paradies anzutreffen sein. Oder?

«Nein.»

Na also.

Sven Knurhår bedankte sich für die Auskünfte und versprach aus reiner Höflichkeit, sich die Sache mit der Taufe noch einmal zu überlegen. Jetzt aber sei es Zeit für ein neues Bier.

Der Nachmittag ging in den Abend über. Es gelang mir tatsächlich, meinen Ärger über die Vertragsbedingungen und deren Bedeutung für meine weiteren Pläne auszublenden. Das Essen war reichlich, und die Dänen benahmen sich uns gegenüber freundlich und zuvorkommend. Der verletzte Ratwin wurde geradezu fürsorglich behandelt. Lupus und Gauzbert hatten ohnehin keinerlei Scheu, mit den ehemaligen Gegnern zu trinken. Erik taute auf, er übersetzte hin und her und vergaß seine Angst. Die Könige überreichten den Priestern unter dem Applaus der ganzen Tischgesellschaft zwei Thorshämmer an Lederbändern. Die trauten sich natürlich nicht, die Gabe zu verweigern. Mit säuerlichen Gesichtern ließen sie sich die Amulette umhängen und pressten ein paar Dankesworte heraus. Sven Knurhår kommentierte, wenn jeder alles glaube, dann glaube ja niemand das Falsche. Vielleicht ergebe sich auf diese Weise ja sogar die Möglichkeit, nach dem Tod zwischen Walhalla und dem Paradies hin und her zu wechseln? Was denn wohl die Evangelien dazu sagten?

Zwischendurch kam Amelung an unseren Tisch und ließ sich in allen Einzelheiten von mir berichten, was sich im Frühjahr nach meiner Abreise aus Aachen ereignet hatte. Als dann auch noch Gorm erschien und mir zu meiner tollkühnen Flucht aus dem Festsaal gratulierte, hätte ich fast selbst geglaubt, dass wir nun alle Freunde geworden waren. Aber natürlich waren wir das nicht.

Als die Dunkelheit hereinbrach, wurden Fackeln und Kerzen entzündet. Die Dänen waren inzwischen allesamt schwer betrunken und forderten unsere Männer zu allen möglichen Wettkämpfen heraus. Es wurde um die Wette gegessen und getrunken. Wer seine Blase leeren musste, erledigte das am Fenster. Als einer der Dänen einem unserer Leute im hohen Bogen ins Gesicht kotzte, wäre es fast zu einer Prügelei gekommen, die aber durch einen neuerlichen Auftritt des Sängers abgewendet werden konnte. Er trug ein Lied von Odins Heldentaten vor, bei dem er, offenbar einem spontanen versöhnlichen Einfall folgend, den nordischen Gott und seine Gefolgsleute durch den Erlöser und seine Jünger ersetzte. Amelung übersetzte: Jesus fing eine riesige Seeschlange mit einem Stierkopf als Köder, schwatzte einem Riesen, dessen Mutter neunhundert Köpfe hatte, einen Braukessel ab und erweckte die Ziegen, die seinen Wagen gezogen hatten, aus Haut und Knochen wieder zum Leben, nachdem er sie geschlachtet und aufgefressen hatte. Es wurde ein bunter Abend.

Als die ersten Köpfe auf die Tische sackten, war es Zeit für uns, das Fest zu verlassen. Ratwin schickte Erik zu den beiden Königen, um unseren Aufbruch anzukündigen und sie zur Herausgabe der Waffen und der Gefangenen aufzufordern.

Auf einmal war ich sicher, dass es jetzt Ärger geben würde. War den Dänen wirklich zu trauen? Ich sah Gottfrieds und Siegfrieds scheinheiliges Grinsen schon vor mir: Welche Waffen? Welche Gefangenen? Welche Abmachung?

Doch Gottfried und Siegfried nickten nur, winkten ein paar von ihren Gefolgsleuten heran und gaben mit schwerer Zunge ein paar Anweisungen.

Unter Johlen und Pfeifen verließen wir den Saal.

«Danke für den gelungenen Abend», sagte Ratwin zu Amelung, als er, wieder von Lupus und mir gestützt, zur Tür ging.

«Jederzeit wieder», antwortete der Friese verbindlich, ohne den ironischen Unterton zu erwidern. Dann entriegelte er die Tür und begleitete uns hinaus.

Der Hof war von Lichtern erhellt. Wie beim letzten Mal hatte der größte Teil der Dänen unter freiem Himmel gefeiert. Jetzt rannten alle zum Eingang des Saales, um endlich einen Blick auf die Schätze zu werfen. Das Gedrängel war so groß, dass wir kaum durchkamen.

Gottfried und Siegfried waren uns gefolgt. Während einer ihrer Leute im Keller verschwand, lallten sie noch ein paar Abschiedsworte. Die Kiste mit den Waffen stand immer noch da. Einer nach dem anderen nahmen wir Schwerter, Messer und Dolche wieder an uns. Die meisten unserer Männer waren genauso betrunken wie die Dänen, einige schafften es noch nicht einmal mehr, die Gurtschnallen zu schließen. Einer übergab sich in die leere Kiste, kaum dass die letzte Waffe herausgenommen worden war.

Als mich gerade zum Gehen wenden wollte, kam Sven Knurhår angerannt. Ich konnte kaum glauben, was er in der Hand hielt: das Schwert, das ich in Prüm einem toten Dänen abgenommen und bei meinem nächtlichen Besuch in Asselt am Strand fallen gelassen hatte, nachdem die Dänen mich erwischt hatten. Mit einer feierlichen Geste und vielen Worten überreichte er es mir nun zurück.

«Das ist das Schwert, das du ihm in Aachen für seine Auskünfte gegeben und ihm später wieder gestohlen hast», übersetzte Erik. Gauzbert und ich tauschten einen Blick. Gauzbert grinste.

«Eigentlich gehört es ihm, aber er gibt es dir zurück, weil du ihn in Roermond verschont hast», fuhr Erik fort.

Ich war gerührt. Sven Knurhår schlug mir so fest auf die Schulter, dass ich in die Knie ging. Dann lachte er laut, schüttelte mir die Hand, kehrte in den Saal zurück und ließ mich mit den beiden Schwertern stehen.

Und dann kamen die Gefangenen.

In einer langen Kette trotteten sie aus dem Keller, etwa dreißig Männer, Frauen und Kinder. Die meisten von ihnen blickten lethargisch vor sich hin, zermürbt von Dunkelheit und Entbehrungen, aber nicht abgemagert oder krank. Wenn man bedachte, dass sie mehrere Monate lang in diesem Keller gesessen hatten, waren sie zumindest körperlich in guter Verfassung. Und dennoch schienen sie nicht begreifen zu können, dass ihr Leiden nun ein Ende haben sollte. Niemand jubelte, niemand lachte, als fürchteten sie, dass die Dänen es sich noch einmal anders überlegen könnten.

Meine Augen suchten die Gesichter ab. «Wer von denen ist Osmund?», fragte ich Amelung.

«Osmund? Der Sohn von diesem Bischof?», fragte er. Auch er ließ seinen Blick über die Gruppe schweifen, die langsam näher kam. «Der da.» Er zeigte auf einen etwa sechzehnjährigen Jungen mit stumpfem Blick und dünnem Bartflaum, der in der Mitte ging.

Ich bahnte mir einen Weg zu dem Jungen. Amelung folgte mir.

«Bist du Osmund?», fragte ich.

«Er spricht nicht», sagte Amelung.

«Dann ist er es», sagte ich erleichtert.

Der Junge nickte. War da ein winziges Lächeln um seine Mundwinkel?

Ich nahm seine Hand. Er ließ es geschehen. Vielleicht könnte ich ihn Franco wenigstens persönlich übergeben, wenn ich ihn schon nicht selbst befreit hatte. Möglicherweise würde sich der Bischof im Überschwang von Erleichterung und Glück dazu herablassen, die Erfüllung meines Anliegens doch noch in Erwägung zu ziehen. Vielleicht hatte ich noch eine Chance, wenn ich Osmund nach Lüttich brachte und meinen Beitrag zu seiner Befreiung ein bisschen aufbauschte, ohne dass jemand widersprechen konnte.

Und so verließ unsere ganze Gruppe mit den Gefangenen die Festung, kaum noch beachtet von den Dänen, die sich auf der Treppe und vor dem Saal des Pfalzbaus drängten. Unsere Männer nahmen die Befreiten in die Mitte, Gauzbert übernahm meinen Platz an Ratwins Seite. Wir passierten den Rammbock, dem jemand den Helm wieder abgenommen hatte, dann die zugeschüttete Grube, dann das Tor. Auch die Wachen behelligten uns nicht. Stattdessen blickten sie sehnsüchtig zum Saalbau hinüber. Nachdem wir die Durchfahrt passiert hatten, wurde das Tor geschlossen.

Als wir über das freie Feld vor der Mauer wanderten, schwankten und trotteten, waren erste Laute der Erleichterung zu hören. Die Priester stimmten ein halbherziges Tedeum an, aber niemand fiel ein.

Vor unserem Lager stand eine große Menschenmenge im Schein zahlloser Fackeln. Im Näherkommen erkannte ich

Arnulf und Heinrich zu Pferd. Der Kaiser war nicht zu sehen.

Wir überquerten den Plankenweg im Flussbett. Osmunds Hand lag in meiner wie ein totes Reptil, trocken und schlaff. Sein Gesicht war mager und blass, in diesem immer irgendwie unvorteilhaften Zustand zwischen Kindheit und Erwachsenenleben. Sein Kopf bewegte sich nicht, aber die Augen schweiften unruhig hin und her.

Als wir die Böschung hinaufstiegen, löste sich ein Mann aus der Gruppe vor dem Lagertor und trat vor. Es war Franco von Lüttich, angetan mit einem schmucklosen Kittel, als wäre ihm daran gelegen, dass man ihn nicht als den erkannte, der er war.

Verdammt, dachte ich. Er würde seinen Sohn vor aller Augen in die Arme schließen, sich bei Arnulf und Heinrich bedanken, vielleicht noch bei den Priestern, die die Übergabe ausgehandelt hatten, und dann würde er mit Osmund von dannen ziehen.

Francos Blick schweifte suchend über unsere Gruppe. Er suchte immer noch, als ich mit dem Jungen fast schon vor ihm stand.

«Franco», sagte ich. «Hier ist dein Sohn.»

Der Junge riss die Augen auf, als er das hörte. Einen Augenblick später entzog er mir seine Hand, machte einen Satz zur Seite und rannte am Lagerwall entlang davon, als wäre der Teufel ihm auf den Fersen. Niemand folgte ihm. An einem der Türme bog er um die Ecke und war nicht mehr zu sehen.

Francos Gesicht war wie versteinert.

«Das war nicht mein Sohn», sagte er.

19

Francos Verwirrung verwandelte sich in Entsetzen. Er riss eine Fackel aus der Erde, rannte von einem zum anderen, leuchtete in ausdruckslose Gesichter, schüttelte sie an den Schultern, schrie sie an, drängte, flehte, fragte, wo Osmund sei, wer ihn zuletzt gesehen habe, ob er noch da unten sei, ob wir ihn unterwegs zurückgelassen hätten, was diese verdammten Dänen denn noch von ihm wollten, und wurde dabei immer verzweifelter. Er erntete Schulterzucken und ein paar magere Auskünfte, aus denen sich schließen ließ, dass die Gefangenen nach den Rundgängen im Hof immer wieder in andere Verschläge gesperrt worden waren. Einer hatte Osmund vor einer Woche noch gesehen, ein anderer hatte vor einiger Zeit ein paar Tage mit ihm zusammen in einem dieser Löcher verbracht, aber weil Osmund während der ganzen Dauer der Gefangenschaft kein einziges Wort gesagt hatte, war seine Abwesenheit auch nicht weiter aufgefallen.

«Und der da?», schrie Franco und zeigte in die Richtung, in die der Junge weggelaufen war. «Wer war das?»

Wieder Schulterzucken. Ein Junge halt, einer, den sie nach einem Raubzug angeschleppt hatten. Aus Köln oder Bonn, irgendwo vom Rhein jedenfalls. Wahrscheinlich einer ohne Eltern. Armer Kerl eigentlich, aber gerissen wie alle Waisenkinder, die sich irgendwie durchschlagen mussten, einer von denen, die einem die Rationen wegfraßen, wenn man nicht hinschaute. Osmund? Möglich, dass er so geheißen habe.

«Was steht ihr da und glotzt?», herrschte Franco die Umstehenden an. «Fangt den Bengel wieder ein!»

Keiner der Bewaffneten reagierte. Ohne äußere Anzeichen seines Ranges war der Bischof nur ein Mann im Leinenkittel, von dem sich niemand Befehle erteilen ließ.

«Der ist längst über alle Berge», sagte jemand. «Würde ich genauso machen.»

Ich ahnte, was da passiert war. Der Junge hatte mitbekommen, dass einer der Gefangenen, der das gleiche Alter hatte wie er selbst, der Sohn irgendeiner wichtigen Persönlichkeit war. Den Namen hatte er irgendwo aufgeschnappt, und weil der echte Osmund nicht sprach, war er in dessen Rolle geschlüpft, in der Hoffnung, auf diese Weise schneller freigelassen zu werden. Das Spiel hatte er bis zum Ende gespielt, und als er begriffen hatte, dass der Kerl im Leinenkittel der Vater des echten Osmund war, hatte er sich losgerissen und war getürmt. Und jetzt schlug er sich durch die Wälder nach Hause durch. Es spielte keine Rolle, ob man ihn einfing oder nicht.

Das Lagertor schwang auf, alle drängten hinein und spülten die Heimkehrer mit. Arnulf warf Franco einen schadenfrohen Blick zu. Dann wendete er sein Pferd und verschwand. Heinrich folgte ihm.

Franco stapfte los, auf den Fluss zu, die Fackel immer noch in der Hand. Der Feuerschein beleuchtete den sandigen Boden und den hellen Kittel des Bischofs, als wäre er von einer Aura umgeben.

«Wartet hier», sagte ich zu Gauzbert und Lupus. Sie stützten immer noch Ratwin, dessen Kopf auf Gauzberts Schulter gesunken war. Die Schmerzen hatten ihn benommen gemacht, das Bier hatte ihm den Rest gegeben. Ich reichte Gauzbert das Schwert, das Sven Knurhår mir übergeben hatte, dann eilte ich Franco hinterher wie eine Motte, die dem Licht folgt.

Kurz vor dem Plankenweg holte ich ihn ein. «Mach jetzt keinen Blödsinn», sagte ich.

Er blickte mich wütend an. «Wenn er noch da drin ist, hole ich ihn raus.»

«Ich regele das», sagte ich, und der Zorn kochte in mir hoch: darüber, dass diese verdammte Geschichte immer noch nicht zu Ende war und dass ich jetzt schon wieder für andere die Kastanien aus dem Feuer holen musste, anstatt zu meiner schwangeren Geliebten reiten zu können. Franco hatte hinter meinem Rücken mit Gerold eine Abmachung zu meinem Nachteil geschlossen, und jetzt brauchte er mich doch wieder. Ja, ich würde das regeln. Aber danach würden wir beide etwas zu besprechen haben. Und diesmal würde er bezahlen: Er würde das verdammte Urteil zurücknehmen, mit dem er meine Mutter vor fünfzehn Jahren ins Verderben gestoßen hatte, und er würde dafür sorgen, dass ich bekam, was mir zustand.

Während ich auf die Festung zuschritt, fragte ich mich, ob Osmund wirklich noch da drin war. Hatten sie ihn in irgendeinem Winkel des Verlieses vergessen, weil er keinen Ton gesagt hatte? Oder hielten sie ihn absichtlich zurück, um Franco zu erpressen?

Das Tor war verschlossen. Von innen drang immer noch Feierlärm heraus. Auf dem Wehrgang standen ein paar Wachen, Silhouetten vor dem Feuerschein aus dem Innenhof.

Ich schlug gegen das Tor. Während ich wartete, dass jemand aufmachte, ging Franco hinter mir rastlos auf und ab. Und schon wieder tat er mir gegen meinen Willen leid.

Endlich rumpelte ein Balken. Es dauerte eine ganze Weile, bis der linke Torflügel sich ein Stück öffnete. Ein Gesicht erschien. Eine Frage wurde genuschelt.

«Hol Amelung», sagte ich barsch. Das Tor schloss sich wieder.

Endlose Minuten vergingen. Als ich schon fürchtete, man würde uns einfach in der Dunkelheit stehen lassen, wurde wieder geöffnet. Diesmal stand Amelung vor mir.

«Tankred. Was vergessen?»

«Ein Gefangener fehlt», sagte ich ungehalten.

«Wirklich? Keine Ahnung, wie viele das überhaupt waren.»

Franco war hinzugetreten und wollte etwas sagen, aber ich schnitt ihm mit einer Handbewegung das Wort ab. «Einer fehlt», wiederholte ich. «Osmund heißt er.»

«Der Stumme? Hast du den nicht selber …?»

«Das war er nicht. Habt ihr da unten einen vergessen?»

«Nein», sagte Amelung. «Der Keller ist leer. Kannst nachschauen, wenn du willst.»

Ich ging nicht darauf ein. «Denk nach», sagte ich. «War da noch einer, der nicht gesprochen hat?»

Der Friese grübelte kurz. Dann schlug er sich mit der flachen Hand vor die Stirn. «Verdammt.» Sein Kopf verschwand. Er wechselte ein paar Worte auf Dänisch mit jemandem, der hinter ihm stand, dann trat er wieder an das Tor. «Den hat Blodknut mitgenommen.»

«Wann?»

«Vor ein paar Tagen. Er hatte keine Lust mehr, auf die Übergabe zu warten. Hat sich auszahlen lassen, ein Schiff genommen und ist mit der Mannschaft abgefahren. Ein paar Gefangene, für die kein Lösegeld angeboten worden war, hat er mitgenommen. Keiner hat so richtig darauf geachtet. Die waren alle froh, dass sie nicht mehr mit ihm teilen mussten. Konnte ja keiner ahnen, dass der richtige Osbert dabei war.»

«Osmund», meldete sich Franco empört.

«Von mir aus», sagte Amelung. «Woher hätten wir das wissen sollen? Der hat ja nicht geredet.»

Wieder wollte Franco dazwischengehen, wieder brachte ich ihn zum Schweigen. «Wo wollte Blodknut hin?», fragte ich Amelung.

«Nach Verdun. Frauen kaufen. Hier kriegt man ja keine mehr.»

Es durfte einfach nicht wahr sein. Ich dachte an Gerwins Worte bei unserer Ankunft in Roermond: *Neulich ist eine ganze Ladung auf der Maas nach Verdun abgegangen. Den christlichen Händlern ist es natürlich streng verboten, die zu kaufen, aber derzeit nimmt das keiner so genau.*

«Wann ist er abgefahren?», fragte ich.

«Vor vier oder fünf Tagen. Hab nicht drauf geachtet. Das geht hier zu wie im Taubenschlag, seit der Vertrag geschlossen ist.»

Schon am nächsten Morgen machte ich mich reisefertig. Franco hatte darauf bestanden, mich zu begleiten. Natürlich wäre ich lieber ohne ihn geritten, ich war immer noch wütend wegen seiner heimlichen Vereinbarung mit Gerold. Am liebsten hätte ich mich einfach geweigert, ihn mitzunehmen. Doch ich brauchte ihn, denn wie hätte ich Osmund erkennen sollen? Verdun war der größte Sklavenmarkt weit und breit. Die Araber in Spanien ließen sich von dort vor allem mit Mädchen und Jungen beliefern, die sie in ihre Harems sperrten oder als Bedienstete arbeiten ließen. Es war aussichtslos, dort nach einem Jungen zu fahnden, von dem ich nur eine mündliche Beschreibung hatte, vor allem aber drängte die Zeit. Wenn Osmund erst unter der Plane eines Karawanenwagens hockte, wäre es zu spät. Er würde sein Leben als Melonenpflücker, Kammerdiener oder Lustknabe in Córdoba, Granada oder Almería beschließen.

Wenigstens wusste ich, wie Blodknut aussah. Es war nun also das zweite Mal, dass ich den Dänen am Flussufer hinterherhetzen würde, um ihnen jemanden zu entreißen, den sie entführt hatten. Immerhin hatte Blodknut nur ein Schiff und keine ganze Flotte. Vor allem aber hatte er an den Gefangenen kein besonderes Interesse. Während Ivar meine Schwester für eine Botin seiner Götter gehalten und eifersüchtig über sie gewacht hatte, wollte Blodknut die Gefangenen einfach nur zu Geld machen. Wenn es gut lief, würden wir ihn aufspüren, Osmund befreien oder auslösen und wieder verschwinden. Doch die Zeit wurde knapp.

Wütend war ich auch auf die Dänen. Gottfried und Siegfried hatten zugesagt, alle Gefangenen freizulassen, stattdessen hatten sie es nun geduldet, dass Blodknut einige davon für sich abgezweigt hatte. Aber niemand würde sie dafür zur Rechenschaft ziehen und riskieren, dass es Verwicklungen gab, bevor wir die Festung in unserer Hand hatten. Die zweite Hälfte des Lösegeldes wurde gerade herangeschafft, und der Kaiser wollte die Sache so schnell wie möglich hinter sich bringen. Wir schlossen Verträge mit Leuten, die sich einen Dreck darum scherten, sie auch einzuhalten. Es war zum Haareraufen.

Lupus und Gauzbert hatten in der Nacht zugesagt, mich zu

begleiten. Als ich sie im Morgengrauen von den Strohsäcken warf, wussten sie gar nicht, wie ihnen geschah.

«Was sollen wir versprochen haben?», stöhnte Gauzbert und wälzte sich auf die andere Seite. Ein Eimer mit kaltem Wasser half seinem Gedächtnis auf die Sprünge.

«Verflucht der Zecher, der noch weiß, was war», zitierte ich Martial.

Eine halbe Stunde später ritten wir durch das Lagertor.

Der Morgen war klar und frisch. Die aufgehende Sonne verlieh den Mauern von Asselt einen orangefarbenen Schimmer, als hätte die Pfalz sich als glühender Felsblock aus dem Flussbett erhoben. Auf dem gegenüberliegenden Ufer ästen ein paar Rehe. Friedlicher hätte das Bild nicht sein können.

Franco erwartete uns am Strand. Er saß auf einem kleinen Schimmel. Es war ein herrliches Tier, hochbeinig und leicht gebaut, mit kleinem Kopf und großen Augen. Der Nasenrücken wies eine auffällige Einkehlung auf, sodass das Maul fast wie ein Schnabel aussah.

«Arabisches Vollblut», sagte Franco. «Mit dem kannst du Tag und Nacht durchreiten.»

Wie passend, dachte ich. Zu den Arabern wollen wir ja.

Ohne viel zu reden, ritten wir an der Ostseite des Flusses entlang durch das erwachende Land. Bauern zogen mit Sensen auf den Schultern zu den Feldern, um die Ernte einzubringen. Wenn Blodknut es nicht zu eilig hatte, konnten wir ihn vielleicht einholen, bevor er in Verdun angekommen war, immerhin musste er mit seinen Männern gegen die Strömung rudern. Zumindest konnten wir ihn nicht verfehlen, solange wir dem Fluss folgten.

Gegen Mittag passierten wir Maastricht. Wieder spähte ich

über den Fluss auf das Anwesen meines Vaters. Niemand zeigte sich. Die Kapelle, in der er begraben lag, war zwischen den Bäumen zu erahnen. Wo mochte Gerold wohl stecken?

Am späten Nachmittag erreichten wir Lüttich. Franco befand, dass es zu früh war, um schon Rast für die Nacht einzulegen, also tauschten wir in der Stadt nur die Pferde und versorgten uns mit Proviant. Francos Palast war immer noch mit Gefolgsleuten des Kaisers belegt. Ich hatte den Eindruck, dass der Bischof niemandem begegnen wollte, um keine Erklärungen abgeben zu müssen. Anstatt hineinzugehen, pfiff er ein paar Bedienstete heran und gab die nötigen Anweisungen.

Schweren Herzens überließ ich Sleipnir einem von Francos Pferdeknechten. Der Hengst hatte im vergangenen halben Jahr nicht ein einziges Mal gelahmt, und dass ich Ivar eingeholt hatte, war zu einem guten Teil seiner Ausdauer zu verdanken. Doch Franco hatte sich in den Kopf gesetzt, Verdun in drei Tagen zu erreichen. Und je schneller wir dort ankamen, desto besser standen unsere Chancen.

«In einer Woche hole ich dich wieder ab», flüsterte ich meinem Pferd zum Abschied ins Ohr.

Ich bekam eine leichte Rappstute im Austausch. Als ich aufsaß, fühlte ich mich, als hätte ich Verrat an einem Freund begangen.

Südlich von Lüttich knickt die Maas nach Westen ab und beschreibt einen weiten Bogen in Richtung Namur. Wir standen vor der Wahl, den Fluss entlang einem sicheren, gut ausgebauten Weg zu folgen, was einen Umweg von knapp sechzig Meilen bedeutet hätte, oder geradewegs nach Süden über Bastogne durch schwach besiedeltes Hügelland zu reiten. Für den Umweg sprach die Tatsache, dass wir am Fluss keine Schwierigkeiten haben würden, uns zu versorgen, zu übernachten und notfalls die Pferde zu wechseln. Außerdem bestand die Möglichkeit, dass wir Blodknut einholten oder wenigstens in Erfahrung brachten, wie groß sein Vorsprung war. Wegen der längeren Strecke und den vielen Flussschleifen hätte uns das allerdings einen ganzen Tag gekostet, also entschieden wir uns für den Gewaltritt durch die Hügel.

Die Wege waren schlechter als erwartet, sodass wir Bastogne erst am späten Abend des nächsten Tages erreichten. Der Ort gehörte zu den Besitzungen von Prüm. Als ich meinen Namen nannte, gingen dem dicken Verwalter die Augen über.

«*Der* Tankred?»

Wir bekamen die beste Kammer in seinem Haus und wurden mit Schweinebraten und Wein versorgt. Bevor wir am nächsten Morgen wieder aufbrachen, legte er mir ein dünnes Evangeliar vor, das er aus der Kirche geholt hatte. Mit Erstaunen erkannte ich meine eigene Handschrift, dann erinnerte ich mich: Wolfhelm hatte es mich in meinen ersten Wochen im Kloster abschreiben lassen, damit ich meine Fertigkeit mit der Feder verbesserte. Als ich diese Zeilen kopiert hatte, war ich noch voller Widerwillen und Wut über meine Verbannung gewesen. Das Buch war wie ein Gruß aus meinem früheren Leben.

«Du musst es signieren», sagte der Verwalter und reichte mir eine Feder.

«Ich soll was?»

«Schreib deinen Namen rein», forderte er mich auf. «Als Erinnerung.»

Schulterzuckend erfüllte ich ihm seinen eigentümlichen Wunsch.

«Tankred, der Evangelist», spottete Gauzbert.

Mit neuen Pferden brachen wir auf.

Am späten Abend des dritten Tages trafen wir in der Dämmerung wieder auf den Fluss. Die Maas war hier deutlich schmaler, als ich sie kannte, doch für Schiffe war sie immer noch passierbar, und die schwache Strömung hatte Blodknut wahrscheinlich das Vorwärtskommen erleichtert. Trotz der späten Stunde herrschte Betrieb auf der Uferstraße. Wir reihten uns zwischen Pferdewagen, Ochsenkarren, Reitern und Fußgängern ein. Niemand achtete auf uns. Franco wurde immer schweigsamer. Die Sorge, zu spät zu kommen, wühlte und fraß in ihm. Ich kannte diese Angst nur zu gut.

Kurz darauf kam hinter einer Flussbiegung endlich unser Ziel in Sicht. Verdun lag auf der Westseite des Flusses, war aber mit der Vorstadt auf der Ostseite durch eine Holzbrücke verbunden. Sie führte auf einen lang gestreckten Platz, der sich an den Fluss schmiegte und von großzügigen Häusern gesäumt wurde. Die Brücke und der Platz wurden von Fackeln erhellt. Überall liefen und standen Leute herum. Einige Tavernen hatten Tische nach draußen gestellt, an denen getrunken und gegessen wurde. Während man sich anderswo um diese Zeit in die Häuser zurückzog, schien es hier jetzt erst richtig loszugehen. Wer hier zu tun hatte, blieb nicht lange und wollte offenbar auf sein Vergnügen nicht verzichten. Hinter den Häusern ragten die gedrungenen Türme der Kathedrale auf.

Der dem Platz vorgelagerte Uferstreifen war über seine gesamte Länge mit Pfosten und Brettern zu einem Anleger für Boote und Schiffe aller Größen ausgebaut worden. Ein paar Masten wiegten sich träge hin und her, als führte der Anleger ein Eigenleben. Rufe und Gelächter hallten über den Fluss.

Die Brückenwache winkte uns ohne Fragen vorbei. Kurz vor dem Ende der Brücke brachte Franco sein Pferd zum Stehen und ließ seinen Blick mit zusammengezogenen Brauen über den Anleger schweifen. Etwa zwanzig Schiffe verschiedenster Bauart lagen nebeneinander, dazwischen kleinere Boote. Ich sah fränkische Flusskähne mit flachen Rümpfen und hochbordige friesische Handelsschiffe, außerdem Treidelkähne, Fischerboote und küstentaugliche Segelschiffe. Und dazwischen: drei Rümpfe dänischer Bauart, nicht ganz so imposant wie die Langschiffe, mit denen Blodknut auf Rhein und Mosel unterwegs gewesen war, aber dennoch eindeutig als das zu erkennen, was sie waren, auch wenn die geschwungenen Steven keine Tierköpfe trugen.

Auch Franco hatte sie entdeckt. «Kann eins davon das von Blodknut sein?», fragte er.

«Möglich», sagte ich. «Schauen wir uns das mal aus der Nähe an.»

Wir legten das letzte Stück auf der Brücke zurück, wandten uns nach rechts, saßen ab und schritten die Reihe der Schiffe ab. Die Hufe polterten auf den Brettern. Die meisten Schiffe waren unbewacht, nur vor einigen wenigen hockten Männer, die offenbar aufpassen sollten, dass nichts gestohlen wurde. Sehnsüchtig sahen sie zu den Tavernen hinüber. Wasser gluckerte und schmatzte unter den Kielen.

Zwei der dänischen Schiffe waren unbeladen und verlassen, doch im Bug des dritten, ganz am Ende der Reihe, stand ein hoch aufgeschossener junger Kerl. Er hatte sich die Haare an den Seiten abrasiert und in der Mitte zu einem Zopf gebunden, der wie ein Helmbusch auf seinem Schädel stand. Mit gelangweiltem Gesicht bohrte er in seiner Nase herum.

Der Rumpf war über zwei Drittel seiner Länge mit Planen abgedeckt. Im Näherkommen war mir, als bewegte sich etwas darunter. Doch erst als ich schon fast auf der Höhe des Schiffes angekommen war, wurde mir klar, was es geladen hatte: Menschen. In zwei Reihen kauerten sie dort unten, ein paar Gesichter schauten auf. Es war zu dunkel, um zu erkennen, wie viele weiter hinten noch hockten.

Ich blickte zurück. Auch andere Schiffsrümpfe waren mit solchen Planen abgedeckt. Die Vorstellung, dass darunter überall menschliche Seelen im Dunkeln kauerten, war unheimlich und deprimierend.

Der junge Mann mit dem Zopf blickte uns fragend an. Er nahm den Finger aus der Nase und wischte ihn an seiner Hose ab.

«Bist du Däne?», fragte ich ihn.

«Nein, Sachse. Was dagegen?» Es klang eher leutselig als streitlustig.

«Ist das nicht ein dänisches Schiff?», hakte ich nach.

«Das war mal ein dänisches Schiff. Jetzt ist es ein sächsisches. Weil ich's gekauft habe. Für meine Geschäfte gibt's nichts Besseres: schnell, wendig, viel Zuladung, wenig Tiefgang. Und weißt du, was am allerbesten ist?» Sein Zeigefinger schoss vor und bohrte sich mir fast in die Brust.

«Nein.»

«Die Ware rudert selbst.» Er lachte.

Von uns lachte niemand, aber er bemerkte es gar nicht. Der Stolz auf seine so gut organisierten Geschäfte brachte ihn richtig in Fahrt. «Ich übernehme oben an der Küste zwanzig Stück, die rudern dann flussaufwärts. Da kriegen sie noch mal ein bisschen Muskeln, und dann machen sie auf dem Markt noch mehr her. Vier behalte ich für den Rückweg. Mit der Strömung muss man ja fast nur noch lenken. Oben lade ich dann wieder zwanzig dazu.»

Ich schluckte meine Empörung hinunter, zeigte in Richtung der anderen Schiffe und fragte: «Ist mit einem dieser Schiffe ein Däne namens Knut angekommen?»

«Keine Ahnung», sagte er. «Ich bin erst seit zwei Stunden hier. Die hatten schon ausgeladen, als ich angelegt habe.»

Franco raufte sich die Haare. Wenn eins dieser Schiffe das von Blodknut war, dann waren die Gefangenen vielleicht schon verkauft.

Gauzbert schaltete sich ein. «Was macht ein Händler, der die *Ware* nicht im Hafen lassen will?», fragte er.

«Der nimmt sie mit in die Herberge», sagte der Sachse. «Die haben vergitterte Keller, aber das kostet natürlich was. Warum soll ich das bezahlen, wenn ich sie genauso gut im Schiff anketten kann?»

«Wo sind denn diese Herbergen?», fragte Lupus.

Der Sachse machte eine ausladende Armbewegung. «In der ganzen Stadt verteilt. Sucht ihr was Bestimmtes? Ein paar davon haben auch Mädchen, ansonsten findet ihr die Bordelle in den Gassen hinter dem Markt, da gibt's vor allem Slawinnen.» Er kniff verschwörerisch die Augen zusammen und blickte von einem zum anderen. «Donnerschlag, diese Slawinnen! Die machen alles, und wenn ich alles sage, dann meine ich alles! Aber da geht ihr lieber erst später hin, um diese Zeit treiben sich da immer die Araber rum. Wenn ihr euch vorher ein bisschen durchkneten lassen wollt, dann geht zu dem Griechen neben der Kathedrale, der hat auch ein Dampfbad, aber da läuft nichts. Oder sucht ihr Jungs? Die findet ihr am anderen

Ufer.» Er zeigte mit dem Daumen hinter sich auf die Vorstadt. «Nur für den Fall, dass ihr von der Sorte seid.» Er zwinkerte fröhlich.

Wir entfernten uns ein paar Schritte, bis wir außer Hörweite waren.

«Wir sollten den Anleger im Auge behalten», sagte Gauzbert. «Falls keins der beiden Schiffe das von Knut ist, dann ist er vielleicht noch nicht angekommen. Wäre zu dumm, wenn er aussteigt und irgendwo Unterschlupf findet, ohne dass wir es mitbekommen.»

«Wir müssen die Herbergen abklappern», sagte Franco.

«Und die Kneipen», ergänzte ich.

«Und die Bordelle», vollendete Lupus. Man sah ihm an, dass das die Aufgabe war, die er am liebsten übernommen hätte.

Schließlich beschlossen wir, zuerst eine Unterkunft zu beziehen und uns dann auf die Suche zu machen. Der tagelange Ritt steckte uns in den Knochen, aber Franco ließ uns keine Atempause und scheuchte uns über den Platz wie die Gänse.

Wir mieteten uns an der Südseite des Platzes in einer Herberge direkt gegenüber vom Anleger ein. Der Wirt war ein spitzbäuchiger Kerl mit dünnen Armen, an denen die Haut schlabberte, faltigem Hals und Trinkergesicht.

«Wir suchen einen Dänen», sagte ich, nachdem wir die Zimmer bezogen hatten.

«Bei mir ist kein Däne abgestiegen. Aber ab und zu kommen welche in die Stadt, um ihre Gefangenen zu verkaufen. Das gibt jedes Mal Ärger.»

«Warum?», fragte ich.

«Weil es denen einfach nicht in den Schädel geht, dass man in einer christlichen Stadt nicht mit christlichen Sklaven handeln darf!», erregte sich der Wirt. «Was ist daran so schwer zu begreifen? Sie versuchen es immer wieder. Inzwischen bieten sie die zwar nicht mehr auf dem Markt an, sondern verkaufen sie unter der Hand direkt an die Araber und Juden. Aber manchmal stellt sich einer der einheimischen Händler dumm, und dann stehen sie doch auf dem Markt. Und was glaubt ihr, was passiert, wenn da zufällig ein Priester vorbeikommt?»

«Was denn?», fragte Gauzbert.

Der Wirt redete sich richtig in Fahrt. «Na, was wohl? Dann fangen die natürlich an zu schreien. Ave-Maria, Vaterunser, Glaubensbekenntnis, alles, was sie auswendig können. Und dann sagt der Priester zum Händler: Freundchen, so geht das nicht, das sind ja Christen! Und der Händler zum Priester: Woher soll ich das denn wissen, die haben mir diese Dänen angedreht! Und der Priester zum Händler: Mir egal, wer dir die angedreht hat, die werden jetzt freigelassen! Dann holt er die Marktaufseher, die natürlich vorher vom Händler geschmiert wurden, damit sie keine Scherereien machen, aber das nützt nichts mehr, denn die Gefangenen beten nur noch lauter, und der ganze Platz reckt die Hälse und tut empört. Und weil der Händler schlecht sein Schmiergeld zurückfordern kann, geht er wieder zu den Dänen und verlangt den Kaufpreis zurück. Kann man sich ja vorstellen, was die dazu sagen.»

«Stimmt es, dass die ihnen manchmal die Zungen rausschneiden?», fragte Lupus.

Ich erinnerte mich: Das hatte Gerwin in Roermond behauptet.

Der Wirt lachte gelangweilt auf und winkte ab. «Das wird immer erzählt. Kann sein, dass das mal vorgekommen ist. Aber hier werden sowieso fast nur Heiden verkauft. Denen haben sie die Widersetzlichkeit unterwegs schon rausgeprügelt.»

Nachdem wir die Pferde untergestellt und das Gepäck ins Haus getragen hatten, teilten wir uns auf: Gauzbert beobachtete von der Brücke aus den Schiffsanleger, Franco klapperte die Herbergen ab, ich die Kneipen und Lupus die Bordelle.

Ich fing bei den Tavernen auf dem Platz an. Hier herrschte ausgelassener Betrieb, die Tische waren gut besetzt. Ich hörte alle möglichen Sprachen und Dialekte, und auch die Kleidung zeigte, dass hier Händler aus allen Ländern aufeinandertrafen: elegante Lotharingier von Rhein, Maas und Mosel, Letztere in ihrer schwer verständlichen romanischen Mundart daherschwatzend, blasierte Westfranken, wohl aus der Champagne und dem Pariser Becken, extravagante Lombarden mit dunkelroten Umhängen und Goldfibeln, robuste Friesen in weiten Leinengewändern, Sachsen und Thüringer in Reisekleidung, denen der Staub der Straße anhaftete, hier und da bärtige Juden aus Spanien und sogar ein paar parfümierte Araber, von oben bis unten in Seide gekleidet, die Finger voller Ringe, die sich bei Bier und Wein eine Pause vom Alkoholverbot gönnten, das ihr Prophet ihnen auferlegt hatte. Ich fing die Sätze aus den Gesprächen ein wie zufällig durch die Abendluft flatternde Stoffbahnen: Von den Preisen für syrische Brokate war die Rede, von den Vorzügen des venezianischen Glases und der andalusischen Falken, von den Löhnen der Treidelknechte, von Zöllen und Wechselkursen und von den Problemen, die der Transport von Sklaven über Land mit sich brachte.

«Hundertachtzig Denare pro Elle! Kauf lieber Kettenhemden. Das Ausfuhrverbot kontrolliert doch sowieso keine Sau.»

«Keine Ahnung, wie die das so glatt geschliffen kriegen. Da kannst du durchgucken!»

«Ich nehm dem die Haube ab, er fliegt los, und dann lässt er das Rebhuhn stehen und schleppt ein Kaninchen an! Wie machen die das?»

«So viel Rückfracht kannst du gar nicht laden, um das wieder reinzukriegen.»

«Ich sag zu dem: Wollt ihr, dass bald gar keiner mehr euren Fluss nimmt? Und er nur so: Beschwer dich doch beim Bischof!»

«Die strecken das Silber mit Blei und Zinn. Das merkst du mit einer normalen Waage gar nicht.»

Ich arbeitete mich zwischen den Männern hindurch zum Wirt vor. Es war der fetteste Kerl, den ich in meinem Leben gesehen hatte. Er thronte hinter dem Tresen wie ein Findling. Die Haare klebten ihm im Gesicht, und sein Bart war voller Essensreste.

«Hast du einen Dänen gesehen? Knut?» Ich gab ihm eine Beschreibung von Blodknut.

«Herrgott noch mal, nein!», schrie er gegen das Stimmengewirr an, ohne mit dem Bierzapfen aufzuhören. «Was wollt ihr denn bloß alle von dem?»

«Was soll das denn heißen?», fragte ich zurück.

«Heute Nachmittag war schon einmal einer da, der nach diesem Knut gefragt hat.»

Zuerst war ich verwirrt. Dann irritiert. Dann fassungslos. Mein Herz schlug schneller. «Wie sah der aus?», fragte ich.

Der Wirt kniff die Augen zusammen. «Sah dir ein bisschen ähnlich. Aber jünger.»

Meine Hand krallte sich in den Tresen. Gerold war in der

Stadt, und zwar aus demselben Grund wie ich. Vielleicht würde der Kampf zwischen uns hier in Verdun entschieden werden.

Dass er mir ähnlich sah, hatte mir tatsächlich noch nie jemand gesagt.

Die nächsten zwei Stunden verbrachte ich damit, von einer Schankstube in die nächste zu hetzen. Fast überall bekam ich die gleichen Antworten: Keiner hatte Knut gesehen, und ich war nicht der Erste, der an diesem Tag nach ihm fragte. Gerold musste noch ein bisschen schneller geritten sein als wir, oder er hatte früher von Knuts Aufbruch mit den Gefangenen erfahren. Wie zum Teufel war ihm das gelungen? Vielleicht hatte er wieder die Kontakte genutzt, über die er mich damals ans Messer hatte liefern wollen. Vielleicht wusste er es sogar von Sven Knurhår persönlich.

Immerhin schien er nicht mehr zu wissen als ich, und wahrscheinlich wusste er auch nicht, wie Osmund aussah. War er allein hier? Wo war er untergekommen? Während ich mich von einer Herberge zur nächsten durch die Gassen arbeitete, rechnete ich jeden Augenblick damit, dass Gerold um eine Ecke biegen und mir in die Arme laufen würde. Hatte er inzwischen von unserer Ankunft erfahren?

Und dann kam mir plötzlich noch ein anderer Gedanke: Konnte es sein, dass Franco selbst Gerold noch in der Nacht informiert hatte? Wusste er, dass mein Halbbruder hier war? Setzte er sein doppeltes Spiel fort? Ich beschloss, ihm nicht zu sagen, was ich erfahren hatte. Wenn er uns wirklich gegeneinander ausspielen wollte, dann musste ich ihm dabei nicht auch noch helfen. Es reichte schon, dass er es überhaupt versucht hatte.

Als ich sicher war, alle Tavernen abgeklappert zu haben, ging ich noch einmal zum Hafen. Der Sachse stand nicht mehr am Bug seines Schiffes; wahrscheinlich hatte er sich unter der Plane hingelegt und schlief friedlich zwischen den angeketteten Menschen, die er am nächsten Tag wie eine Schafherde zum Markt treiben würde.

Todmüde schritt ich den Anleger ab. Kein Schiff war hinzugekommen, keins fehlte. Die meisten Fackeln auf dem Marktplatz und am Steg waren gelöscht worden. Es war so dunkel, dass nicht mehr zu erkennen war, was sich in den Rümpfen und unter den Planen abspielte. Ein Hund bellte heiser auf einem der Schiffe. Der Gesprächslärm an den Tischen weiter hinten auf dem Platz war abgeklungen. Bis auf ein paar kleine Gruppen waren die Gäste verschwunden, entweder um sich in den Unterkünften auszuruhen oder um anderswo weitere Vergnügungen und Zerstreuungen zu suchen. Wo steckte Gauzbert?

«Tankred! Hier!» Die Stimme kam aus einem der kleineren Fischerboote. Und dann erhob sich eine magere Gestalt aus dem Rumpf. Das Boot schwankte leicht, als Gauzbert auf den Steg sprang, Bogen und Köcher auf dem Rücken.

«Ich konnte nicht die ganze Nacht auf der Brücke herumlungern. Die Brückenwache hat schon angefangen, dumme Fragen zu stellen. Die dachten, ich wollte was klauen. Also hab ich's mir hier bequem gemacht. Hast du was erfahren?»

«Ja», sagte ich. «Gerold ist in der Stadt und fragt nach Knut.»

Gauzbert riss die Augen auf. «Gerold ist hier?»

«Ja. Aber er scheint auch nicht weiter zu sein als wir.»

Ein Lächeln schlich sich in das Gesicht meines Freundes.

«Das glaube ich auch nicht», sagte er listig. «Ich habe nämlich was rausgefunden.»

«Was?», drängte ich.

«Einer der Bootsführer hat mir erzählt, dass eine Meile nördlich der Stadt ein dänisches Schiff am Strand liegt. Da will jemand offenbar nicht gesehen werden.»

«Das ist er!»

«Glaube ich auch. Und ich würde sagen, wir schauen uns das sofort an.»

Meine Müdigkeit war wie weggeblasen, und meine Gedanken rasten. Wenn Knut und seine Leute mit den Gefangenen an Bord waren oder am Ufer lagerten, würden wir zu zweit wahrscheinlich wenig ausrichten können, aber wir mussten auf jeden Fall nachschauen, was es mit dem Schiff auf sich hatte, bevor sie wieder verschwanden.

Wir gingen bis zum Ende des Anlegers, wo das Schiff des Sachsen lag. Nichts regte sich dort. Ich warf einen letzten Blick zurück, dann sprang ich auf den Strand. Gauzbert folgte mir.

Die Uferseite der Stadt war nicht befestigt. Links von uns zog sich etwa zwanzig Schritte vom Wasser entfernt eine Häuserzeile entlang. Sie endete vor einem Palisadenwall, der bis an den Fluss reichte und von einem Turm abgeschlossen wurde. Nichts deutete darauf hin, dass dort oben Wachen standen. Für eine Stadt, in der sich so viel Reichtum ansammelte, war Verdun erstaunlich schlecht gesichert.

Wir arbeiteten uns schweigend weiter nach Norden voran. Die Uferböschung war steil und mit Sträuchern und Weiden bewachsen, sodass wir nur langsam vorankamen. Der Fluss glänzte matt und kühl im Licht des Halbmonds, der über den Baumwipfeln am anderen Ufer aufging. Je weiter wir kamen, desto sorgfältiger achteten wir darauf, keine Geräusche zu verursachen. Eine Meile, hatte der Bootsführer gesagt. Es konnten genauso gut zwei sein oder auch nur eine halbe.

Dann sah ich den Lichtschein. Es war ein kleines Lagerfeuer, und sein Leuchten reichte nur ein paar Schritte weit, aber es genügte, um die Gestalt zu erkennen, die daneben kauerte. Dahinter, den Kiel halb im Wasser und halb auf dem Strand, war ein Schiffsrumpf als dunkle Silhouette im Mondlicht zu sehen. Das Schiff war erheblich kleiner als das, mit dem Blodknut im Frühjahr vor Koblenz aufgetaucht war. Wenn er es wirklich war, dann konnte er diesmal nur eine Handvoll Männer mitgenommen haben.

Gauzbert beugte sich zu mir herüber. «Es ist nur einer», flüsterte er und tippte auf seinen Bogen. «Ich könnte ihn von hier aus erlegen. Aber vielleicht liegen noch andere im Schiff.»

«Glaube ich nicht», flüsterte ich zurück. «Die liegen normalerweise immer am Feuer.»

«Soll ich?»

«Nein. Wir schnappen ihn uns lebend.»

Gauzbert nickte. Wir schlichen weiter, gingen auf alle viere, krochen von einem Busch zum nächsten. Als uns nur noch zwanzig Schritte von dem Kerl am Feuer trennten, nahm Gauzbert seinen Bogen zur Hand. Ich zog ganz langsam mein Schwert.

«Ich versuche, ihn zu überrumpeln», flüsterte ich. «Wenn er sich wehrt, schießt du ihm ins Bein.»

«In welches?», fragte er.

«Such dir eins aus. Auf drei.»

Ich zählte mit den Fingern. Bei drei schnellten wir beide hoch, und ich spurtete los. Der Däne schien im Sitzen geschlafen zu haben. Er sprang nicht sofort auf, sondern schreckte mit einem Seufzer hoch, schüttelte den Kopf, blickte sich um, und als ihm klar wurde, dass jemand ihn angriff, hatte ich schon die halbe Strecke zurückgelegt. Er tastete auf dem Boden herum, fand eine Axt, wollte auf die Beine kommen, aber da schoss auch schon ein Pfeil heran und bohrte sich neben seiner Hand in den sandigen Boden. Der Däne zuckte zurück, und bevor er wieder zugreifen konnte, hatte er schon meine Klinge am Hals. Ich blickte in zwei große Augen; er konnte immer noch nicht fassen, was gerade passiert war, aber immerhin verstand er, dass es besser war, keine Mätzchen zu machen. Einen Augenblick später war Gauzbert bei uns. Er hatte einen weiteren Pfeil eingelegt und zielte auf das Gesicht des Dänen.

Ich zwang ihn, sich auf den Bauch zu legen, und kniete mich auf seinen Rücken. Gauzbert spähte in das Schiff, dann stieg er über die Bordwand und kam kurz darauf mit einem Seil wieder zum Vorschein. Wir fesselten dem Dänen die Hände und drehten ihn um. Sein ängstlicher Blick flog zwischen Gauzbert und mir hin und her. Todesverachtung schien nicht zu seinen Stärken zu gehören.

«Verstehst du mich?», fragte ich leise.

Er nickte zögerlich.

«Bist du einer von Blodknuts Leuten?»

Wieder nickte er.

«Habt ihr die Gefangenen mitgebracht?»

Erneutes Nicken.

«Wo sind sie?»

«Værkaufen», sagte er mit zitternder Stimme.

«Wann?»

«Mørgen.»
«An wen?»
«Råben.»
«Was?»
«Er meint Araber», sagte Gauzbert. Er stieß eine Folge von Rachenlauten aus, die wie eine Mischung aus Räuspern und Ächzen klangen. «Haben die so gesprochen?»
Nicken.
«Sind sie in der Stadt?»
Nicken.
«Wo genau?»
Schulterzucken.
Gauzbert und ich tauschten einen Blick. Ich dachte an das, was der Wirt gesagt hatte: Christliche Sklaven wurden manchmal unter der Hand verkauft. Wahrscheinlich wusste Blodknut das, und vielleicht steckte er mit irgendeinem Händler oder Herbergsbesitzer unter einer Decke. Dass er nur gekommen war, um seine eigenen Gefangenen loszuwerden, war nicht anzunehmen. Amelung hatte gesagt, dass er Frauen kaufen wollte. Wahrscheinlich beabsichtigte er, in Verdun beides auf einen Schlag zu erledigen.
Wir bearbeiteten den Dänen noch ein bisschen weiter, bekamen aber nichts Brauchbares mehr aus ihm heraus.
«Was machen wir jetzt mit ihm?», fragte ich.
«Gib ihm das Schwert in die Hand, und ich erschieße ihn», sagte Gauzbert. «Dann kommt er nach Walhalla und ist zufrieden. Oder wir verkaufen ihn morgen auf dem Markt und verdienen uns ein bisschen was dazu.»
Ich wusste, dass er weder das eine noch das andere ernst meinte. Trotzdem war die Frage berechtigt, was nun mit dem

Kerl geschehen sollte, dessen ängstliche Blicke die ganze Zeit zwischen Gauzbert und mir hin und her gesprungen waren.

Gauzbert steckte seinen Pfeil zurück in den Köcher. «Wir schicken ihn einfach auf die Reise in seinen geliebten Norden. Und dann gehen wir zurück und holen Lupus aus dem Puff.»

Gesagt, getan. Wir wuchteten den Dänen ins Schiff und schoben es mit vereinten Kräften vom Strand. Mit ein paar Tritten beförderte ich es in Richtung Flussmitte. Die träge Strömung erfasste es, und es trieb langsam davon. Dann machten wir uns auf den Rückweg.

20

Auf dem Marktplatz waren inzwischen fast alle Lichter erloschen. Das Leben hatte sich in dunklere Winkel verzogen, und es war leiser geworden. Wir nahmen eine der Gassen, die auf den Platz einmündeten, und bogen in die nächste Querstraße ein.

Männer schlichen herum, verschwanden in Hauseingängen, vor denen Kerzen in kleinen Bechern brannten, oder kamen daraus hervor.

Noch bevor wir uns über das weitere Vorgehen verständigt hatten, erklang hinter einer Ecke plötzlich ein Entenruf. Diese Ente hätte ich unter Tausenden erkannt.

Lupus erwartete uns in einer Gasse. «Er ist da drin!», flüsterte er aufgeregt und klopfte auf die Wand des Eckhauses, dessen Eingang an der Straße lag, aus der wir gekommen waren.

«Wirklich?», fragte ich.

«Das Warzengesicht kann man ja wohl nicht verwechseln.»

«War er allein?»

«Ja.»

«Hat er dich gesehen?»

«Nein. Ich hatte die ganze Zeit die Kapuze auf.»

«Was hat er gemacht?»

«Er hat ein bisschen im Schankraum gesessen und getrunken und ist dann mit zwei Mädchen nach hinten verschwunden. Irgendwann muss er wieder rauskommen.»

«Und dann schnappen wir ihn uns», sagte Gauzbert.

«Das tun wir natürlich nicht», widersprach ich. «Wir folgen ihm.» Ich erklärte Lupus in knappen Worten, was wir erfahren hatten. «Osmund muss irgendwo in der Stadt sein. Knut will ihn morgen irgendwelchen Arabern verkaufen. Er muss ihn irgendwo eingesperrt haben, und er wird uns zu ihm führen.»

«Soll ich noch mal reingehen?», fragte Lupus.

«Auf keinen Fall», sagte ich. «Er hat dich in Asselt als Bärenführer gesehen. Wenn er dich wiedererkennt, schöpft er vielleicht Verdacht.»

«Der erkennt seine eigene Mutter nicht, so besoffen, wie er ist», behauptete Lupus.

«Trotzdem.»

Wir warteten und spähten abwechselnd um die Hausecke. Immer noch gingen Männer ein und aus. Ab und zu bog eine betrunkene Gruppe in die Gasse ein. Begriffsstutzige, taxierende und angriffslustige Blicke trafen uns, doch die meisten taumelten einfach vorbei. Irgendwo kicherte eine Frauenstimme: «Oh mein Gott, der ist ja riesig!»

Ein Hund bellte.

Jemand erleichterte sich pfeifend an der Ecke.

Zwei Streithähne gerieten aneinander. Natürlich ging es um eine Frau. Irgendwer schlichtete.

Als wir schon glaubten, Blodknut sei durch einen Hinterausgang verschwunden, kam wieder jemand heraus, schwere und unregelmäßige Schritte auf dem festgestampften Boden. Ich lugte um die Ecke und erkannte Blodknut von hinten mit einem Blick. Er blieb kurz stehen, schien nicht zu wissen, wohin er sich wenden sollte, besann sich und marschierte schließlich wieder los. Kurz bevor er in der nächsten Gasse verschwand, schlichen wir hinter der Ecke hervor und hefteten uns an seine Fersen.

Es war nicht schwer, ihm zu folgen. Er stapfte breitbeinig daher, blieb schwankend stehen, summte eine schiefe Melodie. Als er eine Zeit lang mit der Stirn an eine Hauswand gelehnt verschnaufte, überholten wir ihn, taten unbeteiligt, warteten in der nächsten Gasse, ließen ihn passieren und folgten ihm dann weiter in zwanzig Schritten Abstand. Er sah sich nicht ein einziges Mal um.

Er strebte in Richtung Norden. Bald war die Straße zu Ende; die Häuserzeilen öffneten sich zu einem weitläufigen Areal voller Holzgestelle, zwischen denen helle Stoffbahnen aufgespannt waren: eine Tuchbleiche, wie man sie in fast jeder Gewerbestadt findet.

Blodknut steuerte geradewegs auf die Gestelle zu und verschwand zwischen den Stoffen. Ab und zu tauchte sein Kopf an verschiedenen Stellen im Mondlicht auf. Die Tuchbleiche war ein Labyrinth, in dem Blodknut wie ein Minotaurus herumirrte, ohne dass man begriff, ob er etwas suchte oder sich einfach nur verlaufen hatte.

Es war schwierig, ihn hier weiter zu verfolgen, ohne bemerkt zu werden. Auf mein Handzeichen schwärmten Lupus und Gauzbert nach rechts und links aus, um das Gelände zu umrunden. Ich versuchte, Blodknut auf den Fersen zu bleiben, duckte mich und schlüpfte zwischen die aufgespannten Stoffe.

Als ich schon fast fürchtete, Blodknut verloren zu haben, stolperte ich fast über ihn. Er hockte mit dem Rücken zu mir zwischen zwei Bahnen und erleichterte sich geräuschvoll und genüsslich, ohne mich zu bemerken. Dabei murmelte er unablässig etwas vor sich hin. Ich verbarg mich hinter einer weiteren Tuchbahn und wartete. Als er fertig war, rappelte er sich schnaufend auf, wobei er mehrmals das Gleichgewicht verlor. Schließlich zog er summend und brummend weiter, und ich nahm die Verfolgung wieder auf.

Am anderen Ende der Tuchbleiche kam der Palisadenwall in Sicht. Ich dachte schon, Blodknut würde durch irgendein unbewachtes Tor nach draußen schlüpfen, aber nach einem letzten Blick in die Runde steuerte er auf eine Ansammlung von Häusern zu, die sich wie eine winzige Siedlung hinter einer breiten Straße vor dem Wall aneinanderdrängten. Er ruckelte eine Weile an einer Tür herum und verschwand schließlich im Gebäude.

Nirgendwo brannte Licht. Der Mond, der inzwischen hoch am Himmel stand, war die einzige Beleuchtung. Das Haus war weder eine Taverne noch eine Herberge noch ein Bordell. Es war ein geräumiges und gepflegtes Gebäude, in dem Blodknut Unterschlupf gefunden hatte, um ungestört von neugierigen Blicken den Verkauf der Gefangenen abzuwickeln. Das war jedenfalls die einzige Erklärung, die mir plausibel erschien. Waren seine Männer auch dort untergebracht? Und wenn ja, waren sie schon zurück, oder trieben sie sich noch in der Stadt herum? Und die Gefangenen? Waren sie dort im Keller eingepfercht?

Als ich sicher war, dass er nicht wieder herauskommen würde, rannte ich geduckt aus dem Schutz der Stoffbahnen über die dunkle Straße zur Tür. Der Boden bestand auch hier aus gestampfter Erde, sodass meine Schritte keine Geräusche verursachten. Ich drückte mich an die Hauswand und wartete, bis mein Atem sich beruhigt hatte. Mein Herz wollte nicht aufhören zu hämmern. Ich blickte zurück. Die Tuchbleiche lag im Mondlicht wie ein von Gespenstern errichteter Irrgarten. An den Rändern bewegte sich etwas, und kurz darauf erschienen die Silhouetten von Gauzbert und Lupus und spurteten von rechts und von links auf mich zu. Ein paar Augenblicke später standen wir zu dritt vor der Tür.

Mir war klar, wie gefährlich es werden würde, in das Haus einzudringen, wenn sich wirklich die ganze Mannschaft von Blodknut dort eingenistet hatte. Nach der Größe des Schiffes zu schließen, waren es mindestens zwölf Männer, und selbst wenn sie nicht alle dort einquartiert waren, konnte das Haus zur Falle werden. Weder kannte ich die Anordnung der Räume, noch wusste ich, ob sonst noch jemand dort schlief. Vielleicht wäre es klüger gewesen, sich zurückzuziehen und Blodknut am nächsten Morgen einfach mehr Geld anzubieten als diese Araber, die irgendwann auftauchen würden, um die Gefangenen zu übernehmen. Doch wir waren nun einmal hier, und es erschien mir undenkbar, jetzt einen Rückzieher zu machen. Wenn es eine Chance gab, die Sache zu Ende zu bringen, dann mussten wir sie nutzen, bevor uns Gerold in die Quere kam. Es war riskant, aber meine Anspannung war so groß, dass ich unmöglich die ganze Nacht tatenlos vor diesem Haus hätte warten können.

Gauzbert und Lupus blickten mich fragend an. Ich wusste, dass ich nicht nur mich in Gefahr brachte, sondern auch sie. Aber ich konnte nicht anders.

«Ich gehe rein», flüsterte ich und zog geräuschlos das Schwert aus der Scheide. «Seid ihr dabei?»

Sie nickten ohne ein weiteres Wort. Lupus zog ebenfalls sein Schwert, Gauzbert zückte einen Dolch.

Blodknut hatte es tatsächlich versäumt, die Tür abzusperren. Sie schwang ohne das leiseste Knarren auf. Völlige Dunkelheit empfing uns. Ich trat ein. Im restlichen Licht von draußen sah ich die Silhouetten von Gauzbert und Lupus hinter mir hereinschlüpfen.

Eine Weile standen wir so da und lauschten. Leises Rascheln und Schnarchen drang von irgendwoher an meine Ohren. Den Schnarchgeräuschen nach zu urteilen, waren sie mindestens zu dritt. Die Geräusche schienen von oben zu kommen, und weil das Haus nur ein Stockwerk hatte, vermutete ich, dass irgendwo ein Zwischenboden eingezogen war. Dort mussten sie liegen. Wenn sie alle so betrunken waren wie ihr Anführer, würden sie wahrscheinlich nicht aufwachen, wenn wir unter ihnen herumschlichen, aber man konnte nie wissen. Es reichte, dass einer von ihnen einen leichteren Schlaf hatte.

Langsam gewöhnten sich meine Augen an die Dunkelheit. Ich erkannte schemenhaft einen Tisch und ein paar Hocker in der Mitte des Raumes. Wie groß dieser Raum war und ob es noch weitere gab, war nicht zu erkennen. Ich tastete nach Gauzberts Arm und zog ihn zu mir heran.

«Was machen wir?», flüsterte er in mein Ohr.

«Wir tasten uns an der Wand entlang und schauen, ob es noch andere Räume gibt», flüsterte ich zurück. Wispernd gab er es an Lupus weiter.

Unendlich langsam arbeitete ich mich an der Wand voran, tastete bei jedem Schritt mit dem Fuß vor und hoffte, keinen schlafenden Körper anzustoßen. Die anderen folgten mir wie auf Katzenpfoten.

Nach etwa sechs Schritten erreichte ich die erste Ecke. Von außen hatte das Haus größer ausgesehen, also musste sich hinter der Wand tatsächlich ein weiterer Raum anschließen. Irgendwann musste ein Durchgang kommen. Doch bevor meine Hände eine Öffnung oder eine Tür ertasteten, spürte ich, dass der Boden unter meinen Füßen sich verändert hatte: Ich stand auf Holz. Ich ging auf die Knie und fühlte Bretter. Bretter und einen Eisenring.

Ich zog Gauzbert zu mir hinunter. «Da ist eine Falltür», flüsterte ich.

Mit äußerster Vorsicht zog ich an dem Ring. Es knirschte, dann hob sich die Klappe ein Stück. Das Rieseln von Steinchen und Erdbrocken war zu hören. Ich verharrte wie versteinert und lauschte. Die Dänen schnarchten weiter. Ich zog die Kappe ein weiteres Stück auf. Leises Quietschen von Scharnieren.

Lauschen.

Schnarchen.

Quietschen.

Grunzen, Gewälze auf dem Zwischenboden, ein paar im Schlaf gelallte dänische Worte. Dann wurde weitergeschnarcht.

Endlich hatte ich die Falltür so weit aufgeklappt, dass sie an der Wand lehnte. Ich lauschte in die Dunkelheit hinein. Über dem Loch war die Luft um eine Winzigkeit kühler als im Raum. Das war nicht nur eine Vorratsgrube. Dort unten schien ein richtiger Keller zu sein.

Ich tastete mit der Hand in der Öffnung herum, bis ich einen Holm zu fassen bekam.

«Eine Leiter», wisperte ich Gauzbert und Lupus zu, die neben mir in die Hocke gegangen waren.

Dann begann ich, unendlich langsam hinabzusteigen. Es knarrte und ächzte, und immer wieder hielt ich inne und lauschte. Doch die Dänen schienen nicht aufzuwachen.

Irgendwann hatte ich wieder festen Boden unter den Füßen. Die Leiter erzitterte, als einer der beiden sich anschickte, mir zu folgen. Es dauerte mehrere Minuten, bis Lupus endlich neben mir stand. Gauzbert war weniger behutsam, und die Tatsache, dass sich oben auch weiterhin nichts regte, machte ihn noch unvorsichtiger. Obwohl er erheblich leichter war als Lupus und ich, knarrte die Leiter bei ihm am lautesten. Das Schnarchen drang jetzt gedämpfter an meine Ohren.

Als wir alle drei unten waren, atmete ich ein paarmal durch, dann tastete ich umher. Hinter der Leiter und rechts und links davon waren Wände. Nacktes, kaltes Erdreich, durchsetzt mit Steinbrocken. Der Keller war an dieser Stelle so schmal, dass ich mit ausgebreiteten Armen beide Wände berühren konnte. Eher ein Gang als ein Raum.

Hintereinander schlichen wir voran. Ich streckte die Hände vor wie ein Schlafwandler. Nach elf oder zwölf Schritten stieß ich gegen eine Bretterwand. Ich strich mit den Händen darüber, sie reichte von einer Seite des Ganges zur anderen und sperrte ihn vollständig ab. Nach und nach ertastete ich einen Schlitz, zwei Scharniere und drei Riegel. Ein Verlies.

Und dann hörte ich, dass da drin jemand war. Zuerst raschelte es, dann wurde leise gestöhnt. Dann wieder Rascheln und Geflüster. Ein paar Schritte auf Stroh, ein kaum spürbares Zittern der Tür. Jemand legte sein Ohr an das Holz. Weiteres Rascheln, aufgeregtes Flüstern, Zischlaute. Wie viele Gefangene auch immer hinter dieser Wand hockten – sie schienen begriffen zu haben, dass es besser war, so leise wie möglich zu sein. Sie hatten uns bemerkt, und aus unserem Bemühen, keine Geräusche zu verursachen, hatten sie geschlossen, dass wir nicht ihre Peiniger waren, sondern ihre Befreier.

Zu meiner Überraschung waren alle drei Riegel gut geschmiert. Einer nach dem anderen ließ sich beiseiteschieben. Die Tür war erstaunlich schwer, die Bretter waren mindestens zwei Finger dick.

Ich streckte den Kopf hindurch und stellte flüsternd die gleiche Frage wie in Asselt vor dem Lichtschlitz: «Wie viele seid ihr?»

«Sechs», kam die Antwort.

«Wir holen euch raus», sagte ich. «Fasst euch an den Händen und bildet eine Kette. Geht leise bis zur Leiter und steigt einzeln nach oben.»

Eine Weile wurde wieder geraschelt und geflüstert, verhalten zuerst, dann eindringlicher. Vielleicht musste noch jemand geweckt werden.

Und dann war da noch etwas zu hören. Ein mehrmaliges scharfes Klicken. Es kam von oben, und erst als ich den schwachen gelblichen Lichtschein über der Falltür sah, begriff ich, dass ich das Geräusch von Stahl auf Feuerstein gehört hatte. Jemand hatte eine Fackel entzündet.

Doch es war schon zu spät. Ein Schrei ertönte, halb warnend, halb wütend, und einen Augenblick später waren sie alle auf den Beinen und brüllten durcheinander, es polterte und krachte, und schon erschienen die ersten Schemen über der Falltür, dann folgte die Fackel, deren Schein den Gang bis kurz vor der Bretterwand ausleuchtete. Ich sah das schwarzgraue Gesprenkel der mit Kies und Schotter durchsetzten Wände und einen Eimer mit Wasser, an dem wir vorbeigelaufen waren; ich sah, wie Lupus mit dem Schwert in der Hand einen Satz nach vorn machte; ich sah, wie Gauzbert sich den Dolch in den Gürtel steckte und mit einem einzigen Griff den Bogen aus der Lederschlaufe auf seinem Rücken riss.

Natürlich wäre es klüger gewesen, wenn die Dänen einfach die Falltür zugeknallt hätten, aber sie waren offenbar zu vernebelt, um in dem ganzen Durcheinander die richtige Entscheidung zu treffen, und so landeten nur einen Augenblick später die ersten beiden von ihnen auf dem Kellerboden und gingen auf Lupus los. Ich war mit einem Sprung neben ihm. Es war viel zu eng, um überhaupt mit dem Schwert auszuholen, niemand hatte einen Schild, und so setzte ein wildes Gestocher ein, bei dem es nur darauf ankam, wer schneller vorsprang und zustach. Die Fackel bewegte sich hektisch hin und her, und weil unsere Gegner sie im Rücken hatten, konnten sie uns besser sehen als wir sie. Ihre Körper waren kaum mehr als Schatten vor dem flackernden Licht, Klingen schnellten blitzend vor und zurück, und wir wehrten sie ab, so gut wir konnten. Während wir ihre Vorstöße parierten, löste sich ein dritter Gegner aus dem schreienden Knäuel über der Luke, doch anstatt zu springen, nahm er die Leiter, verlor dabei das Gleichgewicht und krachte zu Boden. Ein Pfeil zischte neben meinem Ohr vorbei, oben folgte ein Aufschrei, gleichzeitig gelang es mir, meinem Gegenüber das Schwert aus der Hand zu schlagen, im Nachsetzen erwischte ich ihn, und er sackte zu Boden. Der Däne, der von der Leiter gestürzt war, hatte sich aufgerappelt und schloss die Lücke, dann kam noch einer von oben heruntergesprungen, dann noch einer und noch einer. In ihrer Mischung aus Betrunkenheit und Wut behinderten sie sich gegenseitig; immer noch wäre es das Klügste gewesen, die Klappe zu schließen, abzuwarten, wer von uns das blinde Hauen und Stechen im Dunkeln überleben würde, und uns dann in aller Ruhe von oben den Rest zu geben.

Stattdessen schien keiner von ihnen der Letzte sein zu wollen, der sich ins Getümmel stürzte. Lupus hatte seinen Gegner jetzt ebenfalls mit einem schnellen Stich niedergestreckt, ein anderer stolperte vor, er hatte eine Axt, mit der er in der Enge kaum etwas anfangen konnte, im Ausholen erwischte er mit dem Stiel der Waffe seinen Nachbarn, der strauchelte gegen die Wand und hatte im gleichen Augenblick mein Schwert in seinem Wanst, während Lupus sein Gegenüber am Hals erwischte. Inzwischen lagen vier noch zuckende Körper zwischen uns und den letzten beiden Dänen und machten es ihnen unmöglich, sich so in Position zu bringen, dass sie Aussichten auf einen Treffer hatten. Und dann erwischte der dritte Pfeil den, der die Fackel hielt.

Was folgte, war der reine Irrsinn. Von einem Augenblick zum anderen verschwand der tanzende Feuerschein, dann fiel die Luke zu, und es war stockdunkel. Lupus und ich zögerten keine Sekunde, ich spürte seine Schulter an meiner, als wir gleichzeitig wie auf ein Zeichen mit zwei großen Schritten über die am Boden liegenden Körper stiegen und dabei immer wieder wie wild aufs Geratewohl in die Schwärze stachen. Unsere Gegner waren von der plötzlichen Finsternis offenbar so überrascht, dass sie nur zurückwichen. Sie brüllten, wir brüllten, die Gefangenen wimmerten, und von oben drang verwirrtes Geschrei herunter. Dann polterte die Leiter, eine Klinge streifte mich an der Wange, wie von Sinnen stach ich wieder und wieder zu, nach rechts, nach links, nach oben, nach unten, bis ich den Widerstand eines Körpers spürte, ein

Todesschrei, dann neben mir noch einer, dann nur noch Keuchen und trommelnder Herzschlag.

«Alles in Ordnung?», fragte ich.

«Alles wunderbar», antwortete Lupus.

«Gauzbert?», fragte ich.

«Anwesend», kam es von hinten.

Oben wurde leise beratschlagt. Da Blodknut nicht zu uns heruntergestiegen war, musste er noch dort oben sein. Die Gefangenen flüsterten hinter uns. Ich fühlte, wie das Blut an meiner Wange herunterlief und tastete nach der Verletzung, aber es schien nur ein leichter Schnitt zu sein.

«Wie viele sind da oben noch?», fragte Lupus.

«Drei oder vier», sagte Gauzbert. «Mindestens.»

«Was machen wir?», fragte ich.

«Wir schlagen ihnen vor, dass sie einzeln runterkommen», sagte Lupus.

Während wir noch überlegten, ging oben plötzlich erneut das Geschrei los. Schritte polterten auf dem Holz der Falltür, das schwache Licht, das durch die Ritzen der Luke hereinfiel, geriet in Bewegung, dann schlug erneut Metall auf Metall, ein gellender Schmerzensschrei schnitt durch das Gebrüll, dann noch einer und nach mehrmaligem scharfem Klirren noch ein dritter.

Stille. Keuchen. Schritte.

Dann wurde die Luke angehoben.

Zuerst erschien die Fackel, dann ein Kopf.

Ein freudloses Lachen erklang. «Tankred. Du schon wieder.»

Gerold. Fast hätte ich es mir denken können.

Meine Hände umklammerten die Leiter. Ich setzte einen

Fuß auf die unterste Sprosse. Sofort hatte ich die Spitze seines Schwertes vor der Nase.

«Na, na!»

Ich zog den Fuß wieder zurück. Wir hatten keine Chance, über die Luke zu entkommen, solange er dort oben stand. Andererseits konnte er die Falltür nicht unbeaufsichtigt lassen, ohne dass wir einer nach dem anderen hinauskletterten und ihn überwältigten. Sie schien keinen Riegel zu haben, und wie es aussah, war Gerold allein gekommen. Wir waren in einer Pattsituation.

Ich blickte mich um. Gerold rührte sich nicht. Immer noch hielt er die Fackel in der einen Hand und das Schwert in der anderen. Er kniete sich hin, um so weit wie möglich in den Gang hineinschauen zu können. Im schwachen Lichtschein sah ich Gauzbert vor dem Verschlag im hinteren Teil des Ganges stehen, den Bogen schussbereit in der Hand. Von der Luke aus konnte Gerold bestenfalls Gauzberts Füße sehen, und er wagte es verständlicherweise nicht, sich weiter hinunterzubeugen. Hinter dem Rücken gab ich Gauzbert ein Zeichen, nicht nach vorn zu kommen.

«Ist Osmund dort unten?», fragte Gerold.

«Woher soll ich das wissen?», fragte ich ungehalten zurück. «Er spricht nicht, und keiner von uns weiß, wie er aussieht.»

«Vielleicht erkundigst du dich mal, damit wir hier irgendwie weiterkommen.»

Seufzend ging ich zur Tür des Verschlages und öffnete sie. Die Gefangenen waren als kauernde Schatten zu erkennen.

«Ist Osmund bei euch?», fragte ich flüsternd.

«Ja», kam es zögerlich zurück.

Ich ging wieder zur Leiter und blickte hinauf. Gerolds Gesicht war angespannt.

«Und?», fragte er.

«Angenommen, er ist hier», sagte ich. «Was dann?»

«Du schickst ihn rauf. Dann reicht ihr mir eure Schwerter mit dem Griff voran. Und auch den Bogen.»

Verdammt. Er hatte die Pfeile in den Körpern der Dänen gesehen und wusste Bescheid.

«Und dann?», fragte ich.

«Dann nehme ich ihn mit, und ihr könnt raus.»

Ich überlegte kurz. Wir könnten uns darauf einlassen und versuchen, Gerold einzuholen. Aber er wäre bewaffnet und wir nicht. Außerdem lagen dort oben wahrscheinlich sechs tote Dänen herum, und wenn er die Leichen auf der Falltür stapelte, würden wir sie nicht aufbekommen. Und wer konnte schon wissen, auf was für Ideen er noch verfallen würde? Mit Osmund würden wir unseren einzigen Trumpf aus der Hand geben. Auf diesen Handel konnten wir uns auf keinen Fall einlassen.

«Komm runter und hol ihn dir», sagte ich kämpferisch.

Gerold lachte nur höhnisch, doch ich sah, wie es in ihm arbeitete. Auch er hatte begriffen, dass er so nicht weiterkommen würde.

Ging es wirklich nur um Osmund? Wie es aussah, würde derjenige von uns das Rennen machen, der ihn Franco brachte. Aber damit würde es nicht entschieden sein, denn keiner von uns würde sich am Ende wegen einer Urkunde geschlagen geben. Der Kampf würde wohl erst enden, wenn einer von uns unter der Erde lag. Und in Gerolds Augen sah ich, dass auch er das in diesem Augenblick begriff.

Ich weiß nicht, wie lange wir uns im Licht der Fackel wortlos belauerten, während jeder von uns seine Möglichkeiten durchspielte. Am besten wäre es gewesen, wenn Gerold und ich uns allein gegenübergestanden hätten, jeder mit einem Schwert in der Hand. Aber so war es nun einmal nicht. Irgendwann würde die Morgendämmerung anbrechen. Was würde eigentlich passieren, wenn die Araber oder deren Mittelsmänner kämen, um die Gefangenen abzuholen? Wem gehörte eigentlich dieses Haus?

Ich hielt die Holme der Leiter immer noch umklammert. Lupus stand ein Stück hinter mir, bereit, jederzeit einzugreifen. Gauzbert hielt sich weiter hinten mit dem Bogen bereit, aber ich bezweifelte, dass er schnell genug sein würde. Ein Schritt nach vorn, und Gerold würde den Kopf zurückziehen und die Klappe zuwerfen. Früher oder später würde er das ohnehin tun.

Und dann kam mir ein Einfall.

Versuchen konnte man es, es gab nichts dabei zu verlieren. Gerold kniete immer noch vorgebeugt da; mit der rechten Hand stützte er sich auf die Kante des Kellerlochs, in der linken hielt er die Fackel. Sein Kopf war genau über dem linken Holm.

Mit aller Kraft stieß ich mit einem Ruck die Leiter nach oben.

Das Holz traf Gerold mit voller Wucht am Kehlkopf, er schrie auf und griff sich reflexartig mit der rechten Hand an den Hals. Dadurch verlor er das Gleichgewicht und kippte nach vorn. Die Fackel fiel ihm aus der Hand, er versuchte, sich noch irgendwo festzuhalten, bekam aber nichts zu fassen und stürzte. Ich sprang hoch, bekam ihn an den Haaren zu fassen und riss ihn nach unten. Er flog über die Leiter hinweg, streckte im Fallen die Hände aus, um den Aufprall abzufangen, und ich rammte ihm das Knie entgegen, das ihn mit voller Wucht mitten im Gesicht traf. Mit einem weiteren Aufschrei ging er zu Boden und blieb liegen wie ein Sack. Seine Waffe schlug neben ihm auf. Lupus sprang hinter mir vor und griff sich die Fackel. Wenn er in diesem Augenblick stattdessen sein Schwert benutzt hätte, dann hätte mein Leben eine andere Wendung genommen. Aber er tat es nicht. Und ich tat es auch nicht.

Und so endete Gerolds Sturz auf dem Boden des Kellers. Zwei Klingen und eine Pfeilspitze zeigten auf ihn. Wenn er auch nur einen einzigen Versuch gemacht hätte, sich aufzurappeln oder sein Schwert zu ergreifen, wäre er tot gewesen. Aber der Kniestoß und der Aufprall hatten ihn vollständig außer Gefecht gesetzt.

«Tu es», zischte Lupus. «Bring es zu Ende, sonst mache ich es.»

Ich schüttelte nur langsam den Kopf. Ich brachte es nicht über mich, einen wehrlos am Boden Liegenden zu ermorden. Ich sah unseren Vater vor mir. Das war es, was er uns beigebracht hatte, zuerst mir, dann Gerold. Ich konnte nicht aus meiner Haut. Und ich glaube bis heute, dass Gerold es an meiner Stelle auch nicht gekonnt hätte.

«Ihr mit eurer dämlichen Ehre», murmelte Lupus, genau wie schon einige Wochen zuvor. Aber er machte keinen weiteren Versuch, mich umzustimmen. Kurz dachte ich, er würde die Sache selbst in die Hand nehmen, und einen winzigen Moment lang hoffte ich, dass er es tun würde, um mir die Entscheidung abzunehmen.

Doch dieser Moment verstrich.

«Wir schaffen ihn in den Verschlag», sagte ich. «Und dann verschwinden wir.»

Wir schleiften Gerold hinter die Bretterwand und fesselten ihn mit einem herumliegenden Seil. Gauzbert hielt die Fackel.

Und dann kamen endlich auch die sechs Gefangenen heraus: drei junge Frauen und drei junge Männer, wohlgestaltet und makellos trotz der Angst in den Gesichtern, als hätte Gott sie auserwählt, um aus ihren Nachkommen nach der Sintflut ein neues auserwähltes Volk zu begründen. Blodknut hätte einen guten Preis für sie erzielt. Sechs Leben, die in Córdoba, Granada oder Almería weitergelebt worden wären, wenn in dieser Nacht nur ein einziger Blick in eine andere Richtung gewandert und nur eine einzige Klinge einen anderen Weg genommen hätte.

Obwohl keiner der sechs ein Wort sagte, wusste ich sofort, wer von ihnen Osmund war. Er war anders stumm als die anderen, seine Augen hatten eine andere Traurigkeit. Die Haare hingen ihm tief in die Stirn, er wirkte verwilderter als die beiden Jungen, die hinter ihm hertrotteten, so als wäre er von Wölfen aufgezogen worden. *Mit Tieren fühlt er sich wohl*, hatte Franco gesagt. Als ich in sein Gesicht blickte, während er zur Leiter ging, streifte mich eine Ahnung von der Bedingungslosigkeit, mit der Eltern ihre Kinder lieben.

Bevor wir die Tür schlossen, stellte ich den Wassereimer in den Verschlag. Da ich nun einmal beschlossen hatte, Gerold nicht zu töten, konnte ich ihn ja schlecht verdursten lassen, nur um mich aus der Verantwortung zu stehlen. Damit war es dann aber auch genug. Wir würden uns wiedersehen. Wahrscheinlich nur noch ein einziges Mal.

Dreimal krachten die Riegel. Dann ging ich zur Leiter. Die

toten Dänen lagen im Gang wie verendete Fische auf einem Strand.

Blodknut lag oben zwischen einem halben Dutzend anderer Leichen. Ich erkannte sein Warzengesicht im Fackelschein. In seinem rechten Auge steckte ein Pfeil. Bevor wir gingen, sammelte ich alle herumliegenden Waffen ein.

Als wir vor die Tür traten, zeigte sich das erste Morgenrot am Himmel. Ich warf Schwerter und Äxte zwischen die Stoffbahnen der Tuchbleiche, dann umrundeten wir den Platz. Ich hielt Osmund an der Hand, als wäre er ein kleines Kind, und seine Finger schlossen sich mit einer Selbstverständlichkeit um meine, die mich irritierte und gleichzeitig auf eine unerklärliche Weise glücklich machte. Während wir die Gassen wie im Traum nahmen, dachte ich nicht an den Triumph, den diese Nacht mir beschert hatte, sondern daran, dass das Leiden dieses Jungen ein Ende gefunden hatte. Und ich fragte mich, ob ich auch so empfunden hätte, wenn Fidis nicht schwanger gewesen wäre.

Wir sahen Franco schon von Weitem. Er tigerte vor der Herberge auf und ab, offensichtlich unentschlossen, ob er auf uns warten oder weiter durch die Stadt streifen sollte. Als er uns entdeckte, rannte er auf uns zu.

Dann erblickte er seinen Sohn. Sein Mund klappte auf, und einen kurzen Augenblick lang fürchtete ich, ihm schon wieder den falschen Sohn gebracht zu haben. Dann begann der Bischof so hemmungslos zu weinen, wie ich noch nie einen Erwachsenen habe weinen sehen. Heulend, schluchzend und am ganzen Körper zitternd, riss er den Jungen an sich, dessen Hände sich langsam hoben und seinen Vater umschlangen.

«Ich habe schrecklichen Hunger», sagte er leise und langsam, als wollte er ausprobieren, wie seine Stimme klang. Und obwohl ich ihn kaum eine halbe Stunde zuvor zum ersten Mal gesehen hatte, war mir sofort klar, was für ein Wunder hier gerade vor unseren Augen geschah.

Der eine Satz genügte, um Franco vollständig fassungslos zu machen. Er lachte und weinte zugleich. Ohne ein weiteres Wort nahm er Osmund bei der Hand und führte ihn ins Haus.

«Hätte er den Mund mal ein paar Wochen früher aufgemacht», lästerte Lupus.

Franco weckte uns lange vor Mittag. Ich war wie gerädert, mein Körper fühlte sich an wie mit Blei gefüllt. Aber wir durften keine Zeit verlieren. Gerold würde wahrscheinlich nach wenigen Stunden gefunden werden, und dann würde er sich an unsere Fersen heften. Besser, wir machten uns so schnell wie möglich auf den Weg. Während ich langsam zu mir kam, wurde mir klar, was die vergangene Nacht bedeutete. Was mir vor den Mauern von Asselt nicht gelungen war, hatte ich hier erreicht. Verdun verließ ich als Sieger.

Während ich meine Sachen packte und dem Wirt alle Brote abkaufte, die er in der Vorratskammer hatte, ging Franco in die Stadt, um sechs weitere Pferde zu beschaffen. Osmund nahm er mit. In den nächsten Tagen würde er ihn wahrscheinlich keine Sekunde mehr aus den Augen lassen.

Eine Stunde später saßen wir im Sattel und ritten über den Platz, auf dem der Sklavenmarkt abgehalten wurde. Nie habe ich ein würdeloseres Schauspiel gesehen. Die Unglücklichen standen in langen Reihen nebeneinander, vor allem junge Frauen und Männer. Lange Ketten liefen durch die Ösen an ihren eisernen Halsringen und fesselten sie so aneinander. Eine

Gruppe von Gefangenen wurde gerade vom Anleger herangetrieben; zwei Händler mit Stöcken gingen rechts und links von ihnen und dirigierten sie geschäftsmäßig an ihren Platz. Die Männer hatten die Hände auf dem Rücken zusammengebunden und trotteten im Gleichschritt hintereinander her. Eine andere Gruppe wurde weiter hinten von zwei kräftigen Kerlen, die Hunde an Leinen führten, in eine Gasse geleitet und war kurz darauf verschwunden. Überall drängten sich Händler in orientalischen Gewändern durch das Gewühl, blieben stehen, schlenderten weiter, tasteten an den Gefangenen herum, fassten sie grob am Kinn und drehten ihre Köpfe hin und her, während die Dolmetscher ihre Gebote übersetzten.

«Wo kommen die bloß alle her?», fragte Lupus.

«Slawen», antwortete Franco. «Obodriten, Sorben, Böhmen, Slowaken. Die Markgrafen im Osten überfallen ihre Dörfer und bringen sie her. Entweder zu Fuß über Land oder zu Schiff über die Flüsse und an den Küsten entlang. Ab und zu sind auch ein paar Dänen dabei. Und glaub bloß nicht, dass die ihre eigenen Leute loskaufen.»

Ich dachte an das, was der Sachse auf dem Schiff zu mir gesagt hatte. *Ich übernehme oben an der Küste zwanzig Stück, die rudern dann flussaufwärts.*

«Das sind doch fast noch Kinder», sagte ich fassungslos.

«Je jünger, desto besser», erwiderte Franco. «Die kann man noch zurechtschleifen.» Bitter blickte er vor sich hin. Um ein Haar hätte seinem Sohn das gleiche Schicksal geblüht.

An der Nordseite des Platzes befand sich ein flaches, mit Stroh gedecktes Haus, vor dem mehrere Händler mit ihren Gefangenen Schlange standen. Plötzlich drang aus einem der Fenster ein schriller Schrei, der sofort darauf in ein dumpfes

Brüllen überging, als würde jemandem ein Tuch auf den Mund gepresst.

«Was war das?», fragte Gauzbert.

«Die Eunuchenwerkstatt», antwortete Franco, der sich offenbar beim Wirt über die Gepflogenheiten vor Ort informiert hatte.

«Die was?»

Franco schickte ihm einen düsteren Blick. «Die Araber wollen Eunuchen. Also kriegen sie welche. Angeblich haben sie da auch eine Hebamme, die mit Nadel und Faden aus Frauen wieder Mädchen macht.»

«Nichts wie weg hier», knurrte Lupus.

Bald darauf verschwand der Palisadenwall von Verdun hinter einer Flussbiegung. Die Luft war diesig und der Himmel von einem milchigen Hellblau. Ich hoffte, diese Stadt nie wieder betreten zu müssen.

«Kompliment», sagte Liutward von Vercelli, nachdem er die Urkunde überflogen hatte, die Franco noch am Tag unserer Rückkehr ausgestellt hatte. «Ich hätte nicht darauf gewettet, dass Franco von Lüttich sich an eure Abmachung hält.»

«Väter lieben ihre Kinder», wiederholte ich.

«Du wirst es ja bald wissen.»

Wo hatte er das nun schon wieder erfahren?

Wir saßen am Feuer in einem behaglichen Zimmer des Bischofspalastes von Lüttich. Franco hatte sich mit Osmund nach Tongern begeben, während der Kaiser und sein Gefolge erneut in Lüttich ihr Quartier aufgeschlagen hatten – wahrscheinlich wollte Karl sich nicht dem Unmut der Männer aussetzen, die immer noch nicht fassen konnten, dass sie keine Gelegenheit bekommen hatten, die Dänen mit dem Schwert in der Hand aus Asselt zu vertreiben. Die Hälfte der Dänen war schon von den Schiffen abgeholt worden und mit Gottfried flussabwärts davongefahren, um das friesische Lehen in Besitz zu nehmen, das Karl dem frisch getauften König in den Rachen geworfen hatte. Die andere Hälfte wartete in der Festung darauf, dass der zweite Teil der Zahlung übergeben würde.

Auch unser Heer bereitete sich auf den Abmarsch vor. Die Lager wurden abgebaut, und die ersten Abteilungen waren schon in Maastricht eingetroffen. In Koblenz sollte die Streitmacht aufgelöst werden. Der Krieg war vorerst vorbei, aber niemand machte sich Illusionen darüber, dass es wieder losgehen würde, sobald die Dänen ihre Beute verprasst hatten. Wahrscheinlich wurden hoch im Norden schon jetzt neue Schiffe gebaut und neue Klingen geschmiedet.

Liutward lehnte sich in seinem Faltstuhl zurück. Er hatte die Füße auf einem Schemel vor dem Kamin abgelegt und betrachtete das Feuer durch seinen Kristallpokal. Auch er wirkte müde, und dennoch sah ich, dass es hinter seiner hohen Stirn unablässig arbeitete. Was in Asselt geschehen war, lief seinen Plänen zuwider; die Behauptung, man habe die Dänen vertrieben, würde sich nur so lange aufrechterhalten lassen, wie ihre Schiffe den Flüssen fernblieben. Karl war geschwächt und damit auch Liutward. Arnulf konnte sich die Hände reiben.

«Nun bist du also wieder der rechtmäßige Sohn des verstorbenen Thegan», resümierte Liutward.

Das stimmte. Uta war endlich wieder die Mätresse, die sie eigentlich immer gewesen war. Das Problem war nur, dass sie und Gerold, der nur zwei Tage nach unserer Ankunft in Lüttich schon wieder in Maastricht eingetroffen war, immer noch auf den Ländereien saßen, die ihnen nicht mehr gehörten. Und nichts davon würden sie freiwillig herausgeben. Es war gekommen, wie ich befürchtet hatte. Ich hatte das Recht auf meiner Seite, aber nicht die Macht, um es durchzusetzen. In Verdun hatte ich die Gelegenheit gehabt, mir Gerold vom Hals zu schaffen, und ich hatte sie verstreichen lassen. Jetzt würde ich mir Verbündete suchen und Gerold in die Knie zwingen müssen.

Aber ich war nicht mehr irgendwer. Seit der Kaiser in Worms meine Begnadigung ausgestellt hatte, war ich zu einer der bekanntesten Gestalten im Heer aufgestiegen. Während der Belagerung von Asselt war mein Plan der einzige gewesen, der funktioniert hatte. Wenn ich die Unterkunft des Kaisers betrat, stand die Leibwache stramm. Mein Wort hatte Gewicht. Mein Name hatte einen Klang. Mit mir würde es sich niemand verscherzen wollen.

Liutward betrachtete mich aufmerksam, während mir diese Gedanken durch den Kopf gingen. Er wusste, dass er mich immer noch am Haken hatte. Und ich wusste, dass er noch einiges mit mir vorhatte.

«Erinnerst du dich an unser Gespräch auf dem Kirchturm von Roermond?», fragte er.

«Natürlich.»

«Die Gesandtschaft nach Westfranken hat sich erledigt», sagte er.

«Warum das?»

Er lachte. «König Ludwig ist tot. Und jetzt warten wir erst mal ab, ob sein Bruder sich durchsetzen wird, bevor wir irgendwen adoptieren.»

Das überraschte mich. Der König war jung, und von einer

Krankheit hatte ich nichts gehört. «Wie ist er denn gestorben?», fragte ich.

«Ein Jagdunfall», sagte er. «Genauer gesagt, war es wohl der idiotischste Jagdunfall, den man sich vorstellen kann.» Liutward schüttelte fassungslos den Kopf und nahm einen Schluck Wein, bevor er weitersprach. «Er war auf der Jagd nach einem Mädchen. Aber er war keiner von der Sorte, die von ferne entflammt, Gedichte schreibt und sie durch irgendwelche Zofen überbringen lässt. Er sah sie, und er wollte sie haben. Sie rannte ins Haus ihres Vaters, der König zu Pferd hinterher. Und vor lauter Geilheit vergaß er, den Kopf einzuziehen, als er durch die Tür galoppierte. Ludwig von Westfranken hat sich den Schädel am Türsturz des Hauses einer Frau zerschmettert, die er vergewaltigen wollte.» Und dann zitierte er auf Latein aus der *Liebeskunst* von Ovid: «Mit Jubelgeschrei stürzt vor die entfesselte Jugend, greift nach der Beute mit haschendem Arm.»

«Gleich Tauben, die vor den Fängen des Adlers sich flüchten, gleich weißen Lämmern, von bellenden Wölfen erschreckt, scharte sich ängstlich das Häuflein der Mädchen», vollendete ich.

Er warf mir einen wohlwollenden Blick zu, dann verdüsterte sich seine Miene wieder. «So weit sind wir also gekommen», sagte er.

«Ein Jagdunfall», wiederholte ich spöttisch.

«Belassen wir es dabei.»

Liutward betrachtete mich eine Weile, dann hob ein Lächeln seine Mundwinkel. «Du hattest mich um etwas gebeten.»

Er griff zwischen Sitzpolster und Rahmen seines Stuhls und zog ein gefaltetes Pergament hervor. «Ein Brief aus Corbie. Dein Bruder kommt frei.»

Ich konnte es kaum glauben. Liutwards Arm reichte also bis nach Westfranken. Radold hatte genau wie ich mehr als zwölf Jahre hinter Klostermauern verbracht, weil er mir beigesprungen war. Jetzt hatte auch seine Haft ein Ende. Was für ein Mensch war er geworden? Er war immer zögerlich und zurückhaltend gewesen, und es war schwer vorstellbar, dass er nach der langen Zeit unter den Mönchen kämpferischer geworden war. Würde er jetzt mit mir zusammen den Kampf gegen Gerold und Uta aufnehmen, oder wollte er nur seine Ruhe? Als der Ältere hätte er sogar das Erbe unseres Vaters für sich beanspruchen können, obwohl dieser immer mich als seinen Nachfolger gesehen hatte. Was für ein Leben stellte Radold sich jetzt wohl vor? Ich versuchte, mir sein Gesicht ins Gedächtnis zu rufen. Es gelang mir kaum.

«Ich nehme an, du willst jetzt erst mal nach Aachen», sagte Liutward. «Zu deiner Frau.»

«Wir sind nicht verheiratet», sagte ich.

«Das solltest du ändern, bevor du nach Rom aufbrichst», sagte er. «Du vertrittst dort nicht nur die Sache des Kaisers, sondern auch deine eigene.»

Am nächsten Tag sattelte ich in aller Frühe mein Pferd, das ich auf dem Rückweg von Verdun in Bastogne wieder abgeholt hatte. Ich folgte der Maas ein Stück und wandte mich dann nach Osten. Bevor ich den Fluss hinter mir ließ, folgte ich einem plötzlichen Impuls, stieg ab, suchte mir ein Stück Baumrinde und setzte es auf das Wasser wie die Boote, die ich als Kind auf die Reise geschickt hatte. So wie ich die Strömung einschätzte, würde es gegen Abend am Anwesen meines Vaters in Maastricht vorbeigetrieben werden. Vielleicht würde Uta in diesem Augenblick auf den Fluss blicken und sich fragen, was ich als Nächstes vorhatte. Vielleicht würde Gerold, einen dicken Verband auf der Nase, am Ufer stehen und seine Mutter verfluchen, die ihm die bevorstehenden Kämpfe eingebrockt hatte. Und vielleicht würde unser Vater von oben zuschauen und hoffen, dass ich es sein würde, der am Ende sein Vermächtnis weiterführen würde. Saß er überhaupt da oben? Hatte er es sich verdient? Ich dachte wieder an seine letzten Atemzüge und fühlte wieder diesen merkwürdigen und etwas widerwilligen Stolz, sein Liebling gewesen zu sein.

Wenn das Rindenschiff nicht irgendwo hängen blieb, würde es am nächsten Tag an Roermond und kurz darauf an Asselt vorbeitreiben – auf dem linken Seitenarm des Stromes, als letzter Gruß an die Dänen, die hinter den Mauern ihre Sachen packten, um bald darauf zu verschwinden. Das Holz würde meinen Damm passieren, der kurz darauf eingerissen werden würde, um Asselt wieder zur uneinnehmbaren Festung zu machen und die Erinnerung daran zu tilgen, dass ich es gewesen war, der dem Fluss seinen Willen aufgezwungen hatte. Vielleicht würde es an den dänischen Schiffen vorbeitreiben, die weiter im Norden am Ufer lagen, als kleiner Gruß und als Erinnerung daran, dass ich mit ihnen noch nicht fertig war. Vielleicht würde Sven Knurhår ihm eine Weile hinterherblicken, bevor es aufs Meer hinaustrieb.

Ich saß auf und ließ den Fluss meiner Kindheit hinter mir. Und mit jeder Meile, die ich zurücklegte, erschienen die Kämpfe der vergangenen zwei Monate mir unbedeutender angesichts dessen, was mich erwartete. Es war, als hätte ich ein drittes Leben, das jetzt begann.

Fidis stand in der Tür, als hätte sie gewusst, dass ich genau in diesem Augenblick auftauchen würde.

«Graf Neunmalklug», begrüßte sie mich auf die vertraute Weise. «Wir dachten schon, du kommst nie.» Und dann, mit einem Blick auf die blutige Kruste auf meiner Wange: «Hast du dich schon wieder geprügelt? Ich hoffe, das war es wert.»

Sie betrachtete mich von oben bis unten, nachdem ich mich aus dem Sattel geschwungen und sie in die Arme geschlossen hatte. Mehr als je zuvor hatte ich in diesem Augenblick das Gefühl, ohne sie nicht vollständig zu sein.

«Ich glaube, das war es wert», sagte ich.

Nachwort

In diesem zweiten Band der Tankred-Saga dreht sich alles um die Belagerung der in Asselt verschanzten Dänen, die in den Monaten zuvor plündernd durch das Land an Maas, Rhein und Mosel gezogen waren. Zum Abschluss will ich auch diesmal wieder auf die Frage eingehen, wo die Fakten enden und wo die Fiktion beginnt.

Über die besagte Festung ist kaum etwas bekannt. Lange war umstritten, auf welchen Ort sich der überlieferte Name überhaupt bezog (*Ascloha* in den Fortsetzungen der Fuldaer Annalen, *Haslon* in der Chronik Reginos von Prüm, in anderen Abschriften dieser Chronik auch *Ahslon, Haslou, Aslon* oder *Haslion*, in weiteren Quellen *Haslao, Haslâc* oder *Escelun*, in einer Urkunde Karls des Dicken *Asloha*). Noch heute liest man bisweilen, es handele sich um das vierzig Kilometer maasaufwärts von Asselt gelegene Elsloo. Inzwischen spricht aber alles für das heutige Dorf Asselt nördlich von Roermond. Wahrscheinlich befand sich dort eine befestigte karolingische Hofanlage. Ausgrabungen deuten darauf hin, dass an dieser Stelle nachträglich ein Schiffsanleger gebaut wurde. Diese Befunde passen zu den Aussagen der schriftlichen Quellen: Die Dänen fanden hier im November 881 eine Festung vor und verstärkten sie, um im Land zu überwintern, wie sie das in den Jahren zuvor in Gent und Nijmegen getan hatten. Hier wurden sie im Sommer 882 vom Heer Karls des Dicken belagert. Weiteren archäologischen Erkenntnissen steht der Umstand im Weg, dass die Maas im 9. Jahrhundert wahrscheinlich einen anderen Verlauf hatte als heute und ein Teil der Anlage schon vor langer Zeit weggespült wurde. Die Karte hier im Buch zeigt einen vereinfachten Flussverlauf, der zur Handlung des Romans passt; außerdem wurde die Maas dort etwas breiter dargestellt, als der Maßstab der Karte das eigentlich verlangen würde, um die Details wie die Inselfestung und die Dämme besser erkennbar zu machen.

Im Roman habe ich die besagte Befestigung auf eine Insel verlegt, was den Dänen sicher sehr gut gefallen hätte. Die Dauer der Belagerung – nach den Quellen zwölf Tage – musste ich um ein paar Wochen verlängern, um Tankred genügend Zeit für sein gewagtes Bauprojekt zu verschaffen.

Mit einer ausreichenden Anzahl an Arbeitskräften hätte man einen solchen Damm auch damals durchaus bauen können, allerdings ist der Aufwand schwer zu berechnen, weil er von vielen Faktoren abhängt: von der Durchflussmenge, dem Wasserdruck, dem Rückstau, der Größe und der Menge der erforderlichen Steine, den Verfahren zur Abdichtung und der Menge des abzuleitenden Sickerwassers. Aus dem frühen Mittelalter ist zwar kein Beispiel für ein solches Vorhaben überliefert, allerdings werden in späteren Quellen bisweilen Wasserbauarbeiten im Rahmen von Belagerungen erwähnt. In der Regel wurden dabei Gräben trockengelegt, manchmal auch Fließgewässer aufgestaut, um Städte unter Wasser zu setzen. Warum sollte nicht auch Tankred ein solches Projekt realisiert haben?

Das Hagelunwetter, in das die Angreifer beim Sturm auf

die Festung geraten, hat tatsächlich stattgefunden. Welche Gründe es allerdings waren, die den Kaiser dazu bewogen, die Belagerung abzubrechen und den Normannen Geld für ihren Abzug anzubieten, ist umstritten. Die Entscheidung löste im Heer Enttäuschung und Wut aus. Eine in Mainz entstandene Version der Fuldaer Annalen behauptet, Liutward von Vercelli sei bestochen worden und habe den Kaiser zu diesem Schritt gedrängt, allerdings bestand die Intention des Schreibers eher darin, Liutward zu verleumden. Eine zweite, wahrscheinlich in Regensburg geschriebene Version spricht von einer Seuche im Heer. Andere Quellen schweigen ganz über die Gründe. Die Annalen von St. Bertin behaupten, dem Kaiser sei «das Herz gesunken». Die Summe, die tatsächlich an die Dänen gezahlt wurde, wird nicht in allen Quellen gleich angegeben, aber alle Angaben liegen in der Größenordnung der im Roman ausgezahlten 2 000 Pfund Silber und 400 Pfund Gold, die vor allem aus dem Kirchenschatz des vakanten Bistums Metz genommen wurden. Allein das Silber hätte in ausgemünzter Form dem Gegenwert von etwa 15 000 Schweinen oder 2 500 Landarbeiter-Jahreslöhnen entsprochen.

Die politischen Verhältnisse werden von Liutward im Gespräch mit Tankred auf dem Kirchturm von Roermond zutreffend dargestellt: Karl der Dicke, an dessen Regierungsfähigkeit wegen seiner Epilepsie immer wieder Zweifel laut wurden, hatte keinen legitimen Erben. Nachdem er 885 auch in Westfranken den Thron bestiegen hatte, war damit das alte Karolingerreich ein letztes Mal unter einem Kaiser vereint. Zwei Jahre später zwang Arnulf von Kärnten ihn zum Thronverzicht und trat selbst die Herrschaft in Ostfranken an, während die anderen Teilreiche andere Wege gingen. Liutward von

Vercelli, der ein halbes Jahr zuvor durch eine Intrige entmachtet worden war (angeblich verstand er sich ein bisschen zu gut mit der Kaiserin), hatte sich rechtzeitig auf Arnulfs Seite geschlagen, erreichte aber keine einflussreiche Position mehr am Hof. Der im Roman von Tankred prognostizierte Ausgang des Kampfes um die Nachfolge Karls des Dicken sollte sich also bewahrheiten.

Den von den Lütticher Bischöfen durchgefütterten irischen Gelehrtenzirkel um Sedulius Scotus hat es tatsächlich gegeben. Angeblich stellten die Iren recht dreiste Forderungen, die sie auch erfüllt bekamen. Aus dieser Zeit sind ein paar satirische Gedichte überliefert, die zeigen, dass man sich nicht nur mit spitzfindigen theologischen Fragen befasste. Ansonsten sind die in der Diskussion mit Tankred über die Jungfrauengeburt Mariens wiedergegebenen Argumente nicht so abwegig, wie man meinen könnte. Das waren Fragen, mit denen sich Gelehrte dieser Zeit – von denen es nicht allzu viele gab – ausgiebig und ernsthaft befassten.

Auch mitten im Land aufgestellte Brücken, an denen findige Herren Zölle kassierten, hat es gegeben, jedenfalls wurde diese Praktik mehrfach verboten.

Verdun war zu jener Zeit tatsächlich ein berüchtigter Sklavenmarkt. Sklavenhandel war nicht unumstritten, aber weitverbreitet und wurde geduldet, solange keine Christen an Nichtchristen verkauft wurden. Adlige Herren in den östlichen Grenzregionen fielen immer wieder in die Slawengebiete ein, überfielen Dörfer und verschleppten Frauen und Kinder, die auf Märkten wie eben Verdun von Händlern aus Spanien übernommen wurden und dann in den Palästen und Harems und auf den Plantagen des Emirats (später Kalifats) von Córdoba endeten. Andere wurden über das Mittelmeer verschifft und bis nach Zentralasien verkauft. Selbst der Kastrationsbetrieb ist keine Erfindung von mir. Hätten Tankred und seine Freunde den jungen Osmund nicht im letzten Augenblick aus den Händen der Sklavenhändler befreit, wäre er wohl niemals wieder aufgetaucht. Womit er übrigens das Schicksal der Aufzeichnung von Cassiodors *Gotengeschichte* geteilt hätte, die die beiden Priester dem als Bären verkleideten Tankred in Asselt vor der Nase wegkauften. Sie ist bis heute verloren. Und doch wird sie sicherlich nicht die letzte Entdeckung sein, über die Tankred auf seinem Weg noch stolpern wird …

Weitere Titel

Mercuria

Pandolfo

Im Kampf gegen die Wikinger

Tankred: Weihrauch und Schwert